QUÉRIBUS

ROMAN

AU CRÉPUSCULE DES DERNIERS SEIGNEURS CATHARES

10, rue des Arts – BP 38028
31080 Toulouse Cedex 6
ISBN : 978-2-7089-8418-9
Dépôt légal : octobre 2022

PIERRE LASSAUVETAT

QUÉRIBUS

ROMAN

AU CRÉPUSCULE DES DERNIERS SEIGNEURS CATHARES

Privat

« L'historien n'interroge jamais que des épaves, et ces débris proviennent à peu près tous de monuments dressés par le pouvoir [...] Nous ne savons rien de l'hérésie, sinon par ceux qui l'ont pourchassée et vaincue, par des actes de condamnation [...]. »

Georges Duby, *Les Trois Ordres ou L'Imaginaire du féodalisme*, Paris, Gallimard, 1998.

L'histoire est une interprétation, plus ou moins fictive, de faits plus ou moins démontrés. Aussi incroyable que cela puisse paraître, ce roman, inspiré de personnages réels et de faits historiques, est le récit plausible des événements qu'il retrace...

« L'historien n'interroge jamais que des épaves, et ces débris proviennent à peu près tous de monuments dressés par le pouvoir [...] Nous ne savons rien de l'hérésie, sinon par ceux qui l'ont pourchassée et vaincue, par des actes de condamnation [...]. »

Georges Duby, *Les Trois Ordres ou L'Imaginaire du féodalisme*, Paris, Gallimard, 1998.

L'histoire est une interprétation, plus ou moins fictive, de faits plus ou moins démontrés. Aussi incroyable que cela puisse paraître, ce roman, inspiré de personnages réels et de faits historiques, est le récit plausible des événements qu'il retrace...

Préface

La RD117, entre Foix et Rivesaltes, borde par le nord les Pyrénées ariégeoises et audoises avant de glisser par une longue et douce descente entre le Fenouillèdes et les Corbières, vers la Méditerranée et le Roussillon. Les hasards de la vie de l'enfant que j'étais m'amenèrent à parcourir cette route en maintes occasions, le front collé à la vitre, sur le siège arrière de la voiture familiale.

L'engouement touristique qui attire chaque année des milliers de curieux à l'assaut du patrimoine médiéval «cathare» de la région n'en était alors qu'à ses balbutiements. Je finis quant à moi par réciter par cœur la liste des forteresses qui surgissaient l'une après l'autre sur les crêtes bordant la route: Foix, Roquefixade, Montségur (indiquée sur un panneau routier, car invisible depuis la départementale), Puivert, Puilaurens, et finalement Quéribus, laquelle, imposante, coupe le souffle du voyageur non avisé qui croyait avoir laissé derrière lui les paysages les plus spectaculaires de son périple.

Quéribus, tout là-haut, isolée du monde et se dressant vers le ciel. Le donjon massif, menaçant la vallée, attendait ma visite. C'est dans ma première adolescence que j'eus la certitude que ces ruines, qui tournaient le dos au monde, m'accueilleraient un jour et se laisseraient profaner par ma curiosité.

Plus tard, je pus enfin explorer de ma propre initiative les étroites routes de montagne qui serpentent de vallée en vallée, de château en château, entre les sommets pyrénéens et les massifs roussillonnais et audois, plus bas. Les villages du pays de Sault, du Sabarthès et des cantons du haut pays ariégeois, qui sommeillent, frileux, depuis des siècles, minuscules archipels au milieu des bois : Belcaire, Prades, Montaillou... Je parcourus aussi les garrigues épineuses des Corbières, écrasées sous le soleil d'été et sous le silence des hivers, les lieux aux noms d'un autre âge : Cucugnan, Tuchan, Bugarach, Arques... Et des châteaux, tellement de châteaux, en ruine ou conservés, des pierres qui jadis protégeaient, défendaient, et qui désormais gisent entre les ronces.

Lorsque le monde entier découvrit les *Citadelles du vertige* (ainsi nommées par Michel Roquebert), je marchais depuis longtemps déjà de ruine en ruine à travers tout le pays cathare, dans les Pyrénées bien sûr, mais aussi vers le Toulousain, le Carcassonnais, la Montagne Noire, le Lauragais, l'Albigeois... Et alors que des hordes de touristes visitaient la région à la recherche des derniers cathares (et de coffres remplis d'or !), je découvrais ce qui pour moi est le véritable trésor du Languedoc : son histoire et ses paysages.

Je me plongeais pêle-mêle dans l'histoire de la croisade contre les albigeois et dans celle, plus générale, de l'Occitanie, tout en cherchant dans le paysage les traces d'un monde médiéval dans lequel chaque seigneurie, chaque terre revendiquait, orgueilleuse, son droit de lutter contre le reste du monde, contre le croisé ou contre le voisin.

Parmi les seigneurs languedociens qui marquèrent l'Histoire se détachaient les deux faces d'une même pièce de monnaie : Chabert de Barbaira, dernier seigneur « cathare » de Quéribus, et Olivier, seigneur de Termes.

On sait relativement peu de chose de Chabert, beaucoup plus d'Olivier, mais il m'apparut que la vie de ces deux hommes valait la peine d'être contée : elle est si riche qu'elle ressemble en elle-même à un roman. D'autres que moi l'ont fait brillamment, nous offrant des ouvrages indispensables, cités en bibliographie en fin de volume. J'ai préféré pour ma part m'attacher à la relation qui unit ces deux chevaliers, et imaginer comment ils s'accommodèrent d'un monde féodal changeant et mouvant, et qu'ils représentent tellement bien.

Aujourd'hui encore, Chabert fait figure de chevalier défenseur de la cause cathare, protecteur des hérétiques opprimés. Olivier, qui fut quant à lui considéré en son temps comme l'un des plus nobles chevaliers d'Occident, n'éveille pas auprès du public actuel un sentiment aussi favorable, du fait de ses changements de camp très marqués, pourtant communs chez les seigneurs faydits, dépossédés de leurs terres par les envahisseurs venus du nord. Ces deux hommes constituent pourtant deux exemples hors pair du chevalier occitan, jaloux de son indépendance, fier de son lignage, aux revenus précaires et parfois, seulement parfois, digne représentant de *paratge*, l'idéal médiéval occitan d'égalité, de liberté, d'honneur et de courage.

Par ailleurs, la magie visuelle du pays cathare est envoûtante, obsessionnelle. Raconter l'histoire des hommes d'ici et laisser de côté les paysages revient à ne raconter qu'à moitié. Les rochers et les buissons, les ciels lavés par la tramontane, les Pyrénées et la Méditerranée tiennent dans ce roman autant de place que les personnages.

Le pog de Montségur nous parle tant par son histoire que par son aspect, qui s'expliquent l'un par l'autre. Il en est de même de tout le pays cathare. Quiconque l'a parcouru une fois, une seule fois, le comprendra aisément.

L'Occitanie est un pays de légendes, de contes, de conteurs, de raconteurs, de semi-vérités et de quasi-mensonges. Les sommets pyrénéens ne sont pas les plus hauts, mais ce sont les plus mystérieux, les vallées ne sont pas les plus profondes, mais ce sont les plus sombres, les villages qu'elles cachent ne sont pas les plus éloignés des villes, mais ce sont les plus isolés. Et la Méditerranée n'est pas la mer la plus vaste, mais elle est la plus traîtresse.

Les gens, ici, sont bavards et pourtant parlent peu d'eux-mêmes. Ils sont curieux, mais tout aussi discrets. Cette terre a vu passer une invasion après l'autre, dans un sens et dans l'autre. Ici, le français que l'on parle regorge de tournures locales, et l'occitan, que l'on entend parfois dans un village, se prononce avec l'accent de Paris. Les habitants de ce pays, autrefois frontière qui se déplaçait au gré de la guerre et des traités, furent occitans, aragonais, catalans et français. C'est un peu cela, l'âme occitane !

Le temps a passé depuis l'épopée des cathares, mais il en reste des lambeaux dans les vieux murs à moitié écroulés, dans les ruines des châteaux et dans les profondeurs de l'âme collective. C'est cela que je ressentais étant enfant, c'est cela que j'ai cherché toute ma vie sur les sites cathares, les célèbres et ceux que les touristes ignorent. Peut-être l'ai-je exprimé en écrivant l'histoire de Pèire, personnage spectateur mais néanmoins impliqué dans son siècle, et qui lutte pour son monde et parcourt le XIIIe siècle d'événement en événement, en suivant son seigneur ou sa foi.

Lorsque j'ai commencé à écrire *Quéribus*, je craignais que tant de péripéties dans la vie de mon narrateur lui retirent de la crédibilité, mais plus j'avançais dans l'écriture, plus j'intégrais d'épisodes des biographies de Chabert et d'Olivier, plus je me rendais compte que la vie la plus paisible des personnages de ce livre est précisément celle du protagoniste fictif : Pèire.

Cet ouvrage, bien que solidement documenté, est un roman, historique certes, mais un roman, et j'ai dû parfois limer quelques dates, tordre un peu l'Histoire et la découdre en certaines occasions pour la faire coïncider avec mes personnages. Car je suis comme Pèire, mi-catalan, mi-occitan, mi-aragonais et de plus français, et s'il y a là plus de moitiés qu'il n'en faudrait, au fond, peu importe car, finalement, je suis méridional : je peux me le permettre !

Madrid, août 2022

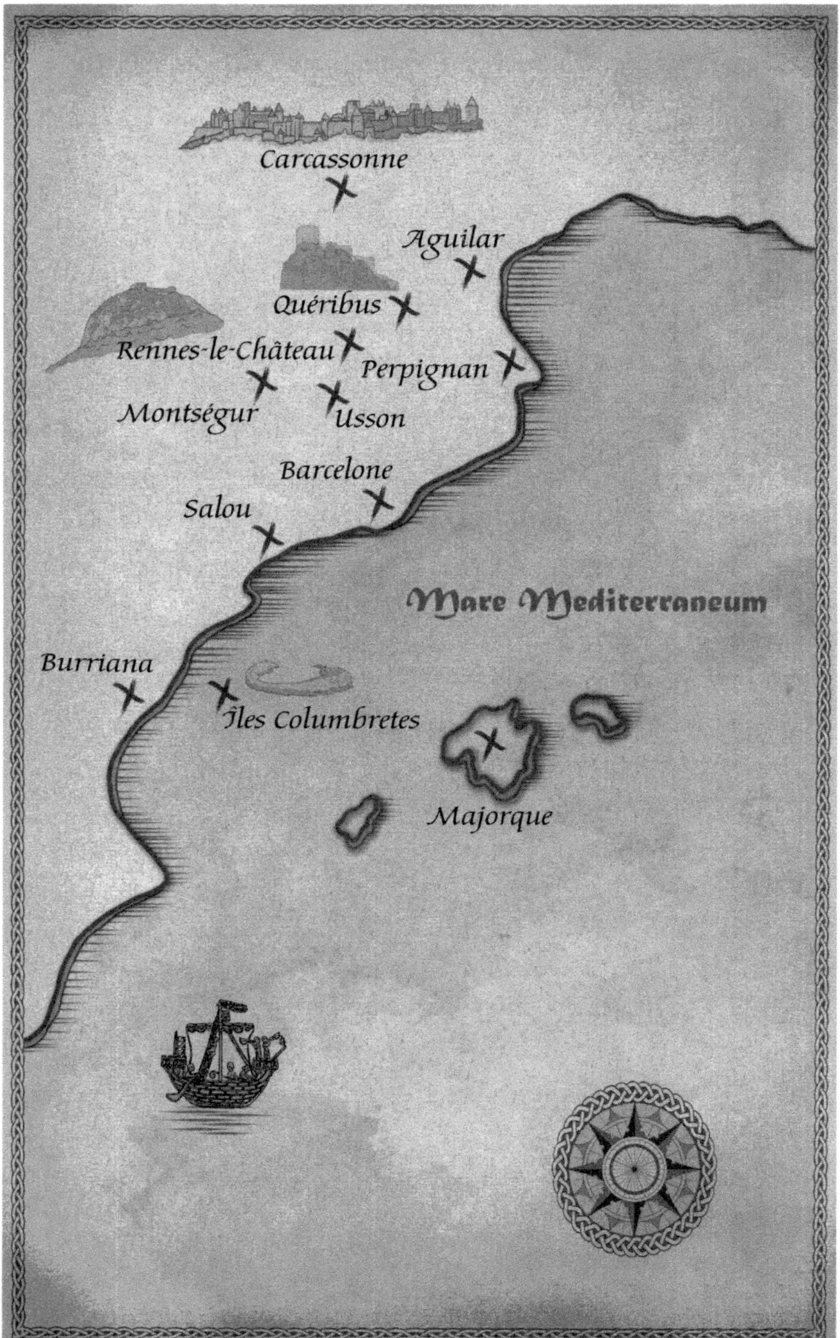

Carcassonne
Aguilar
Quéribus
Rennes-le-Château
Perpignan
Montségur
Usson
Barcelone
Salou
Mare Mediterraneum
Burriana
Îles Columbretes
Majorque

1225

Il y a seize ans a éclaté la pire des tempêtes, la plus terrible des tragédies pour un peuple pacifique. Les croisés du roi de France ont dévasté ces terres, tué, persécuté et brûlé des hérétiques et, qui sait, peut-être quelques infortunés fidèles de l'Église de Rome distraits. Mais je m'endors peu à peu, lentement bercé par le rythme constant du pas de mon cheval.

Soudain, le mulet qui me précède marche sur un caillou et laisse échapper un hennissement de plainte. Ma monture, bien que tranquille, sursaute alors et me tire brusquement de ma somnolence. Je lève la tête, je suis le dernier dans la file formée par quatre chevaliers, quelques sergents à cheval, des écuyers mêlés à des serviteurs, et des bêtes chargées de malles, de sacs de toutes tailles et d'armes.

Nous avons grimpé à un rythme lent et régulier par l'étroit sentier serpentant à flanc de colline, à travers des fourrés d'arbustes bas et des rochers tranchants, jusqu'au château de mon seigneur.

Chabert de Barbaira, maître de Quéribus, enveloppé dans son manteau de laine bleue, barbu comme nous tous, suit le sergent qui ouvre la voie à pied, frappant de sa canne de bois les pierres et les plantes afin d'éloigner les serpents qui pourraient effrayer les chevaux. Chabert se tient très droit depuis le début du voyage, même si ses épaules cèdent un peu, imperceptiblement, sous le poids de la fatigue et peut-être aussi de ses quarante ans de vie. Il se sait observé par ses soldats, mercenaires, serviteurs et esclaves. De temps en temps, il se retourne sans arrêter son cheval et regarde la colonne pendant quelques secondes, avant de se dresser sur ses étriers et de crier dans notre langue lemozi, que certains appellent occitan, «*Endauant!*»[1] d'une voix enrouée vers le groupe de traînards, parmi lesquels je me trouve inévitablement. Dans ces moments-là, je baisse les yeux et accélère l'allure de ma monture, honteux.

La forteresse de Quéribus veille sur nous depuis le piton rocheux, imposante sous le soleil de midi. Dans son ombre, depuis le versant nord, abrité, où nous nous trouvons, nous n'entendons que le murmure agité du vent dans les buissons sur la crête. La *tramontana* nous attend là-haut.

Nous venons de Peyrepertuse, à trois lieues de là, où hier le seigneur Raimond nous a offert refuge, bien qu'à contrecœur. Nous connaissant comme hérétiques cathares, il préfère nous savoir loin, de crainte que l'Église de Rome, un jour, ne le tienne pour complice... Mais c'est un voisin de mon seigneur Chabert, et l'hospitalité entre chevaliers n'est jamais refusée dans ces montagnes, même s'il faut se combattre le lendemain.

L'accueil de Raimond eût été bien différent si nous avions été des voyageurs libres sans titre de noblesse ou de simples marchands, auquel cas ce seigneur aurait sûrement profité de l'occasion pour demander une «aide», pour ne pas dire une rançon... Je souris en me faisant cette réflexion alors que nous atteignons le col des Auzines. Je découvre alors, ébahi, le panorama grandiose tandis que le vent féroce me coupe le souffle.

Devant, la colonne continue de gravir les derniers méandres du chemin avant de franchir la porte de Quéribus. Les animaux,

1. «En avant!», en occitan.

qui sentent proches le fourrage et le repos des écuries, pressent le pas.

Je m'arrête quelques instants pour contempler le paysage : à nos pieds, la rivière Maury coule du ponant, d'où nous venons, à la *Mare Mediterraneum*, s'ouvrant sur la fertile plaine du Roussillon et rejoignant l'Agly. Devant moi, de l'autre côté de la vallée, les sombres et mystérieuses montagnes boisées du Fenouillèdes et, derrière elles, le majestueux mont Canigou, qui nous surveille depuis le royaume d'Aragon, couronné de neige dans le ciel d'un bleu presque blanc. Certains prétendent qu'ici le vent glacial ne se calme jamais et qu'il a rendu fou plus d'un voyageur.

Mon cheval s'impatiente et reprend la montée vers les rochers qui soutiennent les vieux murs de pierre du *castrum* de Quéribus, l'un des derniers bastions de l'*Égleisa del Bé*[2], que d'aucuns nomment cathare. Avec effort, je mets pied à terre, le dos et les jambes me font mal. Je charge sur mon épaule le sac de cuir contenant tous mes biens. Un enfant affamé, si sale qu'on distingue à peine ses yeux noyés dans la crasse, prend les rênes de ma monture, qu'il entraîne vers les écuries voisines.

La barbacane qui contrôle l'étroite entrée est gardée par un sergent casqué armé d'une épée, accrochée à sa ceinture, et d'un bouclier de bois.

Le vertige me saisit à l'instant où je passe sous la herse empêchant l'accès au château la nuit ou en cas de guerre. Je poursuis par l'étroit chemin qui mène à la fière tour carrée suspendue au-dessus de l'abîme, et j'arrive enfin dans la cour du château, qui est aussi la place du village, au milieu de l'agitation causée par les hommes transportant à grand-peine les malles du seigneur, ainsi que leurs propres sacs, au milieu de la puanteur de la sueur, des animaux, de la faim, de la soif, de la fatigue et du fracas du métal des armes qu'ils portent sur le dos. Nous sommes arrivés à Quéribus, le château de mon seigneur Chabert de Barbaira,

2. L'Église du Bien, en occitan.

mon protecteur – qui sait si un jour je parlerai de lui comme on le fait d'un ami...

La plupart des sergents d'armes sont d'ici, des villages environnants, de Cucugnan ou de Maury, ou vivent dans les habitations du *castrum* entourant la forteresse.

En quelques instants, la cour du château redevient silencieuse, seuls résonnent les rires de quelques chevaliers qui se dirigent vers la salle d'armes, où ils vivront jusqu'à la prochaine chevauchée.

Je ne sais que faire. Debout à trois coudées de Chabert, j'attends. Il est occupé à organiser l'installation des chevaliers et des sergents nouvellement recrutés qui vivront entre ses murs, tandis que des serviteurs courent dans tous les sens. Des escaliers de bois mènent à une porte en chêne qui donne accès au massif donjon, une énorme tour carrée. Une femme attend en haut des marches, enveloppée dans un manteau du même bleu que celui de Chabert, mais orné de ce qui me semble être une fibule en argent représentant un oiseau. Chabert lui sourit maladroitement quand elle lève la main en signe de bienvenue, attendant un mot.

– Descends, Sybille...

Quand la jeune femme s'approche, Chabert jette un regard furieux à son écuyer, qui reste debout derrière lui :

– Mon cheval va-t-il nettoyer sa sueur et s'occuper seul de sa nourriture et de son eau ? Je le veux propre et reposé au plus tôt ! Allez !

Pris de panique, l'adolescent disparaît à la vitesse d'un carreau d'arbalète en direction des écuries. Sybille a rejoint Chabert. Elle est aussi grande que lui, ses cheveux bruns sont soigneusement rassemblés derrière un voile de fin tissu blanc.

– *Messer*, bienvenue chez vous. Avez-vous fait bon voyage ? demande-t-elle avec un sourire, sans baisser les yeux.

– Excellent ! répond Chabert en plaçant une main sur l'épaule de son épouse avant de la retirer immédiatement, mal à l'aise. Qu'y a-t-il de nouveau ?

– Je suis très heureuse de vous voir. Votre fille va très bien, elle vous attendait avec impatience… elle aussi.

– Chaberta ! s'exclame mon seigneur en souriant. Viens saluer ton père !

En haut de l'escalier, une enfant de quatre ou cinq ans apparaît prudemment. Apercevant son père, elle dévale précipitamment les marches jusqu'à lui, qui la prend dans ses bras. Des boucles blondes s'échappent de son bonnet dénoué. Elle porte une tunique en lin épais couleur terre.

– Père, père ! Tu m'emmènes à cheval ?

– Demain, ma fille, demain nous irons chevaucher. Tiens, voici mon secrétaire. Son nom est Pèire. Où penses-tu qu'il pourra dormir ? Dans les écuries ? Dans les cuisines ? Avec les porcs ou les poulets ?

Mon seigneur plaisante, bien sûr, mais je ne peux m'empêcher de ressentir une grande honte.

– Je pense que nous allons le loger là-bas, intervient Sybille en désignant une maisonnette de bois adossée au mur. Chaberta, aide Pèire à porter ses affaires !

– Pèire, me dit Chabert, voici mon épouse Sybille de Paracolls, et cette jeune anguille est ma fille Chaberta.

– Ma dame… Mes dames…

J'ai balbutié sottement. J'ai connu peu de nobles, aucun pour être exact, et j'ignore la formule que je dois utiliser. Mais Chaberta rit, se dégage de son père, me prend la main et m'entraîne vers ma cabane. De son côté, Chabert de Barbaira monte à la tour d'un pas énergique, suivi d'une souriante et prudente Sybille de Paracolls.

Ma chambre, qui n'a guère plus de cinq coudées de côté, est constituée d'un plafond de planches de bois posé sur des murs de rondins verticaux enfoncés dans le sol. Il n'y a pas de fenêtre – trop peu de parois pour cela –, mais une ouverture dans le toit laissera s'échapper la fumée de mon feu. Un cercle de pierres occupe le centre de la cabane. Ma couchette est une planche de bois avec quatre pieds, un véritable luxe. Je trouverai de la paille pour la rendre confortable. Une table et un tabouret complètent le mobilier.

– Ça te convient, Pèire ? demande Chaberta, pleine d'attention.

– Un vrai palais, dame Chaberta.

– D'où viens-tu ?

– De Pamiers, dans les montagnes. À trois jours de marche.

– Trois jours entiers ? À cheval ?

– Bien sûr...

Une servante, à peine plus âgée que Chaberta, apparaît au seuil de ma hutte. Elle porte un bol en terre cuite rempli à ras bord de ce qui ressemble à un ragoût de viande fumant, un morceau de pain noir, une cuillère en bois, une cruche de vin et une coupe d'argile. Après avoir tout déposé sur la table sans me regarder dans les yeux, elle prend Chaberta dans ses bras et s'adresse à moi :

– Les seigneurs vous attendent ce soir pour le souper.

– *Qu'ei hèra bon, mercés*[3].

Déjà, Chaberta détourne son attention vers la jeune servante et toutes deux s'éloignent en direction du donjon. La fatigue pèse tout à coup sur mes jambes et mon dos. Je m'assois sur le tabouret et commence à manger. Comme j'avais faim !

Au bout de quelques minutes seulement, le vin et les plats chauds me plongent dans une agréable torpeur. Je m'allonge sur la dure litière, pose ma tête sur mon sac de cuir et ferme enfin les yeux, profitant de la tranquillité ambiante pour me remémorer une fois de plus la raison de ma présence ici.

---

3. « C'est très bien, merci », en occitan.

1224

Guilhabert de Castres, évêque cathare de Toulouse, respecté de tous, même de ses ennemis dit-on, était le plus vénéré des parfaits. Ma famille eut l'honneur de le recevoir chez nous, à Pamiers, à plusieurs reprises. Je me rappelle, enfant, le voyant apparaître accompagné d'un autre parfait, son novice, vêtu de la tunique et du bonnet noirs des bons hommes qui parcourent le pays deux à deux, prêchant la foi de notre Église des bons chrétiens. Il saluait mes parents qui, émus, s'agenouillaient devant lui sur le sol en terre battue de la salle commune de notre domus, joignant les mains et s'inclinant trois fois en prononçant les paroles rituelles du *melhorier*[4] :

– *Bon crestiá, balhatz-nos la benediccion de Dieu e de vos*[5].

Le parfait répondait alors :

– *Ajatz-la de Dieu e de nos*[6].

Mon père recevait ensuite une accolade de Guilhabert, et ma mère un sourire fugace accompagné d'un bref hochement de tête.

---

4. Nom en occitan de la salutation rituelle par laquelle un simple croyant cathare honorait un parfait, et à travers lui l'Esprit saint. Pourrait se traduire par « amélioration », dans le sens de rapprochement du croyant de la voie du salut.
5. « Bon chrétien, accordez-moi la bénédiction de Dieu et la vôtre. »
6. « Recevez-la de Dieu et de nous. »

Ce même homme, notre guide dans ce monde, m'avait fait appeler quelques semaines auparavant et m'avait reçu dans le bourg fortifié perché sur la crête de Montségur, le pog, entouré d'abîmes, dans les Pyrénées du comté de Foix, fief du seigneur Raimond de Péreille. Depuis n'importe quel lieu des alentours, on distinguait la silhouette de la vieille tour carrée couronnant le village. Accéder au sommet n'avait pas été une tâche aisée pour mes jambes, habituées aux rues planes de ma ville. Il n'était pas non plus possible de monter à dos d'âne ou de mulet et, à certains moments, l'ascension était dangereuse en raison des falaises cernant les quelques maisons en pierre et les innombrables huttes de bois qui formaient un essaim désordonné aux ruelles très étroites. Les fortifications du *castrum*, en pleine construction, semblaient inutiles tant l'accès était difficile. Mais tous les croyants de l'Église des bons hommes savaient que nos évêques avaient supplié Raimond de Péreille de leur donner asile et refuge pour les temps de persécution qui ne tarderaient pas à advenir. Montségur était devenu notre sanctuaire. Les parfaits et les parfaites marchaient dans ses rues, séparés par le sexe mais unis dans la prière et la méditation, chacun travaillant librement dans les ateliers, jeûnant ou priant seul ou en communauté, vivant sa foi si près de ce paradis dont tous rêvaient tant.

Guilhabert me reçut dans une demeure de pierres brutes, à peine plus qu'une cabane, cachée dans un recoin du *castrum*. La sobriété du lieu était accablante : seuls le meublaient quatre tabourets autour d'une table de bois brut et un coffre, contre un mur, qui devait également servir de lit à l'évêque de Toulouse. Guilhabert m'invita à prendre place près de lui et nous partageâmes le pâté de poisson que je lui avais apporté de la part de mes parents. Il ne m'offrit aucun couvert, car les siens ne pouvaient avoir de contact avec les miens. Mais comme tout bon chrétien connaissant cette coutume de nos bons hommes, j'avais avec moi mon couteau, ma cuillère et ma tasse de bois.

Assis dos au feu qui crépitait dans un coin de la pièce, il me demanda ensuite si, comme mon père l'affirmait, je savais écrire sous la dictée, d'une écriture claire et droite, et si je pouvais également composer un texte sans l'aide de personne. Je répondis non sans fierté que je mettais au propre tous les procès-verbaux de mon père, notaire à Pamiers comme il le savait, et que de plus je tenais fidèlement sa correspondance à jour. Il me regarda un instant, s'approcha et prit mes mains dans les siennes. Le contact de la peau de cet homme très âgé, qui avait jeûné plus que de raison, me sembla froid et désagréable. Pourtant, je le sens encore aujourd'hui, son souvenir semble même gagner en force avec le temps, scellant mon engagement un peu plus chaque instant.

– Alors Pèire, mon fils, me dit l'évêque, si ta foi est si sincère et si tu as réellement le don de l'écriture comme le prétend ton père, tu pourras être digne de l'importante mission que je vais te confier.

Nous étions assis face à face, le regard de Guilhabert de Castres, profond et clair, fixé sur le mien. Chuchotant, il commença à m'expliquer quelle serait ma responsabilité, pour peu que je l'accepte.

Quelques jours après cet entretien, toujours dans le bourg de Montségur, un chevalier sortit du brouillard qui isolait le pog du reste du monde. À pied et essoufflé sur le chemin escarpé, il était enveloppé dans un manteau bleu, deux poignards pendant à sa ceinture de cuir. Il ne me regarda pas en passant devant moi, pas plus qu'il ne me salua lorsque je le retrouvai à la table de Guilhabert de Castres quelques heures plus tard, dans la minuscule maison glacée où j'avais parlé quelques jours auparavant avec l'évêque de Toulouse. Cet homme, c'était Chabert de Barbaira, dont Guilhabert venait de faire la connaissance. Il était assis très droit, peut-être afin de compenser sa stature modeste. Cependant, avec ses épaules carrées, l'homme semblait fort. Il était barbu et ses cheveux étaient mal coupés. Rien dans son apparence ne laissait penser que j'avais face à moi, de l'autre côté de la table, l'un des gentilshommes les plus respectés de notre pays, les comtés de Foix et Toulouse, Roussillon et Barcelone. Qui étais-je pour m'asseoir entre un grand seigneur et le parfait le plus important de l'Église des bons hommes ?

– Chabert, commença Guilhabert, voici Péire de Liziac, un jeune scribe dont je réponds et qui est prêt à mener à bien l'importante mission consistant à préserver l'héritage de notre Église.

Chabert hocha la tête et, pour la première fois, me lança un long regard sérieux. Guilhabert poursuivit, s'adressant cette fois à moi, et répéta devant Chabert ce qu'il m'avait déjà annoncé :

– Pèire, tu es très jeune, mais tu connais la calamité que nous subissons depuis longtemps. Les croisés sont entrés sur nos terres il y a seize ans, ils se renforcent chaque jour et nous repoussent vers les montagnes. Montségur est notre refuge. Pour le moment, ils ne sont pas arrivés jusqu'ici, mais un jour ils le feront, et ils ne cesseront de nous harceler tant que les traces mêmes de notre existence n'auront pas été effacées de l'histoire. Le Démiurge gouverne ce monde, ses armées finiront par nous anéantir et nous ne pouvons pas combattre sa violence.

Guilhabert inspira profondément, tandis que son regard se perdait dans les flammes de la minuscule cheminée qui ne réchauffait pas l'air glacé.

– Notre temps s'achève en ce siècle, mais pas notre foi. Elle ne doit pas périr car c'est elle qui mènera le monde au salut le moment venu... Mais pour cela, Pèire, il faut veiller à ce que nous ne disparaissions pas complètement de l'histoire. Ta tâche est de rédiger la chronique de ce que nous étions et de sauvegarder notre héritage pour l'avenir. Écris l'histoire de notre Église, répète aux hommes de demain ce que nous avons dit aujourd'hui, ce que nous avons fait, qui nous étions, pour qu'ils sachent qu'il existe un chemin pouvant les conduire au Dieu bon quand ils quitteront ce monde après de nombreuses vies.

Guilhabert, qui fixait le feu, tourna un regard ardent vers moi :

– *Messer* Chabert est le seigneur de Barbaira et l'un de nos plus grands défenseurs. Il a lutté pour notre foi dans maintes batailles, et il a accepté de te protéger en te prenant à son service le temps nécessaire pour que tu puisses rédiger la chronique de notre foi. Dès demain, tu partiras avec lui. Tu deviendras son secrétaire aux yeux du monde. Mais même si tu lui dois obéissance, ta vie dès cet instant appartient à l'Église cathare, ou plus exactement à ta mission. Il te faudra du temps, des années peut-être, mais tu es très jeune, tu connaîtras sans nul doute notre fin qui approche, et tu en témoigneras. Tu dois écrire et exposer notre doctrine, nos coutumes, nos lois et surtout les fondements de notre foi, et expliquer pourquoi c'est la seule voie qui mène au salut. Témoigne pour les siècles à venir de qui nous étions, mais raconte également pourquoi nous fûmes persécutés et surtout où réside la vérité de ce monde, le chemin du paradis.

1225

Ce souvenir tournant dans ma mémoire et mon estomac débordant de nourriture chaude, je glisse doucement dans un sommeil profond. Je ne dors généralement pas après avoir mangé, peut-être parce que mes repas sont souvent très frugaux : une pomme ou un oignon, parfois un morceau de pain et du fromage. Pourtant, dans notre *domus*, les aliments ne manquent pas. Mon père est un notaire bien connu. S'il n'est pas riche, l'argent ne lui fait pas défaut, et ses services sont fréquemment payés en viande, en légumes ou en pain. Peu souvent en fruits, rares dans nos montagnes, et presque jamais en poisson, qui pourtant abonde dans nos rivières.

Je passe l'après-midi à préparer mon logis et à explorer le *castrum*. Il n'y a guère plus d'une centaine de personnes qui vivent ici : quelques sergents dans la salle d'armes, des serviteurs, des esclaves et des écuyers, qui se répartissent dans des huttes comme la mienne ou partagent les étables avec les animaux, et, naturellement, la famille du seigneur, qui habite le donjon.

Avec l'autorisation du soldat de service, je monte sur le chemin de ronde. Le vent continue de souffler, quoique moins fort que ce matin, et j'observe que dès le coucher du soleil derrière les Pyrénées, son intensité diminue.

Absorbé dans la contemplation du paysage, je n'entends pas arriver la petite servante.

– Maître Pèire, dit-elle timidement, *messer* Chabert vous envoie quérir.

– Je te suis. Comment t'appelles-tu ?

La gamine descend déjà les escaliers :

– On me nomme Oda, maître Pèire.

Je passe par ma cabane pour m'envelopper dans mon manteau gris, le froid s'épand alors que les ombres s'allongent. Je grimpe jusqu'à la tour sans perdre de temps.

Oda, qui m'attendait derrière la porte, me précède dans l'escalier conduisant vers une pièce spacieuse qui occupe tout le premier étage du grand donjon. Cet escalier, très raide, se poursuit jusqu'aux étages supérieurs, mais nous restons au premier. Une cheminée crépitant dans un coin offre lumière et chaleur à la pièce. Les fenêtres sont recouvertes d'un épais tissu qui nous protège de la nuit glacée. Une table sur tréteaux est dressée devant la cheminée. Chabert en occupe un côté, Sybille est à sa gauche et la petite Chaberta est assise sur un haut tabouret placé entre ses parents. Face à eux, une dame souriante qui, à ce moment-là, s'entretient joyeusement avec la fillette.

– Pèire, s'écrie Chaberta en me voyant, voici ma tante Esclarmonde de Conat. Elle est venue faire ta connaissance.

– Ma fille, gronde Chabert, ne dis pas de bêtises ! Esclarmonde est la sœur de Sybille, et elle est avec nous jusqu'à ce que son époux revienne de chevauchée.

Je salue poliment :

– Ma dame, c'est un honneur.

Je sais ce que sont les chevauchées des seigneurs sur leurs terres : des raids pour percevoir les impôts et pour assurer le contrôle de leur fief sous prétexte de protéger les serfs. Les barons doivent vivre. C'est dans l'ordre du monde. Je m'assois à la table. Aussitôt, Oda apparaît pour servir le dîner. Je profite d'un silence dans la conversation pour étudier le visage d'Esclarmonde dans la semi-obscurité. Elle est très belle, certes pas autant que sa sœur Sybille, mais très attrayante. Il est vrai que toutes les femmes me paraissent attirantes... À moins qu'elles le soient toutes véritablement ? Esclarmonde rit fréquemment, sans aucune honte, comme Chaberta, et, contrairement à Sybille qui ne boit que de l'eau, elle porte souvent sa coupe de vin à ses lèvres en les humectant.

Curieusement, le guerrier Chabert ne semble pas très à l'aise en présence de sa femme. Elle le sait et abuse gentiment de son pouvoir sur cet homme plus âgé qu'elle. Que les relations entre les humains sont curieuses ! Ces deux personnes sont mariées, elles doivent avoir couché ensemble à de nombreuses reprises, et bien que j'en sache très peu à ce sujet, il m'est aisé d'imaginer que cette pratique doit créer des liens entre l'homme et la femme.

Chaberta, malgré son jeune âge, dîne avec bon appétit et sans aide, et ses remarques innocentes animent le repas, jusqu'à ce qu'elle s'endorme dans les bras de sa mère. Oda, la servante, la conduit alors dans son lit, et Sybille nous quitte bientôt à son tour pour tenir compagnie à sa fille.

Nous restons tous les trois, Esclarmonde, Chabert et moi, assis à table dans le salon d'apparat de la tour, finissant notre vin en regardant la cheminée, absorbés par le grand feu hypnotique.

– Maître Pèire, dit soudain Esclarmonde, en quoi consiste votre travail auprès de mon beau-frère ? Il n'a jamais eu besoin d'un secrétaire.

Elle dévisage Chabert, qui reste silencieux :

– Nous cacheriez-vous un mystère, mon seigneur ?

– Que nenni ! répond Chabert, amusé. J'ignorais que le sort de mes terres et de mes serviteurs vous intéressait. Pèire, dis à ma belle-sœur quel est ton rôle ici.

Nous avions convenu que ma véritable mission devait rester secrète, tout comme le fait que Chabert se soit engagé à me protéger et à m'entretenir, et avions mis au point une fausse explication. Mais je ne sais pas mentir. Ma religion et ma morale me l'interdisent, ma timidité naturelle encore plus. Il est vrai que Guilhabert de Castres nous a autorisés à utiliser le mensonge pour le bien de notre Église. Quoi qu'il en soit, la situation m'est inconfortable, tandis que Chabert semble l'apprécier.

– Eh bien ! ma dame, mon travail avec votre beau-frère consiste à tenir ses comptes en ordre, à écrire ses missives, à répondre à celles qu'il reçoit, à organiser ses visites...

– Comme un roi ! s'exclame Esclarmonde, en fixant Chabert.

– Plus ou moins, ma dame.

Mes joues rouges doivent trahir mon embarras. Le seigneur de Quéribus, lui, rit ouvertement, suivi d'Esclarmonde. Finalement, le rire me gagnant, ainsi que les vapeurs du vin, je me joins à eux.

– Pèire, poursuit la jeune femme, si vous êtes désormais responsable des finances de cette seigneurie, je vous prie de préparer prochainement une provision de viandes et de vins pour un banquet, ainsi qu'une somme de... disons dix sols melgoriens pour rétribuer comme ils le méritent deux troubadours qui passeront par ces terres dans quelques jours, à ce qu'on raconte... Avez-vous déjà entendu un *sirventés*, une *canso*... ou une pastourelle ?

– Ma dame, je dois admettre que mon éducation en la matière est très limitée. Je crains...

– Chabert, cher beau-frère, qu'en pensez-vous ?

– La vérité est qu'il appartient à votre âge et votre condition de vous amuser de temps à autre. Parlez-en avec votre sœur, mais je vous prie de regarder aux dépenses, nos terres produisent peu. Pour autant, qu'il en soit ainsi !

– Merci mon seigneur. Je n'en attendais pas moins.

Esclarmonde se lève et dépose un baiser furtif sur la tête de Chabert, resté assis.

– Merci, poursuit-elle. Permettez-moi de me retirer. Pèire...

– Ma dame...

Chabert est troublé par le geste d'Esclarmonde, tout comme il l'a été hier lorsque son épouse s'est approchée de lui. Mais la jeune femme a déjà disparu dans les escaliers avec un sourire malicieux. Je me lève et attends un ordre de Chabert.

– Sous peu, Pèire, dit-il enfin, nous partirons pour Perpignan, dont je dois prendre le commandement de la garnison au nom du comte Nuno Sanche. Tu m'accompagneras. En attendant, profite des jours prochains pour t'installer et commencer ta tâche.

Je me retire, enivré par le vin et la nourriture abondante, par le parfum délicat de ces femmes, par le sourire d'Esclarmonde.

Je dois penser à ma mission.

1225

Deux heures avant l'aube, nous descendons de Quéribus vers les écuries où attendent nos montures.

La veille, j'ai été à nouveau invité à la table des seigneurs du château. Chabert m'a alors annoncé notre départ. Notre mission est d'atteindre au plus vite la ville de Perpignan, où l'attend son nouveau poste. Il est important de réorganiser la défense de la ville contre les incursions des ennemis de Nuno Sanche, les seigneurs de Montcada.

– Pourquoi ces deux familles sont-elles en guerre ?

– Nuno Sanche est mon seigneur, et depuis quelque temps il est en guerre avec Guillem de Montcada, vicomte de Béarn. Ces deux princes ont pourtant combattu côte à côte à Muret en 1213 contre les Francs, lors de la mort de Pierre II d'Aragon, dit le Catholique, et assumé ensemble la régence du royaume au nom de son fils Jacques. Jusqu'à ce qu'un différend sans fondement les oppose l'un à l'autre. La vérité est que je n'en sais guère plus, jeune Pèire...

– Et ces deux maisons se battent pour un différend sans fondement ?

Chabert a hésité un moment, s'est versé une coupe de vin, puis une autre, et a répondu avec ce regard profond et décisif que je lui connais depuis le jour de notre première rencontre à Montségur :

– C'est bien ça.

Jamais je n'avais vu d'hommes aussi armés : longues épées à double tranchant, poignards et couteaux de toutes sortes pour les chevaliers; arbalètes, arcs et longues piques pour les archers et les sergents montés; haches à double tranchant à la manière des Francs, suspendues à leur dos, à leur taille ou attachées à leur selle pour les autres.

Tous portent dans le dos des boucliers triangulaires semi-courbes, en bois pour la plupart, certains recouverts de cuir tendu. Celui de Chabert est décoré des armes de la famille Barbaira : trois bandes horizontales argentées ornées chacune de cinq croix d'hermine, sur un fond rouge sang. Un casque, que je crois connu sous le nom de barbute et qui ne laisse apparaître que les yeux et une bande de peau sous le menton, octroie à Chabert une apparence féroce. Les simples sergents et archers portent le bassinet, que je reconnais parce que les gardes de ma ville l'utilisent. Plusieurs soldats et tous les chevaliers sont protégés par une cotte de mailles. Celle de mon seigneur atteint le milieu de la cuisse, comme il convient à son rang.

Dès que nous sommes prêts, Chabert ordonne le départ d'un geste. Le fracas produit par les fers des chevaux est assourdissant, et le pauvre scribe que je suis se sent plus effrayé qu'en sécurité au milieu de cette vingtaine de chevaliers et de sergents armés. Durant ces semaines passées au château, j'ai appris à côtoyer les guerriers qui accompagneront Chabert aujourd'hui, ceux qui suivent au plus près leur seigneur. Il y a Aymeric de Montlaur, grand et puissant, avec des cheveux raides et sales, une cotte de mailles et des jambières de métal sur ses bottes. J'ai aussi rencontré Pèire Raimond de Barbaira, le frère de Chabert, de petite taille mais aussi large d'épaules que son aîné. Selon les sergents et soldats avec lesquels j'ai parlé ces jours-ci, il préfère habiter le village de Cucugnan, à une heure de marche du château de

Quéribus, où il est accueilli par Bérenger de Cucugnan, un des hommes les plus trapus que j'aie jamais vus, barbu et au visage lacéré par une cicatrice violette fermant partiellement son œil gauche. Le dernier chevalier semble issu de la cour des rois d'Angleterre qui, semble-t-il, est plus encline aux amours et aux jeux floraux qu'à la bataille. Géraud de Niort, cependant, est un célèbre guerrier, frère de Bernard-Othon de Niort et ennemi juré de l'Inquisition. Il a les cheveux bien coupés et un visage imberbe où l'on découvre avec surprise des yeux bleus et aussi froids que les neiges du Canigou.

Je ne porte pas d'armes sous mon manteau gris, le meilleur moyen de ne pas me faire tuer, selon Chabert. Je n'ai qu'un pourpoint rembourré qui, s'il ne me protège pas des coups tranchants, au moins me tient au chaud.

Mes besaces contiennent toute ma fortune : des feuilles de papier de la meilleure qualité enroulées dans un sac en cuir avec mes ustensiles, et une chemise pas très neuve mais propre.

Sur les pas du seigneur de Quéribus, nous empruntons un sentier jusqu'au village de Maury. La lumière monte peu à peu dans le ciel à l'orient, bientôt le soleil apparaîtra.

Lorsque le sentier de montagne se transforme en large chemin accompagnant doucement la rivière, nous délaissons notre marche lente et prudente et prenons le trot.

Les chevaux ont faim de galop, tout autant que leurs cavaliers. Le fait est qu'au bout de quelques instants, Chabert se laisse emporter par le soleil levant et l'horizon étincelant, par la *tramontana* qui nous pousse, par la soif d'action, et lance sa monture au galop. Au milieu du groupe, mon cheval accélère, et une vague d'euphorie remonte dans ma poitrine. Je voudrais crier : «*Endauant!*» comme le seigneur Chabert. Je me sens invincible. Nous galopons comme des démons enragés, ivres de liberté.

Une colline basse apparaît à l'horizon, que nous devrons franchir. Conscient de la route qu'il nous reste à parcourir, Chabert fait ralentir sa monture. Nous passons au petit trot, et enfin au pas, entre les ronflements et les hennissements des chevaux excités. À cet instant des silhouettes se dessinent sur la crête : quelques cavaliers se dressent en travers de notre passage.

Nous nous arrêtons brusquement, dans le plus grand des silences. Chabert reste immobile, attendant que les cavaliers, à deux cents verges maintenant, se montrent vraiment.

– Hugues, combien sont-ils ?

– J'en vois quatre, *messer*, répond l'écuyer.

– Trois hommes avec moi.

Les chevaliers les plus proches de Chabert le suivent sans hésiter, le regard sérieux. Les deux groupes se rapprochent l'un de l'autre et se rejoignent à mi-chemin. Je peux parfaitement distinguer le bouclier de l'un des cavaliers, rouge avec six cercles d'or, et des taureaux ou des vaches dans une bande dorée couronnant le tout.

– Qui sont-ils ? demandé-je à un archer proche de moi.

– Montcada.

– Que va-t-il se passer ?

– Négociation... Ou combat.

– Combat ?

Le soldat m'ignore déjà, cherchant à interpréter à distance l'avancée de la discussion. Alors que la tension durcit les visages qui m'entourent, mon cœur se met à battre fort dans ma poitrine. J'ai peur... Je n'ai jamais vu de bataille entre deux armées – même si notre groupe est trop réduit pour être considéré comme tel. De plus, nous ignorons combien de combattants se cachent derrière la colline.

La négociation se termine immédiatement, les nôtres reviennent sur leur pas jusqu'à nous. Chabert n'a pas perdu son calme, sa voix est ferme :

– Ils retournent en Aragon, dit-il aux chevaliers. Ils ont dû piller un village de la région sous prétexte qu'ils patrouillaient au nom des Montcada. Ils ne doivent pas être très nombreux, car ils ne souhaitent pas se battre et proposent que nous nous ignorions mutuellement... Préparez les armes ! Rapidement et en silence ! Nous allons combattre, mais je ne veux pas perdre de temps. Nous les renversons et continuons notre chemin. Ils sont proches de nos terres, je ne veux pas d'eux ici !

J'avale ma salive avec difficulté. Je dois être très pâle car l'archer s'approche de moi :

– Vous et moi n'allons pas beaucoup nous battre, *maese*[7] scribe. Je tirerai peu de flèches... Et puisqu'il s'agit d'effrayer ces Aragonais avec quelques coups et de continuer notre chemin, j'utiliserai mon épée. Chabert laisse rarement passer une occasion de montrer son courage sur le champ de bataille. Restez à mes côtés et faites ce que je ferai.

Les sergents et les chevaliers ont déjà dégainé leurs armes. Chacun resserre les sangles de son casque, ajuste son bouclier. Les chevaux les plus expérimentés sont nerveux, il est difficile de les tenir. Je regarde autour de moi, perplexe, mais plus personne ne me prête attention, même si je remarque que les cavaliers me poussent imperceptiblement vers le centre du groupe. Avec un dernier regard sur sa troupe, Chabert lève son épée en hurlant :

– Barbaira, Barbaira, Barbaira !

Je suis surpris par le premier « Barbaira! » que la troupe reprend à pleins poumons tout en éperonnant les chevaux. Mais dès le suivant, ma voix rejoint celle des autres et je hurle à mon tour « Barbaira, Barbaira! » tandis que ma monture se jette en avant.

En quelques secondes, nous sommes au sommet de la colline. Un groupe de cavaliers plus important que le nôtre apparaît alors devant nous. Ils sont armés et la plupart en selle, mais ils n'attendaient pas une attaque de notre part, mis en confiance par leur nombre et par le résultat de la négociation. Si beaucoup restent pétrifiés par notre charge, d'autres tirent déjà leur épée et font front. Mais une fois franchi le sommet de la colline, nos

---

7. Maître, dans le sens de « savant » ou « expert », en occitan.

chevaux prennent de la vitesse dans la descente, et notre groupe, déterminé et lancé sans aucune retenue, vaut mille chevaliers des Montcada. Un enthousiasme excessif me pousse à l'euphorie. La peur disparaît, d'ailleurs que pourrait-il m'arriver, protégé comme je le suis ? La haine de l'ennemi m'envahit, cruelle, aveugle. Je crie :

– *Endauant, endauant !*

Nous sommes déjà sur eux et perçons leur ligne dans un chaos brutal de cris de douleur, de hurlements de victoire, de vociférations euphoriques et d'entrechoquements métalliques. Nos chevaliers sont en première ligne. Ils ne sont pas plus de cinq, mais leur enthousiasme est tel que l'ennemi cède au premier assaut. L'énorme silhouette de Bérenger de Cucugnan me sert de guide dans ce désordre. Je suis toujours protégé au centre du groupe, occupé également à ne pas perdre de vue mon gardien et à ne pas me laisser distancer. L'avancée est de plus en plus lente, la défense des Montcada s'organise, ou bien les adversaires sont trop nombreux et ralentissent notre élan. J'aperçois dans la cohue l'épée de Chabert aller et venir, monter et descendre, portant coup après coup. Elle est déjà couleur rouge sang. Chabert a blessé plusieurs ennemis coup sur coup. Les autres le fuient dès qu'ils le reconnaissent : Chabert jouit d'un grand prestige, mais il est aussi fameux pour son aisance féroce l'épée à la main, fidèle à sa réputation de grand chevalier malgré ses quarante ans.

Suivant nos guerriers, j'essaie de pousser ma monture en avant, en gardant un œil sur mon compagnon l'archer, qui joue de son épée, avec habileté à ce qu'il me semble.

Le bruit sourd de l'acier qui fend la chair me submerge, et plus encore les cris de douleur sauvages des blessés. Durant un instant, je prends conscience de la situation et je m'interroge malgré moi :

– Mais que fais-je ici, au milieu de cette horreur ?

Toutefois, une voix intérieure m'impose silence et me pousse à être plus violent, plus brutal que n'importe lequel de ceux qui m'entourent si je veux sortir vivant de cette situation. Je pousse encore plus mon cheval. Soudain, notre groupe reprend de la vitesse, la ligne ennemie a complètement cédé, nous l'avons franchie. La route de Perpignan s'ouvre pour nous.

– Au galop, au galop ! crie Chabert, qui lance son cheval à travers la prairie se déployant devant nous. Ses hommes le suivent. Je me prépare à éperonner ma monture quand une main agrippe le col de mon pourpoint, m'étouffant par-derrière. Ce choc brutal manque de me faire chuter. Une vague de terreur m'envahit soudain. Pris de panique, je me retourne et lance mon poing de toutes mes forces sur le jeune soldat qui tentait de me capturer. Mon coup l'atteint au cou, l'homme me lâche si vite que, soudainement libéré, mon cheval se précipite vers la prairie, galopant avec fureur. En quelques secondes, je rattrape le reste de mes compagnons et rejoins Chabert, qui chevauche un moment à mes côtés, se retournant fréquemment en pleine course afin de s'assurer que tous ses hommes le suivent et que notre charge a privé les guerriers de Montcada de toute velléité de poursuite.

Nous ralentissons peu à peu. Puis, lorsque la distance et l'épuisement des chevaux nous le conseillent, nous passons au petit trot. La respiration bruyante de nos montures, leur chaleur entre nos jambes et la sueur de leurs flancs occupent notre attention. Quant à moi, je prends conscience de ce que je viens de vivre en observant les épées sanglantes et les blessures de certains de nos compagnons.

– *Maese* scribe, quel coup de poing vous avez donné à ce soldat !

Chabert a parlé à haute voix pour que tout le monde l'entende à travers son casque, et il rit aux éclats, rapidement suivi par le reste de la compagnie. Je perçois un regard de complicité de la part de Pèire Raimond de Barbaira, qui est maintenant à mes côtés.

– Mon seigneur, affirme mon archer, je crois que ce soldat portera longtemps la signature de notre scribe gravée sur sa gueule d'Aragonais !

Nouvelle vague de rire, cette fois générale. Je suis tiraillé entre la honte d'être le centre de l'attention et la fierté d'avoir été félicité par Chabert. Comment pouvait-il me voir alors qu'il chevauchait déjà dans le pré ? Je n'ose le lui demander.

– Hugues, dès que nous arriverons à Perpignan, trouve à Pèire une épée équilibrée et un poignard. Et apprends-lui à les utiliser. Bien, passons à autre chose.

Chabert a déjà nettoyé son épée sur sa cape et repositionné son casque, mettant ainsi fin à l'incident.

Je venais de participer à ma première bataille. Pendant longtemps, ce fut pour moi la plus grande de toutes les guerres jamais menées.

1226

Le soleil est déjà près de se coucher lorsque les tours de Perpignan apparaissent au loin. Nous ne nous sommes pas arrêtés pour manger ou permettre aux chevaux de se reposer : Chabert veut être arrivé avant la nuit. La ville se blottit derrière des murs qui semblent inachevés, comme tend à le montrer la grande quantité d'esclaves et d'artisans encore affairés à sa construction. La plupart sont des Sarrasins achetés dans les terres du Sud ou des pirates capturés après un raid infructueux sur nos côtes ou un naufrage. Certains sont tout simplement d'imprudents irresponsables endettés qui rachètent ainsi leur liberté.

Nous traversons une rivière peu profonde avant de franchir la porte orientale de la ville. Reconnaissant les armes de Chabert, les soldats de la garnison s'approchent. Le sang sur les vêtements ou sur le visage de certains d'entre nous les intrigue. Mon seigneur ne s'arrête pas pour répondre aux questions ou aux salutations des bourgeois ou des guerriers. Il rassemble sa troupe :

– Messieurs, je dois rencontrer les consuls de cette ville. Mon écuyer vous guidera vers une auberge proche. Prenez du repos, nous nous réunirons demain ou le jour suivant.

Puis il s'adresse à celui qui est, je crois, le chef des troupiers non nobles :

– Lois, conduis tes gens à l'hôpital et demande hospitalité en mon nom. Je parlerai aux moines. Ils ne vous ouvriront pas de bon gré, veille à ce que je ne reçoive aucune plainte.

– Oui *messer*.

– Pèire et Hugues, avec moi.

Le groupe se sépare. Je suis Chabert et son écuyer dans le dédale des ruelles de la ville de Perpignan. Elle n'est pas très étendue, peut-être moins que ma regrettée Pamiers. Les maisons semblent solides. Curieusement, beaucoup d'entre elles sont construites en briques rouges, donnant aux rues un air jovial, très différent de la pierre grise des murs de ma ville. Nous avançons lentement afin de ne pas effrayer les passants avec nos chevaux en sueur. Les ombres s'allongent, mais il y a encore bien du monde dans les rues, formant des groupes bruyants engagés dans des discussions animées. Je suis étonné du nombre de femmes affairées qui vont et viennent. Les nôtres fuient toujours la vue des voisins et des passants, et ne sortent de la *domus* que si c'est indispensable, et moins encore en fin de journée. Les échoppes et les ateliers ferment. De nombreux enfants se promènent en piaillant autour de nous alors que nous débouchons sur une place carrée d'une cinquantaine de coudées de côté. Devant nous, deux bâtiments : une église couronnée d'une croix de fer et, à côté, un vaste édifice sans fenêtres, dont le portail à deux battants, fermé, est gardé par un domestique.

Nous mettons tous pied à terre. Hugues, qui semble bien connaître la ville, s'éloigne en tirant les rênes des chevaux. Je regarde autour de moi, subjugué. Devant moi, les derniers rayons du crépuscule éclairent dans une lueur blanche une image resplendissante gravée dans la roche, étrangement suspendue au milieu de l'arche d'entrée du temple. Je suis pétrifié par la beauté de cette image, un vieil homme enveloppé dans une tunique plissée et paraissant porter un ange sur chaque épaule. Une représentation de Dieu selon l'Église romaine, représentation indigne de tout bon chrétien comme moi. Pourtant, la beauté de la pierre sculptée dans la semi-obscurité m'émeut. Si Guilhabert me voyait !

Chabert, qui a remis à Hugues son harnachement de combat, ne porte plus que ses poignards à la ceinture, un de chaque côté, cachés sous son éternel manteau bleu. Il se dirige avec détermination, selon son habitude, vers l'entrée sombre du vaste édifice. Au-dessus du linteau, les armoiries de l'Église de Rome, gravées dans la pierre.

– Votre jeune serviteur a bon goût, *messer* Chabert.

La voix, amusée, s'élève dans l'ombre du portail.

– Ce n'est pas mon serviteur, c'est mon scribe.

– Un scribe... Chabert, je prends Dieu à témoin que tu me surprends chaque jour un peu plus !

– Laisse Dieu où il est, incorrigible hérétique !

Et Chabert étreint l'homme. Portant de longs cheveux bien entretenus et une barbe taillée, et arborant une tunique violette, celui-ci est plus grand et plus jeune que mon seigneur, trente ans peut-être. À sa ceinture en cuir pendent une longue épée et un poignard.

– Olivier de Termes, j'espérais bien te voir... mais pendu à une potence !

– Chabert, vieux guerrier, tu viens d'arriver et tes derniers méfaits sont déjà dans toutes les bouches en ville. Le Montcada se souviendra de toi.

Je m'approche des deux hommes. Leurs rires résonnent dans la pénombre, et je ne peux m'empêcher de penser que Chabert semble plus à l'aise avec cet inconnu qu'avec sa femme Sybille.

– Olivier, ce jeune homme est Pèire, mon secrétaire. Il m'accompagne et est sous ma protection. Sa tâche est de surveiller de près mes comptes, entre autres missions.

– Bien, répond Olivier, pourquoi pas ?

Le nouveau venu se tourne à présent vers moi :

– D'où viens-tu, ami Pèire ?

– De Pamiers, seigneur.

– Bel endroit... bien que ce soit un nid de cathares, à ce que l'on dit.

Le regard du seigneur de Termes me transperce :

– N'est-ce pas vrai, Pèire, le scribe ?

– C'est possible, messire... Je ne sais pas.

Les deux chevaliers se regardent en silence et éclatent à nouveau de rire.

– Jeune scribe, j'ai vu ton intérêt pour cette sculpture... Elle est l'œuvre d'un bon ami, Raimond de Bianya.

Tout en parlant, il se tourne vers l'image de pierre qui a attiré mon attention :

– Peut-être seras-tu intéressé de savoir que cette pierre lumineuse est du marbre blanc d'Elne, à une demi-journée de voyage.

– Passons ! interrompt Chabert. Je dois rencontrer les consuls de la ville, je suis porteur d'un message de leur seigneur.

Un homme grand et aussi élégant qu'Olivier nous rejoint. Celui-ci et Chabert le reconnaissent :

– *Messer* Guillem de Canet, je suis heureux de te voir, cher neveu. Tu viens également rencontrer nos consuls, je suppose...

– C'est vrai, Olivier. Chabert, je suis heureux de votre présence pour commander notre défense en cas d'attaque des ennemis de notre comte Nuno.

– Et moi de vous compter dans nos rangs, Guillem.

Nous franchissons le portail de l'hôpital au moment où des domestiques poussent avec effort, pour la nuit, les deux lourds vantaux de bois, renforcés de clous. Nous suivons l'un d'eux à travers un cloître obscur et atteignons une grande salle, dominée par une sculpture du Christ et dans laquelle nous attend un groupe en pleine conversation. Deux des hommes présents sont des moines bénédictins que je reconnais à leur traditionnelle robe noire à capuche et à leur ceinture de corde blanche. Les trois autres hommes sont enveloppés dans des manteaux doublés de fourrure de renard et brodés de fils fins. Tous trois revêtent des bonnets à la dernière mode, pour autant que je sache. Contrairement aux guerriers Chabert et Guillem, et au pauvre scribe qui les accompagne, ils ne portent pas de barbe, ne serait-ce que taillée, comme celle d'Olivier de Termes. Ce sont des bourgeois de la ville, fiers de leur puissance nouvellement acquise. Chabert m'a expliqué que Perpignan était une ville libre depuis quelques années et gouvernée par cinq consuls.

– *Messer* Chabert, quelle joie de vous avoir enfin parmi nous ! Notre seigneur, le comte Nuno Sanche, nous avait prévenus de votre arrivée imminente. Nous avons craint pour vous jusqu'à ce que votre messager paraisse hier, et cet après-midi, la nouvelle de votre rencontre avec un groupe de Montcada nous a apporté la tranquillité.

– Les rumeurs courent plus vite que nos chevaux, consul Benet, répond mon seigneur. Merci pour votre accueil. Une affaire m'a certes retardé à Pamiers, mais me voici enfin, et demain je prendrai mon poste de capitaine de la garnison de votre ville. Nuno me demande dans sa dernière lettre de vous rappeler que ma troupe sera affectée au bourg de Perpignan pendant la durée de cette guerre et tant que ma présence ici sera jugée nécessaire.

– Bien sûr, *messer* Chabert, nous vous verserons dès demain la somme convenue de huit cents sols de Barcelone...

– Consul Benet, notre seigneur stipule clairement que la somme pour le reste de l'année est de mille sols melgoriens... J'apprécie votre empressement à satisfaire notre comte, mais vous et moi connaissons son caractère, et je n'ai pas l'intention de vous créer un nouveau différend avec Nuno.

Chabert, dont le visage sérieux arbore soudain un demi-sourire, s'approche du consul :

– Je pense que neuf cents sols nous conviendront, ne croyez-vous pas ?

Les trois bourgeois se consultent des yeux et hochent la tête :

– Qu'il en soit ainsi, *messer* Chabert, rien ne sera de trop pour assurer notre sécurité.

– Alors, voilà qui est réglé. Mes hommes coucheront dans cet hôpital même, merci de leur donner à souper et de prendre soin d'eux autant que possible. Ils sont aux portes des écuries, attendant d'être accueillis.

Chabert se tourne vers les moines, qui acceptent la requête d'un bref hochement de tête et partent en silence.

Le consul Benet prend à nouveau la parole :

– Très bien. Messires Chabert de Barbaira, Olivier de Termes et Guillem de Canet se trouvent dans la ville de Perpignan, qui pourra désormais dormir paisiblement. Je serais heureux de vous inviter à ma table ce soir.

– Avec plaisir, cher consul Benet, répond aussitôt Olivier, devançant Chabert qui, préférant la compagnie de ses soldats, faisait déjà la moue. Ce sera un honneur !

– Suivez-moi alors, votre serviteur peut souper avec la troupe.

– Ce n'est pas un domestique, cher consul, mais le secrétaire de Chabert, envoyé par le comte Nuno Sanche pour vérifier les termes des accords conclus ici et leur stricte conformité. Peut-être pourrait-il se joindre à nous au banquet, il mange à peine...

– Soit, soit ! coupe Benet, agacé. Suivez-moi.

Les consuls s'éloignent vivement, nous les suivons de quelques pas. Olivier me fait un clin d'œil amusé avant de reprendre sa conversation avec Guillem de Canet.

1226

La salle où la table a été dressée se trouve au premier étage d'une maison bourgeoise comme je n'en avais jamais visité, à une courte distance de l'hôpital. Elle est entièrement construite en briques rouges. Le sol n'est pas en argile, ni en bois, mais couvert de dalles, à la manière de celui d'un château noble, mais beaucoup plus agréable à la vue. Des piliers partent des côtés de la salle et se rejoignent en plein cintre, formant une voûte qui soutient avec élégance le sol de l'étage supérieur. La cheminée, immense, dégage dans toute la pièce une chaleur réconfortante. Trois lustres de fer forgé à plusieurs bras supportent des dizaines de bougies qui éclairent la salle comme en plein jour, donnant une lumière claire et odorante, contrairement aux lampes à huile que j'utilise la nuit pour écrire ma chronique. De plus, des torches imbibées de résine parfumée brûlent sur les murs pour rafraîchir l'atmosphère. Un grand groupe d'esclaves attend notre arrivée et nous aide à prendre place. La table regorge de viandes fumantes, de fruits, de cruches de vin, de pain et de fromage.

Je n'ose chercher la compagnie de Chabert, qui est visiblement très à l'aise avec ses camarades d'armes et ne souhaite pas converser avec les consuls. Je suis sur le point de m'asseoir à une extrémité des deux longs bancs qui attendent les invités de chaque côté de l'immense table, quand Olivier de Termes m'appelle depuis l'autre bout :

– Jeune Pèire, par ici ! Allons, n'aie pas peur !

Une fois de plus, je rougis malgré moi en sentant tous les yeux converger sur ma personne. *Mila dieus !* Je dois apprendre à ne pas me laisser envahir par cette honte inconvenante qui me suit partout où je vais. Fâché contre moi-même, je me dirige vers Olivier, qui s'écarte pour me faire de la place à ses côtés, entre Guillem de Canet et lui.

Mon seigneur Chabert, assis lui aussi à côté d'Olivier, a retiré de sa ceinture son couteau à manger et cherche déjà les viandes qui nous attendent sur la table. Je fais de même. Avec le poignard court que je porte toujours sur moi, je coupe un morceau de pain et une fine tranche de la cuisse de porc que j'ai sous la main. J'étale la viande sur le pain et commence à manger. Près de moi, Olivier est occupé à boire du vin, que des esclaves attentifs servent en abondance.

Un bon chrétien ne doit pas boire de vin en excès, mais j'ai soif. Tout en m'exhortant intérieurement à la modération, j'enchaîne une coupe après l'autre. Ce sont des gobelets en argent, jamais je n'ai porté de trésor aussi précieux à ma bouche. Olivier a remarqué mon étonnement. Tandis qu'il saisit une poignée de fruits sur une grappe de raisins et les avale un par un, il se moque de moi :

– Tu ne me sembles guère habitué à ce genre de banquet, jeune Pèire.

– Non, mon seigneur, c'est la première fois que je vois autant de victuailles réunies.

– Je sais, cependant, que les montagnes d'où tu proviens donnent beaucoup de nourriture, surtout de la viande. Un bon scribe ne devrait pas souffrir de la faim.

– Jamais je n'ai eu faim : mon père est notaire, l'un des meilleurs du comté de Foix, et nous vivons bien.

– De façon austère néanmoins, d'après ce que je vois...

Le regard d'Olivier est devenu sérieux, froid. Soudain, je sens le poids de ma mission, et un sentiment de danger me submerge.

– Eh bien, *messer* Olivier, je n'ai encore participé à aucun banquet compte tenu de mon jeune âge ! Néanmoins, mon père a été invité à la table de l'évêque de Pamiers.

– Je comprends, jeune scribe. Pardonne ma curiosité. Bois encore un peu...

En un instant, Olivier a retrouvé sa bonne humeur et me demande avec une sournoise ironie qui provoque mon rire :

– Alors, comme ça, tu es devenu secrétaire du bon Chabert de Barbaira ?

– C'est bien ça, mon seigneur.

– Et pourquoi un jeune de Pamiers, justement ? Et pourquoi donc ce fichu faydit[8] de Chabert a-t-il besoin d'un notaire pour son entreprise, qui consiste essentiellement à fracasser des crânes ?

– Il se peut que mon seigneur Chabert veuille avoir un compte exact des crânes brisés...

Je regrette tout de suite mon audace. Olivier me fixe d'un regard dur... et éclate de rire, à mon grand soulagement.

– Je m'excuse, *messer* Olivier, le vin...

Mais il m'arrête d'un geste.

– Chabert, vieux bahut plein de surprises, ton secrétaire me plaît !

Chabert de Barbaira, qui suivait de près notre conversation, rit à son tour :

– Laisse le garçon en paix, avoir à me supporter et tenir mes comptes à jour est déjà bien suffisant pour lui. Dis-nous plutôt ce que tu es venu chercher si loin de tes terres.

---

8. Les faydits (ou faidits) étaient des seigneurs languedociens dépossédés lors de la croisade des albigeois parce qu'ils étaient des croyants cathares, ou parce qu'ils refusaient de se soumettre à l'autorité des croisés et se voyaient de ce fait accusés de défendre et de protéger les « hérétiques ».

L'expression d'Olivier devient sérieuse :

– Je suis aussi un faydit, Chabert. Tu sais que mon père a perdu nos terres il y a des années, quand j'étais enfant. Le peu qu'il me reste appartient à ma mère, et bien que je ne manque de rien, je dois de temps en temps vendre mon épée pour soutenir mes gens et espérer récupérer un jour ce qui m'appartient. Dans le cas présent, c'est l'hôpital de Perpignan où nous séjournerons les mois à venir qui a requis mes services.

– Coquins de Francs ! Tôt ou tard, nous reprendrons ce qui est à nous, Olivier, et nous chasserons ces sauvages de nos terres.

– Dieu t'entende ! intervient Guillem de Canet, occupé jusque-là à dévorer. Et, tant qu'à faire, puisse-t-il emporter ces hérétiques qui ont attiré les vautours du Nord !

Ni mon seigneur ni Olivier ne répondent. Guillem, qui n'en a cure, continue :

– Chabert, quelles nouvelles avez-vous des projets du jeune roi Jacques ?

– Il semble que notre roi souhaite réunir les Corts à Barcelone dans un an ou deux. Je devrai accompagner mon seigneur Nuno Sanche si cela se produit.

– Nous en serons également, Chabert, intervient Olivier, puisque nous rendons, tous ici présents, hommage au roi d'Aragon. Nous voyagerons ensemble, si cela te semble opportun, le moment venu.

– Si Dieu le veut, termine Guillem.

– Tout à fait, Guillem, conclut Olivier, qui s'adressant à toute la table avec son verre à boire à la main, s'écrie : Pour le roi Jacques !

Une fois de plus, je me joins par un cri féroce à mes compagnons, levant ma coupe à la santé d'un roi que je ne connais pas.

1228

Ce début de décembre 1228 est froid et venteux lorsque nous quittons Perpignan. Nous franchissons à l'aube la porte d'Elne et prenons immédiatement le chemin du massif des Albères, qui nous sépare du comté de Barcelone. Cette fois, je chevauche dans le groupe des seigneurs et des chevaliers, et non plus avec les soldats, immédiatement derrière mon seigneur Chabert dans la colonne d'une trentaine de chevaux et de quelques mulets.

Nous sommes restés plus longtemps que prévu à Perpignan, près de deux années, Chabert et moi partageant toit et table. Je l'ai suivi presque quotidiennement lors de ses visites des fortifications, j'ai participé à l'entraînement des troupes, ce qui a poussé ses hommes les plus fidèles à m'accepter parmi eux comme un membre supplémentaire de sa cour restreinte.

Jour après jour, je l'ai accompagné dans ses promenades sur les terres voisines. Heureusement, nous n'avons jamais eu à combattre des hommes armés, seulement à appréhender quelque voleur, ou faire pression sur un paysan réticent à payer ses impôts, dont Chabert gardait une pièce pour dix collectées.

Depuis mon arrivée dans cette ville, je porte deux dagues à ma ceinture, comme lui, et malgré les dépenses que cela implique et le mauvais état de ses finances, sur lesquelles je veille avec beaucoup de difficulté, mon seigneur m'a récompensé, quelques jours avant notre départ, d'une cotte de mailles bien fabriquée et peu utilisée. Pour ma part, je me suis acheté avec mes maigres économies une épée que je juge solide, mais manquant d'équilibre selon Hugues. Comme je ne comprends pas ce qu'il veut dire et que cette arme me semble commode, je n'ai rien fait pour y remédier.

La nuit, quand je ne suis pas courbatu ou épuisé par l'exercice, j'ajoute quelques notes à la chronique, qui avance lentement.

Nous n'avons guère de nouvelles de Quéribus, sinon les lettres que dame Sybille envoie à Chabert tous les vingt ou trente jours et dans lesquelles elle demande de l'argent, des conseils et des instructions sur des questions relatives aux terres ou aux conflits avec les paysans. Elle parle rarement de Chaberta, et moins encore de sa sœur, dont l'époux est décédé.

Mon seigneur ne sachant ni lire ni écrire, je lui lis ses lettres et écris des réponses que j'essaie de rendre fidèles à ce que je crois être son opinion. Chabert n'a jamais l'intention de transmettre plus à Sybille que ses ordres et ne m'oblige pas à écrire ses paroles sous la dictée. C'est pourquoi, dans chacune de ces missives, j'ai pris la liberté d'informer Sybille que c'est moi qui écris, avec pour tâche de lui transmettre les intentions de son seigneur. Peut-être ai-je pris trop de licence, mais j'apprécie toujours plus cet échange avec la jeune dame, inspiré par une saine amitié née d'un temps de vie commune et, je dois l'avouer, par une honteuse vanité de jeune homme que je ne sais réprimer.

Malgré cela, je ne trahis en aucun cas mon seigneur, j'essaie de maintenir un ton respectueux dans mes messages, sans donner lieu à des confidences ou des révélations intimes. Je suis vraiment content de cette situation et attends avec impatience les lettres adressées à Chabert, comme si j'en étais le destinataire.

Un soir, mon seigneur me demande de lui lire les premières pages de ma chronique. Accédant volontiers à sa requête, je commence la lecture à voix basse, à la lumière de deux bougies :

Chronique des derniers jours de l'*Égleisa del Bé*

Comme il n'y a rien de plus sûr que la mort, bien que son temps soit incertain, il est vrai que, instant après instant, nous nous précipitons vers la fin. C'est d'un homme sage et perspicace de savoir qu'après sa mort aucune plainte ne peut être levée contre lui.

De la même manière, si un homme souhaite naître une dernière fois au Paradis après plusieurs vies sur cette Terre, il doit suivre le chemin que trace l'Église des bons hommes : marcher sans faiblesse jusqu'à la bonne fin, en cherchant par ses actions, par sa vie et par sa mémoire, à guider l'un après l'autre ceux qui marchent dans les ténèbres de ce monde vers le Dieu du Bien.

Mais le Mal préside ce monde, et il ne peut que tenter de nous détruire par le feu, cachant et déguisant les chemins qui mènent au Paradis.

Notre Église des bons chrétiens va bientôt disparaître sous les coups des disciples de l'Ange déchu, notre temps de vie à la vue de tous touche à sa fin, mais la voie doit rester ouverte pour ceux qui la recherchent.

En cette année 1225, moi, Pèire de Liziac, fils de Pèire de Liziac, notaire à Pamiers, je commence cette chronique après avoir reçu et accepté cette mission de la bouche de Guilhabert de Castres, évêque de Toulouse et guide de la véritable Église chrétienne. Je transcrirai dans ces pages l'héritage des miens, et je porterai sur mes épaules la responsabilité d'occulter ce Testament aux armées du Diable afin que d'autres hommes, à un autre âge, puissent raviver le Chemin de la Lumière.

Si vous lisez ces lignes dans le monde qui suivra le mien, c'est sans nul doute que notre sacrifice n'a pas signifié la disparition complète de l'espérance sur cette Terre, et que la foi demeure, ne serait-ce que dans l'âme de quelques-uns. Peut-être l'Amour en Dieu et la bonté règnent-ils enfin là où ma génération, celle de mes parents et sûrement celle qui nous suivra, auront souffert et perdu la vie pour avoir osé affronter le Diable.

Sachez que notre Église est bonne, que notre foi est vraie et que le chemin qu'elle enseigne vous mènera au Dieu de Bonté et d'Amour qui gouverne les destinées de l'Univers. Nous suivons les paroles du Nouveau Testament et des apôtres, et nous connaissons le Christ qui est venu au monde pour annoncer la possibilité de retourner auprès de notre Père, le Dieu Bon, et non pour souffrir pour nous sur une croix, comme le proclament depuis Rome les envoyés de Satan.

Le Royaume de Dieu ne peut être de ce monde de matière, de chair, de souffrance. Cette création dans laquelle nous vivons et souffrons est l'œuvre du Diable, et l'Église de Rome qui cherche à nous exterminer est son écuyer le plus fidèle.

Ce Dieu du Mal a créé la Terre. Il a décidé de la peupler et s'est rendu au Paradis, où il a séduit des anges qu'il a précipités vers son monde. Pour les retenir, il leur a donné un corps et leur a permis de procréer. C'est pourquoi nous savons que la Terre est l'œuvre du Mal.

Les âmes sont créatures du Dieu Bon, le seul que nous adorons.

Elles passent d'un corps à l'autre encore et encore ainsi qu'un homme change de camisole lorsque celle qu'il porte a vieilli. Mais à chaque changement, chaque fois que meurt le corps qui le retient, l'âme a l'opportunité de s'échapper de cette Terre de souffrance et de rencontrer le Bon Dieu au Paradis.

Rien d'impur ne pouvant pénétrer le Royaume des Cieux, la purification de l'âme doit avoir lieu sur cette Terre. L'âme du bon chrétien reçoit la purification de son plein gré par le *consolamentum*, la seule porte du Paradis. Cette grâce lui est donnée par un croyant qui l'a déjà reçue avant lui d'un autre croyant consolé. Pour lui commence une vie de réflexion, d'engagement dans l'accomplissement de certaines règles qui réconcilient l'âme avec Dieu et préparent son entrée dans le Royaume des Cieux. À partir de cet instant, il sera connu sous le nom de parfait, ou parfaite s'il s'agit d'une femme. Il vivra avec son partenaire, un autre parfait, et devra gagner son pain par son travail quotidien. Il aidera ses frères parfaits ou simples croyants dans tout ce qui lui sera demandé d'ordre spirituel. Les parfaits ne mangent ni viande ni œufs, ni ne boivent de lait ou quoi que ce soit issu de la procréation. Ils n'ont aucun contact charnel et évitent le signe de la croix, symbole de notre ennemie, l'Église de Rome, aussi corrompue qu'un fruit pourri.

Mais un simple croyant peut aussi entrer au Paradis en recevant le *consolamentum in infirmitate*[9], c'est-à-dire aux portes de la mort. À partir de cet instant, il laisse son âme quitter son corps soumis à l'*endura*, ce qui signifie qu'il ne mangera pas, qu'il ne boira pas, qu'il n'attendra que la mort, consolé et confiant.

Être croyant, c'est être reçu dans notre Église. Le voyage commence lorsque nous récitons la prière dominicale en commun lors de la traditionnelle cérémonie, en confessant publiquement nos fautes (j'en

9. *Consolamentum* en état de faiblesse.

parlerai à un autre moment) et lorsque notre parfait, notre ministre, demande aux participants si l'aspirant mène une vie vertueuse. Si aucun des présents ne s'y oppose, alors le parfait reçoit le nouveau croyant et la cérémonie revêt une splendeur exceptionnelle. Dès lors, le croyant peut nourrir l'espoir de terminer son voyage dans ce monde du Mal en mettant fin à sa vie et en renaissant, enfin libéré, dans le Paradis des âmes, accompagnant Notre-Seigneur.

Telles sont nos principales règles, celles qui nous ont été révélées, celles que nous appliquons dans l'ombre de ce monde de haine, de guerre et de souffrance. Je les détaillerai une à une plus avant dans ces pages jusqu'à ce que vienne pour moi-même le temps de recevoir le *consolamentum* de la main d'un homme bon. J'espère qu'il y en aura encore d'ici là.

1209 ans après la venue du Christ dans ce monde pour enseigner la Voie du Bien, quoique aucun Dieu ne se soit incarné en lui, mais qu'il apparût pour apporter le message de Dieu, et que c'est une forme vide et non le fils de Dieu qui ait été crucifiée, les armées du Diable, venant du Nord, ont envahi les terres où nous vivions. Leur mission était de nous exterminer, et c'est ce qu'ils ont fait, ce qu'ils continuent de faire, ce qu'ils feront jusqu'à ce qu'il ne reste plus un seul d'entre nous, recréant sur les places des villes, dans les champs, dans les châteaux, le feu de l'enfer, dans lequel ils nous précipitent.

Les princes des comtés de Foix, de Toulouse, les seigneurs de Carcassonne, tous les nobles qui jugeaient favorablement nos enseignements et nous ont laissés prêcher librement, ont perdu leurs terres ou changé de camp lorsqu'ils ont vu leurs biens en danger.

Nos évêques et diacres se sont réfugiés dans la clandestinité, nos parfaits et nos parfaites ont cessé de se vêtir de noir et ont quitté leurs demeures des villes pour les forêts, de riches vallées pour des montagnes arides et froides, afin de garder leur Église en sécurité. En cette année 1225 où j'écris, ne subsistent que de rares châteaux et presque plus aucun seigneur pour nous offrir protection.

Je rédige ces premières lignes de la chronique de la fin de l'Église des bons hommes au château de Quéribus, sous la protection de mon seigneur Chabert de Barbaira, défenseur des purs, l'un des derniers guerriers désireux de mourir pour sauver son âme et celle des cathares, comme on nous appelle souvent…

1228

– C'est bien ainsi, Pèire, m'interrompt Chabert. Je désirais m'assurer que tu étais sur la bonne voie et que ce temps passé à Quéribus n'avait pas usé ta constance. Combien de pages as-tu écrit ?

– Plus d'une centaine, *messer* Chabert. Ma détermination ne faiblira pas, et j'assiste à la messe dominicale avec un grand mécontentement, tout comme vous. Cette tâche est un devoir envers mon Église, que je remplirai jusqu'à la fin, quoi qu'il arrive. Par ailleurs, je devrai acquérir sous peu davantage de papier de qualité.

– Dans quelques jours, nous partirons pour Barcelone. Tu y trouveras tout ce dont tu as besoin.

– J'ai également pensé que nous devrions cacher ce manuscrit, afin de le préserver de toute adversité.

– Certes ! Sur le chemin du retour de Barcelone, tu te rendras directement à Quéribus pour y dissimuler notre trésor. C'est le site le plus sûr.

D'un geste protecteur, Chabert pose sa main sur mon épaule.

– Tu es jeune, Pèire, cette responsabilité te pèsera un jour. Tant que tu resteras à mes côtés, je te sauvegarderai et te traiterai comme un fils, mais tu dois bientôt devenir un homme fort, terminer la chronique au plus tôt et compter sur toi-même avant de compter sur moi.

– Oui, *messer* Chabert.

Je baisse le regard, ému et conscient pour la première fois depuis Montségur de la profondeur de l'engagement que Chabert de Barbaira et moi avons pris auprès de l'Église des bons hommes, mais aussi l'un envers l'autre.

Le trot de nos chevaux nous conduit confortablement sur le sentier qui monte peu à peu vers le massif des Albères. Nous atteignons bientôt le sommet d'une haute colline. Soudain s'ouvre devant moi une immensité d'un bleu foncé qui me laisse sans voix : la *Mare Mediterraneum*. Les chevaux poursuivent leur chemin, les autres cavaliers ne semblent pas aussi étonnés que moi. Le jour est limpide, l'éternelle *tramontana* ne laisse aucun nuage se fixer dans le ciel et la lumière aveuglante du soleil se reflète sur l'eau comme sur un miroir. Je ne peux m'empêcher d'admirer les nuances de bleu de ce monde liquide que je découvre dans ce matin d'hiver : bleu clair presque vert près de la côte où l'on devine les rochers et les zones sablonneuses, et bleu plus foncé lorsque je porte mon regard plus loin. Pour la première fois, je suis face à l'horizon plat et infini. Je connais déjà la mer puisque je la devinais tous les jours dans le lointain depuis le chemin de ronde de la forteresse de Quéribus, mais je n'avais jamais pensé que me trouver si près d'elle serait aussi effrayant.

Nous avançons toute la journée, jusqu'à la tombée de la nuit, et nous faisons halte dans une auberge. Parti la veille pour préparer notre séjour, Hugues nous attendait.

Le souper est rapide, le vin mauvais et la nourriture rare. Après avoir avalé pour tout repas une tranche de pain et de fromage rance, je choisis de dormir dans le foin des écuries avec les troupes plutôt que de partager un lit avec Chabert et surtout avec Aymeric de Montlaur, qui pendant toute la nuit ronfle par la bouche et libère par le cul des vents méchants et tonitruants, comme j'ai pu le constater avec horreur à l'occasion d'une chevauchée dans la plaine du Roussillon qui avait pris plus de temps que prévu et nous avait obligés à dormir en route. J'aime mieux la compagnie des chevaux et la puanteur des écuyers qu'être pris en tenaille entre ces deux hommes.

Le lendemain, à l'aube, nous avons du lard, un oignon et du pain pour le déjeuner. Aussitôt après, nous montons à cheval. Le trot est plus léger que la veille, nous avons tous hâte d'arriver à Barcelone.

Vers midi, nous faisons une halte pour abreuver les animaux, puis continuons notre route sans perdre de temps. Nous sommes sur les terres des Montcada, et la trêve convenue lors des dernières Corts de Barcelone ne suffira peut-être pas à éviter une confrontation dans le cas où nous tomberions sur un contingent armé dans leur fief.

Lorsque les tours de Barcelone se profilent à l'horizon, le soleil disparaît déjà derrière la Serra de Collserola. Un guide nous attend sur le chemin, envoyé par notre comte Nuno Sanche. Nous le suivons jusqu'aux murs de Barcelone. Une nouvelle fois, j'entre dans une ville en même temps que les derniers rayons du soleil. Ce bourg est beaucoup plus grand que Perpignan et Pamiers réunis, et longe la mer, qui se devine à de nombreux endroits. Notre entrée à Perpignan avait été un événement pour le pays, mais les habitants de Barcelone semblent habitués aux allées et venues de nobles et de chevaliers : personne ne réagit à notre arrivée.

Les rues, aussi malodorantes que celles de Perpignan, semblent néanmoins un peu plus larges. Un ruisseau d'urine et d'excréments coule en leur centre, vers la mer. Nous progressons d'un quartier à l'autre. Les plus proches des murailles sont constitués de cabanes de bois, et de ruelles étroites et misérables. Des malades et des estropiés se regroupent d'un air abattu sur les places et devant les portes. Certains reconnaissent en nos seigneurs des nobles, et tendent des mains répugnantes. Chabert et Olivier leur jettent quelques pièces, que les pauvres se disputent avec rage, provoquant un tumulte.

Au petit trot, nous approchons de la plage. Des pêcheurs y vivent dans des baraques de paille et de roseaux éparpillées entre les barques, des filets et toutes sortes d'instruments de pêche, inconnus pour moi. Des feux brillent entre ces cabanes. Au large, je distingue les imposantes silhouettes de navires mouillant à trois cents coudées de la plage.

Nous pénétrons finalement dans un quartier où se dressent des demeures seigneuriales aux solides murs de pierres de taille grises. Certaines rues, plus larges, sont pavées, et le centre des places est occupé par des puits ou des fontaines d'eau courante. Nous croisons dans la nuit tombante un bourgeois enveloppé dans sa houppelande richement brodée, précédé d'un serviteur armé portant une lampe à huile.

Nous arrêtons nos montures sur le seuil d'un édifice de construction récente, surmonté d'un écusson taillé dans la pierre et aux couleurs vives, que je reconnais immédiatement : or et rouge, au bord argenté chargé de huit chaudrons noirs. Nous mettons pied à terre devant le palais de Nuno Sanche, Nuño Sánchez de Lara pour les Aragonais, comte du Roussillon, de Cerdagne, du Conflent, du Peyrapertusès et d'une infinité de terres de l'Aragon et de la Provence.

Mon seigneur Chabert m'a expliqué à maintes reprises l'importance de ce prince. Son différend avec le vicomte de Béarn Guillem II de Montcada est connu de tous, autant que leur ancienne amitié. Les nobles sont ainsi, semble-t-il...

Je me prépare à accompagner Chabert et Olivier de Termes au palais de Nuno alors que le reste de la troupe se perd dans les ruelles en direction des écuries. Mais Chabert m'arrête, pose sa main sur mon épaule et me dit :

– Non, Pèire, il s'agit d'une entrevue avec un grand seigneur du royaume d'Aragon et nous traiterons de sujets délicats.

Je connais bien Nuno, il est très jaloux de ses secrets, ta présence le mettrait mal à l'aise. Dors dans une auberge et profites-en pour t'amuser un peu. Ne sois pas si… parfait.

Il me lance un clin d'œil :

– Dispose de ma bourse.

– Monseigneur, je… merci !

Hugues se charge des chevaux. Je reste debout, indécis, au milieu de l'entrée du palais, soupesant les options vers lesquelles mon instinct me guidera. La grande ville est synonyme de péché, de vice, de violence et de mort, mais elle m'attire irrésistiblement.

1228

– Que fais-tu ici ?

La voix féminine, aussi douce qu'autoritaire, me surprend. Je me retourne rapidement et je suis près de perdre l'équilibre. La beauté de la dame à la mine sévère qui me dévisage est incroyable. Ses longs cheveux libres sont de la couleur de l'or et son regard vert lumineux, qui en cet instant reflète le courroux et la surprise, me laisse sans voix quelques secondes. J'ignorais qu'une femme puisse être si belle. Une nouvelle fois, ma terrible timidité me fait paraître, sinon imbécile, tout au moins incapable d'articuler la moindre phrase. Ma réaction doit être très amusante pour une dame aussi parfaite. Elle sourit enfin, laissant entrevoir des dents exceptionnellement blanches et bien alignées.

– Excusez-moi, *messer*, dit-elle, de dos et dans l'obscurité grandissante, je vous ai pris par un serviteur. *Messer*...

Il me faut quelques instants pour retrouver mon esprit.

– Ma dame, je suis Pèire de Liziac, balbutié-je. Je ne suis pas un serviteur, certes, mais je suis loin d'être un seigneur digne de votre attention. Je suis scribe de *messer* Chabert de Barbaira.

Je m'incline avec respect. Son regard devient sérieux :

– *Maese* Pèire. Peu importe, je vous dois également des excuses. Votre seigneur...

– Chabert de Barbaira.

– Je le connais. Qui ne le connaît, d'ailleurs ?

Elle sourit à nouveau :

– J'ignorais que Chabert avait un scribe à son service.

– Peut-être que secrétaire serait plus juste.

– Soit, *maese* Pèire. Je suis Élo Alvarez.

– C'est un honneur, ma dame.

– Je déduis de votre air perdu en ce lieu que votre seigneur vous a abandonné pour s'entretenir avec Nuno, comme la plupart des participants aux Corts de demain.

– Il en est ainsi, dame Élo. Je me disposais précisément à chercher refuge pour la nuit.

– Ne dépensez pas votre argent dans une mauvaise auberge. Il y a beaucoup de place dans ce trop grand palais. Suivez-moi.

J'accompagne Élo, émerveillé par ma chance, profitant, non sans un certain sentiment de doux péché, de la vue du flottement de la robe de soie bleue que l'on devine par les ouvertures d'un manteau aux manches de la même couleur, agrémenté d'une doublure de renard au cou. Je suis les pas de la jeune femme dans les couloirs du palais, qui semble être sa résidence.

– Vous vivez ici ? osé-je à peine lui demander.

– Oui, *maese* Pèire, on peut dire que je vis ici, répond-elle après une hésitation.

Puis elle ajoute :

– Je suis filleule du comte Nuno.

J'avale ma salive, mal à l'aise. Je ne suis pas sûr d'être à ma place, à deviser ainsi avec une noble dame qui, en outre, est une proche du comte le plus puissant du royaume d'Aragon.

Élo me conduit aux cuisines. L'odeur de rôti est presque aussi enivrante que la vue de la jeune femme, mais bien que mon estomac se torde, me rappelant que je n'ai pas mangé depuis le matin, je reste impassible. Élo ordonne à une servante :

– Accompagnez *maese* Pèire dans une chambre du dernier étage, celle qui est lumineuse, et veillez à ce qu'il ne manque ni de bois de chauffage ni de nourriture. Assurez-vous qu'il dispose de tout ce dont il a besoin.

Elle se tourne vers moi.

– J'espère que vous apprécierez notre hospitalité. Nous nous reverrons ces jours-ci, sûrement. Reposez-vous, *maese* Pèire.

– Ma dame, je suis confus de votre générosité...

Élo prend congé avec un sourire lumineux et disparaît dans l'escalier à la manière d'une apparition angélique. La servante s'empresse de finir son travail et s'occupe de moi sans plus tarder. Je la suis dans le palais à travers les couloirs et les escaliers labyrinthiques jusqu'au dernier étage, sous le toit. L'espace est réduit, certes, mais bien moins que dans ma cabane de la cour d'armes de Quéribus. Qui plus est, je n'ai pas à le partager avec qui que ce soit. Un lit étroit, un tabouret et une table basse font office de mobilier; c'est plus que ce dont j'ai besoin. Une cheminée réchauffera rapidement la chambre. La jeune femme se met rapidement au travail.

– Laisse, je m'en chargerai.

En souriant, je lui enlève des mains le bois de chauffage pour allumer le feu.

– Pourrais-tu m'apporter, si cela est possible, de l'huile pour le *calehl*[10] ? Je dois écrire une bonne partie de la nuit.

– Tout de suite, *maese* Pèire.

Quelques instants plus tard, la jeune femme réapparaît avec un bol d'épais potage de viande, du fromage, du pain et du vin. Lorsque la nuit tombe enfin, me voici à l'abri dans la chaleur de la lumière d'un petit recoin du palais de Nuno Sanche à Barcelone, l'estomac plein de soupe chaude. Mes instruments d'écriture sont posés sur la table : deux calames, un flacon d'encre et quelques feuilles de papier unies, des dernières que

10. Lampe à huile, en occitan.

Guilhabert de Castres me confia il y a quelques années. J'aime écrire avec soin, en pesant posément chaque mot pour ne pas avoir à gratter les erreurs et affaiblir le papier par d'incessantes corrections. La nuit m'offre toujours le calme nécessaire pour avancer dans mon travail, la tranquillité de l'esprit sans laquelle je ne puis ordonner mes idées et mes mots. Aujourd'hui, pourtant, une étrange pression pèse sur mon estomac, ou plutôt sur mon cœur.

La brève conversation avec Élo Alvarez, sa gentillesse, son visage angélique et son sourire me troublent. J'ai honte de sentir entre mes cuisses un feu inconnu. J'ai déjà couché avec une femme, je le reconnais. C'était à Pamiers, près du lavoir, et c'est d'ailleurs une jeune lavandière qui a reçu alors mes assauts désordonnés et puérils. Nous avons tous deux essayé d'imiter le comportement de nos aînés, que nous avions observés auparavant. Et rien d'autre. Peu de temps après, l'appel de Guilhabert de Castres à Montségur et, depuis lors, ma mission m'ont presque complètement occupé l'esprit. Je dis presque car je sais que mes actes et, surtout, mes pensées ne sont pas ceux d'un parfait. Je ne le suis pas. Du reste, Guilhabert m'a très clairement dit que je devais être un homme de ce monde et ne pas chercher le *consolamentum* jusqu'à l'heure de ma mort, parce qu'un consolé, ne pouvant mentir, finit toujours par se trahir ou trahir les siens. C'est pourquoi les bons hommes et les bonnes femmes savent que le feu les attend au bout du chemin.

Je dois aussi avouer que j'aime le combat et le maniement des armes que m'enseignent les sergents de mon seigneur et, si je suis tout à fait sincère, j'ajouterais que je ne peux ignorer les regards de dame Sybille, si proche, délicate et aimable, et que je découvre toujours triste dans les missives qu'elle envoie à son mari.

Perdu dans mes divagations, je n'ai pas entendu les coups sur le bois. C'est pourquoi je sursaute au bruit du loquet et au craquement de la lourde porte lorsque celle-ci s'entrouvre lentement. Je me lève tout de suite et me saisis de ma dague, que j'avais jetée négligemment sur le lit avec ma ceinture. Mais je reconnais aussitôt les yeux clairs, presque transparents, d'Élo Alvarez derrière la lampe qu'elle porte à la main.

– *Maese* Pèire, je suis désolée. Vous ne répondiez pas, alors j'ai pensé que vous étiez peut-être...

– Je vous prie de m'excuser, ma dame. J'étais tellement absorbé par mon travail que je ne vous ai pas entendue.

Un silence gêné s'installe entre nous, mais il ne dure que quelques secondes. Élo retrouve déjà son séduisant sourire :

– Je voulais juste savoir si l'on vous traite au mieux.

– Magnifiquement. Je ne pourrais être plus confortablement installé.

– J'en suis heureuse...

Elle semble hésiter :

– Qu'écriviez-vous ?

– Rien de bien intéressant, des comptes de mon seigneur Chabert, des missives à ses alliés, à son épouse... Enfin, ma tâche quotidienne.

– Vous êtes très sérieux pour travailler aussi tard. Mais dites-moi, n'avez-vous jamais écrit pour vous-même ?... Comme un troubadour ?

– Non, je n'ai pas beaucoup d'inspiration. J'ai bien peur de n'être qu'un piètre artiste.

Élo s'approche de la table et se saisit d'une feuille à moitié remplie. Je n'ose la lui retirer des mains, la panique m'envahit. Élo caresse de ses doigts fins les mots écrits puis finalement fixe son regard sur le mien, tout à coup profond et grave.

– *Maese* Pèire, sauriez-vous m'apprendre à écrire ?

Je me perds dans ses yeux. Je suis ensorcelé. Elle a approché son visage du mien, scrutant ma réponse dans mon regard. Dans ma poitrine, mon cœur bat si fort que je crains qu'il n'éclate, tant mon émotion est grande. Cependant, je ressens un certain soulagement : Élo ne sait pas lire, elle n'a donc pas compris le sens des lignes écrites sur le papier qu'elle tient toujours dans sa main.

Je respire profondément avant de répondre :

– Dame Élo, ce sera un extraordinaire honneur pour moi de vous apprendre à lire et à écrire. Néanmoins, je crains que le temps nous manque. Je crois savoir que mon seigneur restera à Barcelone tant que dureront les Corts, guère davantage. Cela peut prendre quelques jours, une semaine au plus... Quoi qu'il en soit, ce sera pour moi un immense plaisir.

– Pèire, peut-être ne serez-vous que quelques jours dans cette ville. Je crains aussi d'être emmenée sous peu, mais je vous serais reconnaissante de perdre quelques heures avec moi. Je vous récompenserai, évidemment.

– La seule compensation que je désire est de passer ces heures avec vous.

Élo, souriante à nouveau, saisit ma main entre les siennes et murmure :

– Nul ne doit le savoir.

– Je vous le jure.

– Pas même Chabert.

– Pas même Chabert.

– *Maese* Pèire, je suis votre élève.

– Dame Élo, prenez ce siège. Commençons tout de suite.

1228

Je commence par lui apprendre les lettres de l'alphabet. Tant et si bien qu'à minuit, Élo sait déjà épeler quelques mots simples. Puis je lui donne une des quelques feuilles de papier qui me restent, ainsi que la moitié de l'encre et des calames. Quand le sommeil nous vainc, elle se lève, me prend la main et murmure :

– Merci, Pèire, je viendrai à la même heure demain. Repose-toi.

Ensuite, elle ferme délicatement la porte et m'abandonne dans la semi-obscurité, épuisé mais heureux... Très heureux.

Le lendemain, je parcours la ville à la première heure, à la recherche de matériel d'écriture. Rencontrant Chabert dans les cuisines alors que je descends pour le déjeuner, je lui explique la raison de ma présence dans cette demeure, tout en évitant prudemment de mentionner mon engagement envers Élo.

– Je me réjouis que tu dormes sous le même toit que moi.

Il me prend par le bras, me conduit vers un recoin puis poursuit à voix basse :

– Élo Alvarez est connue pour sa grande beauté, et l'on dit que Nuno lui voue un amour qui va au-delà de celui d'un parrain. Tu es très jeune, Pèire, et nous devons éviter les bavardages de commères.

– Mon seigneur, vous pouvez me faire confiance. Élo est charmante, certes, mais je connais ma position et nos intérêts. Notre rencontre a été fortuite et elle m'a offert son hospitalité en raison du grand prestige de mon seigneur. C'est vous qu'elle désire honorer à travers moi.

– Bien dit, Pèire! conclut Chabert, et il me donne à l'épaule un coup de poing complice qui manque de m'envoyer à terre.

Chabert croit-il ma version ou admire-t-il vraiment ma tentative de toucher son orgueil? Peu importe, je me joins à son rire. J'attends la nuit telle une chauve-souris et me repose dans ma chambre en comptant, impatient, les heures qui m'en rapprochent. Quand enfin le soir arrive, je doute un instant. Viendra-t-elle? Mais à peine les derniers bruits du palais se sont-ils estompés que j'entends frapper doucement à ma porte. J'ouvre sans perdre un instant. Élo est venue.

Une nouvelle fois, sa beauté illumine la nuit, pareille à une étoile. Nous nous mettons à la tâche sans tarder. Je me réfugie dans mon rôle d'instructeur afin de dissimuler mon émoi. Elle a travaillé dur toute la journée et assimilé ce que nous avons vu la veille. Ses progrès sont rapides, tant en lecture qu'en écriture, mais c'est dans mon cœur qu'elle avance le plus. Je contemple ses cheveux lorsqu'elle s'incline sur la table et respire son parfum à chacun de ses mouvements. J'essaie, avec des traits d'esprit et des jeux de mots, de provoquer son sourire, et chaque fois que je l'obtiens, j'ai l'impression de mourir. Si je dois aider sa main à tracer une lettre, ce sont mes doigts qui tremblent, non les siens.

Nous passons ainsi les huit nuits suivantes. Je suis devenu totalement noctambule et ne sors que de temps en temps pour me rendre aux thermes publics. La proximité du corps d'Élo durant de longues heures et son doux parfum m'ont permis de prendre conscience de la pestilence masculine qui est la mienne, aussi vais-je me laver le plus souvent possible. Je profite de la vapeur des bains d'eau chaude pour soulager mon propre corps avec mes mains en imaginant la nudité d'Élo. Cette pause me permet d'assister à nos rendez-vous le corps apaisé, même si mon cœur bat à tout rompre.

Je me coupe les cheveux et me peigne. Un jour, même, je me rase. Ainsi, chaque nuit, je tombe un peu plus dans le délicieux piège de Satan.

– Pèire, les Corts commencent demain au palais royal. Le roi Jacques est arrivé à Barcelone ce matin. Demain, j'assisterai avec Nuno à la cérémonie d'ouverture et aux délibérations. Il y aura peut-être un banquet par la suite... J'ai bien peur que nous ne puissions plus nous rencontrer.

Je craignais ces mots dès la première nuit ; pourtant, je ne peux cacher ma tristesse.

– Élo, je sais très bien que ces nuits ont été un privilège auquel je n'aurais pu aspirer sans ton immense bonté.

– Ne dis pas cela, Pèire. Le privilège a été mien. Tu m'as appris en quelques jours plus que je n'avais jamais rêvé : lire, écrire... Et une amitié très particulière que je n'oublierai pas.

Elle fixe son regard dans le mien. Une vague de sentiments me submerge. Elle pose délicatement ses doigts sur mes lèvres. Puis ses mains entourent mon visage, qu'elle approche du sien, et finalement elle dépose un baiser sur ma bouche.

Je n'avais jamais reçu un baiser aussi tendre d'une femme, pas même de ma mère, mais mon corps réagit avant que je puisse comprendre ce qui se passe. Le baiser, long et profond, enflamme mon ventre, je serre Élo dans mes bras. Mais elle se reprend déjà et se détache de moi :

– Pèire, non, murmure-t-elle. Nous ne devons pas, Pèire. Je t'en supplie...

Je m'écarte et reste pantois, confus, devant elle, à la lumière de la bougie.

– Élo, je suis désolé. Je ne pensais pas... Je suis désolé.

– Nous nous sommes tous deux laissés emporter, Pèire. Il ne faut pas continuer.

Elle serre mes mains contre sa bouche, inspire profondément et finalement sourit à nouveau, déjà remise.

– *Maese* Pèire, tu es un délicieux enchanteur, un jeune et beau séducteur. Peu d'élèves résisteront à tes charmes. Ces nuits d'étude ont changé ma vie parce que tu m'as appris le secret de l'écriture que je ne cesserai de pratiquer tant que je ne l'aurai pas maîtrisée. Tu m'as aussi appris combien notre amitié est précieuse, à tel point qu'elle pourrait bien nous conduire à une autre forme de plaisir, mais ceci ruinerait notre vie. Je te serai éternellement reconnaissante et tu demeureras pour toujours dans mon cœur, mais cessons ici cette folie.

Et sans attendre ma réponse, elle m'embrasse sur les lèvres une dernière fois.

– Merci, murmure-t-elle.

Elle s'éloigne de moi, prend une chandelle sur la table et ferme la porte en sortant, non sans m'offrir un dernier sourire.

Je ne saurais dire combien de temps je reste debout, confus, ivre de tristesse pour l'amour perdu, mais aussi fier et orgueilleux des paroles d'Élo Alvarez.

J'entraînerai avec moi un second secret tragique dans la tombe. En ce matin de décembre, je ne sais lequel est le plus précieux.

1228

Je traîne quelques jours de plus dans la vaste ville de Barcelone, faisant des achats, visitant de nouveaux quartiers, contemplant la mer et les *naus*[11] ancrées dans le port, à quelques dizaines de coudées de la plage. J'ai retardé mon départ. Les promenades dans la ville n'étaient qu'un prétexte pour essayer de revoir Élo Alvarez.

Jusqu'à ce que Chabert ne me laisse d'autre choix que de faire mon devoir et me renvoie à Quéribus avec pour mission d'informer Sybille qu'il ne reviendrait que bien plus tard, son seigneur Nuno Sanche exigeant sa présence pour préparer l'expédition militaire vers l'île de Majorque.

Je me joins ainsi à Olivier de Termes et à ses hommes, qui retournent au château de Corsavy, propriété de sa mère, dans les montagnes du Fenouillèdes à une journée de Quéribus. Ce grand seigneur faydit m'est, sans le savoir, d'un grand secours durant les cinq jours que dure le voyage de retour. Il apprécie ma présence, et moi la sienne. Alors que nous chevauchons au pas, il me conte les moindres détails des Corts qui ont eu lieu

11. Bateau de transport, en catalan.

à Barcelone. J'essaie de garder en mémoire les noms des nobles chevaliers, conseillers du roi Jacques Ier, courtisans, marchands, mais ils sont trop nombreux et n'ai d'autre choix, le soir venu, que de les noter sur une feuille, ainsi que des extraits de la narration d'Olivier, tout ceci dans le but d'en faire le récit à Sybille. Lorsque Olivier nomme mon amour perdu, je souffre d'avoir à feindre une indifférence qui me brûle le cœur :

– Le banquet de clôture des Corts a réuni nobles, marchands et ecclésiastiques. La fête de Noël, ainsi que les accords conclus, ont engendré une ambiance des plus festives, crois-moi. L'attention, pourtant, s'est concentrée sur Élo Alvarez, filleule de Nuno. Les mauvaises langues disent que ce dernier est plus que son parrain, tu me comprends. Notre roi aurait été captivé par le charme de cette dame. Je crois que tu l'as rencontrée, aux dires de Chabert. Espérons que les affaires d'alcôve ne freineront pas les intérêts du royaume...

La vue de Quéribus, au loin, veillant sur le passage vers les Corbières comme un doigt menaçant le ciel depuis la crête de la montagne et ancré dans la roche, réveille en moi d'étranges sentiments. Je souhaite vivement retrouver Sybille et Chaberta, me reposer dans ma cabane mal construite dans la cour du château, parcourir en silence, défiant le vent, le chemin de ronde la nuit. Mais je reviens le cœur lourd en raison de ce que nous avons vécu au cours de cette année, et à la fois quelque peu inquiet et excité à l'idée des temps qui approchent. Une période de guerres et d'aventures se profile, et Chabert m'a informé qu'il désirait que je l'accompagne lors de l'expédition décidée par les Corts de Barcelone.

En parcourant à pied les derniers méandres du sentier menant aux portes de Quéribus, mon sac à l'épaule, je me rappelle ma première visite, il y aura bientôt quatre ans. J'étais alors un jeune homme inexpérimenté en tout et, si je reste un novice ignorant, maladroit et craintif, je porte déjà dans le cœur l'expérience de nombreuses passions humaines. Je me demande si cela renforcera ma foi cathare ou m'éloignera du salut. Depuis bien longtemps, je n'ai rencontré aucun parfait qui puisse m'aider à retrouver le droit chemin. Je connais pourtant très bien notre foi et ses rites, ceux que j'étudie dans mes livres et que je consigne tous les soirs, ou presque, dans le manuscrit, mais j'ignore tout de la réalité de mon âme, et un doute profond s'installe souvent en moi.

L'accueil de mes amies me réconforte. Chaberta m'étouffe sous une marée de questions dès l'instant où je pénètre dans la forteresse. Sybille, bien que plus prudente, parvient mal à dissimuler son émotion en me retrouvant. Les lettres échangées au nom de son mari ont créé entre nous un lien secret qui nous perturbe.

– Chaberta, laisse Pèire s'installer chez lui et se reposer un peu. Ce soir, il nous racontera ses aventures et nous donnera des nouvelles de ton père.

– D'accord, répond la jeune fille en observant ma réaction, mais je crois que Pèire veut que je l'aide à s'installer. N'est-ce pas, Pèire ?

– Sans aucun doute, Chaberta, votre aide me serait très bénéfique.

– Alors allons-y.

Comme il y a quatre ans, Chaberta me prend la main et m'entraîne vers la cabane tandis que j'échange un regard résigné avec Sybille.

Je passe l'après-midi à conter à Chaberta nos aventures à Perpignan et à Barcelone. Elle est excitée par la bataille contre les Montcada. Je dois admettre que j'embellis mon intervention au-delà du raisonnable, ainsi que le courage guerrier de son père, qu'elle adore. Je dessine pour elle la mer à Barcelone, le palais du comte Nuno, les murailles de Perpignan et la sculpture de l'église Saint-Jean.

Lorsque la lumière faiblit et que ma fatigue devient flagrante, l'enfant quitte la cabane pour me permettre de me reposer.

Je m'allonge alors sur ma couche, ferme les yeux et m'endors instantanément. Peu de temps après, un doux murmure me réveille :

– Pèire, Pèire...

Il me faut quelques secondes pour m'extraire de mon profond sommeil et me redresser, mais Sybille pose sa main sur mon bras :

– Ne te lève pas, tu es très fatigué.

Elle s'assoit sur le tabouret.

– C'est vrai, ma dame, je me suis endormi. Je suis désolé.

– Tu dois te reposer, Pèire. Je te laisse ton repas sur la table. Demain, nous parlerons.

Avant de quitter la pièce, elle ajoute, non sans une hésitation :

– Je suis ravie de te revoir, Pèire.

– Et moi aussi, Sybille. Je suis très heureux d'être à nouveau avec vous... et avec Chaberta.

Le regard de Sybille se fait sérieux. Elle semble s'apprêter à commencer une phrase, mais se ravise et disparaît par la porte.

Pensif, je m'assois à la table et découvre un poulet mijoté avec du pain et du vin qui m'attendent. Comme l'être humain est surprenant ! Une créature faite de contradictions, de regrets, de désirs impossibles à satisfaire, de penchants honteux et de grands idéaux. Quatre ans après avoir reçu de Guilhabert de Castres une mission qui est pour moi et les miens un immense honneur, et que l'on ne peut requérir que du plus fidèle des cathares, s'installe dans mon cœur un doute dont je ne sais me libérer. Ce monde est le véritable enfer, je le sais, et mon âme retrouvera le bon Seigneur si je peux me consoler avant ma mort. Telle devrait être ma seule préoccupation : remplir la mission qui m'a été confiée et chercher mon salut. Mais dans mon ventre, plus que dans mon cœur, se révèle le désir d'une vie plus banale. Élo surgit souvent dans mes pensées. Quand cela se produit, je sens dans ma poitrine une lourde pierre de larmes et de fatigue qui me coupe le souffle.

Quand je me réveille, Chaberta est déjà dans ma cabane, en train de dessiner avec un calame sur une de mes feuilles. Je lui apprenais à lire et à écrire avant de suivre Chabert à Perpignan. J'espère reprendre nos leçons et les poursuivre tant que je serai à Quéribus. Une tristesse étrange m'envahit en la voyant manipuler la plume avec un tel enthousiasme. Peut-être mon instinct et les nouvelles qu'Olivier m'a données m'avertissent-ils que ma jeunesse est terminée et que lorsque je partirai, il s'écoulera beaucoup de temps avant que je ne revienne.

Lorsque Chaberta se lasse de ma compagnie, je monte au donjon à la rencontre de Sybille. Je la trouve assise à côté de la fenêtre, jouant aux dés avec Oda, qui est devenue une jolie jeune fille souriante.

– Bonjour, Pèire, as-tu repris des forces ?

– Dame Sybille, je suis désolé de ne pas avoir été présent au souper hier...

– Peu importe, tu seras ainsi plus à même de remplir la difficile tâche de me raconter par le détail tout ce que tu as vécu. Oda, laisse-nous.

La servante se lève, range le jeu et laisse libre son siège, qui fait face à Sybille. Je m'y installe et contemple pendant quelques secondes la vallée qui s'ouvre au pied du château et les forêts sombres du Fenouillèdes. La *tramontana* souffle, furieuse, sur l'autre face du donjon, et des tourbillons désordonnés pénètrent dans la salle, agitant doucement quelques mèches de cheveux sombres qui s'échappent de la coiffure soignée de Sybille et tombent sur son front.

– J'espère vous satisfaire, je ne suis pas sûr de me souvenir de tout.

– Tu dois y arriver, Pèire. J'attends ton retour depuis longtemps.

Sybille rougit un peu en prononçant ces mots, mais pas autant que moi en les entendant. Je me souviens des lettres que nous avons échangées, de ce ton d'intimité si confortable sur le papier et si délicat en présence l'un de l'autre.

Je soupire profondément :

– Très bien, Sybille. Je vais vous conter pas à pas nos aventures depuis que nous avons quitté Perpignan, même si vous en savez déjà beaucoup grâce à mes missives.

Et je commence le récit. Je lui raconte Barcelone et la mer, qu'elle ne connaît pas, si ce n'est par la vue que nous en avons d'ici par temps clair. Je décris les bâtiments de la belle ville, les échoppes ouvertes le long des chaussées bondées de passants, les robes des dames nobles, la misère des bas quartiers ou des pêcheurs, la violence des brigands qui poursuivent les imprudents dès la tombée de la nuit, les prostituées édentées et crasseuses qui se cachent dans les ruelles puantes. Sybille ne perd pas un souffle de mes lèvres et j'apprécie ses questions. Je dois admettre que certains détails que j'ignore sont le fruit de mes déductions, sinon de mon imagination. Je néglige, par discrétion et prudence, tout ce qui concerne Élo Alvarez, mais je relate dans le plus grand détail pour mon amie les Corts de Barcelone, si minutieusement racontées par Olivier de Termes.

– Vous savez bien, Sybille, que le roi Jacques Ier est un jeune homme très sensé et circonspect, mais qu'il a hérité de la couronne trop tôt, après avoir passé plusieurs années à Monzón chez les Templiers. La noblesse de ces terres catalanes et aragonaises est très jalouse de son indépendance et toujours prête à contester sa couronne au roi. Peu de seigneurs ont la tempérance et la rectitude de notre Chabert. Jacques a réussi, ces derniers temps, à apaiser les guerres entre les grands de son royaume et souhaite montrer qu'il est digne de l'héritage qu'il a reçu en imitant son père le grand Pierre II.

L'occasion s'est présentée pour lui lorsque des pirates majorquins ont capturé deux *naus* catalanes chargées de marchandises naviguant vers Ceuta et Béjaïa. La demande de réparation monétaire de Jacques a été rejetée par Abu Yahya, le *wali*, ou gouverneur, de Madîna Mayûrqa, ville que nous connaissons sous le nom de Palma de Majorque. Ainsi, profitant de la bonne volonté de ses barons et de l'aide matérielle des marchands de Barcelone et d'autres villes, ainsi que de l'approbation du clergé, notre roi Jacques a décrété la levée d'un ost qui envahira Majorque avant la fin de l'année 1229.

– Mon Dieu, une autre guerre! Et, bien sûr, Chabert accompagnera son roi.

– Il n'a pas hésité une seconde, vous le connaissez...

– Et toi?

– Mon seigneur a besoin de ma compagnie et je considère que ma place est auprès de lui.

– Ta jeunesse et la soif d'aventures des hommes de cette terre, toujours avides d'exploits et de combats, ne sont pas non plus étrangères à ton choix, je n'en doute pas!

Je reste silencieux quelques secondes, hésitant.

– Croyez-moi, je suis désolé, Sybille. Vous n'avez certes pas tort de trouver beaucoup de simplicité dans le cœur de l'homme, mais je sais que je souffrirai de votre absence... Et de celle de Chaberta, bien sûr.

Sybille rougit, puis sourit.

– Je crois comprendre que la guerre avec les Montcada est terminée pour le moment. Comment en est-on arrivé là?

– Pardon pour avoir omis ces détails de l'histoire, que je connais de la bouche d'Olivier de Termes : il paraît que des membres très importants du royaume se sont réunis chez le marchand Pere Martell. Il y avait là Nuno Sanche, Hugues d'Empúries, Guillem de Claramunt, Guillem II de Béarn et les Montcada, entre autres. Jacques en était également. Ils ont planifié la croisade contre Majorque. En effet, vous devez savoir que l'on parle d'une croisade, même si Jacques rêve d'un «royaume en mer».

Pere Martell aurait décrit l'île comme un paradis terrestre, un verger, et de plus un refuge sûr d'où contrôler cette partie de la *Mare Mediterraneum*. Les Corts generals du royaume furent donc convoquées pour le 20 décembre à Barcelone et les nobles, les bourgeois et l'Église ont confirmé leur assistance.

Tous se sont réunis dans le salon du Tinell du palais royal. J'ai noté sous la dictée d'Olivier la première phrase du roi. Écoute : «*Illumina cor meum, domine, et verba mea de Spiritu Sancto*[12].» En plus du roi, les marchands, avec Pierre Roís à leur tête, et une multitude de grands seigneurs étaient présents.

Après la première journée, les réunions secrètes se sont poursuivies au palais de Nuno entre la noblesse et l'Église, et les terres de Majorque ont été réparties avant même qu'elles ne soient conquises.

Le lendemain, Guillem de Montcada a prononcé un discours pour convenir d'une nouvelle trêve avec Nuno Sanche. Il acceptait de payer la taxe du *bovatge*[13] afin de financer le roi. Aspàreg de la Barca, archevêque de Tarragone, a également lever la bannière de la guerre, bien que son âge avancé ne lui permette pas de participer directement à la croisade. Nuno Sanche a adhéré à ce qui précède et Pierre Roís a offert les navires des commerçants de Barcelone. Le roi a fermé les Corts le 23 décembre et convoqué ses hôtes pour l'automne prochain.

– Qu'il en soit ainsi, termine Sybille, enthousiasmée par mon récit.

– Tous ces comtes, évêques et seigneurs apporteront des armes, des animaux et des soldats, et les marchands nous mèneront par la mer jusqu'à Majorque qui, d'après ce que j'ai entendu dans le port de Barcelone, se trouve à trois ou quatre jours de navigation. Chère dame Sybille, vous en savez autant que moi.

– Et je t'en suis reconnaissante, Pèire.

Sybille et moi bavardons jusqu'au soir. Au fil des heures, je retrouve l'amie épistolaire dont j'avais besoin. Cette complicité qui nous a réunis par l'intermédiaire de Chabert renaît

12. «Éclaire mon cœur, Seigneur, et mes paroles d'Esprit saint», en latin.
13. Impôt extraordinaire perçu par la Couronne d'Aragon et calculé sur la base du nombre de têtes de bétail. Il affectait l'ensemble de la population, y compris les nobles et les ecclésiastiques.

par moments. Nos regards deviennent plus profonds, les rires deviennent chuchotements, et lorsque je prends enfin congé de la châtelaine, la nuit est tombée depuis longtemps. Cette complicité est un baume pour mes blessures, car j'ai oublié le visage d'Élo pendant quelques heures. Je suis réconforté. Sybille me procure un sentiment d'équilibre libérateur. Tout en me déshabillant pour me coucher, je réfléchis à la fragilité de certaines blessures que je pensais installées dans mon cœur pour le reste de mon existence.

1228

Les jours suivants sont pour moi une période de paix, qui m'aide à guérir mon âme et à me concentrer sur mes missions, qui sont nombreuses. Chabert m'a confié plusieurs tâches. Je dois notamment continuer à m'exercer tous les jours au combat avec les sergents de la garnison. Je travaille le maniement du bouclier, je me perfectionne dans l'art de l'arc et de l'arbalète, mais surtout dans l'usage de l'épée, arme par excellence des nobles, ce que pourtant je ne suis pas et ne serai jamais. Rares sont les scribes militaires, et je comprends que mon seigneur exige de moi que je puisse me défendre. Qui sait, peut-être serai-je un jour contraint d'employer la violence pour sauver ma mission.

L'arbalète me terrifie en raison de la force du coup qu'elle assène. Le sanglier que je tue avec cette arme lors d'une chasse reçoit un tel choc qu'il meurt à l'instant et que je n'ai nul besoin de l'achever au couteau. J'espère ne jamais avoir à l'utiliser au combat, tout sarrasin que soit mon adversaire.

Je n'ose imaginer quel sera mon destin lorsque nous débarquerons à Majorque. Les Sarrasins ne sont pas mes ennemis; ils ne sont que des fidèles d'une Église aussi corrompue que l'Église romaine. Je ne saurais dire laquelle des deux confessions me déplaît le plus...

Chabert m'a également ordonné de mettre à jour les finances de son fief et de réclamer les impôts de ses serfs les plus récalcitrants. Un mois après mon arrivée, j'organise à cette fin une chevauchée sur les terres de Chabert. J'ai pris la précaution d'envoyer des émissaires dans les fermes et les villages pour avertir de ma venue et éviter, dans la mesure du possible, les tentatives de refus de paiement par quelque vilain.

Je pars à l'aube, accompagné de quatre soldats de confiance, et nous chevauchons à un bon rythme jusqu'au village de Tautavel, sur la rivière Verdouble, à trois heures de là. Marcel de l'Hort, le baile qui représente mon seigneur, nous y attend. Les villageois débiteurs également. Peu après, assis dans la salle de la *domus* du baile, je les reçois un à un. Ce sont des gens simples, effrayés par la présence de mon escorte, et la plupart essaient de remplir leurs obligations. Je m'efforce de leur inspirer confiance, tout en indiquant clairement que leur seigneur Chabert ne renoncera en aucun cas à son dû. Deux d'entre eux, de toute évidence en faillite, offrent de servir comme soldats, en règlement de leur dette. J'accepte et les convoque le lendemain auprès des sergents du château. Je termine bientôt les comptes, note soigneusement les revenus et les accords passés, et abandonne sa part à Marcel. Alors que je m'apprête à prendre congé de ce dernier, je perçois une phrase murmurée derrière le rideau grossier qui nous sépare de l'alcôve : « *Benedicite, parcite nobis.* » Bénissez-nous, pardonnez-nous.

Plus que les mots, j'ai reconnu le ton, la musicalité. Dissimulant mon émotion, j'ordonne aux sergents d'armes de m'attendre à l'extérieur. Puis je m'adresse à Marcel, un homme plus âgé que moi, aux cheveux rares et à la barbe hirsute :

– Tu héberges un hérétique sous ce toit, Marcel ?

Il rougit et panique :

– *Maese* Pèire, s'il vous plaît, je vous en prie...

– Calme-toi, Marcel, tu n'as rien à craindre.

Je pose la main sur son épaule :

– Conduis-moi devant tes invités, s'ils le souhaitent.

Marcel disparaît derrière la tenture. Je distingue ensuite une conversation chuchotée entre plusieurs hommes. Quelques secondes plus tard, l'un des villageois avec lesquels j'ai traité auparavant quitte l'alcôve et sort par la porte de la maison. Les murmures se poursuivent, jusqu'à ce que le rideau s'entrouvre et Marcel, d'un signe de la main, me prie d'avancer.

Dans la pièce très réduite, presque un recoin, je me retrouve face à un homme âgé, d'une extrême minceur, vêtu d'une modeste robe foncée et d'un pantalon non teint. Il est debout, immobile. Il porte le bonnet noir des parfaits et la ceinture de corde nouée sur le devant, dissimulée par le manteau foncé. Au-dessus du lit, un vieillard visiblement malade, émacié, les yeux fermés, respire à grand-peine.

Marcel me présente à voix basse au bon homme :

– Bon chrétien, voici Pèire de Liziac, secrétaire de notre seigneur Chabert de Barbaira, dont vous savez qu'il est un allié et un bon chrétien.

Immédiatement, je me penche trois fois devant le parfait et je sollicite sa bénédiction :

– *Bon crestià, balhatz-nos la benediccion de Dieu e de vos.*

– *Ajatz-la de Dieu e de nos.*

Rencontrer un bon homme dans ce village, si loin de mon pays natal, m'émeut profondément. Instinctivement, je lui ai parlé dans la langue de ma terre, sans la mélanger avec le roussillonnais, comme on le fait ici, et il m'a répondu de même.

– *Maese* Pèire, intervient Marcel, notre évêque Benoît de Termes nous a rendu visite. C'est un grand honneur.

Marcel semble heureux et soulagé d'avoir été témoin de mon salut rituel :

– Entrez *maese*, je vous en prie, me dit-il. Mon père, Joan, est mourant et notre bon homme est venu lui donner le *consolamentum* qui lui permettra d'entrer au paradis. Excusez-moi de ne pas vous avoir prévenu plus tôt, *maese* Pèire ; je ne savais pas...

– Je comprends, Marcel, et j'apprécie ta prudence. Les bons chrétiens doivent se garder des espions, des Francs et de l'Église de Rome, toujours prête à nous écorcher. Je loue ta discrétion et te demanderai de garder le silence à mon sujet et au sujet de notre seigneur de Quéribus, même si son inclination est connue de tous.

Le vieux parfait s'adresse à moi avec un sourire que je trouve étrangement familier :

– Vous êtes donc Pèire de Liziac, le partenaire de Chabert. Je me réjouis de vous connaître. Il n'est pas courant de rencontrer des jeunes aux idées aussi claires par les temps qui courent. Partagez ces instants avec nous et aidez-nous à envoyer l'âme de cet homme à Dieu – il me montre le vieillard, qui a entrouvert les yeux.

– Bon homme, c'est un honneur pour moi de vous assister dans une si grande tâche. Je vous prie de me permettre de renvoyer mes sergents à Quéribus. Je resterai aujourd'hui dans cette *domus*, si Marcel y consent.

Le baile hoche la tête. Je sors. Il me faut quelques minutes pour congédier mon escorte avec un message pour Sybille. Je lui fais dire que quelque affaire de Chabert me retient pour la journée. Ensuite, je ferme les yeux un court instant, cherchant la paix en moi. J'ai assisté à plusieurs cérémonies de consolation, dont celle de mon grand-père, mais n'ai participé directement à aucune d'entre elles.

De retour auprès de Marcel, je m'approche avec lui du lit où gît son père. Le bon homme a déposé entre les mains du mourant un Nouveau Testament. Puis il murmure :

– Le *consolamentum* unira l'âme libre qu'abrite ton corps de boue avec l'Esprit, il pardonnera tes péchés si ton repentir est sincère et te rendra la liberté. Si le bon Dieu le veut bien, il t'acceptera en son sein. Les croyants qui m'accompagnent, ton fils

Marcel et Pèire de Liziac, assurent que ta vie a été vertueuse. Marcel, en est-il ainsi ?

– Oui, répond-il.

– Pèire, en est-il ainsi ?

– Il en est ainsi, bon homme, répondis-je. Je le sais par son fils.

– Aidons donc cette âme à retrouver le bon Dieu. Joan, dit-il au vieil homme, avez-vous la volonté de recevoir ce saint baptême de Jésus-Christ comme il va vous être accordé, pour le garder tout le temps de votre vie, avec pureté de cœur et d'esprit, sans manquer à votre engagement pour quelque raison que ce soit ?

Le vieillard articule avec difficulté :

– Oui, j'ai cette volonté. Priez pour moi le bon Dieu pour qu'il m'accorde sa grâce.

– Que le Seigneur, vrai Dieu, t'accorde la grâce de recevoir ce don en son honneur et pour ton bien. Répète avec moi : je suis venu devant Dieu et devant votre ordre saint pour recevoir le pardon de tous mes péchés, perpétrés par moi à ce jour. Priez Dieu pour qu'il me pardonne. *Benedicite, parcite nobis.*

Joan répète la phrase, avec une voix de plus en plus faible. Le parfait lui répond :

– Au nom de Dieu, en mon nom, au nom de l'Église, de son ordre saint, de ses saints préceptes et de ses disciples, reçois pardon et miséricorde pour tous les péchés que tu as commis jusqu'à aujourd'hui. Que le Seigneur de miséricorde te pardonne et te conduise à la vie éternelle.

– Amen, ainsi soit-il, Seigneur, selon ta parole.

Alors le bon homme place solennellement le livre sur la tête de Joan. Je mets ma main droite sur le volume et Marcel fait de même tandis que le bon homme récite lentement :

– Au nom du Père et du Fils et de l'Esprit saint.

– Amen, finissons-nous.

Ensuite, Benoît de Termes prononce une prière en latin, entendue tant de fois :

– *Benedicite, parcite nobis, amen. Fiat nobis, domine, secundum verbum tuum, pater et filius et spiritus sanctus dimittat vobis et parcat omnia peccata vestra. Adoremus patrem et filium et spiritum sanctum, adoremus patrem, et filium et spiritum sanctum, adoremus patrem et filium et spiritum sanctum : Pater sancte, justus et verax et misericors, dimitte servo tuo, recipe eum in tua justitia*[14]...

Mon esprit abandonne mon corps et vole vers les montagnes où je suis né, vers mes parents, qui ne savent rien de moi depuis si longtemps, vers Guilhabert de Castres, qui m'a admis parmi les croyants pendant ma prime jeunesse. Jusqu'à Élo Alvarez et son sourire, jusqu'à Sybille. Je me concentre enfin pour le dernier «amen» et retire la main du livre.

Marcel et moi accompagnons le parfait pour trois nouveaux *Pater* qui clôturent la cérémonie. Joan repose désormais, la respiration apaisée et un léger sourire sur les lèvres. Marcel, satisfait, sourit aussi en le voyant si calme. Si Dieu le reconnaît comme sien, il sera bientôt dans son paradis, mais sinon, il devra renaître dans un nouveau corps de boue jusqu'à ce qu'il atteigne la perfection sur cette terre et puisse un jour traverser le pont menant à la porte des cieux.

– Te voilà en *endura*, mon ami Joan, donc tu ne boiras ni ne mangeras plus dans ce monde de Mal, et réjouis-toi : le bon Dieu, sûrement, te recevra ce soir.

Marcel prend entre ses mains la dextre de son père et récite, les yeux fermés, un *Pater* après l'autre. Imperceptiblement, la respiration de Joan se fait plus douce, plus tranquille, jusqu'à devenir imperceptible. Je reconnais l'agonie sereine de celui qui souhaite déjà la mort de son corps. Joan est en paix. Ce qui

14. «Bénissez-nous, épargnez-nous, amen. Qu'il nous soit fait selon ta parole, Que le Père, le Fils et l'Esprit saint nous remettent et épargnent tous nos péchés. Adorons le Père, le Fils et l'Esprit saint, adorons le Père, le Fils et l'Esprit saint, adorons le Père, le Fils et l'Esprit saint : Père saint, juste et fidèle et miséricordieux, pardonne à ton serviteur, reçois-le dans ta justice.»

adviendra ensuite ne dépend plus de lui. Si Dieu le réclame à ses côtés, il quittera ce monde l'âme en harmonie avec lui. Sa conscience se dilue et il ferme les yeux. Je joins mes prières à celles de Marcel et de Benoît. Nous devons prier Dieu avec force et sincérité. Nous conduisons l'esprit de Joan jusqu'aux portes mêmes du paradis. Si son corps résiste et revient à la vie, Joan devra tenir sa promesse et ne prendre ni nourriture ni eau jusqu'à la mort, ou renoncer à son *consolamentum*, mais il est fermement déterminé et avance heureux vers la fin de son corps.

Je ne saurais dire combien de temps dure notre prière infinie. Enfin, le parfait baisse la voix et se tait. Le silence m'arrache de l'étrange torpeur dans laquelle m'avait plongé l'enchaînement des prières.

– Joan nous a quittés, constate Benoît en souriant. Marcel, enterre sa tunique terrestre, tu as été un bon fils.

Le baile s'incline trois fois devant le parfait, qui quitte déjà l'alcôve et s'assied à la table. Il m'adresse un sourire fatigué :

– *Maese* Pèire, demain, si vous me le permettez, je vous accompagnerai jusqu'au château de Quéribus. Je n'ai pas salué ce brigand de Chabert depuis très longtemps.

– Ce sera pour moi un honneur de vous escorter, mais je dois vous informer que mon seigneur Chabert n'est pas actuellement dans son château.

– Je suis désolé d'entendre ça. Je vous accompagnerai néanmoins. C'est un bon endroit pour retrouver mon *soci*[15], que j'enverrai prévenir.

– Je suis à votre service, bon homme.

15. Partenaire, en occitan.

1228

Il n'a fallu que quelques heures à Marcel et à sa famille pour enterrer Joan dans le cimetière du village, derrière la vieille église de pierre, en pleine nuit et aux flambeaux. Ils ont planté, pour donner le change, une croix de bois au-dessus de la tombe ; après tout, dans ce monde, il convient de compter avec le mensonge et le Mal. Le curé du hameau n'était pas présent, bien sûr, mais il gardera un silence prudent. Mentir nous est interdit, en principe, mais nos règles ne disent rien sur la protection due à nos parents jusqu'à ce qu'ils trouvent la voie du paradis.

Les deux femmes de la maison, l'épouse et la fille de Marcel, préparent le repas et le servent. Nous dînons de bon appétit, Benoît, Marcel et moi. Pas de viande. Un pâté de poisson délicieux et des pommes, avec du pain que, à notre insistance, Benoît bénit, une coutume qu'il qualifie d'inutile.

Avant l'aube, Benoît et moi sommes déjà debout et prêts à partir. Je lui ai proposé d'échanger ma jument contre sa mule, mais il ne veut rien savoir, aussi dois-je ralentir ma monture pour rester à proximité de lui pendant que nous grimpons vers Quéribus. Nous voyageons en silence, l'un derrière l'autre sur l'étroit sentier, mais lorsque ce dernier s'élargit, je me place à côté de Benoît pour observer furtivement son profil d'aigle, son nez proéminent et ses joues émaciées qui ne cachent pas la silhouette des os.

Finalement, la curiosité est plus forte que ma discrétion :

– Bon homme, Olivier de Termes est-il votre parent ?

– En effet, Olivier est mon neveu : son père était mon frère. Et je crois qu'il sera heureux de me voir lorsque j'irai lui rendre visite à Corsavy.

– N'en doutez pas, bon homme. Olivier est un grand chevalier auquel je suis lié par une belle amitié. De mon point de vue, tout au moins, et j'ai l'audace de penser que ma présence lui est agréable.

– Il en est ainsi, *maese* Pèire. J'ai pris en charge l'éducation de notre jeune seigneur et je connais son intérêt pour la conversation, qui semble être l'une de vos vertus. Olivier a beaucoup souffert de la perte de ses terres dans les Corbières, même s'il était enfant quand Montfort a arraché le château de Termes à son père, mon frère, et a laissé celui-ci mourir dans un cachot de Carcassonne. Mon neveu n'oublie pas que sa lignée est parmi les plus nobles de ces terres. Du reste, sa dévotion pour notre Église n'est parfois que la deuxième de ses préoccupations, après la récupération de ses terres, à mon grand regret.

– Je comprends.

– Laissons cela, Pèire, mais dis-moi plutôt ce que t'inspirent les paroles de Matthieu lorsqu'il prétend qu'« un mauvais arbre porte de mauvais fruits ». Un bon arbre ne peut-il pas porter de mauvais fruits ? Un mauvais arbre ne peut-il pas faire pousser de bons fruits ? Et que me dis-tu de l'épître de Jacques : « Aucune source ne donne par la même ouverture de l'eau douce et de l'eau amère » ?

Je m'attendais à un sermon, voire une prédication en cours de route. Les heures passées à écouter Guilhabert lorsqu'il nous rendait visite à Pamiers, avec les enfants de notre quartier réunis autour du vénérable vieil homme, me reviennent en mémoire.

J'entre de bon gré dans la conversation :

– Ces paroles me rappellent que ce monde est le domaine du démon et que rien en lui, sauf notre Église des bons chrétiens, ne porte le sceau du bon Dieu, qui attend ceux qui sont réconfortés dans son royaume.

– En effet, Pèire. Ce monde présent est mauvais, maléfique, et comme Jacques nous l'enseigne, «tout entier posé dans le mal».

La conversation devient peu à peu un monologue de Benoît de Termes, qui nourrit mon âme et réaffirme en moi la foi en notre Église. Cependant, comme nous nous écartons du chemin de Maury pour entamer la montée par le sentier conduisant à Quéribus, le désir de retrouver Sybille se réveille dans ma poitrine. Benoît se tait pour se concentrer sur la conduite de sa mule au milieu des buissons épineux, suivant les pas de mon cheval. La forte pente ralentit notre rythme. Le silence de Benoît, les paroles qu'il a prononcées pour moi et le poids de la culpabilité naissante qui opprime mon cœur m'incitent à la réflexion. Serais-je prisonnier des ruses de Satan, qui me conduit peu à peu à chercher en présence de Sybille le soulagement des tourments de ma chair ? Dois-je avouer mon péché à Benoît de Termes, suivre ses conseils, et étouffer mon corps et mon cœur ? Cette pensée profonde, secrète et cachée, pleine de nostalgie et d'amers regrets, qui reste ancrée dans mon âme quand le souvenir d'Élo revient me hanter, est-elle aussi l'œuvre de Satan ?

Je me souviens aussitôt des paroles de Guilhabert de Castres et de mon engagement envers l'*Égleisa del Bé*. Ma confession m'affaiblirait et je serais tenté de partager avec un homme saint comme Benoît de Termes le secret de ma mission, qui dépasse de loin ma propre existence. Je suis le témoin de notre Église et mon engagement est total, mais pas tant envers ma foi qu'à l'égard de l'Église elle-même, en la personne de son principal diacre. Je ne trahirai pas Guilhabert et remplirai la tâche qui m'est confiée malgré mes doutes et les vicissitudes de ma propre existence dans ce monde.

Nous entrons à pied dans la cour d'armes du château où, une fois de plus, je suis accueilli par Chaberta. Attentive à tout ce qui l'entoure, elle reste cependant perplexe et impressionnée par le regard quelque peu altier de Benoît de Termes. Sybille nous reçoit joyeusement, le parfait répondant à son *melhorier* avec une certaine distance. La châtelaine lui offre un petit abri en bois semblable au mien dans un endroit éloigné des dépendances principales. Oda sera chargée de lui trouver un esclave masculin. Je devrais le déplorer et réclamer l'honneur de m'occuper du bon homme, mais j'ai envie de retrouver Sybille seul à seule afin que nous poursuivions nos conversations. Nous convenons elle et moi d'un rendez-vous dans l'après-midi sous prétexte que je lui rende compte de la perception des taxes auprès des villageois de Tautavel.

Après un repas frugal pris dans ma cabane, je soigne mon aspect du mieux que je peux et je monte au donjon. Sybille m'attend, assise à la fenêtre comme il y a quelques jours, mais seule, cette fois.

J'installe entre nous une table basse sur laquelle je dépose la bourse de cuir contenant l'argent recueilli et les folios sur lesquels j'ai noté les noms des payeurs :

– Voici les fonds et les comptes, Sybille. Il n'y a pas eu de problème, loin de là. Je vous prie de m'excuser d'être resté au village hier soir. Nous avons aidé Joan, le père de Marcel, à entrer en paradis. Le bon homme a officié un *consolamentum* auquel j'ai pris part, comme l'exige la coutume.

– C'est très bien, je suis très heureuse pour Joan, sourit-elle. Et je me réjouis de te revoir, Pèire. Par ailleurs, nous avons des nouvelles de notre seigneur Chabert.

Elle sort d'une poche de son manteau une feuille de papier de facture grossière et me la remet. À peine ouvert, je reconnais en bas de page la signature de Chabert : « *Xabertus de Barberá* ». Le peu qu'il sait écrire.

La missive, écrite sous la dictée, résume ses projets immédiats et ses instructions, avec la brièveté qui lui est coutumière.

Chabert retournera à Quéribus au début de l'été pour préparer sa troupe pour la guerre de Majorque. Il souhaite que nous recueillions le plus d'argent possible et que je transmette aux seigneurs de la région l'ordre de se tenir prêts, matériellement et mentalement, à la lutte à venir.

Je ne peux éviter de me réjouir de ces quelques mois qu'il me reste avant d'accueillir Chabert chez lui. D'ici là, j'aurai tout le temps de renforcer mon corps grâce à l'enseignement des soldats, et mon esprit avec la rédaction de ma chronique... Et de profiter de la compagnie de Sybille. Elle semble également heureuse de la missive, même si elle ne l'exprime pas. Nous bavardons intensément presque toute la nuit, assis face à face dans l'embrasure de la fenêtre, derrière l'épais rideau.

1228

Le troubadour est arrivé aujourd'hui vers midi. Il est monté directement de Cucugnan et s'est immédiatement présenté à dame Sybille. Celle-ci est toujours prête, et c'est bien connu dans cette région, à accueillir poètes et jongleurs itinérants, si bien qu'il n'est pas rare de voir apparaître ici un artiste de temps en temps. Mais cet homme est différent. Il s'agit de Guillem de Cabestany. Modeste seigneur d'un fief bien pauvre – un château en ruine et des marais entre Perpignan et le port de Canet, où survivent des pêcheurs à moitié sauvages –, il n'en demeure pas moins noble. Sybille lui a offert quelques sous pour qu'il anime une nuit à Quéribus. Tout cela avant l'arrivée de Chabert, peu favorable à ces dépenses, bien que les tolérant.

J'ai bien sûr été invité au souper, où la place d'honneur échoit à Guillem de Cabestany : à la droite de Sybille de Paracolls. C'est un homme grand, mince, avec un regard hautain et espiègle. Bien qu'il ait voyagé toute la journée, il semble dispos et, ce qui est très rare, il est rasé de près. Des cheveux très courts et parfaitement coiffés complètent son aspect soigné. La robe rouge et le pantalon bleu en tissu fin qu'il porte contrastent avec mes vêtements épais. J'ai honte de me voir ainsi, et plus encore devant Sybille.

Chaberta peut assister au souper, car elle aura bientôt dix ans. Sa mère commence de la sorte son éducation sociale afin qu'elle puisse sous peu épouser celui que son père considérera convenable, en élargissant par sa dot le patrimoine d'une autre famille et en contribuant au renforcement d'anciennes alliances ou à la création d'alliances nouvelles, pour la gloire de sa lignée paternelle.

Sybille a fait appeler sa sœur, Esclarmonde de Conat, qui nous accompagne, plus souriante que jamais. Nous partageons également le souper avec les seigneurs de Cucugnan et de Maury, invités expressément. Bien sûr, Benoît de Termes, toujours au château en attendant l'arrivée de son *soci*, l'autre parfait qui partage sa route, n'a pas manifesté le moindre intérêt pour ce repas et n'y assiste pas.

Je lui ai rendu visite à plusieurs reprises ces jours-ci pour m'assurer qu'il ne manquait de rien. C'est ainsi que j'ai pu découvrir le grand attrait qu'il exerce sur les croyants de la région, qui ne cessent de lui rendre visite. La nouvelle de la présence du bon homme s'étant propagée hors de ces murs, le nombre de personnes venant se prosterner devant lui croît de jour en jour. Benoît a toujours quelques mots pour chacun. Le dimanche, nous prions en commun sous sa direction, même si, dans mon cas, je reconnais que j'interviens très peu dans les confessions publiques qui suivent, sinon pour raconter des anecdotes sans importance. Dieu est bon et voit tout, sait tout, et pardonne mes péchés... Je crois. Parfois, au cours de ces cérémonies, de nouveaux croyants qui ont découvert l'entendensa del bé, l'entendement du Bien, sont accueillis parmi nous. Mais cela est très rare, chaque jour nous sommes moins nombreux...

Quoi qu'il en soit, aujourd'hui, le troubadour le plus important de ces terres nous rend visite, ce qui excite ma curiosité au plus haut point : je n'ai jamais entendu de chants, sinon ceux, sans aucun intérêt, vociférés dans les églises fidèles à Rome.

Guillem boit beaucoup de vin et mange peu, signe de noblesse, et encourage les participants à faire de même. J'en déduis qu'il compte sur l'effet du vin pour enflammer son auditoire. Et au milieu du repas, alors que nous parlons tous et rions bien fort, il se lève, se plante au milieu de la salle, ordonne le silence et, s'adressant à Sybille, interprète d'un air affecté sa célèbre poésie *Lo dous cossire*, le doux souci, que j'ai déjà entendue plusieurs fois récitée par Sybille, Chaberta et même un sergent :

Le doux souci
Que m'inspire souvent Amour
Me fait dire sur vous, Madame,
Nombre de vers agréables.
Pensif, je contemple
Votre corps noble et précieux
Que je désire,
Plus que je ne le laisse voir.
Et même si je me détourne du droit,
Je ne vous renie pas pour autant :
Sans cesse je vous supplie
Avec un amour sincère.
Madame, vous en qui la beauté embellit,
Souvent je m'oublie moi-même
À vous louer et vous demander grâce.

Il se tait soudain et pose son regard sur la belle Esclarmonde de Conat, qui abandonne son sourire pour savourer, l'air sérieux, les vers suivants :

Je déteste toujours l'amour
Qui vous interdit pour moi,
Si jamais je détourne mon cœur
Vers une autre affection.
Vous m'avez enlevé le rire et donné la tristesse.
Nul homme ne souffre martyre plus grave que le mien,
Parce que vous,

Que je désire
Plus que toutes celles qui se trouvent dans le monde,
En apparence vous rejette,
Vous ignore le mal-aimé :
Tout cela que je fais par crainte
Vous devez l'accepter comme fait de bonne foi,
Bien que je ne vous voie pas.

La précieuse *canso* narre l'amour triste et désespéré qu'éprouve le pauvre chevalier pour l'épouse de son seigneur. La rumeur prétend que la dame en question est une noble de Perpignan, à laquelle Guillem de Cabestany voue une passion sans limite... jusqu'à ce que, pensé-je par-devers moi, le mari jaloux ait vent de l'affaire.

Guillem parcourt l'assistance du regard et poursuit son chant. Ses paroles me touchent profondément, même si elles me semblent inspirées par le diable :

J'ai dans le souvenir le visage
Et le doux sourire,
Votre valeur et le beau corps blanc et lisse
Si dans ma foi j'étais si fidèle à Dieu,
Sans aucun doute
Entrerais vivant au paradis
Car sans hésitation
Je me suis livré à vous de tout cœur,
De sorte qu'aucune autre ne me donne la joie
Car je ne coucherais avec aucune
Des plus majestueuses
Ni ne serais son amant
Si en compensation
Je jouissais de votre attention.
Toute la journée, je suis ravi du désir,
Tant j'adore votre condition,

Madame à qui je suis soumis.
Je crois que votre amour me vainc,
Car avant que je vous voie
J'aspirais déjà à vous aimer et à vous servir.
Et j'ai donc été laissé seul,
Sans aucune aide, avec vous,
Et j'ai perdu beaucoup de faveurs :
Qui les souhaite les garde !
Parce que je préfère,
Sans aucun accord préalable,
Vous attendre,
Ce dont je tiens joie…

Et le troubadour de poursuivre alors que mon âme s'enflamme au souvenir d'Élo Alvarez. Mon affliction se transforme bientôt en rage, et la jalousie que j'éprouve en l'imaginant partager sa couche avec le roi Jacques ou le comte Nuno et gémir sous leur corps se change en colère. Enfin, pris de dégoût, je me résous à effacer ses images de mon esprit. Entre-temps, le poète a terminé sa récitation. Il nous ravit à présent en jouant d'un instrument que j'identifie comme un psaltérion. Les notes tristes s'élèvent et résonnent dans la grande salle du donjon. Mon regard croise celui de Sybille, ils s'entremêlent un instant. Je rougis immédiatement et baisse les yeux… Ma vie est une tempête continuelle…

1228

La fraîcheur qui monte de la terre humide, à la rencontre du ciel sombre, me libère des vapeurs du vin. Pendant un instant, j'oublie mes hésitations, je grimpe au chemin de ronde et me laisse submerger par le vent froid. Créature infime sous la nuit éternelle des étoiles du diable. Une lune géante émerge à peine de la mer ténébreuse, au bout de l'horizon. Le Dieu bon saura que j'aspire seulement à le retrouver à la fin de mon temps, mais ce soir, des sentiments aussi divers que la colère et l'émerveillement devant la beauté ont semé dans mon cœur un doute douloureux. Enfin, ça ira mieux demain.

Sybille m'attend le lendemain, comme tous les après-midi, assise près de la fenêtre. La salle a été balayée et lavée, les bancs et les tabourets enlevés, et la longue table a disparu. Rien dans le visage de la jeune femme ne rappelle la soirée d'hier, bien qu'elle se soit couchée très tard. Une mèche noire et brillante s'échappe de sa coiffure soignée et flotte sur son front au gré du courant d'air qui se faufile par la fenêtre. Je m'assois devant elle et nous reprenons une conversation qui ne semble jamais se terminer :

– J'espère que tu as bien dormi, Pèire.

– D'une traite, Sybille. Et vous ?

– J'ai bu plus que de coutume et j'avais encore le tournis quand Esclarmonde est repartie.

– Elle est donc déjà partie ?

Le regard de Sybille se durcit :

– Il semblerait que tu succombes également au charme de ma sœur.

– Non, Sybille, bien sûr que non. Le bon Dieu sait que je voulais simplement dire que je suis surpris qu'Esclarmonde ne soit pas restée quelques jours avec sa famille, avec Chaberta, qui l'adore.

– Ma sœur et moi sommes peu en accord ces derniers temps. Sa venue, hier, était une tentative de ma part de renouer notre relation, mais ce n'est pas possible. Changeons de sujet. As-tu apprécié l'art de notre troubadour ?

– Oui, ma dame. De plus, je voulais en parler avec vous aujourd'hui. Je suis confondu par tant de beauté, tant d'art. Ma foi, notre foi, m'enseigne cependant que la beauté est l'œuvre du Malin. Peut-être Benoît de Termes pourrait-il nous éclairer...

– *Jamai*[16] ! s'exclame Sybille. Je crois que la poésie est l'œuvre du bon Dieu et que les troubadours sont des anges déchus sur le point de revenir à lui. Ils nous mettent sur le chemin du paradis par le biais de leur art... et de l'amour.

Sybille a levé les yeux, à présent elle me regarde fixement. Ma bouche s'assèche soudain. Je m'approche et ferme les yeux avant de déposer un doux baiser sur ses lèvres. Le temps s'arrête. Quand je respire à nouveau, je découvre Sybille, très sérieuse, caressant tendrement mon visage. Dans ma poitrine, s'allume un feu qui descend dans mon ventre alors que nos bouches se rejoignent encore une fois dans un baiser passionné. Nous nous sommes levés, je ne sais que faire, mais Sybille me prend la main. Rapidement, nous grimpons l'escalier en bois jusqu'à ses appartements, où jamais je n'étais entré. Un grand lit de nobles

16. « Jamais », en occitan.

occupe la chambre. Sybille me fait passer, ferme et verrouille la porte, frénétique. Ensuite, nous nous jetons dans les bras l'un de l'autre.

Je l'aide fiévreusement à dénouer sa robe et je découvre des seins parfaits, un ventre lisse et un duvet sombre et abondant qui attire ma main, laquelle se perd entre ses cuisses. Sybille se couche sur le lit pendant que je me déshabille en quelques secondes. Puis je m'allonge à ses côtés, sans cesser de baiser ses lèvres. Elle prend mon sexe et m'attire sur elle. Elle sépare ses cuisses en gémissant d'excitation et soulève ses hanches pour aller à ma rencontre. Hors de moi, je la pénètre avec une force passionnée.

À compter de cet après-midi-là, les jours et les semaines s'écoulent comme dans un rêve. Nous cherchons à ne susciter aucun soupçon chez quiconque. Aussi, je ne monte dans sa chambre que la nuit venue, même si, parfois, la passion nous conduit à consommer notre amour en plein après-midi, derrière le rideau, dans l'espace de la fenêtre du donjon. Je n'ai désormais plus aucun doute sur ma foi ou sur le paradis : je sais que je reviendrai dans ce monde après la mort, car le Dieu bon ne m'acceptera pas à ses côtés. Je vais devoir me réincarner, une dernière fois, peut-être dans un corps de parfait, qui sait, ou des milliers de fois supplémentaires. En attendant, je me voue à la luxure débridée, et aux jeux, courtois ou non, de l'amour avec un enthousiasme insoupçonné.

À l'approche de la venue de Chabert, nous commençons d'un commun accord à espacer nos rencontres amoureuses. Je constate alors, surpris, que la tristesse qui m'envahit n'est pas aussi profonde que celle dont j'ai souffert quand Élo Alvarez a quitté ma chambre.

Pourtant, le jour où un messager de Chabert se présente et annonce que ce dernier se trouve à Conat, à deux jours de route, je sens comme un pincement au cœur. Pour moi, pour Sybille et pour mon seigneur Chabert, que j'ai trahi sans remords jusqu'à présent. Ce soir-là, cependant, nous faisons l'amour avec une ardeur redoublée, et quand je donne à Sybille un dernier baiser, ses larmes me submergent, à tel point que j'abrège autant que faire se peut l'instant des adieux.

1229

Depuis le chemin de ronde, j'observe l'arrivée de Chabert et de sa troupe. Le seigneur de Quéribus avance sur les contreforts de la montagne avec une trentaine d'hommes, aux portes du *castrum*. Il répartit ses soldats dans les maisons avoisinantes, préparées ces derniers jours pour les accueillir, et franchit à pied les derniers virages du sentier, accompagné d'Hugues, qui porte ses armes et quelques sacs de cuir, et de sa belle-sœur, occupée à tirer sur sa robe que les buissons épineux retiennent.

Chabert a l'air jovial. Lorsqu'il découvre ma présence en haut des murailles, il interrompt sa marche quelques secondes pour me saluer d'un geste de la main et d'un large sourire. Mon affection pour lui reste intacte, une joie brutale m'envahit. Je cours le recevoir dans la cour du château, où sa femme et sa fille attendent déjà. Sybille me sourit également et m'invite à me placer à ses côtés, quoique deux pas en arrière, indiquant ainsi clairement ma position sociale. Je ne peux m'empêcher de sourire : l'hypocrisie est l'un des signes de ce monde, un autre exemple de sa méchanceté originelle.

Chabert et Esclarmonde apparaissent enfin. Chaberta court se jeter dans les bras de son père, qui la soulève en feignant un immense effort et souligne en riant que la petite fille a bien grandi. Chaberta a déjà dix ans, il faudra bientôt penser à son avenir. Esclarmonde s'approche de nous, me salue d'un mouvement de la tête et d'un sourire, et prend Sybille par la main.

Sybille la retire brusquement.

– J'espère que vous avez eu un voyage favorable, ma sœur.

Chabert, près de sa femme, lui baise la main avec un sourire forcé.

– Chère Sybille, je suis heureux de te revoir enfin, ne serait-ce que brièvement. Remercie ta sœur, qui nous a accueillis ces deux jours dans son château de Conat pour nous permettre de nous reposer un peu avant la dernière étape. Le voyage depuis l'Aragon s'est déroulé entre embuscades de brigands et incidents divers qui nous ont considérablement retardés.

Sybille s'adresse à sa sœur, contenant sa rage :

– Je vous remercie d'avoir pris soin de mon époux, Esclarmonde. Je ne doute pas de votre savoir-faire.

– Pèire, mon ami ! s'exclame Chabert en me frappant à l'épaule, la main ouverte – peu s'en faut qu'il la disloque, tant il est fort. Je te vois très vigoureux et plus grand. Je suis content que tu aies suivi mes instructions : tu ressembles déjà à un homme. Comment tout se passe-t-il ici ?

– Très bien, mon seigneur. En effet, j'ai mis en pratique tous vos ordres : vous avez l'argent, les hommes et un scribe instruit pour le champ de bataille.

– Pas si vite ! Je veux laisser la troupe se reposer, finir de nous équiper et exercer les hommes. La route sera longue, nous devons reprendre des forces quelques jours de plus. Nous parlerons plus tard, Pèire, nous avons à traiter de plusieurs affaires.

J'acquiesce et me retire, non sans d'abord apprécier la froideur évidente entre les époux. Esclarmonde et peut-être moi-même en sommes en partie responsables. Pour ma part, j'ai des regrets mais, et que Dieu me pardonne, je ne me sens coupable que devant notre Père. Je ne veux pas croire que l'amour que nous avons tant et si bien pratiqué, Sybille et moi, est une trahison envers Chabert. Son mari et elle ne sont partenaires que circonstanciels; en fait, je soupçonne Chabert d'avoir dormi beaucoup plus souvent avec moi au cours de ces dernières années qu'avec Sybille depuis qu'ils sont mariés.

Le chemin de justice et de vérité des apôtres emprunté par Benoît de Termes, qui n'a même pas daigné recevoir le seigneur qui lui offre pourtant son hospitalité, est bien éloigné de celui sur lequel je me trouve.

Je quitte donc la famille à la hâte, évitant ainsi toute invitation à les rejoindre pour le repas. Je vais essayer de disparaître jusqu'à ce que Chabert réclame ma présence. Mais je n'ai pas à attendre longtemps : je suis couché sur mon lit depuis peu pour me reposer et réfléchir quand Oda se présente dans la cabane. Je monte immédiatement au donjon, où Chabert m'attend.

– Assieds-toi, Pèire, nous devons clarifier une question. Oda, apporte-nous du vin.

Chabert m'attendait assis à la fenêtre de Sybille, sur le même banc. La crainte autant que la honte, que je dissimule prudemment, me provoquent un pincement au cœur.

– Je suis ravi de vous voir en si bonne forme, Chabert.

Que puis-je dire d'autre ? J'attends patiemment qu'il engage la conversation :

– Qu'as-tu fait de notre manuscrit ?

– Je l'ai cousu en un volume, qui contient plus de cent folios. Je l'ai mis en sécurité, convenablement protégé.

– Où ?

Je doute un instant.

– Ma mission est précisément de protéger ce secret de ma vie si nécessaire. Je ne peux le révéler à personne.

Chabert me regarde dans les yeux; son visage se durcit… jusqu'à ce qu'il éclate de rire et me serve un verre de vin.

– D'accord, très bien, Pèire. Je ne veux pas connaître l'endroit où notre chronique attend des temps meilleurs. Tu n'auras pas non plus livré d'informations à notre évêque Benoît de Termes, je suppose.

– Bien sûr, pas même en confession.

– Très bien, mais il me faut t'avertir que tu dois laisser des signes, des pistes qui permettront à nos frères de retrouver le manuscrit dans le futur.

– C'est fait, mon seigneur. La chronique est bien cachée, je ne dois pas en dire plus, mais je suis bien conscient que je peux perdre la vie dans la guerre à venir.

– Oui, ce sera peut-être le cas, et si tu es surpris que je t'aie demandé de me suivre, sache que ce n'est pas précisément pour faire la guerre, même si cela peut être nécessaire à un moment donné. En réalité, j'ai besoin de tes compétences de scribe pour complaire à notre roi Jacques, qui connaît ton existence par notre ami commun Olivier de Termes. Mais tu dois savoir, Pèire, que ton nom n'apparaîtra jamais dans les écrits que tu rédigeras pour lui. Tu conteras les faits auxquels tu assisteras et tu remettras ton manuscrit à notre roi à la fin de cette guerre. Tu recevras en retour une somme d'argent et peut-être une terre. Qu'en dis-tu ?

– C'est un immense honneur, un de plus pour un pauvre scribe de Pamiers, mon seigneur, et je souhaite complaire au roi d'Aragon et à vous.

– Très bien, très bien, mais avant tout, tu dois méditer ta réponse et me promettre de ne pas négliger ta mission principale dans cette vie : la chronique de notre Église.

– N'en doutez pas un instant, Chabert. Ma vie appartient à notre Église. Je crois humblement avoir déjà témoigné de l'essentiel de notre foi et de nos rites, mais je ne cesserai pas de compléter la chronique, à Majorque ou ailleurs.

– Il me plaît de le savoir, Pèire. Prends un peu plus de vin. Profitons de ces moments de paix, ce sont peut-être les derniers avant longtemps.

Chabert nous sert une nouvelle rasade de vin de Maury, épais comme le sang. Il ne le coupe jamais avec de l'eau comme le font les taverniers ou les seigneurs plus jaloux de leurs biens. Ensuite, il se tourne, pensif, vers la fenêtre. Le Canigou se détache, sombre, dans le bleu violent du coucher du soleil d'été. Le vent souffle à peine aujourd'hui, le silence monte de la terre surchauffée et s'étend à travers la vallée. Le monde semble retenir son souffle, attentif à la folie des hommes qui les amènera à s'affronter entre eux dans une tentative désespérée de complaire à leur maître : le diable.

– Derniers instants de paix... murmure Chabert en méditant.

Le retour de mon seigneur à Quéribus, le départ prochain vers une guerre étrange qui débutera par un voyage en mer et au cours duquel nous pourrions périr sans avoir posé le pied sur la terre que nous voulons conquérir, les batailles à venir et ma nouvelle mission auprès du roi d'Aragon Jacques Ier, tout suscite en moi une excitation que je peine à contrôler. Si j'examine ma conscience, je ne me sens pas en paix, telle est la vérité, et plus encore si je pense que je dois tout à Chabert de Barbaira, à commencer par ces semaines d'amour dans les bras de sa femme. Mais la vie va m'amener à connaître des terres et des mers lointaines, et je ne peux empêcher le jeune homme que je suis de sentir bouillir son sang en pensant à ce qui l'attend.

Quand Chabert m'ordonne de me retirer, je me réfugie comme tous les jours sur le chemin de ronde et j'essaie de libérer mon âme de ses péchés, de ses chagrins, de ses peurs et de ses joies, récitant tranquillement, les yeux fixés sur le sommet du Canigou qui reçoit les derniers rayons d'une journée débordante d'émotions, la prière simple et émouvante que mes parents ont apprise des leurs et qu'ils m'ont enseignée :

> Père saint,
> Dieu juste des bons esprits
> Tu n'as jamais menti, ni trompé, ni douté,
> De peur que la mort ne nous mène
> Au monde du dieu étranger

Parce que nous ne sommes pas de ce monde
Et ce monde n'est pas à nous,
Donne-nous à connaître ce que tu connais
Et à aimer ce que tu aimes.

Je la répète, encore et encore, car je souhaite purifier mon esprit de ses péchés, même si c'est peine perdue...

1229

La chevauchée de Quéribus à Salou a été longue et la chaleur étouffante. Plus nous approchons de notre but, plus les rires et les plaisanteries se raréfient dans notre troupe, composée d'une cinquantaine d'hommes. La tension monte chez les guerriers qui ont déjà suivi Chabert dans des dizaines de batailles. Et les paysans recrutés de force, qui n'ont guère reçu d'instruction militaire, sont de plus en plus effrayés et inquiets. Beaucoup n'avaient jamais vu la mer, et la rumeur selon laquelle nous allons devoir la traverser dans les *naus* marchandes ancrées dans la baie les empêche de dormir et plus encore de rire; certains perdent même l'appétit. La panique s'installe peu à peu dans leurs rangs. C'est pourquoi Chabert, qui n'a jamais navigué non plus, cherche à remonter le moral de la troupe et ordonne aux chevaliers d'encourager les sergents avec des promesses de pillage, de butin et de mort d'infidèles.

Notre groupe a rejoint les Roussillonnais de Nuno Sanche. Les tentes dans lesquelles nous nous entassons forment un demi-cercle ouvert sur la mer. Chabert lui-même partage la sienne avec ses écuyers. Les chevaux sont regroupés dans un enclos proche, entre les charrettes, les malles chargées de vivres, de matériel, d'armes, et les tas de bois pour le feu.

Olivier de Termes campe à une courte distance avec une armée semblable à la nôtre. Il nous a rejoints sur le chemin de Perpignan, où il nous attendait. Sa compagnie a agrémenté mon voyage, car nous parlons longuement de nos vies, de tout et de rien. Il sait, par un moyen que j'ignore, que son oncle Benoît de Termes m'a rencontré, et je devine que les commentaires du parfait à mon propos ont été élogieux. Nous avançons au même rythme, en fin de colonne, ce qui soulève souvent des commentaires de mépris au sein de la soldatesque, que nous ignorons. Chabert de Barbaira lui-même se moque de nos discussions sans fin.

Le goût d'Olivier pour la conversation est tel qu'en arrivant au camp de Salou, je n'ignore rien des détails des négociations, des bras de fer entre seigneurs et marchands, des exigences du clergé et des difficultés économiques rencontrées par Jacques Ier pour armer ses soldats. Nous ne dédaignons pas non plus les histoires d'alcôve de la cour d'Aragon, et le nom d'Élo Alvarez revient souvent dans les récits d'Olivier. À cette occasion, je découvre que j'ai beaucoup gagné en maturité et appris à contrôler mes émotions. Je ne rougis plus aussi facilement qu'il y a quelques mois. Mon innocence a disparu dans les bras de Sybille, que je garde dans mon cœur comme ma seule maîtresse jusqu'à présent. Et je porte aussi en moi le souvenir d'Élo, mon véritable amour, tel que le décrit Guillem de Cabestany.

Les tentes sont éparpillées sur les plages de Salou et de Cambrils, formant des groupes de différentes tailles. Nous sommes réunis autour de deux villages de pêcheurs dont les femmes et les enfants ont disparu avant notre arrivée : ils se sont réfugiés dans des castra de l'intérieur des terres, à l'abri des méfaits de nos soldats et des abus de nos seigneurs.

Je vois diverses embarcations ancrées dans la baie, les plus légères se trouvant à quelques coudées de la plage. L'ost royal se constitue peu à peu. Dans quelques jours, lorsque plus personne ne manquera, nous embarquerons les hommes, les animaux, le matériel, soit toute l'armée d'Aragon.

La tente d'Olivier est spacieuse et confortable. Là où Chabert a préféré du sable ou de la paille, Olivier a disposé des tapis. Là où Chabert s'accommode de tabourets et de bancs, Olivier a choisi des fauteuils rembourrés. Des coffres et des bahuts finissent de meubler l'espace, ainsi qu'une table faite d'épaisses planches de bois posées sur des chevalets : un ensemble solide qui permet de réunir pour le dîner des nobles, des chevaliers, des marchands richement vêtus, des évêques et, presque tous les jours, mon seigneur Chabert de Barbaira, qui doit y prendre part accompagné de son scribe, comme l'exige Olivier.

– Nous allons mettre les voiles très tard, l'été est sur le point de se terminer, se lamente ce dernier en parcourant du regard les participants au repas, alliés du Roussillon et des Corbières, ainsi que quelques grands seigneurs aragonais. J'ai consulté des pêcheurs de la région. Selon eux, des semaines de mauvaise mer et de tempêtes se profilent.

– Que savent ces pêcheurs pouilleux de l'ost d'Aragon ? déclare un géant barbu, que j'identifie grâce à ses armes comme appartenant à la maison de Montcada. Allez, Olivier, ne craignez pas quelques vagues et faites servir ce vin que vous cachez dans ces coffres de prince !

Olivier ne répond pas tout de suite. Son expression intelligente et moqueuse croise, complice, mon regard attentif. Je perçois le mépris qu'il ressent pour cette bravade.

– Ami Guillem de Montcada, je ne crois pas que ces pêcheurs connaissent notre armée, mais ils en savent beaucoup sur la mer et leurs avis devraient être pris en compte, dit-il enfin. Personnellement, je ne prendrai pas la mer tant que ces pouilleux n'en auront pas fait autant et ne seront pas partis pêcher. Ceci étant, ta sagacité me surprend une fois de plus : en effet, ces malles cachent un vin dont nous allons nous régaler.

Ces grands barons et leur ivresse ne m'enchantent guère, alors je quitte discrètement la vaste tente et m'approche de la rive de la *Mare Mediterraneum*. Les bateaux se balancent doucement tandis que les ombres du crépuscule s'étendent sur le monde. Demain, Jacques Ier et les derniers seigneurs arriveront. La guerre de Majorque a commencé. Enveloppé dans ma cape face aux vagues, tranquilles à cette heure, je sens un frisson me parcourir le dos, bien que nous soyons encore en été.

Le roi Jacques Ier et ses troupes sont parvenus au camp de Salou il y a trois jours. Nous attendons tous à présent l'ordre de mettre les voiles. Cependant, les seigneurs menacent de prendre la mer pour leur propre compte, poussés par leur désir de guerre et de butin. Certains chargent déjà les navires de vivres, d'armes et de matériel de toutes sortes. Les chevaux et, enfin, les hommes seront les derniers à embarquer.

Depuis le rivage, j'ai compté plus d'une centaine de vaisseaux différents. La *nau* la plus impressionnante est la galère de Guillem de Canet, que j'ai connu à l'hôpital de Perpignan. Malgré la distance, on peut distinguer une rangée de grandes rames de chaque côté de son énorme coque de plus de soixante coudées. Olivier m'a décrit les galériens enchaînés à leur banc, cinq pour chacune des rames en bois de hêtre.

– Le tourment de ces hommes ne s'achève qu'à leur mort. Ce sont des esclaves, des Berbères pour la plupart, ou des condamnés, qui vivent et meurent sur leur banc de travail. On leur rase la tête pour les identifier en cas de fuite, même si les Sarrasins sont autorisés à porter une mèche de cheveux sur la nuque car, selon leurs croyances, Dieu les hissera par là vers le paradis à leur mort. À peine mangent-ils et boivent-ils, sauf lorsque la galère va combattre ou quand le capitaine a besoin de leur force pour manœuvrer. Ces pauvres gens se font dessus, raison pour laquelle la nef dégage une effroyable pestilence. Si bientôt nous n'avons pas de vent favorable, et donc si la grande voile rectangulaire supportée par le mât ne peut être utilisée, les galères navigueront à la force des rames contre le vent et beaucoup de ces malheureux n'arriveront pas à Majorque.

Cette racaille est dévorée par les poux et les punaises, et cuit dans sa puanteur.

Mais le navire de Guillem de Canet est le plus rapide et le plus robuste dont nous disposions. Quarante archers le défendent, et c'est pour cela que le roi Jacques a exprimé le désir d'effectuer le voyage à son bord, honorant ainsi Guillem et sa maison.

– Quel Dieu peut permettre une telle souffrance ?

J'ai parlé sans réfléchir. Aussitôt, je suis envahi par la crainte soudaine de m'être révélé comme hérétique. Olivier me regarde, sérieux.

– Ces questions sont impénétrables, jeune Pèire. Tu devrais garder par-devers toi les considérations réservées aux docteurs de l'Église.

– Je le regrette, *messer* Olivier, je n'ai pas su exprimer...

Il pose la main sur mon bras.

– Certainement, Pèire, tu n'as pas su exprimer ta pensée.

La froideur d'Olivier me surprend, mais me réconforte aussi. Il est clair qu'il me soupçonne d'appartenir à l'Église des bons chrétiens, et son avertissement met en évidence une complicité qui me réjouit. Comme si de rien n'était, le seigneur de Termes poursuit ses explications :

– Ceux-là sont des navires commerciaux, reconnaissables à leur ventre bombé et à leur grande taille. Ils transporteront les chevaux, les fantassins et le matériel. Ils sont assez lents, même si certains portent deux mâts. Et ces petits navires sont des bateaux de pêche : ils sont peu adaptés à la navigation en haute mer, mais leur nombre compense leur faible capacité. Si tu le souhaites, tu pourras m'accompagner sur ce bateau-ci.

Il indique un vaisseau de bonne taille, quoique plus petit que les navires et les galères qui l'entourent. C'est un bateau fin et élégant. Je n'en aurais pas choisi de meilleur pour Olivier de Termes.

Quelques secondes après, ce dernier précise :

– Je ne sais ce qu'il vaut en mer, mais son capitaine m'inspire confiance.

– Ce sera un honneur de vous accompagner, *messer*, mais je dois consulter auparavant mon seigneur, Chabert.

– C'est inutile, jeune homme. Chabert connaît déjà mon faible pour la navigation et accepte que tu m'accompagnes pour ramasser ce que mon estomac éjectera au milieu des vagues.

Olivier éclate alors de rire et me donne une tape sur l'épaule, aussi puissante que celles de Chabert. L'épaule endolorie, je me joins à son hilarité, à coup sûr pour dissimuler l'effroi que je ressens.

1229

Je tiens au-dessus de ma tête mon épée et mes dagues, ainsi que le sac en cuir qui m'accompagne toujours. Sauver mes ustensiles de travail est mon obsession, même si depuis quelques instants, en progressant dans l'eau, je suis pris d'un sentiment de panique croissant. Je ne sais pas nager, comme tous ceux de ma famille ou de ma ville. Je n'avais jamais mis les pieds dans la mer. L'eau est salée et sa force me surprend. Inévitablement, elle m'attire vers les profondeurs.

Au fur et à mesure que j'avance, le flot atteint ma poitrine, et quand une vague me frappe, elle me soulève et je perds pied durant quelques horribles secondes. Je n'ose imaginer ce que sera mon voyage. Pour couronner le tout, un fort vent du nord s'est levé. Les vagues sont de plus en plus hautes, je suis sur le point de succomber à la panique. Enfin, j'attrape de ma main libre le bord du bateau. Un pêcheur édenté me tire par le bras et me hisse à bord.

– Vous auriez dû attendre que nous nous approchions, *messer*.

Et il a raison : j'ai préféré me jeter à l'eau et parcourir à pied la courte distance me séparant du bateau, qui approchait trop lentement à mon goût. Pour tout dire, j'ai peut-être aussi voulu, stupidement, montrer ma virilité.

L'embarcation s'approche enfin de la plage jusqu'à ce que sa coque touche le sable. Olivier de Termes et une dizaine de ses hommes courent pour monter à bord rapidement. Tout le monde se moque de moi ouvertement, riant de mon inexpérience. Les vêtements mouillés, tremblant, j'attends assis sur un banc la fin de l'embarquement.

Quelques *naus* ventrues ont appareillé hier, chargées de chevaux, de soldats, de matériel de toutes sortes et de vivres. Le roi partira en fin de journée. Les *panescalms*, de petites embarcations, vont et viennent de la plage à la galère de Guillem de Canet à la force des rames.

Selon le capitaine de notre bateau, un individu jeune dont la peau du visage et des mains est brûlée par le soleil, nous arriverons dans deux ou trois jours, si le temps ne se détériore pas, ce qui peut se produire à tout moment. Une fois les hommes assis – Olivier de Termes est à ma droite –, je me mets, trempé et tremblant, à observer les quatre marins occupés à la manœuvre qui nous permettra de prendre la mer. Deux d'entre eux hissent à bord une volumineuse pierre trouée servant d'ancre, tandis que le capitaine prend la barre : une simple rame attachée à quelques pivots à la poupe du navire. Le dernier marin détache les liens qui retenaient la voile au mât, et la déplie comme un gigantesque fanion en tirant avec effort un câble passant par une poulie.

Immédiatement, le vent pénètre dans la toile triangulaire et le bateau entier vibre sous la poussée. Mon corps ressent les craquements du bois et la force de la voile qui tire la coque. Quel sentiment étrange! Agréable et terrifiant à la fois.

Nous nous éloignons rapidement de la grève. Les vagues deviennent de plus en plus hautes. Je comprends maintenant que, depuis la plage, l'immobilité de ces eaux tourmentées n'était qu'une apparence. Les soldats, Olivier et moi-même restons silencieux, impressionnés par la fureur du vent. Nous comptons sur notre pilote, qui lutte avec la longue barre pour maintenir une trajectoire nous menant vers le large. Le mouvement incessant produit en moi une sensation de malaise que j'essaie de contenir, mais je ne puis feindre plus longtemps et n'ai d'autre choix que de me pencher par-dessus bord et de vomir tout mon déjeuner dans la mer. Les rires des sergents ont à peine cessé quand Olivier et d'autres suivent mon exemple. Malgré la nausée, je ris aussi, nerveusement.

La journée passe ainsi, entre les mouvements interminables, les vagues qui déferlent sur notre bateau, les rires des soldats et les vomissements bruyants. Les marins, qui ne participent pas à nos conversations amusées et confiantes, gardent un visage impassible, observant le ciel passé d'un bleu propre à un blanc lumineux qui me rappelle celui de Quéribus. À un moment donné, je sens le vent changer, une légère mais constante augmentation de son intensité. Cela m'inquiète mais, par prudence, je ne partage pas cette observation avec Olivier. Peu après, l'équipage plie une partie de la grand-voile. Notre vitesse reste considérable, mais notre bateau, au moins, cesse de gémir.

Les heures passent, nous nous habituons au balancement rythmé. Suivant les instructions des marins, je fixe l'horizon du regard, ce qui me permet de contrôler mon estomac. Olivier n'est pas plus en forme que moi, tout comme la plupart des soldats qui nous accompagnent. Le soleil se cache derrière cette ligne imaginaire séparant ciel et terre. Pour la première fois de ma vie, je vais passer la nuit en haute mer. Je ne laisse pas mes craintes dominer mon cœur, je ne veux pas imaginer les dangers que cachent les profondeurs de plus en plus sombres qui nous entourent. Au crépuscule, la mer noircit et le vent, qui semblait s'être calmé, forcit. Dans l'obscurité, j'entends le vent hurler dans les haubans et les cris du capitaine, qui lutte toujours à la barre. Le bateau se bat contre l'océan, ses craquements alimentent notre angoisse. Si je dois mourir, que ce soit au plus tôt. Je suis sur le point de demander à Olivier de me planter sa dague dans le cœur et ainsi de libérer mon âme. J'accepte de revenir sur cette terre pour tenter l'ascension vers le ciel dans un autre corps, pourvu que ce soit loin de la mer.

Soudain, l'océan semble se calmer. Je remarque que le navire a changé d'orientation. Puis le capitaine s'approche de nous et s'adresse à Olivier :

– *Messer* Olivier de Termes, nous ne pouvons plus lutter contre le vent, qui a changé de direction. Cela nous éloigne de notre route. Si nous insistons, nous pouvons perdre le navire et notre vie avec. Nous ne sommes pas en mesure de continuer ainsi, *messer* Olivier. C'est pourquoi j'ai changé de cap, de manière à suivre le vent. Nous serons retardés, certes, mais nous arriverons à bon port.

– Je comprends, capitaine, vous n'avez pas le pouvoir de contrôler les éléments. Nous sommes entre les mains de Notre-Seigneur et les vôtres. Agissez comme bon vous semble. Nous aurons bien le temps d'arriver à Majorque.

– Merci, *messer*. Cependant, vous devez savoir que contourner l'orage tel que nous le faisons, pour sauvegarder nos vies, nous rapproche dangereusement des côtes sarrasines. Espérons que le climat dissuadera nos ennemis de prendre la mer.

– Ne vous inquiétez pas pour cela, capitaine. Tant que nous ne nous retrouvons pas dans une telle situation, ne perdons pas un seul instant en conjectures.

Olivier rit très fort et décoche sur l'épaule du marin un de ses coups terrifiants. Mais l'homme est plus solide que moi et sourit, fier de cette démonstration de respect de la part de l'un des chevaliers les plus redoutés de la chrétienté. Puis il retourne à son poste et Olivier s'approche de moi, le regard grave :

– La mer est une invention du diable, comme tu le sais déjà, cher Pèire, dit-il, et il éclate à nouveau de rire lorsqu'une vague nous arrose de la tête aux pieds.

Peu à peu, la mer se calme et lorsque la lune apparaît, émergeant des nuages, je distingue la ligne noire de l'horizon. Quelques étoiles se montrent dans le ciel. Le vent, cependant, ne permet pas de changement de cap. Le continent est encore invisible, dans la partie la plus sombre de la nuit ; selon le capitaine, il ne devrait toujours pas être en vue. Peut-être au matin...

La mer s'étant enfin apaisée et notre embarcation naviguant dans le sens des vagues et du vent, le mouvement devient beaucoup plus supportable. Mon angoisse a été telle que je finis par m'endormir sur l'épaule d'Olivier. Un mouvement brusque me tire du sommeil. Olivier s'est levé. Il me faut quelques secondes pour réaliser qu'il fait jour et que nous sommes devant un énorme mur rocheux.

– Nous sommes face aux îles Columbretes, indique le capitaine à notre seigneur. La ville sarrasine de Medina Alhadra, ou Burriana, est à un jour de mer, mais personne ne vit ici. L'Illa Grossa, près de laquelle nous nous trouvons, est protégée par des milliers de serpents et de scorpions. Un autre îlot à proximité abrite une grotte où se cachent parfois des Berbères ou des navires pirates. *Messer* Olivier, si nous contournons l'île, nous trouverons une large crique qui nous protégera du vent du nord, responsable de notre malheur. Si aucun navire ennemi n'a connu le même sort que nous, vous pourrez peut-être vous reposer une journée pendant que mon équipage et moi réparerons quelques voies d'eau. Le bateau a beaucoup souffert.

– D'accord, capitaine, mais seulement le temps nécessaire aux travaux indispensables, et reprenons notre voyage dès que possible.

À la force des rames, nous contournons l'île par le sud, à l'abri du vent encore féroce. Soudain, une vaste crique circulaire s'ouvre devant nous. Les falaises entourant la baie sont plus hautes que toutes les constructions que j'aie jamais vues. Un singulier rocher noir, plus haut que cinq hommes, semble sortir de la terre marron foncé, marquant étrangement l'entrée du refuge. Dans les creux des falaises se cachent des multitudes d'oiseaux que je n'identifie pas. Leurs cris affolés sont amplifiés par la verticalité de l'escarpement. Débarquer semble impossible, sinon sur une plate-forme à demi submergée.

Immédiatement, un marin à moitié nu se jette à l'eau avec une longue corde. Dès qu'il met pied à terre, il trouve un endroit où l'attacher. Puis deux matelots nous halent pour nous rapprocher le plus possible de la roche. Le capitaine nous explique que l'eau est si profonde ici et le fond si inégal que nous ne pouvons jeter l'ancre sans risquer de la perdre.

Nous débarquons un à un. Mon cœur bat fort lorsque je dois glisser le long de la corde pour couvrir la courte distance nous séparant de la rive. Personne ne relève ma panique, ce que j'apprécie.

Une fois à terre, Olivier envoie ses hommes chercher du bois pour allumer un feu. Alors que trois d'entre eux escaladent la paroi accidentée, ils sont violemment attaqués par des mouettes et d'autres oiseaux. Ils en profitent pour tuer quelques-uns des volatiles et nous les jettent pour que nous préparions le repas. Je n'ai jamais craint les animaux, et la menace des serpents ne me semble pas réelle. J'éprouve un soudain désir d'explorer l'île. J'avise Olivier de ma décision. Celui-ci me recommande la prudence et me demande de rester à distance de voix pendant ma reconnaissance.

Pas à pas, je monte au sommet de la falaise. D'en haut, le panorama est grandiose, autant que la vue depuis mon cher Quéribus. La *Mare Mediterraneum* semble se perdre à l'infini dans toutes les directions. Une fine ligne au ponant dessine les côtes sarrasines que nous devons fuir. Au sud, je discerne un îlot à une courte distance, et un peu plus loin, un autre plus petit encore, puis un petit piton rocheux qui ressemble à une cheminée de pierre posée au milieu de la mer. Le soleil est déjà haut et le vent balaie la surface de l'île où nous nous trouvons, laissant aux arbres peu d'espoir de survie. Cependant, le lieu est couvert de buissons épais. Le mouvement que je provoque en eux dès mes premiers pas m'indique que le risque de morsures de serpent est réel, alors j'arrache un bâton d'un fourré proche et je frappe sur les buissons alentour pour m'ouvrir la route et avancer.

Tout autour de moi s'élèvent des bruissements dans la végétation. Je devine des corps allongés, sombres, glissant à la hâte dans l'impénétrable enchevêtrement des plantes. Après avoir parcouru une centaine de pas, j'atteins le point culminant de l'île. En bas, les hommes continuent de préparer le feu et de plumer les oiseaux. Il n'y a rien d'autre à voir, alors je cherche parmi les rochers le moyen le plus sûr et le plus rapide de retourner au camp. Soudain, je découvre sur la paroi opposée à la nôtre, de l'autre côté de la baie, une profonde cavité protégée de la vue par une saillie rocheuse. La curiosité est plus forte que l'odeur de poulet rôti qui monte de la baie. Alors, avançant à coups de bâton à dextre et senestre sur les broussailles, je me dirige vers la grotte, contournant la baie. J'y arrive rapidement et sans être trop gêné par les milliers de serpents grouillants qui, évitant tout contact avec l'homme, fuient autour de moi.

Une fois au-dessus de la grotte, je constate que l'entrée n'en est plus visible d'ici. Au risque de tomber, je saute de saillie en saillie le long de la paroi jusqu'à une petite plate-forme d'où je devine enfin l'antre. Je m'agenouille sur le sol et me glisse par l'ouverture. Une bouffée d'air frais m'indique que la caverne s'enfonce dans les entrailles de la falaise. Où peut-elle bien mener ? Je n'ai rien pour faire du feu. Je tâtonne dans l'obscurité, en essayant de percevoir les dimensions réelles du souterrain. Mes yeux s'habituant au manque de lumière, l'endroit où je me trouve se révèle lentement devant moi. Je me couche sur le sol froid. Sur les parois se déplacent quelques insectes. Un trou obscur et impraticable, à peine plus grand que ma main, laisse passer un léger courant d'air qui maintient la grotte à une température agréable. Cette température et l'obscurité se joignent à la fatigue et, malgré moi, je sombre dans le sommeil. Je suis si bien ici, protégé du monde extérieur, abrité par des tonnes de roche millénaire, bercé par un courant d'air doux et frais qui m'apporte la paix…

– *Messer* Pèire, *messer* Pèire !

De la minuscule plage où nous nous sommes réfugiés, l'un des hommes me hèle, me cherchant du regard. Je me penche vers lui :

– Je suis là. J'arrive.

J'abandonne mon exploration et descends au pied de la falaise. Un morceau d'oiseau mal rôti et du pain dur m'attendent, ainsi que quelques gorgées de vin.

Mon épuisement est tel que, tout en terminant de manger, je me couche sur le sol et m'assoupis, non sans jeter auparavant un dernier regard à la saillie de roche derrière laquelle se cache la petite grotte. Il est probable que personne avant moi ne l'avait jamais repérée. Pour autant, cette découverte ne me servira guère, je ne retournerai jamais aux îles Columbretes.

1229

À la fin de la journée, nous reprenons la mer. Nous ramons quelques heures jusqu'à ce que le vent joue enfin en notre faveur. Alors j'arrête de ressentir l'horreur et l'anxiété devant les ténèbres des flots et de la nuit, et je contemple le ciel, celui-là même qui m'accueille et me protège tous les soirs à Quéribus. Pour la première fois depuis notre départ de Salou, je retrouve un peu de paix et pense à écrire dans mes papiers une note sur les îles Columbretes, ne serait-ce que pour m'en souvenir lorsque je serai vieux.

Au lever du jour, le vent s'intensifie, mais avec le soleil, nous découvrons, à notre proue, une immense terre occupant presque tout l'horizon. Et nous nous trouvons, sans nous en rendre compte, entourés de bateaux portant des étendards et gonfalons aux couleurs sang et or d'Aragon, comme le nôtre. Naviguer au milieu d'une telle flotte de guerre, si près de la terre que nous venons conquérir, remonte le moral de la troupe.

À l'approche de la terre ferme, la distance séparant les navires se réduit, ce qui permet d'échanger des informations d'une embarcation à l'autre. Il semble que toute la flotte se soit dispersée et que certains vaisseaux aient sombré à cause du mauvais temps. Je crains pour mon seigneur Chabert, mais je n'ose demander plus d'information. Ce qui doit être sera. Manœuvrant à la rame entre les nefs et les rochers, nos marins jettent enfin l'ancre par-dessus bord. Nous voici à l'abri d'un îlot accidenté que les hommes nomment Dragonera et qui se trouve à un jet de pierre d'un autre rocher, appelé Pantaleu et semblable à une tortue, non loin de la grève de la grande île de Majorque.

Nous restons à bord, malgré les plaintes des soldats, lassés d'être en mer. À nos côtés, d'autres bâtiments, galères et *naus*, certains minuscules, ont jeté l'ancre, sans ordre apparent. Je reconnais la galère de Guillem de Canet. Le roi est proche. De l'endroit où je suis, je vois un détachement débarquer à Pantaleu, suivi de près d'un autre groupe, au sein duquel je distingue Nuno Sanche et Chabert. La jeunesse et l'aspect soigné du roi Jacques attirent l'attention.

Trois de nos marins partent pour l'île de Dragonera, où se trouve, selon eux, un puits d'eau douce. Des expéditions de ravitaillement les suivent depuis d'autres navires. Un esquif détaché de la nef du roi quitte Pantaleu et accoste plusieurs bateaux, à la recherche de barons. Alors qu'il s'approche du nôtre, un sergent nous crie :

– *Monsenher* Olivier de Termes, le roi Jacques Ier vous convoque à une rencontre avec les nobles de l'armée. Je vous prie de monter à bord.

– Très bien, répond Olivier. Le scribe du roi, Pèire de Liziac, m'accompagnera.

– Comme vous le commandez, mon seigneur.

Nous passons d'un bateau à l'autre. Plusieurs hommes sont assis dans la barque. Je reconnais les Catalans-Béarnais Guillem II de Montcada, son neveu Raimond de Montcada, le maître du Temple et Bernat de Santa Eugenia, un proche du roi. Les regards sont graves, les salutations succinctes.

En quelques coups de rames, nous voici à Pantaleu, où une grande tente a été érigée. Le roi est assis sur un banc, une coupe de vin à la main. D'autres nobles, dont Chabert, errent d'un groupe à l'autre. Dès mon arrivée, mon seigneur m'appelle à lui, souriant, et me conduit auprès du roi, qui reste assis :

– Altesse, voici mon scribe, dont nous avons parlé. Pèire de Liziac, de Pamiers.

Le jeune souverain me regarde attentivement. Il a de longs cheveux très clairs et une barbe trop courte, en pointe, tout au bout du menton. Son regard est clair, presque jovial.

– Pèire, Chabert et Olivier m'ont certifié que tu as la capacité de conter au mieux les événements que nous allons vivre. En est-il ainsi ?

– Altesse, ce sera un honneur d'être à votre service.

Instinctivement, je me suis incliné. Je ne connais pas le protocole à suivre en pareil cas.

– Je m'efforcerai d'être à la hauteur de vos désirs.

– Très bien, ta tâche consistera à décrire ce que tu vois, ce que je te dirai de noter, et de transmettre ces notes à mes secrétaires à la fin de notre campagne. Tu seras récompensé en fonction de ma satisfaction.

Ce dernier point me surprend. Ne pas convenir du salaire d'un travail avant de le réaliser ne me semble pas juste. Je m'incline cependant devant le jeune monarque :

– Majesté.

Mais Jacques se concentre déjà sur un autre problème. Il se lève. Les participants forment alors un chœur autour de lui. Nuno Sanche, le plus proche de lui, murmure à son oreille. Je recule pour occuper une place en accord avec ma naissance, au dernier rang des seigneurs qui se pressent autour de leur roi, qui maintenant prend la parole :

– Fidèles seigneurs aragonais, catalans, portugais, hommes de Gaule Aquitaine, soldats de ma bonne ville de Montpellier, prélats de l'Église, maître du Temple, maître de l'Hôpital... nous sommes aux portes de Madîna Mayûrqa ! Vous savez que notre volonté n'était pas de toucher terre ici, si près de notre objectif, mais dans le nord de l'île, où des alliés nous attendaient. Dieu, toutefois, a voulu que les vents ne nous soient pas favorables. Nous avons perdu quelques navires au cours de ce voyage, mais nous formons toujours une armée redoutable. C'est une fierté pour moi d'être à la tête de cette campagne, qui nous apportera honneur, gloire et richesse.

Méfiants, les nobles se regardent. Ces hommes se battaient entre eux il y a quelques semaines et reviendront à leurs guerres intestines à la première occasion.

Le roi poursuit :

– Cette baie ne permet pas un débarquement sûr pour nos troupes; c'est pourquoi j'ai décidé que Nuno Sanche et Raimond de Montcada partiront sur-le-champ pour trouver une crique où débarquer d'où nous lancerons l'attaque contre la ville. En attendant, nous remercierons Dieu de nous avoir maintenus en vie et de nous doter des forces suffisantes pour conquérir cette île en son nom.

Comme un seul homme, les participants s'agenouillent, sauf Berenguer de Palou, évêque de Barcelone. À lui revient l'honneur de bénir les premiers instants de la reconquête de Majorque.

J'ai mis un genou à terre. Les paroles de l'évêque répètent en écho le *Pater* des bons chrétiens que je récite mentalement. Je me signe quand les autres le font et reçois la bénédiction de l'évêque. Non loin de moi, Chabert fait de même. Je suppose que, sous cette tente, les adeptes de la vraie Église, celle des bons hommes, ne manquent pas.

À peine Nuno Sanche et Raimond de Montcada ont-ils pris la mer qu'apparaissent dans les collines les silhouettes d'hommes à cheval. Abu Yahya veut que nous sachions qu'il nous surveille. Ma nouvelle mission me permet de suivre de près les pas du roi et je jouis d'une totale liberté dans le camp de l'îlot de Pantaleu, à condition que je ne cherche pas à m'approcher trop du monarque, protégé par une imposante garde de six guerriers.

1229

Je profite de ces moments pour retrouver Chabert de Barbaira. Son goût pour les batailles est évident : le seigneur de Quéribus se montre très à son aise avant l'affrontement, avec l'ennemi à un jet d'arbalète. De mon côté, j'essaie de ne pas penser aux événements à venir. Ces dernières semaines à Quéribus, j'ai été pris dans un tourbillon de sentiments. Je me suis senti déchiré entre mon attirance physique pour Sybille et mes regrets d'avoir trahi Chabert. Mais à présent, après une terrible épreuve en mer et aux portes d'une grande bataille, mon admiration pour lui réapparaît, semblable à celle que je ressentais pour mon père quand les parfaits lui parlaient avec respect, d'égal à égal, dans la salle commune de ma *domus*.

J'aurai besoin de son aide, de ses conseils, et je chercherai sa protection si je suis en contact direct avec l'ennemi. Car en ce moment, je considère le Maure comme mon ennemi, bien que la raison me dicte une autre conduite. Peut-être les Sarrasins sont-ils plus tolérants envers l'Église de la vérité et des hommes bons que les Romains, mais mon camp est celui-ci et je pense n'avoir d'autre choix, en territoire hostile, que de me battre de toutes mes forces contre eux parce qu'ils n'hésiteront pas une seconde à mettre fin à ma vie. C'est ce que me dicte mon instinct.

Peut-être devrais-je penser à une mort rapide et refuser de participer à la bataille, comme le font les parfaits, ouvrant par leur sacrifice les portes du paradis. Mais il y a en moi, plus dans mon corps que dans mon cœur, le besoin grossier de prouver ma force et ma jeunesse auprès des miens dans une bataille contre d'autres hommes; hommes que je m'efforce de voir différents, même si je sais que notre bon Seigneur ne connaît aucune différence entre nous, quel que soit le troupeau. Le diable habite en moi, et je m'en réjouis. J'aurai bien le temps de revenir vers ma sainte Église.

1229

Chabert a fait préparer ses chevaux et ses gens. Après avoir étreint vigoureusement chacun de nous, Olivier part quant à lui s'occuper de sa troupe. Chabert et moi nous racontons nos traversées respectives. Il fronce les sourcils en entendant mon odyssée. Il ne veut pas perdre son scribe, je sens en lui une réelle inquiétude. J'en ressens une amertume profonde et une grande honte. Je décide néanmoins de laisser les regrets pour plus tard.

– Pèire, nous pourrions partir au combat à tout moment et je ne veux pas que tu t'exposes inutilement. Tu as un but ici, le roi exigera que tu rendes compte de nos actions quand nous en aurons terminé avec les Sarrasins, et je m'en voudrais de ne pas prendre soin de son scribe occasionnel. Par ailleurs, je n'ai pas à te rappeler l'objet même de ta vie. Alors, reste près de moi avant et après la bataille, et essaie de t'éloigner et de rester à l'arrière pendant les affrontements. Si tu dois néanmoins combattre, utilise tout ce qu'Hugues et mes sergents t'ont enseigné, à la lettre. Je ne veux pas te perdre.

Il rougit, surpris par sa propre confession. Puis il termine :

– Le roi ne me le pardonnerait pas... Et Chaberta encore moins.

Et il termine par une autre de ses bourrades dévastatrices. Nous rions ensemble.

Je consacre le reste de la journée à me présenter aux deux secrétaires du roi, déjà au courant de ma mission. Informé de la récente création de la chancellerie royale, je partage avec ces professionnels des informations sur leur tâche, qui consiste à témoigner de la distribution des terres conquises et des échanges de faveurs entre le roi et les nobles, et entre ceux-ci. Ils témoigneront de la générosité royale, rédigeront les procès-verbaux nécessaires à la bonne marche des événements. À la fin de l'expédition, je leur transmettrai mon travail, qu'ils ordonneront et remettront au roi pour son évaluation.

Il fait nuit noire quand les galères de Nuno et de Montcada sont de retour et jettent l'ancre à courte distance de l'îlot. Les seigneurs de notre armée se réunissent immédiatement sous la tente du roi d'Aragon. Resté prudemment au second plan, j'entre le dernier.

Le monarque parle déjà :

– Nos navires ont découvert une bonne plage de débarquement non loin d'ici. Un natif du nom d'Ali de Dragonera a trahi le *wali* Abu Yahya et vient de nager jusqu'ici pour nous informer que l'armée de l'infidèle est massive et se rassemble en ce moment même.

– Combien sont-ils ? demande Guillem de Montcada.

– Environ quatre mille fantassins et trois mille cinq cents cavaliers selon le Sarrasin. J'ai envoyé des espions pour le vérifier.

– Nous pourrons les battre !

Cette fois, c'est Raimond de Montcada qui est intervenu, aussi subitement que son oncle. Le jeune roi lève la main pour le faire taire.

– Je n'en doute pas un instant, Montcada, mais nous devons agir prudemment. Si les Sarrasins viennent à notre rencontre, nous allons les tromper en feignant de préparer le débarquement de la flotte ici même pour demain. Pendant ce temps, à l'abri de la nuit, une avant-garde avec les principaux chevaliers de notre armée larguera furtivement les amarres pour prendre la crique que vous avez découverte et préparer la véritable invasion de l'ost royal, qui surviendra plus tard. Nous devons nous renforcer sur cette plage et prendre immédiatement la colline qui nous permettra de la défendre jusqu'à ce que nous puissions tous nous réunir. Si nous débarquons sans perdre aucun homme et avons le temps d'organiser l'ost, les jours du Sarrasin sont comptés, et il le sait.

Les Montcada se regardent avant de prendre la parole :

– Nous le ferons. Nous prendrons la plage et ses environs et les tiendrons jusqu'à ce que nous soyons tous prêts. Et s'il nous est possible de nous divertir pendant l'attente, nous passerons au fil de l'épée tous les animaux que nous rencontrerons, quels qu'ils soient.

Les deux hommes rient de leur plaisanterie, cependant que le regard de Jacques devient dur.

– Nous ne pouvons courir aucun risque. Pas le moindre chrétien ne doit périr dans notre entreprise si ce n'est pas indispensable. Nous apprécions votre courage, Montcada, mais nous devons nous en tenir à notre objectif final. Ne l'oubliez pas !

– Nous le ferons, jeune roi, soyez sans crainte.

L'évident manque de respect des Montcada irrite profondément Jacques. Nuno Sanche s'apprête à intervenir, mais le souverain lui jette un regard si expressif que le comte de Roussillon se retient.

À la tombée de la nuit, une avant-garde, qui a établi un camp fortement gardé sur la plage, commence à installer ostensiblement les tentes. Si les Sarrasins nous espionnent, et nous ne doutons pas qu'ils le font, ils penseront que nous attendrons le lever du soleil pour débarquer le contingent dans son intégralité. Cependant, dans les ténèbres, douze galères et autant de tarides lèvent l'ancre et se dirigent en silence vers la haute mer. Nous accompagnons le roi, Chabert de Barbaira, ainsi que Nuno

Sanche et Olivier de Termes, dont la valeur au combat apporte confiance au monarque.

La lune n'est pas encore apparue, nous naviguons dans la pénombre, laissant le refuge de Dragonera à notre poupe. La flotte, composée de vingt-quatre navires remplis de guerriers, commence à prendre de la vitesse. Tout à coup, le mugissement d'une corne résonne dans la nuit. Nous sommes découverts.

Immédiatement, des lueurs prennent les chemins de la côte montagneuse. La cadence des rames augmente à coups de tambour et les bateaux accélèrent sous la splendeur blanche de la lune, qui vient d'émerger des falaises découpant la côte. Nous laissons lentement derrière nous les flambeaux de l'armée almohade. Nous arriverons avant eux dans notre abri. Pas de morts, pas de mêlée, pas de charge de cavalerie. Nous venons de gagner notre première bataille à Majorque. Un cri sauvage de victoire traverse la flotte alors que les rameurs tirent sur les longues rames de hêtre comme si leur vie en dépendait.

Avec la lumière du jour, notre taride accoste la crique tant désirée. Les Montcada ont commencé à débarquer. Immédiatement, ils s'emploient à fortifier la plage pour la majeure partie des troupes, qui les suit. Nous arrivons les derniers à la réunion tenue par les commandants de l'ost. Nuno Sanche, en tant que conseiller privilégié du roi, porte la parole de Jacques Ier :

– Nous devons préparer la défense de ce lieu avant que notre roi ne débarque. Entre-temps, les Montcada seront chargés de sécuriser les environs et, si possible, de contrôler les sommets qui nous entourent. Le roi débarquera quand notre position sera sûre.

– Nous partons sur-le-champ. Les chevaux sont déjà à terre, affirme Raimond de Montcada. Pas de temps à perdre.

Sont aussi présents le maître du Temple, Bernat de Santa Eugenia, et Gilabert de Cruïlles, ainsi que d'autres chevaliers catalans. Les Montcada n'attendent plus. Enfourchant les chevaux que l'écuyer leur a amenés, ils se dirigent vers leur troupe, armée à la hâte. Aussitôt, ce contingent d'environ cent cinquante sergents à pied et d'une trentaine de chevaliers commence l'ascension des collines environnantes.

1229

Depuis la plage, je scrute les basses montagnes. Soudain, les silhouettes d'un contingent d'infanterie de Sarrasins apparaissent sur la crête la plus proche. J'avertis d'un cri Nuno Sanche, occupé à organiser la défense. Les regards se tournent vers les Montcada, qui n'ont rien remarqué, tout occupés à grimper entre les buissons. Nuno fait de grands gestes pour avertir Raimond. Celui-ci prend conscience de la situation, place ses chevaliers en formation et dirige sa troupe vers la colline.

Un détachement de Sarrasins se sépare du groupe principal, posté sur la cime. Ils ont les lances en l'air et ne dégainent pas leurs épées. Je ne connais pas le langage de la guerre, mais ils ne semblent pas avoir d'intentions belliqueuses; peut-être sont-ils simplement l'avant-garde du gros de l'armée et entendent-ils seulement surveiller nos forces, sans livrer bataille. Ils sont maintenant proches, aussi puis-je enfin me faire une idée plus claire de leur apparence. La plupart portent des casques semblables aux nôtres, même si certains se terminent curieusement en pointe. D'autres ont la tête couverte d'un turban. Un bouclier ovale, que je devine de bois, de plus petite taille que les énormes morceaux de métal de nos cavaliers et de nos fantassins, les protège. Quoique couvrant aussi la nuque et la tête, leurs cottes de mailles semblent moins lourdes que celles que nous utilisons, et beaucoup de ces hommes portent de simples protections de cuir. Leur aspect général se distingue par l'ampleur de leurs vêtements et la couleur de leur peau. Je n'ai jamais vu de Sarrasin autre que réduit en esclavage. Je ne suis pas surpris par leur peau foncée, mais par la noirceur totale de certains. La diversité de la race humaine est prodigieuse. De quelle terre lointaine ces hommes viennent-ils ?

Le fait est que Raimond de Montcada, fidèle à sa réputation, a baissé sa longue pique et lance maintenant sa troupe au galop contre les Sarrasins. La charge du noble catalan est si brusque et inattendue que les guerriers majorquins ne réagissent que mal et trop tard, se laissant vaincre par la panique. La débandade est immédiate. Ils essaient de fuir, mais les chevaux des chrétiens sont déjà sur eux. Les épées jaillissent et l'air se remplit de cris de fureur et de rugissements de panique. Malgré la grande distance qui nous sépare, j'entends parfaitement des coups d'estoc qui fracassent des crânes. La défaite est totale et rapide, et Raimond, qui devance ses propres guerriers et les entraîne sur l'autre côté de la colline, en profite.

Sur la plage, nos hommes applaudissent les Montcada. Les nobles, qui craignent une embuscade, se préparent à la hâte et ordonnent à leurs troupes de former des lignes défensives dans le sable. Certains seigneurs, soucieux de ne pas laisser les Montcada seuls, et d'autres mus par une soif évidente de gloire et de sang, montent déjà sur leurs chevaux et partent au grand galop. Nous arrive depuis l'autre côté de la colline un tumulte de cris et de chocs.

La dernière galère accoste, le premier à en débarquer est le roi Jacques. Il a assisté impuissant à la première mêlée de sa conquête. Une fois à terre, il enfourche son cheval et s'approche des chevaliers aragonais se préparant à la bataille. Je n'entends pas sa harangue, mais elle doit être efficace puisqu'en un instant un groupe d'environ vingt-cinq chevaliers se retrouve à ses côtés. Puis, dans un grand vacarme, tous éperonnent leurs montures et se lancent vers les collines.

Nuno Sanche, resté sur la plage de même que mes seigneurs Chabert et Olivier, assiste, l'œil sombre, à l'intervention du souverain. Je devine au loin un groupe d'environ deux cents fantassins sarrasins apparaissant soudain au sommet. Le roi change instantanément de route et se dirige tout droit vers eux. Les Sarrasins rompent les rangs et fuient vers les montagnes, mais le groupe du roi est déjà sur eux. Jacques et ses chevaliers, qui l'entourent, se fraient à coups d'épée un chemin parmi les infidèles, nombreux à tomber; je ne distingue pas s'ils sont morts ou blessés.

À la fin de la bataille, les chevaliers regagnent par petits groupes la plage fortifiée entre-temps. La satisfaction se lit sur leurs visages. Lorsque le roi et son groupe d'Aragonais apparaissent, les chefs de l'ost sont en pleine discussion au milieu du camp. On devine la tension dans le regard de Jacques. Il sait qu'il n'a pas été à la hauteur de ce qu'on attend de lui.

Raimond de Montcada prend la parole, visiblement irrité :

– Qu'avez-vous fait? Voulez-vous nous faire tuer, vous et nous? Si par malheur vous étiez tué, et vous étiez tout près de l'être, l'ost et le royaume seraient perdus.

Le jeune souverain baisse la tête, comme un enfant réprimandé par son père. Immédiatement, Guillem de Montcada intervient pour calmer les esprits :

– Vous avez fait preuve d'un grand courage, Altesse, sourit-il. Mais, mon seigneur, modérez-vous, parce qu'en vous résident notre vie et notre mort. Et consolez-vous en pensant que, comme vous avez déjà posé les pieds sur cette terre, vous êtes roi de Majorque. Si vous mourez, vous le ferez comme le meilleur homme du monde. Et même si vous ne pouviez plus combattre, cette terre que vous vouliez avoir pour vous est désormais vôtre.

Cela dit, le roi, déjà réconcilié avec ses nobles, leur répond d'un ton détendu :

– J'accepte votre réprimande et vos conseils, et je ferai désormais de la prudence la règle de mon comportement. Mais que j'avais envie de passer au fil de mon épée un de ces Sarrasins, qui d'ailleurs ne semblent pas si terribles !

– Ce ne fut qu'une escarmouche, mon seigneur, intervient Nuno Sanche. Nos ennemis montreront un autre visage demain.

– Cette nuit, poursuit Raimond de Montcada, sera la plus dangereuse de celles que nous passerons sur cette terre, car si nous ne nous pressons pas de préparer toutes nos défenses, tout ce qui est accompli sera détruit. La majeure partie de nos forces n'a pas débarqué et ne le fera pas aujourd'hui, et nous ne sommes pas plus de deux cents chevaliers et sergents prêts à combattre un ennemi qui, bien qu'il nous craigne, sait aussi faire la guerre.

Tandis que je m'empresse de noter les exploits du jeune roi, le camp s'active. Un fossé est construit à la hâte, de même qu'une palissade de boucliers et une clôture de fortes cordes entrelacées. Une fois mes notes prises, j'aide de mon mieux, sous les ordres de Chabert. Notre situation me paraît d'une précarité extrême. À la tombée de la nuit, un tiers des chevaliers partent monter la garde sur les hauteurs : ils nous avertiront en cas d'incursion dans le camp.

La plupart des hommes sont tellement fatigués qu'ils ne montent pas leurs tentes. Pour ma part, je dors en compagnie des hommes de Chabert, qui est invité sous la tente du roi, comme la plupart des grands seigneurs. Je garde à portée de main ma cotte de mailles, mon casque, mon épée et mon bouclier. À vrai dire, je ne peux pas me reposer. Je prie une grande partie de la nuit, sans dormir.

Vers minuit, un petit bateau, sans lumières, accoste. Il vient avertir Sa Majesté de la présence du *wali* de Majorque dans la sierra voisine, prêt à attaquer. Quelle n'est pas ma surprise de constater que nos barons réagissent à peine, confiants qu'ils sont dans la terreur qu'ils ont suscitée chez notre ennemi. Nul ne se lève avant l'aube.

Comme c'est la coutume en pareil cas, selon les dires de Chabert, la journée commence par une messe. Toute la troupe est concentrée sur la plage, sauf quelques gardes, qui surveillent les hauteurs. À la fin de la cérémonie, les paroles de l'évêque de Barcelone, Berenguer de Palou, me font craindre le pire :

– Ceux qui, aujourd'hui, trouveront la mort, sauront que ce sera au nom de Notre-Seigneur, et ils iront au paradis, où ils auront la gloire pour toujours. Ceux qui vivent connaîtrons l'honneur et la renommée dans ce monde. Par conséquent, barons, tranquillisez-vous au nom de Dieu, car le roi, Notre-Seigneur, et nous, et vous, voulons tous détruire ceux qui renient la foi et le nom de Jésus-Christ. Nous devons penser que Dieu et sa mère ne nous quitteront pas un seul instant aujourd'hui et nous donneront la victoire. C'est pourquoi vous devez avoir le courage de vaincre. Réjouissez-vous d'avoir parmi vous le bon et légitime seigneur. Dieu, qui est au-dessus de lui et de nous, nous aidera.

Après la messe et la harangue militaro-religieuse de l'évêque de Barcelone, les nobles et les chefs militaires se réunissent pour décider du plan de bataille. Je ne comprends pas le jargon militaire ou les détails du plan discuté par les barons présents, mais la désunion entre eux est évidente. L'effort du jeune monarque pour maintenir la discipline des grands seigneurs est émouvant. Le désaccord porte sur la répartition des différents corps dans l'ost.

Guillem de Montcada offre l'honneur de conduire l'avant-garde au comte Nuno, lequel décline aimablement ce privilège en faveur de Guillem s'il le souhaite. Raimond de Montcada, guerrier à la peau tannée et rugueuse, n'est pas aussi subtil que son parent :

– Don Nuno, nous savons que vous le dites et que vous le faites de peur de recevoir quelque mauvaise blessure au combat !

Un tel reproche est une offense pour le vieux comte, qui saisit déjà la poignée de son épée et s'approche à grands pas du Montcada. Mais le roi se dresse en travers de son chemin et dit :

– Nobles seigneurs, j'ai besoin du comte Nuno Sanche à mes côtés durant le combat. Hier, j'ai compris que ma place n'est pas à l'avant-garde de notre armée. Heureusement, poursuit-il en se tournant vers les Montcada, d'autres seigneurs non moins courageux se sont proposés pour prendre cette place et porter notre bannière vers Majorque.

– Ce que vous dicterez sera fait, Majesté, s'incline Raimond de Montcada.

– Tant de choses nous sont accordées! conclut Guillem, un sourire aux lèvres.

1229

Les barons décident d'aller à la rencontre de l'essentiel de nos forces sur la Porrassa, une plage voisine où le reste du débarquement a eu lieu. Pour cela, nous devrons traverser des collines et des ravins, au milieu des broussailles derrière lesquelles l'ennemi peut préparer une embuscade et où notre si puissante cavalerie ne trouvera pas de terrain propice à sa fureur mortelle. Un terrain favorable uniquement aux défenseurs du *wali* Abu Yahya.

Alors que les nobles continuent de débattre, un tumulte attire mon attention de l'autre côté de la plage. Une colonne de guerriers se met en marche dans un grand désordre. Le roi, attentif à tout, s'alarme et ordonne à ses capitaines de s'équiper, monte à cheval et galope derrière les fantassins, qui atteignent déjà les premières collines. De la grève, je vois Jacques arrêter l'avancée des hommes et, avec véhémence, les renvoyer au camp.

Rapidement, la colonne recule. Le roi revient alors sur ses pas pour constater que les nobles se dispersaient également pour se préparer au combat, sans aucun ordre. Pris d'une grande colère, il leur jette :

– Regardez tous ces guerriers fuir l'armée! Le comte de Rocafort et moi-même avons dû courir à leur rencontre pour les dissuader. Ils ne doivent pas se précipiter sans la protection de la cavalerie. Dépêchez-vous, messieurs! Vos soldats vous attendent!

J'ai du mal à croire ce que je vois. Comment pouvons-nous battre les Sarrasins pour peu qu'ils soient organisés? Le chaos est complet. Finalement, les Montcada partent au trot en tête de leur armée, suivis de près par les Templiers, toujours prêts à affronter les infidèles. Peu de temps après, la plupart des barons les accompagnent avec leurs troupes, en groupes d'importances inégales. Je reconnais les armes d'Hugues de Mataplana et de Guerau de Cabrera, alliés de la famille catalano-béarnaise. Encore occupé à rassembler sa garde, le roi monte finalement sur son cheval et part après le gros de l'armée accompagné de quelques chevaliers en direction de la plage de la Porrassa.

Mon seigneur Chabert n'est pas prêt, il regroupe encore nos hommes. Olivier de Termes, qui a passé la nuit avec lui et d'autres barons sous sa tente, n'est pas mieux loti. Les écuyers courent dans tous les sens, armant leurs chevaliers; les sergents à pied forment leurs rangs précipitamment. Lorsque le seigneur de Rocafort, déjà armé, apparaît au galop, l'inquiétude se lit sur les visages. Il ne démonte ni ne retire son casque. Il se penche sur la croupe de sa monture et échange quelques mots avec le comte Nuno Sanche, qui porte déjà sa cotte de mailles et attend qu'on lui approche son cheval. Enfin Nuno enfourche sa monture et, en lançant de hauts cris, ordonne à ses guerriers de le suivre.

Nous voici tous à cheval. L'infanterie est partie devant au trot. Le casque, la cotte de mailles, l'épée à la ceinture, le bouclier... tout l'armement me pèse horriblement. Je cherche à me placer dans le sillage de Chabert, en prenant grand soin de ne pas me mêler aux nobles, ce qui me vaudrait, à coup sûr, une sévère réprimande.

Nous galopons enfin, conscients que le roi est isolé et impuissant, protégé par un nombre restreint de chevaliers et de soldats.

Nous le rejoignons rapidement. Ayant parcouru la troupe du regard, il pose, exaspéré, des questions sur Olivier de Termes et d'autres nobles. Quand on lui répond qu'ils arriveront sous peu, il semble se calmer. S'approche ensuite de lui un seigneur que je ne connais pas et qui lui demande à haute voix pourquoi il ne porte pas son *gonió*. Une fois de plus, le roi rougit, reconnaissant qu'il ne porte effectivement pas de cotte de mailles. Le chevalier, le visage très sérieux, enlève la sienne et la remet au monarque comme s'il s'agissait de son fils. Le silence se fait dans la troupe jusqu'à ce que le grondement d'un fort combat nous parvienne de l'autre côté de la colline. Aux cris de rage se mêlent des gémissements de douleur, des coups métalliques et des hennissements de chevaux.

– Sainte Marie ! hurle le roi. Le moment est venu de se mesurer aux Sarrasins.

Arrivé à cet instant précis, Olivier passe devant moi sans me voir, formidable sous son casque, le bouclier au bras, les rênes et l'épée à la main, manipulant le destrier avec habileté. Il est parmi les premiers à répéter le cri de guerre du roi :

– Aragon, Sainte Marie ! Sainte Marie !

La troupe dégaine les épées. Nos chefs nous ont ordonné d'abandonner lances et piques au camp, pour ne pas être embarrassés dans ce terrain accidenté, et de rester ensemble en toutes circonstances, ce qui, au vu du comportement des nobles, me paraît difficile à exécuter. Mais peu m'importe désormais, je suis avec mon seigneur Chabert de Barbaira et mon ami Olivier de Termes, faydits au service du roi d'Aragon !

Comme possédé, je lance mon cri de guerre. Au fond de mon âme, une voix moqueuse me dit : « Si Guilhabert de Castres te voyait... » Mais je me souviens de ma formation à Quéribus : au moment d'entrer dans la bataille, la vie d'un combattant tient à sa capacité d'être concentré sur l'instant présent, à se battre et à tuer. Toute distraction sera la dernière.

– Sainte Marie, Sainte Marie !

Et nous nous lançons tous au galop après nos capitaines, qui forment une ligne formidable gravissant à la hâte la colline qui nous sépare de la bataille. De l'autre côté, un fort contingent de Sarrasins nous attend. Je les vois pour la première fois depuis l'endroit où je me trouve, derrière Chabert et ses chevaliers. Ils tiennent des lances et de curieuses épées, courbes, et sont coiffés de turbans et de casques; ils portent également des protections en cuir sur les épaules et quelques cottes de mailles.

Notre bannière apparaît dans mon champ de vision. Les chevaliers du roi, qui devaient rester à l'arrière sur ordre des barons, sont les premiers à se jeter sur l'ennemi, qui n'attendait pas notre arrivée sur ce flanc. Le gonfalon du monarque doit être vu dans la bataille. Le choc des premières lignes est brutal. Je suis envahi par un sentiment de panique, mais je ne dois pas en tenir compte, ou je ne verrai pas la fin de la journée. Nous pénétrons les défenses infidèles d'un tel élan que nous les traversons presque. La troupe est déjà au milieu des Sarrasins, dont certains s'enfuient. Bien protégé par les chevaliers, j'espère, comme les autres sergents à cheval, que l'ennemi s'éloigne. La peur est palpable dans la deuxième ligne. Comme on nous l'a appris, nous encourageons les chevaux à pousser les premiers rangs, ce qui renforce notre progression.

Peu à peu, la résistance faiblit et nous avançons plus rapidement. Les Sarrasins reculent. Les rangs situés juste devant moi s'éclaircissent, les chevaliers commencent à agir chacun pour soi, à la recherche d'ennemis à tuer. Tout à coup surgit un homme au visage noir, ensanglanté et rugissant, qui se précipite vers moi, lance à la main. Bien que paralysé par l'émotion, j'ai le réflexe de me protéger derrière le lourd bouclier. Le coup vient d'en bas. En rencontrant la surface de l'écu, il est dévié vers le haut. Alors, le geste si souvent répété avec la troupe de Chabert jaillit de ma mémoire. Sans réfléchir, j'écarte une seconde le bouclier de mon corps, ce qui a pour effet de déplacer la lance du soldat et de laisser son torse à découvert. Dans le même temps, je décris un arc de cercle avec mon épée à double tranchant et frappe l'homme sur le casque. L'épée glisse sur la surface métallique, mais ma poussée a été telle que le bord du casque dévie le tranchant vers la poitrine et pénètre dans la chair entre l'épaule et le cou.

Le cri inhumain du soldat ne m'arrête pas. Encore une fois, je ne dois penser qu'à tuer. Juste tuer pour ne pas être tué. Je soulève à nouveau l'acier et cette fois je le cloue à bout portant dans le cou du Maure. Ne pas penser, tuer. Instantanément, je lève les yeux à la recherche d'un autre ennemi. La confusion autour de moi est complète. Pourtant, je distingue sur le flanc droit un énorme nuage de poussière qui grandit à la hâte. Ce sont des cavaliers ennemis. Chabert est proche. En pleine tourmente, je hurle pour attirer son attention et pointe le doigt vers les assaillants. Chabert fait immédiatement tourner son destrier en même temps qu'il donne des ordres à l'entour. Les nobles l'imitent, suivis des soldats.

De façon ordonnée, nous reculons et remontons la colline qui nous cachait dans un premier temps. Au-delà, nous attend le roi avec sa garde personnelle, au milieu de troupes à pied. Le jeune monarque nous accueille avec surprise. Rocafort explique qu'une nouvelle force de cavalerie nous a surpris alors que nous tenions la victoire, mais la prudence conseille de se retirer pour s'organiser. La colère se lit sur le visage du souverain. Il se dresse sur les étriers et crie de toutes ses forces, brandissant son épée :

– *Vergonya, cavallers, vergonya*[17] !

Puis il s'adresse aux fantassins :

– Sainte Marie ! Aragon et Sainte Marie !

17. « Honte à vous, chevaliers, honte à vous ! », en catalan.

1229

Avançant plus lentement que nos troupes et reprenant mon souffle, je me laisse dépasser, comme beaucoup de sergents de la première vague. C'est désormais une question d'honneur qui concerne les seigneurs. Les Majorquins se précipitent vers nous. Leurs chevaux sont aussi robustes que les nôtres, mais d'apparence plus fragile. Je sais dès cet instant que la victoire sera nôtre car, malgré la distance, je constate que notre armée est plus puissante que celle de notre ennemi et notre armement plus efficace.

Le choc entre les deux troupes est encore plus effrayant que le premier. Les Sarrasins résistent et nos chevaliers ressentent la fatigue de la première charge. Mais l'infanterie intervient; en outre, les archers tirent sans cesse sur l'arrière-garde des Maures et les arbalètes provoquent un véritable carnage chez les chevaliers sarrasins. La puissance de cette arme est terrible et, à bout portant, les carreaux pénètrent dans les corps peu protégés des ennemis, jusqu'à y disparaître. Les cris sont assourdissants. Quand j'arrive au combat, avec mon groupe, le sort en est déjà jeté. J'échange quelques coups furieux avec un cavalier désespéré, mais je laisse à un proche compagnon la tâche de mettre fin à ses jours. Celui-ci lui fait une entaille si profonde dans la gorge de l'ennemi que le sang éclabousse mon visage et ruisselle sur mon casque. Je suis même amené à goûter ce liquide rouge infidèle. Je crache, dégoûté, et continue à avancer jusqu'à Chabert de Barbaira. Le guerrier est entouré de dépouilles de chevaux et d'hommes. Je comprends sa réputation. Un vrai lion de combat, dit-on de lui. Nul ne souhaite se retrouver face à lui. Nos regards se croisent brièvement et pendant une seconde nous échangeons des pensées qui oscillent entre la perplexité, la culpabilité et la jubilation d'être en vie. C'est du moins ce que je crois.

La bataille touche à sa fin. Les Sarrasins fuient, pris de panique, et les nôtres se lancent à leur poursuite. Dans certaines zones du champ de bataille, il ne reste plus que des cadavres. Des soldats s'affairent à détrousser les morts de tout objet de valeur : armes, bottes de meilleure qualité que les nôtres, ceintures, casques, mailles... Les chevaux eux-mêmes sont dépouillés, et beaucoup seront dévorés pendant la nuit. Pendant ce temps, les nobles rejoignent l'ost en formant des groupes plus ou moins nombreux.

Je suis Chabert de près. Lorsque nous arrivons auprès du roi, nous sommes surpris par la tension palpable entre tous les grands seigneurs de retour. La joie de la victoire devient une tristesse contenue. Je comprends, par des commentaires proches, que les deux Montcada ont péri, car ils se sont enfoncés dans les lignes ennemies pour démontrer une fois de plus un courage dont personne ne doutait. C'est une grande perte pour l'ost chrétien. Le roi se voit dans l'obligation de haranguer ses barons. Tout le monde se signe, j'en fais autant. Le comte Nuno Sanche ne semble pas très affecté par la nouvelle, et mon seigneur Chabert n'y fait pas la moindre allusion lorsqu'il s'approche de moi :

– Tu t'es bien battu, Pèire. Et ton avertissement lorsque nous étions entourés par les cavaliers sarrasins a été d'une grande aide.

Très bien, essaie de te reposer et éloigne-toi de cette horreur. Les soldats deviennent violents s'ils croient qu'ils vont perdre quoi que ce soit de leur butin.

Et il me montre le pillage des morts, qui ne cesse pas, bien au contraire. Certains groupes en viennent aux mains quand est retrouvé le cadavre d'un chevalier richement armé.

Suivant les conseils de Chabert, je prends le chemin du camp avec les seigneurs. La bataille a duré près d'une demi-journée, même si cela m'a paru quelques instants seulement. Comme je quitte ces collines, il me semble que la tension que je viens de vivre me quitte. Mon cheval est fatigué, il hennit et sue. Alors je mets pied à terre et le guide par les rênes, le remerciant d'une caresse sur le flanc pour ses efforts et pour m'avoir maintenu en vie. Je ne doute pas que si ma monture avait été tuée, mon corps serait en ce moment la proie des voleurs de cadavres qui travaillent dur sur le champ de bataille.

À notre arrivée, le camp est en train d'être installé. Chabert nous ordonne de nous servir du pain et du vin. Je trouve un oignon à moitié séché. Quelques minutes plus tard, le ronflement de Chabert, allongé sous un rocher, m'indique qu'il faut se reposer. Mais le sommeil ne vient pas me libérer de ce triste sentiment de grand péché que je ressens pour avoir tué ce pauvre homme au nom d'une religion qui n'est pas la mienne. Je me console tant bien que mal en essayant de penser que je dois absolument rester pour finir de remplir ma mission, mais dans mon cœur, je sais très bien que je suis venu sur cette île pour suivre mon instinct aventureux, curieux de participer à une grande guerre. Le diable est habile, il sait tirer le meilleur parti de nous pour parvenir à ses fins, et le doute est son allié. J'espère que cet ennemi, qui n'en était pas un, reposera avec son Dieu, quel qu'il soit. Et cette pensée horrible que je viens d'avoir ne me choque pas; elle me fait plutôt sourire. Je m'endors enfin. Pour peu de temps, car à peine ai-je fermé les yeux que cesse le ronflement dévastateur de Chabert de Barbaira.

– Allons, fainéant ! dit-il en passant près de moi sans s'arrêter. À cheval !

Les serviteurs ont bouchonné et nourri mon cheval qui, reposé, m'accueille avec enthousiasme. Chabert et moi rejoignons notre troupe et, ensemble, suivons des guides autochtones qui, par un nouveau sentier, nous conduisent jusqu'au gros de l'armée, qui entre-temps a débarqué. Une fois arrivés au nouveau camp, situé sur la plage de la Porrassa, les barons de l'ost se réunissent sous le commandement du roi. J'entre dans le groupe des nobles pour ne rien rater de l'événement, malgré un regard plein de reproches que me lance un chevalier ignorant de la mission que le souverain lui-même m'a confiée. Celui-ci prend la parole devant les cadavres des Montcada, gisant sur des peaux et recouverts de leur bannière ensanglantée. Guillem a une jambe sectionnée et a reçu plusieurs coups de couteau dans le cou, point faible de l'armure. Son neveu n'est guère mieux loti, même si son corps est entier. Tous deux ont les mains jointes sur le pommeau de leur épée, orientée vers les pieds. Ainsi défendent-ils dans l'au-delà l'honneur de leur maison.

Jacques Ier est ému, mais dans son regard brille une fierté qui grandit au fur et à mesure qu'il avance dans son discours, adressé aux vassaux des Montcada, désormais privés de prince :

– Barons, ces nobles sont morts au service de Dieu et au mien : si j'avais le pouvoir de les racheter et de leur rendre la vie, et si Dieu m'accordait cette grâce, je donnerais tant de ma terre que je passerais pour fou auprès de ceux qui apprendraient ce que je donnerais. Mais puisque Dieu nous a conduits ici, moi et vous, pour Lui rendre un si grand service, il n'est pas nécessaire de manifester deuil et affliction. Quoique notre peine soit grande, ne la montrons pas. Je vous ordonne, au nom de la suzeraineté que j'ai sur vous, de ne manifester ni affliction ni deuil, car je serai votre seigneur, et le rôle qu'ils devaient tenir en faisant votre bien, c'est moi qui le remplirai ; si quelqu'un perd son cheval ou autre chose, je vous en dédommagerai et satisferai tous vos besoins : la perte de vos seigneurs ne vous portera donc pas préjudice; vous ne vous en apercevrez en rien, puisque je satisferai vos besoins. De plus, la douleur que vous montreriez découragerait l'armée et ne vous apporterait rien d'autre. C'est pourquoi, sous peine de vous retirer la suzeraineté que j'ai sur vous, j'interdis à quiconque de pleurer. Mais savez-vous quelle doit être notre manière de les pleurer? C'est que, moi et vous, nous fassions payer cher leur mort et que nous servions Notre-Seigneur en faisant ce pour quoi nous sommes venus ici, et que Son nom soit sanctifié de toute éternité.

Le roi s'agenouille devant les corps, suivi immédiatement par les autres barons, puis, progressivement, par l'ost tout entier. L'évêque de Barcelone avance alors et bénit les corps, avec de larges gestes de manière à être vu même par le dernier des serviteurs. Il se tourne ensuite vers l'armée royale et exécute le signe de la croix en indiquant les quatre points cardinaux.

À genoux, parmi la foule, les mains jointes, je reçois sa bénédiction.

1229

La fin de cette année 1229 approche. Nous assiégeons la ville du *wali* Abu Yahya depuis deux mois et demi, et nous nous rapprochons chaque jour d'une capitulation que j'augure désastreuse pour les Maures. Ils nous ont proposé différentes modalités de reddition, mais le roi Jacques et surtout ses barons ne veulent pas entendre parler de concessions. Pour avoir assisté à plusieurs conseils, je comprends que le véritable motif de la plupart des seigneurs présents est la cupidité, le butin qu'ils devinent fabuleux et le partage des terres et des biens. L'évêque de Barcelone lui-même parle d'impôts, de querelles, de terres, plutôt que d'âmes sauvées ou d'infidèles convertis.

L'essentiel du camp est situé près d'une porte que les habitants appellent Bâb al-Kahl. Jour et nuit, nos machines de guerre martèlent sans relâche les murs de Majorque. J'ai suivi attentivement le montage d'un de ces trébuchets et découvert à cette occasion un aspect de mon seigneur Chabert de Barbaira que je ne connaissais pas. Son prestige auprès de la troupe n'est pas seulement dû à ses prouesses au combat, mais aussi à ses connaissances et compétences en matière de construction de ces curieux engins de siège. Nous les avons apportés démontés du continent, et leur complexité est telle qu'il faut environ deux cents hommes et la force de plusieurs chevaux pour les monter. Le contrepoids, surtout, nécessite un effort surhumain. Le système de poulie qui permet de tendre cette énorme fronde me paraît magique. Quelle étrange loi de la création permet de soulever ce poids et d'augmenter suffisamment la force de quelques hommes pour tendre cette machine avec pour seule aide quelques roues donnant passage à d'épaisses cordes ?

Soixante hommes, pour la plupart des esclaves, chargent la fronde de pierres volumineuses qu'un autre groupe apporte sans cesse depuis les montagnes voisines. À chaque tir, l'engin semble sur le point de se démembrer sous la force de l'impact d'un bras contre l'autre, mais le bois résiste. La vision de la pierre s'élevant et s'écrasant sur les murs est hypnotique. Parfois, lorsque le projectile est plus léger, nous arrivons à l'envoyer au-delà des murs. Il vole alors jusqu'au cœur même de la ville fortifiée. Horrifié, j'ai entendu les rires des sergents alors que nous lancions plusieurs têtes de Sarrasins. Cela a suscité la terreur chez les Almohades qui, en réponse, ont pendu aux murs, par les bras et la ceinture, des prisonniers chrétiens vivants pour que nous cessions notre harcèlement. Mais ces malheureux prisonniers eux-mêmes nous ont exhortés à lancer plus de pierres encore pour anéantir les infidèles. Notre roi, sans hésiter un instant, a ordonné qu'on utilise des captifs vifs en guise de projectiles. Une manière de signifier aux Maures qu'il n'est d'autre issue que la capitulation.

La vie dans le camp est très monotone pour la plupart des soldats qui, ayant peu à faire, errent, boivent, jouent et se cherchent querelle. De mon côté, je dois faire face à tant d'obligations que, le soir, je tombe souvent épuisé sur ma couche. J'ai relaté par écrit la plupart des faits qui se sont produits depuis notre départ. J'ai également pris quelques notes pour compléter la chronique à mon retour à Quéribus. Par ailleurs, Chabert insiste pour que ses soldats, parmi lesquels il me compte, s'exercent au combat tous les jours et veillent scrupuleusement à la propreté de leur équipement et des animaux.

Une nuit, j'ai accompagné Olivier, chargé par le roi de superviser le creusement de trois tranchées aboutissant à autant de tunnels soutenus par des billots, que nous voulions enflammer pour provoquer l'effondrement d'une tour. Il s'en est fallu de peu que nous perdions la vie. Alors que nous avancions, penchés, suivant la lumière tenue par un des fidèles mineurs d'Olivier de Termes amené spécialement de ses mines d'argent et de fer des Corbières, un grondement sourd provenant du fond même de la galerie s'est fait entendre. Plusieurs torches sont apparues et j'ai alors reconnu les turbans des Sarrasins, dont le teint se confondait avec la nuit. Nous sommes parvenus de justesse à regagner nos lignes. Le mineur d'Olivier a payé sa résistance de sa vie. Olivier m'a poussé vers la sortie pendant qu'il terrassait, l'un après l'autre, trois Sarrasins qui essayaient de nous frapper avec leurs épées. Les ennemis ne nous ont pas suivis très loin, mais nous avons entendu qu'ils démolissaient notre tunnel derrière nous.

Olivier a déploré la perte de son homme, qu'il connaissait, semble-t-il, depuis son enfance. Néanmoins, l'action des défenseurs lui semblait logique et normale :

– Très peu de mines parviennent à faire tomber des tours ou des murs, mais nous en creusons beaucoup pour que l'ennemi soit trompé par le bruit, en espérant qu'une ou deux serviront.

Paroles prophétiques, puisque, le lendemain, en plein midi, la terre a avalé le mur d'une tour de Madîna Mayûrqa. Une clameur de victoire est aussitôt montée au sein des troupes, et les soldats, oubliant toute prudence, se sont précipités vers la brèche. Mais alors qu'ils allaient atteindre la muraille, ils ont été brusquement freinés par une pluie de flèches et de pierres projetées fort loin par les Sarrasins au moyen d'une fronde appelée *wadhaf*. Les nôtres ont regagné à la hâte leurs positions antérieures et les défenseurs de la ville ont construit en quelques heures un nouveau mur derrière le trou laissé par le premier.

Cet épisode se répète à plusieurs reprises. Les Sarrasins continuant à résister, une certaine fatigue se fait jour dans notre camp. C'est alors qu'un seigneur de guerre local demande audience à Jacques Ier. Il apparaît à cheval avec une escorte de dix hommes, mais sans aucun armement. Il porte le drapeau blanc de la négociation, mais ses yeux reflètent la terreur, parce que la férocité de nos troupes est connue dans toute l'île.

Le roi le reçoit devant sa tente, considérant que le visiteur n'est pas un guerrier digne de partager son vin et sa table. Fort heureusement, je peux noter une bonne partie de la conversation :

– Tu dis être le chef de quelques villages de montagne et tu entends trahir les tiens ?

Le Maure avale sa salive, en proie à une peur incontrôlable. Les yeux au sol en signe de soumission, il parvient à articuler quelques phrases, qu'un interprète traduit mot pour mot :

– Grand roi, je suis Ibn al-lahib, seigneur de plusieurs villages de la Sierra, et je suis venu vous proposer la trêve et la paix ainsi que des vivres pour votre troupe. Le *wali* Abu Yahya est l'ennemi de mon clan depuis toujours, et je vois votre conquête comme une libération souhaitée depuis longtemps. Je vous prie de prendre mon offre en considération, car je peux vous fournir des informations. Mon fief est à vous.

– Que veux-tu en retour ?

– Seulement la paix, que mes biens et mes serviteurs soient respectés, et le privilège de vous servir jusqu'à la mort.

– Tu parles bien, Sarrasin, mais tu devras me prouver la valeur de tes informations.

Le roi entre dans sa tente, fortement protégé par sa garde personnelle, attentive à tout mouvement suspect du visiteur, qui le suit de quelques pas. Le lendemain, un détachement de soldats portugais combattant sous la bannière d'Aragon intercepte un groupe de défenseurs qui sortaient furtivement de la ville par une porte cachée, pour aller chercher des vivres, selon eux. Cette opération a eu lieu grâce aux informations fournies par Ibn al-lahib.

La célébration de la messe de Noël a exaspéré les soldats, désespérés par une aussi longue attente. L'inaction commençant à peser lourd, l'exhortation à la patience lancée par l'évêque de Barcelone n'a fait qu'échauffer les esprits de certains hommes, qui veulent s'emparer de leur butin et craignent de le voir se réduire du fait des fréquentes fuites de Maures quittant la ville par des sentiers inconnus ou par la mer. Les combats entre groupes de guerriers oisifs sont fréquents et se terminent presque toujours par la mort d'hommes.

Enfin, le 30 décembre 1229, le roi informe ses barons que l'assaut final aura lieu le lendemain. Le moment venu, à l'heure prévue, tout l'ost se rassemble autour de ses chefs. Il fait encore nuit et nous sommes environ vingt mille hommes à genoux, priant, communiant et se confessant les uns les autres. Enfin, nous recevons la bénédiction de notre évêque, déjà vêtu de sa cotte de mailles afin qu'il ne fasse aucun doute que l'Église du Christ est prête à partir au combat.

Avant l'aube, le pilonnage des trébuchets sur les murs de Madîna Mayûrqa redouble. Une compagnie de sapeurs spécialisés a pris position, sous le couvert de la nuit, au pied d'un mur nouvellement construit par les défenseurs pour combler une brèche ouverte dans l'enceinte. L'attaquant avec des piques et des masses, ils parviennent rapidement, sous une pluie de flèches et de pierres, à percer un trou dans cette paroi encore fraîche. Devant l'imminence de l'effondrement, les nobles peuvent à peine contenir les fantassins, qui sentent enfin à portée de main le butin et le sang des infidèles. Enfin, dans un fracas sourd et un nuage de poussière, la muraille s'effondre sur plusieurs coudées.

Au cri de «Sainte Marie!», les soldats se précipitent vers la brèche. Les défenseurs disparaissent sous une tempête de poignards, d'épées, de haches, de marteaux... De ma position, je ne distingue qu'un nuage de poussière et de sang, des beuglements, des corps démembrés, des armes qui frappent sans cesse. Les rugissements de la guerre sont remplacés par des hurlements de douleur, auxquels s'ajoutent bientôt des cris de terreur d'hommes, de femmes et d'enfants vivant dans la ville. Madîna Mayûrqa tombe, je crains le pire pour ses habitants.

Chabert est entré avec les premiers assaillants. Il n'accepterait pas qu'un de ses chevaliers risque sa vie s'il ne la risque lui-même. Je préfère attendre que le sort de la ville soit certain avant de participer à la bataille. Mais je ne me sens pas lâche de prendre cette décision : je ne suis qu'un guerrier occasionnel et n'attends aucun avantage de la conquête de Majorque. Olivier de Termes, à la tête de sa troupe, est du même avis que moi. Il reste à l'arrière pendant que se perpétue, si j'en crois les cris de panique et de douleur qui nous parviennent, l'irrémédiable massacre de la population qui me remplit d'horreur. Je décide de m'approcher de lui. Il ne m'a pas vu, son champ de vision étant limité par son casque. C'est alors qu'il donne l'ordre d'aller de l'avant. Ses soldats obéissent sans délai et dépassent leur chef, qui attend qu'ils franchissent la brèche pour pénétrer à son tour dans la ville. Je suis à une vingtaine de pas derrière lui, mais la masse des soldats, de plus en plus serrés et impatients d'entrer, m'empêche d'attirer son attention. J'essaie de m'approcher, mais certains soldats me reprochent mon attitude, arguant qu'il y aura du butin pour tout le monde.

– Je suis secrétaire du roi Jacques ! Laisse-moi passer !

Le nom du roi et mon ton déterminé, appris de mes maîtres Chabert et Olivier, m'ouvrent le chemin au milieu de la soldatesque, pas suffisamment cependant pour me permettre de me faire entendre d'Olivier, qui a déjà traversé la brèche et entre dans la ville.

Il n'y a aucune trace de résistance de l'autre côté du mur. Les Maures se dispersent, essayant, chacun pour soi, de sauver leur vie. La terreur entre avec nos troupes et se répand dans les rues. Des familles entières fuient, poursuivies par nos hommes.

1229

Je ne veux pas participer au massacre en cours, et l'ost royal n'a que faire de mon épée pour conquérir la ville. Je préfère essayer de rejoindre Olivier de Termes. Peu soucieux lui non plus, semble-t-il, de chercher fortune en anéantissant les Sarrasins, il vient d'entrer dans une ruelle plongeant dans les entrailles mêmes de la vieille ville. Il avance avec rapidité et détermination. J'ai l'impression qu'il suit, épée en main, une silhouette enveloppée dans une robe noire semblable à celles que portent les moines, qui l'attendait peut-être de ce côté-ci de la fortification. Je l'appelle encore, mais il poursuit sa route sans entendre ma voix.

Une nouvelle fois, la curiosité dicte mes pas. Je suis Olivier et le pseudo-moine dans la ruelle. L'avance qu'ils ont sur moi ne leur permettant pas de m'apercevoir dans le tumulte environnant, j'essaie de me rapprocher le plus possible de mon ami. À un croisement, les deux chrétiens tombent sur un groupe de cinq ou six Sarrasins en fuite, qui les acculent contre le mur et lèvent déjà leurs épées courbes. Sans tenir compte de mes chances de succès, je dégaine mon arme et je cours vers les Maures en criant de toutes mes forces, détournant ainsi leur attention. Olivier en profite pour plonger sa lame dans le cou de l'homme le plus proche qui, terrassé, s'effondre à ses pieds. Je blesse quant à moi un ennemi au visage. Pétrifié et surpris, il me dévisage avant de tomber, mort. Mais ses compagnons réagissent aussitôt. En quelques coups, Olivier renvoie deux autres ennemis à leur Créateur. Un instant distrait, je reçois soudain un choc à la tête. Je suis paralysé. Impossible de continuer le combat, malgré mes efforts. Je perds la vue tout en m'écroulant. Je perçois, avant de m'évanouir, le cri de mort du Sarrasin qui m'a frappé.

Lorsque je reprends conscience, je suis assis au sol, appuyé contre un mur. Mon mal de crâne me fait sortir des limbes. Je devine, la vue troublée par le sang qui coule de ma tête, la silhouette du moine, qui échange une rapide accolade avec Olivier de Termes. L'homme mystérieux a retiré sa capuche et je constate, dans mon état de semi-inconscience, que, contrairement à nous tous, il n'a ni barbe ni cheveux. Enfin, l'inconnu disparaît au fond de la ruelle. Olivier se penche alors sur moi, les mains ensanglantées et plus rieur que jamais.

– Allons donc, mais oui tu es encore en vie ! Ne t'inquiète pas, scribe, je vais te sortir d'ici.

Sans effort apparent, le seigneur de Termes me charge sur son épaule et saisit son épée de la dextre. Puis il remonte la ruelle jusqu'au flot de soldats chrétiens assoiffés de butin et de sang. Je perds à nouveau connaissance, me sachant protégé.

Selon le barbier qui fait office de chirurgien de la troupe de Chabert, j'ai déliré pendant plusieurs jours, entre fièvre et douleur. Le fait est que, lorsque je reprends connaissance, je ne me souviens plus de rien. Chabert a suivi attentivement l'évolution de mon état et Olivier n'a cessé de s'informer de ma santé. Quand enfin je me réveille, mon extrême faiblesse ne me permet pas d'exprimer avec des mots la soif et la faim que je ressens, et je dois attendre un jour de plus avant de satisfaire mes besoins.

Un verre de vin, qui semblait *a priori* bienvenu, me rappelle que je suis convalescent. À peine l'ai-je bu avec avidité que mon estomac se rebelle et que, pris de spasmes répugnants, je vomis le vin et des humeurs nauséabondes.

– Je ne veux pas te voir debout avant au moins deux jours, lance alors Chabert qui, s'adressant ensuite au barbier, poursuit : S'il ne survit pas, tu l'accompagneras dans l'autre monde. Ta vie dépend de la sienne.

L'homme avale bruyamment sa salive, s'incline devant son seigneur et me jette un regard suppliant. Deux jours plus tard, ayant récupéré la faculté de retenir le vin et la nourriture, la tête si bandée que j'ai l'air d'un Sarrasin, je retrouve enfin le sol, mais quelques instants seulement. Olivier, alors présent, me repousse sur le lit d'une tape sur l'épaule :

– Maudit scribe ! D'abord tu me sauves la vie, en tuant un ennemi, puis tu me forces à en éliminer quatre autres pour sortir de la ruelle dans laquelle ta distraction t'a conduit. Mais avant toute chose, pourquoi me suivais-tu ?

– À vrai dire, je voulais vous rejoindre pour vous accompagner dans la bataille, mais vous ne m'entendiez pas...

– Tu dois apprendre à donner de la voix en cas de besoin et à ne pas te jeter dans d'inutiles ennuis. Tu n'es plus un enfant ! Mais je suis content que tout cela se soit terminé ainsi.

Mettant sans attendre en pratique ses conseils de prudence, je me retiens d'interroger Olivier sur le personnage qui l'accompagnait. Ma tête est douloureuse et je ressens une fatigue infinie, mais je veux savoir dans quelle situation nous nous trouvons.

– Le pillage de la ville a été frénétique, comme il fallait s'y attendre après trois mois d'attente, m'explique Olivier. Les cadavres bloquent l'entrée de la ville. Malgré cela, des groupes de soldats ratissent les rues maison par maison à la recherche de survivants et de butin. Lorsqu'ils découvrent une femme ou un enfant cachés, ils sont violés et tués instantanément ou, au mieux, pris comme esclaves. Le roi Jacques a capturé le *wali* Abu

Yahya et le torture jour et nuit pour lui faire révéler l'emplacement de son trésor. Je crains que cet homme n'ait rien à dire et qu'il meure dans d'affreuses souffrances. Ah! oui, j'oubliais : l'évêque a décrété mille jours de pardon pour tous ceux qui porteront hors de la ville un Sarrasin mort, car le nombre de corps en décomposition est tel que l'on craint les pires épidémies. Lorsque tu iras mieux, peut-être pourrais-tu chercher des cadavres pour expier tes péchés, n'est-ce pas?

– Je crains que le nombre de tués dans toute cette guerre ne suffise pas...

Nous rions de bon cœur, bien que ma tête soit sur le point d'éclater.

– Nous attendons maintenant le partage du butin. Le roi envoie des troupes aux quatre coins de l'île pour mettre fin au plus vite à la résistance de quelques chefs locaux qui ont fui pendant la bataille. Le partage va être problématique, nous voulons tous obtenir une bonne partie de l'île en récompense de notre aide.

– Pas tous, Olivier, pas tous, intervient Chabert de Barbaira, qui vient d'entrer dans la tente. Je ne veux qu'une somme d'argent suffisante pour payer mon armée et la permission de mon seigneur Nuno Sanche de retourner à Quéribus et de retrouver mes terres.

– Ce jour viendra, Chabert. Nous devons être patients.

Les deux hommes s'assoient sur ma couche pour converser. J'apprends ainsi que les Trencavel, seigneurs des Corbières et du Razès, préparent, depuis leur exil en Aragon, une guerre pour reconquérir leurs terres. Ils ont l'intention d'impliquer dans leur cause jusqu'au comte de Toulouse. Mais cela, ce sera pour plus tard. Pour l'instant, Olivier ne veut pas laisser passer l'occasion de réclamer à Majorque un fief ou un domaine à même de financer ses dépenses et d'agrandir son patrimoine. Chabert, quant à lui, ne veut pas disperser ses avoirs et laisser des gens sur l'île, si loin de ses terres des Corbières.

À aucun moment de la conversation, Olivier ne mentionne le mystérieux homme chauve. Quant à moi, qui suis-je pour le questionner ? Lorsque les deux seigneurs me quittent enfin, je retombe dans un profond sommeil, peuplé de guerriers décapités qui courent vers moi en pataugeant dans le sang, de femmes criant sous des chevaliers en armure, et de moines pelés et édentés hilares, tous assistant à mon supplice, écartelé par quatre Maures plus noirs que la nuit.

Il me faut encore trois jours pour tenir debout le temps nécessaire pour sortir faire mes besoins. Le camp est déjà presque vide. Des entassements de corps putrides que des soldats tentent de brûler s'élève une épaisse fumée noire. Mais leurs efforts sont inutiles. Des nombreuses tentes à demi écroulées émergent des gémissements de souffrance. Je pénètre dans la plus proche pour découvrir deux hommes couchés à même le sol, couverts de leur propre vomi et assis sur leurs excréments. Ils sont malades, je sors le plus vite possible. La puanteur est atroce. Le barbier m'explique que les cadavres empilés ne se consument pas à cause des pluies de ces derniers jours et que les hommes ont commencé à contracter le mal de la pourriture.

– Dieu ne voit pas d'un bon œil le massacre des civils de Madîna Mayûrqa et veut nous punir de tous nos péchés.

Pour ma part, je sais que le diable se réjouit une fois de plus de nos maladies et joue avec nous, nous offrant toujours un peu plus de souffrances pour se divertir.

Quand Chabert se présente, aux dernières lueurs du jour, son visage est très sérieux :

– Nous devons partir, Pèire. Demain, tu remettras tes notes au roi, et nous disparaîtrons de ce camp dès que possible. Le comte Nuno n'a plus besoin de moi.

– Ainsi ferai-je, mon seigneur.

Et dans l'obscurité de la nuit, entre pourriture, peste, odeurs nauséabondes et fumée de l'enfer, nous prions si silencieusement que le Dieu bon lui-même ne saurait nous entendre.

1229

À l'aube, je suis déjà debout et sur le chemin du palais du roi Jacques Ier. L'architecture de cette ville, si différente de la nôtre, me surprend. Là où nous avons des murs droits et lisses, les Maures ont préféré les lignes courbes et les sculptures sur les portes et fenêtres, surmontées de dentelles de pierre. La plupart des maisons ont un toit plat, tandis que ceux des mosquées et de certains autres édifices se distinguent par de très étranges formes bombées.

Le bâtiment où réside le roi Jacques et la plupart des grands barons de l'ost royal dispose d'innombrables salles, toutes abondamment décorées. Une fontaine alimente un conduit distribuant l'eau aux salles du palais. Je demande à parler au roi, même si Chabert m'a ordonné de m'adresser à sa nouvelle chancellerie. Je sais que mon geste peut être interprété comme une audace que je peux regretter. Mais peut-être le monarque a-t-il oublié son ordre, aussi je ne veux pas remettre mon travail à un simple scribe qui pourrait se l'attribuer et m'en retirer ainsi tout bénéfice.

Jacques Ier d'Aragon est entouré de gardes et de barons. Je reconnais Nuno Sanche, qui discute avec d'autres seigneurs que je n'identifie pas. Olivier de Termes, le visage sérieux, parle quant à lui avec le roi.

Je m'approche prudemment et baisse la tête autant possible. Jacques me sourit :

– Ce bandage te fait ressembler à un Sarrasin, Pèire de Liziac, dit-il en riant. Olivier de Termes nous a raconté ton exploit – tu lui as sauvé la vie –, et ton insouciance et ta distraction lors du combat. Je te félicite pour le premier et, malheureusement, je dois te reprocher le reste, mais tu es encore jeune : tu devras apprendre certaines règles si tu désires faire des armes une de tes professions. Ce que je te déconseille. Si tu écris comme on le dit, tu ne devrais pas gaspiller ton talent auprès des militaires.

Je m'incline de nouveau :

– Je suivrai votre conseil, mon roi. J'espère ne plus jamais avoir à me battre, même si l'honneur d'avoir porté les armes pour votre royaume en mer change le poids de ce turban en un infini plaisir pour moi.

J'ai expressément cité le « royaume en mer » auquel Jacques fait parfois référence. Le roi est intelligent, un demi-sourire se dessine sur son visage.

– Où en est ta chronique sur ma victoire ?

– Les notes que vous m'avez commandées sont prêtes et complètes, mon roi.

Je lui tends alors un sac de cuir rempli de feuilles de parchemin, tout en m'inclinant à nouveau. Aussitôt, un de ses scribes s'approche et se saisit de mon offrande. Il ouvre la sacoche et examine quelques folios. Ils sont en langue limousine, qui est davantage parlée à la cour de Jacques que le latin et, d'après ce que j'ai ouï dire, jusqu'en Angleterre. Mais j'ai sagement traduit le texte en latin au verso de chaque folio pour éviter tout malentendu, ainsi que pour donner un aperçu de mes connaissances, je dois le reconnaître. Le scribe lit rapidement quelques paragraphes, hoche la tête vers le roi et recule de quelques pas.

– Dois-je comprendre que tu demandes à quitter mon service, écrivain ? poursuit Jacques.

– Majesté, mon seigneur Chabert de Barbaira souhaite retourner sur ses terres et mon devoir est de l'accompagner.

– Qu'il en soit ainsi alors. Chabert est l'un de mes plus fidèles vassaux, par l'intermédiaire de don Nuno Sanche, et mérite le repos après avoir lutté avec tant de courage au cours de cette campagne. Mais dis-moi, Pèire, que veux-tu comme paiement pour ton travail ?

– Mon roi, je vous prie de pardonner l'audace que je vais commettre et vous supplie de comprendre que je suis un pauvre fils de notaire inculte et ignorant des usages de la cour. Le fait est que je voudrais vous présenter ma requête... en privé.

Un silence sépulcral se fait soudainement. Les conversations cessent et les regards se concentrent sur moi. Nuno Sanche fronce les sourcils, craignant de devoir rendre des comptes sur le comportement d'un scribe qui fait partie de son entourage. Mais Jacques, qui est à peine plus jeune que moi, rit ouvertement.

– Par la Vierge Marie, ami Pèire, voilà qui est parler. Approche.

Tremblant, j'avance vers le roi. Celui-ci tend l'oreille et, en quelques phrases, je lui expose ma requête. Il lève le regard vers moi, intrigué et surpris, amusé, et s'exclame :

– Es-tu bien sûr, scribe ?

– Majesté, rien ne me rendrait plus heureux.

– Très bien, qu'il en soit ainsi, Pèire. Un greffier bien étrange que celui que m'a trouvé Chabert ! Chancelier, prends note de la demande de notre bon ami Pèire et garde le secret sur ta vie.

Alors que le scribe royal lui fait une révérence, Jacques Ier d'Aragon, dont je quitte le service en ce moment avec une génuflexion exagérée, éclate de rire, suivi peu à peu par ses courtisans, qui ne comprennent pas la raison de tant de joie mais ne laissent pas passer l'occasion de montrer en public leur complicité avec le monarque. À plus forte raison en pleine négociation sur le partage du butin.

Le lendemain, un messager royal me remet un document portant le sceau du roi d'Aragon. Je le glisse dans ma besace de cuir après l'avoir protégé de plusieurs couches de tissu grossier et résistant.

Trois jours plus tard, à l'aube, nous quittons Majorque à bord d'une galère puante. Derrière nous s'illuminent les crêtes où nous avons combattu, tué, souffert et infligé des souffrances.

1229

Chabert a plus de quarante ans et moi à peine vingt-six, si le calcul que ma mère tenait est exact, mais je ne peux pas voir cet homme comme vieux. Il donne un sentiment de sécurité à toute sa troupe. Pour lui, parcourir des chemins infestés de brigands et de voleurs, même avec une armée aussi réduite que la nôtre, n'est pas source d'inquiétude. Il est vrai que nous avons vécu ces derniers mois plongés dans la guerre, les dangers, la faim, la maladie. Aussi, même nombreux, des voleurs ou des bandits ne nous impressionneraient pas. Les hommes qui sont partis des terres de Chabert de Barbaira, la plupart des paysans, sont aujourd'hui de fougueux guerriers. Ils ont tous tué, nous avons tous tué, et cela crée entre nous un lien qu'il sera difficile d'oublier. Quéribus est à une demi-journée de cheval. Je ne sais pas si je désire rencontrer le regard de Sybille ou si je redoute ce moment. Chabert n'est pas pressé non plus. Chaque pas de sa monture lui rappelle que son départ du château, que l'on distingue déjà à l'horizon, pointant vers le ciel, a été embarrassant, triste et froid.

Hier, nous avons envoyé un héraut informer Quéribus de notre arrivée. Sybille nous y attend en scrutant la vallée depuis le chemin de ronde. Vers midi, nous traversons enfin la barbacane qui nous conduit dans la cour d'armes que domine le majestueux donjon. Sybille nous y reçoit. Son regard est aussi clair que dans mon souvenir, mais son ventre rond et proéminent dénote une grossesse assez avancée. Elle accueille Chabert ainsi que le veulent le protocole et la tradition :

– Bienvenue, mon seigneur.

La grossesse surprend tellement Chabert qu'il reste sans voix. Sa fille se rapproche :

– Père, quelle joie de vous revoir !

Puis elle se tourne vers moi :

– Pèire, te voilà devenu un guerrier !

Et elle me gratifie d'un baiser sur la joue que Chabert feint ne pas voir.

– *Maese* Pèire, sois le bienvenu, me salue Sybille. J'espère que la guerre que vous avez menée a eu le résultat que vous escomptiez.

– Il en est ainsi, Sybille, répond Chabert, et je suis heureux de te trouver dans cet état. Ma dernière visite a été utile.

Sybille baisse le regard, rougit et prend quelques secondes pour retrouver son équilibre habituel.

– Mon seigneur, la table est prête pour votre repas. C'est une grande joie de vous recevoir.

Elle se dirige vers le donjon, suivie de Chabert et de sa fille, qui échangent déjà des regards complices. Relation bénie entre un père et son enfant, tant l'enfant né que celui qui naîtra.

Je suis confus, incrédule. J'imaginais, innocemment, que Sybille et Chabert n'étaient plus amants, mais je découvre que le fils que Sybille attend est de lui... Mais comment puis-je être si innocent et ignorant du monde ! Je suis sûr que Sybille a insisté pour coucher avec Chabert afin de couvrir une éventuelle grossesse consécutive à nos ébats ! Pauvre Sybille, dédaignée d'un mari et presque d'un amant, devant forcer son époux pour dissimuler une faute aussi grave. Quels tourments a-t-elle dû endurer alors que je me battais absurdement de l'autre côté de la mer!

Je retrouve avec soulagement ma chambre, ma vieille cabane de bois, adossée à la muraille de Quéribus. Je me jette sans plus attendre sur la couche où je me suis reposé pendant ces années, mon refuge. Un sommeil subit et profond m'offre une nuit d'oubli.

Quelques semaines après notre arrivée, Sybille donne le jour, dans le grand lit où nous avons couché si souvent, à un enfant, fort et hurlant. Chevauchant sur ses terres, Chabert est alors absent. Cette nuit-là, une Oda toujours attentionnée est venue m'avertir que les femmes aidaient Sybille à accoucher. J'attends le lendemain pour enfin rendre visite à celle qui fut ma maîtresse il y a quelques mois. Elle est allongée entre des draps propres. Enveloppé dans des linges, son nouveau-né, silencieux, dort à ses côtés. Sybille me sourit, exténuée. Je n'ose m'approcher trop, comme si ma présence allait briser un équilibre délicat.

– Tout va bien, Sybille?

– Je suis très fatiguée, *maese* Pèire, mais nous allons tous les deux très bien, cet enfant et moi. Je souhaite lui donner le nom de Guilhem Bernat. Approche-toi, n'aie crainte.

Je fais quelques pas jusqu'au lit de Sybille. Je ne peux m'empêcher de me rappeler la dernière fois où elle et moi l'avons utilisé, quelques jours avant la venue de son mari, de mon seigneur. Je suis mal à l'aise, mais ma main, à la peau tannée dans la bataille, ma main qui a empoigné une épée et fauché des vies, sait caresser le visage doux du nouveau-né, qui émerge des tissus serrés l'immobilisant.

– C'est... il est très petit.

– Même si cela semble être le cas, il est de bonne taille, et j'ai eu du mal à le mettre au monde, crois-moi.

– As-tu beaucoup souffert?

– Plus que ce à quoi je m'attendais, mais enfin il est là, et j'en suis heureuse.

Le regard de Sybille se fait sérieux et profond.

– Il sera un bon fils, fort et noble. Comme son père.

Je ne peux articuler le moindre mot, je n'ose poser la question qui me brûle les lèvres. Sybille n'a pas l'intention de m'en dire plus, je le sais, et le pauvre scribe que je suis ne saurait questionner une dame qui ne désire répondre. C'est peut-être mieux ainsi. Ou sans doute ma lâcheté se satisfait-elle de cette situation.

– Pèire, poursuit Sybille, je dois te demander de traiter cet enfant avec autant d'affection et de confiance que Chaberta.

– Je suis à votre service et au service de la maison de Paracolls, en cet instant et pour toujours.

Je n'ai pas mentionné la maison de Barbaira, celle de mon seigneur, pour signifier à Sybille mon dévouement envers elle et l'enfant qui vient de naître.

Le lendemain, Chabert revient de sa chevauchée. Je m'absente au moment où il fait la connaissance de son héritier. Je vis les semaines suivantes dans un état de tristesse qui m'est inconnu. Benoît de Termes ne réside plus dans la forteresse. Il a disparu avec son *soci* dès que celui-ci l'a rejoint. Chaberta grandit et, si nous passons de longs après-midi à lire et à écrire, ou tout simplement à bavarder, ses rires ne m'amusent plus comme auparavant. Je n'ai pas non plus envie d'accompagner Chabert dans ses sorties, de plus en plus longues et lointaines. Alors je reprends la rédaction et les corrections de la chronique, la nuit, à la lumière d'un *calelh* inondant mon habitation d'une pestilence qui me suit où que j'aille.

Je ne monte presque plus sur le chemin de ronde. La fatigue qui s'empare de moi finit par me confiner sur ma couche quelques jours à la fin de l'été, lorsque la *tramontana* perd sa fraîcheur estivale et devient froide et menaçante. Chaberta, inquiète, me rend visite et reste de longues heures avec moi. Oda m'apporte de la nourriture et Sybille est attentive à mes besoins. Chabert apparaît lui aussi souvent et insiste pour que je sois porté dans une salle plus confortable du donjon, mais je n'accepte pas son offre.

Ma barbe, négligée, se peuple de parasites, je perds le rythme des repas et du sommeil. Je souffre de fièvre, je sue en abondance, je plonge parfois dans des limbes à mi-chemin entre cette terre et l'enfer. Durant de longues nuits blanches, je reçois dans mon délire la visite de visages de Sarrasins ensanglantés, puis m'apparaissent des images de la prise de Majorque, le bruit des serpents venimeux des îles Columbretes, les cadavres consumés par la pourriture et la peste, les émotions des batailles, le regard incrédule de ma victime à Portopi, le corps de Sybille et les cris de son nouveau-né. Ma folie est telle que je crois reprendre conscience en pleine cérémonie de mon propre *consolamentum*, un évangile sur la tête, Chabert et un bon homme, qui n'est autre que le mystérieux moine dépourvu de cheveux de Majorque, priant à mon chevet.

Parfois, je reviens à la réalité pour découvrir les visages inquiets de mes proches. Les êtres qui me sont chers? Je doute de tout, de ma propre affection pour ceux qui m'entourent. Je ne comprends pas mon mal, mais je connais son origine : le poids de mes péchés. Mon âme se tord comme un animal vaincu qui, du fond de sa cage, n'accepte pas la mort qu'il sait pourtant inévitable.

Alors que j'ai perdu le décompte des jours, une douleur au bras me réveille. On me saigne. J'essaie de protester, de me lever, mais la main puissante de Chabert me cloue au lit. J'entrevois, derrière le seigneur de Quéribus et le chirurgien, Chaberta en larmes et Sybille inquiète, portant en silence dans ses bras le nouveau-né enveloppé dans des tissus blancs. Avant de m'évanouir à nouveau, j'ai le temps de croiser le regard de l'enfant, curieusement fixé sur le mien. Dans mon délire fiévreux, j'interprète cette vision comme une demande d'attention de la part du bébé, depuis le monde d'ignorance dans lequel il errera longtemps encore. Alors je m'endors à nouveau, un sourire aux lèvres. Comme Chaberta me l'expliquera par la suite, la saignée atteint son objectif. Je peux enfin m'apaiser. Le chirurgien, quant à lui, reçoit quelques sols de mon seigneur.

Mon rétablissement prend plus de deux mois. Quand arrive la nouvelle année, je suis presque remis. Je marche à nouveau sans fatigue, je renoue avec mes heures d'étude auprès de Chaberta et rends souvent visite à Sybille, surtout lorsque Chabert est absent, ce qui est le cas la plupart du temps. Durant ces heures partagées avec elle, je suis particulièrement heureux de m'occuper, pour quelques instants, de l'infant Guilhem Bernat. Il découvre la vie, nous reconnaît, émet des sons et rit tant et si bien qu'il communique sa joie à tous ceux qui l'entourent.

1230

Sybille et moi ne parlons plus jamais de nos amours passées. C'est une amitié sincère qui nous unit et dont nous jouissons aujourd'hui plus qu'avant, détachés des désirs charnels qui nous ont tant fait souffrir. Cependant, je suis un homme jeune, et si ma foi m'invite à la chasteté, ma nature me met parfois dans des situations d'extrême nécessité. La petite Oda n'est plus si petite, et ses formes sous le lin attirent beaucoup mon attention lorsque le démon de la luxure me hante. Un soir, alors que j'ai trouvé un prétexte pour qu'elle me rende visite, elle ne s'oppose pas à mes gestes quand je la prends par la taille. Sans plus de préambules nous nous allongeons sur ma couche. À compter de ce jour, rares sont les semaines où nous ne nous retrouvons pas, soit la nuit dans la cabane, soit derrière un buisson des environs. J'ai grande peur de la mettre enceinte.

– Pour mon bonheur, je crois que je ne peux pas concevoir d'être vivant, *maese* Pèire, me rassure-t-elle un jour. J'ai déjà couché avec quelques sergents de notre seigneur Chabert... même si je ne le fais plus désormais qu'avec vous ! s'empresse-t-elle aussitôt d'ajouter, jugeant à tort que ses confidences pourraient me causer un quelconque désagrément. J'ai quelquefois fait des fausses couches, mais ce n'est plus le cas. Je pense que je ne serai jamais mère.

– Et cela ne t'attriste pas ?

– Non, certainement pas. Je ne veux pas mettre au monde des êtres destinés à la souffrance, à la faim, à la guerre... J'espère que ma famille disparaîtra avec moi, ce qui sera le cas, car je n'ai ni parents, ni frères, ni sœurs.

– Qui t'a mis ces idées dans la tête, Oda ? Benoît de Termes, qui a vécu dans cette forteresse pendant presque un an ?

– Il est vrai, *maese* Pèire, que le bon homme qui vous accompagnait nous parlait souvent, mais je pense ainsi depuis que j'ai atteint l'âge de raison. Il n'a pas fallu grand-chose au parfait pour me convaincre de ne pas engendrer de progéniture.

– Tous les bons chrétiens ne pensent pas ainsi; certains acceptent la reproduction comme moyen de donner à une âme désireuse de monter au paradis l'opportunité de se réincarner.

– Je suis une ignorante, *maese* Pèire. Tout au moins, sur ces sujets...

Et la belle et jeune Oda conclut cette conversation comme d'habitude, en glissant sa main à l'intérieur de ma culotte, cherchant ainsi et réussissant à me troubler.

La vie passe enfin tranquillement et pourrait ainsi durer jusqu'à ce que les portes du paradis, ou plutôt celles de l'enfer, s'ouvrent pour moi. Je veille à chevaucher de temps à autre avec Chabert afin de conserver mes compétences guerrières durement acquises. Seigneur de Quéribus depuis moins de dix ans, il doit encore consolider son autorité sur son fief. En guise de récompense de son aide à Majorque, il a reçu, de la part de Nuno Sanche, le château de Puylaurens et ses terres. Il partage donc ses efforts entre sa capitale, Quéribus, et sa nouvelle forteresse, d'importance vitale.

Lors de ces déplacements, qui durent parfois des semaines, les heures de voyage à cheval sont propices à d'interminables conversations entre sergents et seigneurs. Chabert lui-même finit par partager avec nous des anecdotes sur la conquête de Majorque, ou antérieures à celle-ci, ou sur des femmes connues ici et là et parfois aussi sur la religion. Personne n'ignore que Chabert de Barbaira a perdu les terres de sa famille pour avoir défendu les hérétiques et que, sans le respect militaire qu'il inspire au sénéchal de Carcassonne, il pourrirait depuis longtemps dans un cachot du roi de France ou aurait été brûlé, comme tant de nos frères. Au cours de ces conversations, les fidèles de l'Église de Rome, minoritaires sur nos terres, cherchent à exposer des arguments simples pour mettre en doute notre foi, mais ils finissent toujours par renoncer à nous convaincre face à l'avalanche d'insultes et de menaces, déguisées parfois en plaisanteries, qu'ils reçoivent du reste de la troupe. Pour ma part, je préfère ne pas participer à ces discussions, ce qui accroît ma réputation d'érudit, plus à l'aise avec mes folios et mes plumes qu'avec l'épée et les disputes.

Durant ces années, je perds le contact avec Olivier de Termes. J'entends toutefois parler de lui grâce aux marchands qui voyagent de château en château; nous avons aussi des nouvelles par les quelques troubadours qui nous rendent visite, par Chabert lui-même, qui reçoit de lui des messages, et par les hérauts du comte Nuno Sanche, qui apportent parfois des instructions. Il semblerait que mon ami ait longtemps guerroyé à Narbonne, à trois jours à cheval de Quéribus. Il est intervenu dans une guerre civile entre l'Église et les marchands. Olivier a besoin d'or pour garder sa troupe et cherche toujours une cause à défendre afin que ses hommes restent entraînés et ne prennent pas trop de poids.

Quand je n'accompagne pas mon seigneur, je consacre l'essentiel de mon temps à l'éducation de ses enfants. Chaberta est déjà une femme à laquelle on va bientôt chercher un mari, mais elle se comporte avec moi comme lorsque je suis apparu dans cette cour d'armes, timide et effrayé. Elle me considère comme un grand frère attentionné, dont elle peut disposer à volonté pour ses jeux et, chaque jour davantage, pour ses confidences. Elle sait à présent parfaitement lire et écrire en latin et en *lémozi*, notre langue, et je suis très fier lorsqu'elle me livre quelques versets composés par ses soins.

Guilhem Bernat est un enfant fort et joyeux, qui dévore du matin au soir la nourriture lui tombant sous la main. Je joue avec lui autant que sa sœur, Sybille et mes obligations me le permettent. Il tarde quelque peu à parler, mais je m'efforce de lui apprendre notre *Pater* et de dessiner des lettres avec lui dans le sable. Il pourra bientôt tenir une plume d'oie. Je lui montrerai alors les secrets de l'écriture, ceux que j'ai reçus de mon père et que j'ai déjà transmis à Chaberta. Lorsque je suis avec lui et que son rire puissant résonne entre les murs de la forteresse, je découvre que Sybille nous suit du regard, un sourire sur les lèvres.

Je parle avec elle tous les jours, si cela est possible, au donjon ou sur le chemin de ronde, et quelquefois je l'accompagne dans une promenade hors des murs. Nous nous asseyons sur la pierre et nous laissons emporter par une interminable conversation.

Ces instants doux, tranquilles, ne durent malheureusement que peu d'années. Un hiver, alors que la neige recouvre tout le paysage jusqu'à la plaine du Roussillon, Sybille commence à tousser fortement et se plaint de douleurs thoraciques. Les femmes du village de Cucugnan, prévenues à la hâte, lui préparent une potion d'herbes aromatiques et de vin. Sybille semble alors récupérer, mais au milieu de la nuit, Chaberta apparaît chez moi, paniquée.

– Pèire, viens vite, ma mère se meurt !

Je monte en courant et à moitié nu les escaliers de la tour pour trouver Sybille dans son lit, assistée par une Oda en larmes. Je reconnais dans son regard la proximité de la mort, qui avance à grande vitesse. En l'absence de Chabert, je prends le commandement : j'envoie Oda au village chercher deux parfaites résidant chez le chevalier Bérenger de Cucugnan et qui, bien qu'également entretenues par la communauté, vivent de leur travail de tisserandes. Pendant ce temps, j'essaie de faire baisser la fièvre de Sybille : je lui donne à boire de l'eau fraîche, la dernière qu'elle boira, et lui mouille le front. Dans un moment de lucidité, elle serre très fort ma main, en silence. Pourquoi parler ? Nous savons tous les deux qu'elle s'éteint et n'a nul besoin que je lui promette de m'occuper de ses enfants tant que je vivrai.

Une heure plus tard, deux femmes en longs manteaux noirs apparaissent. Je dois me retirer. Un dernier regard me confirme que je viens de sauver l'âme de mon amie. Pourtant, je ne peux m'empêcher de verser quelques larmes lorsque, enfin, je lâche la main inerte de Sybille de Paracolls.

Quéribus n'est plus le même château, fier de sa position, défiant le ciel lui-même. Quéribus est une demeure triste, silencieuse, comme un navire sans but, quand enfin Chabert, que j'ai fait avertir d'urgence, est de retour.

Il était à Conat, où il vit son histoire d'amour particulière avec Esclarmonde. Il a préféré venir seul. Sa douleur est évidente quand je le reçois dans la cour d'armes, Chaberta à mes côtés et le petit Guilhem Bernat caché entre mes jambes. Chabert embrasse sa fille en silence, puis fait de même avec moi et caresse la tête de son fils, qui le connaît à peine. Il monte avec lassitude les marches menant à la tour et disparaît silencieusement par la porte. Le lendemain, nous enterrons Sybille, dont le corps est déjà en décomposition.

Chabert est abattu et sa tristesse sincère, mais le guerrier qu'il est ne peut se laisser aller au deuil, qu'il ne ressent pas non plus au plus profond de son âme. Parce que Chabert et Esclarmonde forment un couple depuis des années. Sybille le savait, je le savais, nous le savions tous, et un seigneur comme le mien ne peut rester sans une femme qui tienne sa maison en son absence, à plus forte raison en ces temps troublés.

Un mois après la mort de Sybille, Chabert disparaît à nouveau, mais quatre jours plus tard le voici de retour, avec une

Esclarmonde qui a perdu le sourire éternel qui la rendait si attrayante. Triste, digne, elle prend possession de sa nouvelle demeure. Devant les enfants de Chabert, les serviteurs, les sergents et les chevaliers des environs, le seigneur de Quéribus prend la parole, sur le ton altier que je ne lui connaissais qu'avant les batailles :

– Enfants, serviteurs, hommes libres et esclaves, votre seigneur a subi un deuil cruel. Sybille de Paracolls, dont nous ne perdrons jamais le souvenir, a été emportée par la maladie. Le deuil est mauvais pour nos terres, pour nos héritiers et pour nous tous. C'est pourquoi j'ai décidé de prendre Esclarmonde de Conat comme épouse. Elle devient en cet instant votre dame, et vous lui devez le même respect que celui que vous accordiez à Sybille de Paracolls. Qu'il en soit ainsi.

Chabert se retourne sans attendre aucune réaction et monte au donjon, suivi d'Esclarmonde et de Chaberta, qui tient son frère dans ses bras, ainsi que des serviteurs les plus proches. Je devrais me trouver parmi eux, mais j'ai besoin de m'isoler un temps dans ma chambre, de m'éloigner de ces dernières semaines, entièrement consacrées à la famille des Barbaira sans un instant pour moi-même. Je veux aussi prier en paix pour Sybille, dans l'espoir que son âme repose déjà à la droite du Dieu bon.

1240

Que représentent dix ans dans la vie d'un homme ? Beaucoup de temps, je n'en doute pas. Dix ans de tranquillité entre les murs du *castrum* de Quéribus, dix ans à regarder pousser ma barbe, à voir blanchir encore plus celle de Chabert de Barbaira, dix ans à observer comment sa nouvelle épouse, Esclarmonde de Conat, devient la maîtresse de sa famille, et prend les rênes de son château, de ses serviteurs, de sa maison, permettant à Sybille de Paracolls de s'évanouir peu à peu dans la mémoire du petit Guilhem Bernat. J'ai vu également Chaberta devenir mère, car elle a été mariée peu de temps après l'installation d'Esclarmonde à Quéribus. La chronique est depuis longtemps terminée et dissimulée entre ces murs. Chabert ne connaît pas l'emplacement de la cachette, que j'ai moi-même souvent peur d'oublier : je vais devoir laisser plus de traces, plus d'indices pour l'avenir.

Cependant, les dix dernières années ne représentent que quelques lignes dans l'histoire de ma vie. Peut-être parce que j'ai été heureux, et que le bonheur n'a pas de récit. Mon monde semblait plongé dans le rêve de l'oubli. Qui mes jours routiniers au *castrum* de Quéribus peuvent-ils intéresser ? Les nuits où je parcours le chemin de ronde sous les étoiles, seul ou accompagné en été par Chaberta, avant son mariage, ou par Guilhem Bernat, dernièrement, n'inspirent que paroles de tranquillité et monotonie. Dix ans se sont écoulés depuis mon retour de Majorque, et le temps passé fut heureux et doux.

Mais aujourd'hui, les bruits de guerre qui surgissent de l'autre côté de la frontière aragonaise nous préoccupent. Le vicomte de Béziers, Narbonne et Carcassonne, Raimond II Trencavel, veut récupérer ses terres et compte dans son camp la plupart des seigneurs faydits. Mon seigneur Chabert a été parmi les premiers à s'enrôler dans ses troupes. Peu avant la conquête de Majorque, le vicomte fut sur le point de reconquérir ses domaines, perdus en 1209. Il reprit Carcassonne, sa capitale, et s'y maintint durant quelques années. Mais le roi de France finit par envoyer ses armées et l'aventure prit fin.

On raconte que le comte de Toulouse Raimond VII chasse de leurs terres de Provence les colons francs venus du nord. Trencavel peut se sentir encouragé par cette campagne de Toulouse et s'attendre à recevoir de l'aide de ce côté. Le fait est que les rumeurs embrasent nos terres et que dans les villages, les bourgs et les châteaux grandit un grand sentiment d'exaltation, teinté toutefois de crainte : pour les populations, l'espoir de retrouver leurs seigneurs légitimes se mêle à l'appréhension que soulèvent les armées qui vont et viennent, semant la mort, le pillage et les viols dans leur sillage. La discorde est l'œuvre du démon, toujours, et il n'y a pas de guerres justes, seulement les guerres inévitables et les autres. Les nobles se mobilisent autour de leur chef, le vicomte. En quelques semaines, des hommes se sont regroupés près de la ville de Rivesaltes, à une journée de Quéribus. Ils y ont formé une armée qui attend Trencavel, lequel vient de guerroyer pour Jacques Ier en Aragon. L'ost, réuni dans un méandre de l'Agly, n'est pas aussi extraordinaire, tant s'en faut, que celui que Jacques Ier avait rassemblé à Salou par le passé.

Les principaux seigneurs faydits sont venus, désireux de reprendre le combat. Bien sûr, Olivier de Termes est parmi les plus remarqués. Sa renommée de grand chevalier ne cesse de croître et exerce sur les autres une véritable influence, tout comme celle de Chabert de Barbaira. Bernat de Orts, Bernat Hugues de Serrelongue, Bernat de Vilanova, Hugues de Romegos et Jourdain de Saissac sont également venus. Lorsque Trencavel apparaît enfin, l'ost est complet et déjà prêt à passer à l'action. Je suis surpris par l'apparence du vicomte, qui évoque plus un moine qu'un chef de guerre. Le teint blanc et le regard calme, sans barbe et les cheveux coupés au-dessus des oreilles, il est un peu plus jeune que moi. Et à côté d'Olivier, qui a plus de quarante ans et est très grand, et de Chabert, âgé de plus de cinquante ans mais toujours aussi large d'épaules que dans sa jeunesse, il ressemble à un enfant. Pour cela, peut-être, Trencavel suscite chez ses vassaux une véritable affection.

Mes retrouvailles avec Olivier m'ont fait un énorme plaisir.

– Raimond avait deux ans quand son père a perdu la vie de la manière la plus ignoble à Carcassonne, me raconte-t-il. Le comte de Foix l'a parrainé et il est apparu sur tous les champs de bataille d'ici à Balansiya, notre Valence, où il a combattu sous la bannière de Jacques. Le peuple respecte son lignage, il est de cette terre et une incarnation fidèle d'un homme de *paratge*[18], notre honneur et nos racines. Son retour à Carcassonne signifierait notre retour à tous sur nos terres, tôt ou tard. C'est pourquoi les Francs le craignent et le peuple souhaite son retour. Si nous échouons, je crains fort que ce ne soit la fin de nos aspirations à la liberté et que nous devions accepter la domination du roi de France et du pape de Rome. Nous vivrons alors dans l'espoir de récupérer une partie de nos terres en échange de la soumission.

– Une dernière chance ?

– C'est ce que pensent la plupart d'entre nous.

---

18. Idéal chevaleresque propre à l'Occitanie, fait de respect entre égaux, d'équité, de noblesse de cœur, d'honneur et de courage.

Je reste pensif. Si les rois de France envahissent à nouveau nos terres, l'Église des bons chrétiens perdra le peu d'autonomie qui lui reste, et mes frères et sœurs, bons hommes, parfaites, devront se cacher davantage encore. Je parcours du regard le camp militaire. Les hommes d'armes préparent leur repas sur des feux de fortune, les chevaux sont rassemblés et soignés par de jeunes pages tandis que les chefs, barons et seigneurs restent sous leurs tentes, aux couleurs de chacun et bien gardées. Un calme tendu règne sur le camp. On n'y entend ni rire ni le bruit des bagarres et des jeux qui occupaient le temps de la troupe à Majorque. L'espérance joyeuse du butin est absente aussi. Nous ne sommes pas plus de deux mille. Ici, pas de chevaliers du Temple ou d'autres ordres militaires, qui accompagnent toujours les aventures guerrières de nos seigneurs lorsqu'ils sont confrontés au Sarrasin… ou au cathare. Parce qu'il s'agit aussi de cela. Beaucoup de ces hommes qui campent dans un repli de l'Agly défendent, ou croient défendre, la religion des bons hommes, celle qui propose une foi libre de liens, celle que comprend si bien ce peuple du nord des montagnes pyrénéennes, celle qui accompagne si bien ses traditions de commerce ouvert et de libre arbitre; celle qui symbolise l'amour chanté par les troubadours parcourant notre pays. *Paratge*, en définitive.

Le soir, le fleuve s'illumine du reflet de dizaines de feux, autour desquels des groupes d'hommes du même peuple, de serviteurs ou de soldats de fortune au service d'un même chef de guerre se réunissent en partageant du pain et de la soupe et racontent en *nostre lengatge* les histoires de leur pays, de bergers, de chevaliers et de jeunes filles. De loups aussi, d'ours ou de meutes de chiens tueurs. Quand il se fait très tard, ils baissent la voix et se souviennent que dans les montagnes de leur enfance se cachent encore les sorcières et les démons qui enlèvent des enfants et les rendent en morceaux… Et peut-être quelqu'un osera-t-il, à cette heure tardive, partager ce qu'il sait, ou ce qu'il croit savoir, sur les bons hommes qui tiennent maison dans un village ou un autre, toujours prêts à disparaître au moindre revers, à accourir au lit de mort de tout bon chrétien ou à se laisser brûler par le premier curé furieux qui croise leur chemin.

Aujourd'hui, devant ces hommes qui défient le grand royaume de France pratiquement sans soutien, je ressens pour eux une immense affection. Bien que ma vie m'isole de plus en plus des autres, je ne peux m'empêcher d'éprouver envers ces soldats enthousiastes le triste respect de celui qui pressent que cette aventure ne finira guère bien : le respect qui est dû à tout David face au géant Goliath.

Les années m'ont peut-être rendu lâche, ou peut-être la nature de ce monde est-elle si claire à mes yeux que je n'attends plus qu'un dénouement sinistre. Mon pessimisme, toutefois, est loin d'être partagé par les soldats. Alors je décide, une fois de plus, d'unir mon destin, et mon esprit, à l'euphorie générale. Je combattrai les Francs et leurs alliés. C'est pourquoi, dans le camp de la rivière, la silhouette de Quéribus se détachant à l'horizon au ponant, je nettoie mon épée avec de la graisse de porc et aiguise son fil. Puis j'ajuste les sangles de cuir du bouclier, répare tant bien que mal ma cotte de mailles et lustre mon casque. Et je fais tout cela assis au milieu de la soldatesque de mon seigneur Chabert de Barbaira, qui m'a laissé choisir mon destin, comme toujours.

Quelques jours après l'installation du camp, l'ost n'espérant plus l'arrivée de nouvelles forces, les capitaines ordonnent le démontage des tentes et donnent le signal du départ en direction de la capitale du vicomte, Carcassonne, la forteresse des Trencavel.

Très habilement, notre commandant envoie des hérauts en avant de la colonne, avec pour mission d'informer de son retour les villageois et les bourgeois de tous les coins du pays. Une façon de remporter une victoire sans livrer bataille. Ainsi, aucune place ne nous résiste et nous devons à peine nous battre. Devant nous s'ouvrent les portes de Montréal, Montolieu,

Saissac, Limoux, Laurac, ainsi que de presque tous les châteaux que nous rencontrons au cours de notre lent cheminement vers Carcassonne. Certains seigneurs, il est vrai, pleins de haine contre les bons chrétiens que nous semblons représenter, ou contre les Trencavel, décident de conserver leur alliance avec le roi de France et persistent à garder fermées les portes de leur forteresse, mais ils sont si peu nombreux que ne nous daignons pas perdre notre temps avec eux. Ces traîtres sont dans l'erreur, mais chaque seigneur est maître de son fief, de la vie de ses serviteurs et de la sienne. Nous pourrions leur livrer bataille et notre bras ne faiblirait pas à l'heure de leur porter un coup fatal, mais chacun est libre de ses choix et ne peut donc pas être haï pour cela.

Il existe aussi des commandants venus du nord avec l'ost des envahisseurs de 1209 qui se sont installés, grâce aux Montfort, sur des terres dérobées il y a plus de trente ans. Ceux-là se cachent à notre passage, attendant le dénouement de cette aventure, qu'ils savent proche. Lorsque nous entrerons dans Carcassonne, ils jureront obéissance et fidélité à Trencavel.

Pas de combats en ligne, seulement des escarmouches, et toutes en notre faveur, ce qui alarme bien sûr le sénéchal de Carcassonne. Nous quittons Limoux quand nous apprenons que l'archevêque de Narbonne, l'évêque de Toulouse, les barons restés fidèles à la France ainsi qu'un grand nombre de clercs se sont réfugiés derrière les murs de la ville de Carcassonne.

– *Fort plan!* s'exclame Trencavel. Nous les capturerons tous à la fois. La victoire arrivera plus tôt que nous ne le pensions!

Le huitième jour de septembre 1240, les tours de Carcassonne apparaissent à l'horizon au moment où nous atteignons le sommet d'une colline. Un cri de joie spontané s'élève de nos rangs. Vue de loin, l'enceinte fortifiée dégage une prestance solennelle, qui devient menaçante plus nous nous rapprochons. Plus qu'un château, la forteresse est une ville fortifiée, qui occupe le sommet d'une colline et domine une rivière plus profonde que l'Agly que nous avons quitté il y a quelques semaines.

Nous avançons rapidement, entre vignobles et vergers. Des tours de la ville monte un grondement de cornes. Ce signal d'alarme avertit les bourgeois de l'arrivée d'un ost ennemi et appelle les travailleurs des campagnes à chercher refuge derrière les murs. Certains paysans se précipitent vers les portes, tandis que d'autres se dirigent vers notre colonne avec des gestes de joie. Dès qu'ils identifient Raimond Trencavel, ils se ruent pour embrasser ses bottes, faisant preuve d'une servilité exagérée que je considère indigne.

Le vicomte se penche vers eux et les interroge sans attendre au sujet des défenses de la ville. Les paysans ne savent rien. Alors Trencavel les oublie instantanément pour convoquer ses capitaines un peu plus loin, à l'écart de la troupe agitée.

Je ne puis entendre la discussion entre les nobles. Mais il est clair qu'Olivier est, avec Trencavel, le chevalier le plus écouté. Chabert n'intervient pas, fidèle à son habitude. Les différents seigneurs s'étant partagé le contrôle des accès de la ville, nous établissons donc les campements selon cette répartition. Chabert et Olivier joignent leurs positions, ce qui me réjouit énormément. Une fois les tentes montées, des tours de garde sont établis sur les routes et les sentiers. Les portes de la ville sont bloquées. Mon seigneur entend me donner le commandement d'un groupe de sergents chargés de la surveillance d'une barbacane, mais je refuse une telle responsabilité : je reste un scribe. Quoique ayant acquis de l'expérience au combat, je ne souhaite pas être considéré comme un soldat.

1240

Je monte mon abri légèrement à l'écart du reste de la troupe : le soir, les bruits et les odeurs les plus désagréables ne manquent jamais dans un campement. Alors que je suis sur le point de m'endormir, je devine dans l'obscurité, à l'entrée de ma tente, la silhouette d'Olivier de Termes, facilement reconnaissable pour moi, même s'il porte un grand manteau noir.

– Bonsoir, Olivier. Que me vaut cette visite ?

– Suis-moi, je t'expliquerai, ami Pèire. Enfile des vêtements sombres et suis-moi. Laisse ici ton épée, la dague suffira.

– Mais...

– Allons, scribe, le temps presse !

Malgré ma surprise, je m'emploie à suivre les instructions d'Olivier. Rapidement, je le rejoins à l'extérieur de ma tente. La nuit est douce, l'obscurité n'est pas totale : un croissant de lune me permet de deviner le regard sérieux d'Olivier.

– Suis-moi.

J'avance sur ses pas, nous nous éloignons du camp en direction des murs de Carcassonne. Une fois que nous en sommes proches, Olivier prend davantage de précautions pour ne pas attirer l'attention des guetteurs qui gardent la cité de Trencavel depuis les murs, mais aussi de nos propres sentinelles, ce qui me surprend beaucoup. Penchés et en silence, nous atteignons, à une centaine de pas de la forteresse, un chêne sous lequel nous nous accroupissons. Olivier s'approche alors de moi et commence à me parler si bas que je dois fournir un effort conséquent pour entendre ses paroles :

– Ami Pèire, je sais que je n'aurais pas dû t'amener ici, et encore moins sans explication. Mais le temps presse et je ne fais confiance à personne d'autre que toi.

– Je suis à vos ordres, Olivier. Mais, contez-moi tout, par Dieu.

Il sort d'une poche dissimulée un pli scellé, qu'il dépose entre mes mains.

– Pèire, il est important que tu remettes cette missive à l'évêque de Toulouse, Raimond du Falga. Il t'attend, tu te présenteras sous ton nom, de ma part.

Mon étonnement est tel que je ne puis articuler un mot. Olivier poursuit :

– Ne me juge pas, Pèire. Je ne suis pas un traître, tu le sais bien. Cela fait partie d'un plan dont je ne peux rien te révéler. N'as-tu pas toi-même certains secrets ?

Ce n'est pas le moment de se perdre en vaines questions qui resteront sans réponse :

– Qui suis-je pour juger Olivier de Termes et moins encore pour le soupçonner ? Il vous suffit de me l'ordonner pour que je remette ce document à qui bon vous semble, mais je ne vois pas le moyen de...

Un geste d'Olivier me fait taire. Je scrute l'obscurité. Bientôt apparaît une silhouette sombre, qui se penche sur nous. C'est une femme, dont je distingue à peine le fin visage. Elle ne perd pas de temps à me regarder. Olivier, déjà, s'adresse à elle :

– C'est lui.

Puis, à moi :

– Isangarde te conduira à l'évêque et te ramènera avant l'aube. Elle a toute ma confiance, Pèire. Merci, cher ami.

Je voudrais dire quelques mots, mais Isangarde prend ma main et la tire énergiquement. Comme un enfant, je me laisse guider, veillant à ne pas faire le moindre bruit. Nous nous dirigeons tout droit vers la muraille. Une fois à sa base, nous la suivons jusqu'à la barbacane voisine. Dans le mur s'ouvre une petite porte, dissimulée par des roches en apparence abandonnées là par hasard. Je passe à peine par l'ouverture, qui mène à un conduit sombre, dans lequel je suis mon guide. Isangarde s'accroupit, je l'imite. Elle porte une petite lampe, qui produit une faible lumière, suffisante néanmoins pour que je ne puisse détourner ma vue de ses courbes féminines. La nature du mal tente toujours d'émerger chez l'homme, aussi solennel que soit l'instant...

Nous avançons dans la poussière jusqu'à franchir une autre porte, laissée volontairement ouverte, et ressortons de l'autre côté du mur. Nous sommes dans Carcassonne. Isangarde secoue la poussière de ses vêtements et me regarde dans les yeux :

– Avant l'aube, je serai de retour pour fermer cette porte derrière vous. Ne perdez pas de temps !

– Mais où diable puis-je trouver l'évêque de Toulouse ?

– Cette ruelle mène au palais comtal. Vite, vite ! Et attention aux gardes : tout espion est exécuté sur-le-champ.

Mes expériences militaires m'ont appris que lorsque le moment est venu d'agir, les doutes ne siéent pas à l'esprit de celui qui veut conserver la vie. Alors je m'engage résolument dans la ruelle indiquée par Isangarde. La ville regorge de soldats, mais de nombreux étrangers fuyant l'ost des rebelles ont trouvé refuge ici. Si l'on m'arrête, je me ferai passer pour un marchand en quête d'une auberge.

Un calme tendu règne dans le bourg. Munies de torches, des patrouilles incessantes vont et viennent sur le chemin de ronde et dans les tours de défense, mais les rues sont plongées dans l'obscurité. Le palais comtal est en réalité une véritable forteresse située dans la partie la plus haute de la ville. On y accède par un pont jeté au-dessus d'un profond fossé sec. Deux tours massives, impressionnantes de hauteur, encadrent le portail d'entrée, fermé. Je m'approche des deux soldats montant la garde devant ce portail :

– Je dois parler à l'évêque de Toulouse ! C'est important !

Mon ton est ferme. Le garde le plus âgé me répond :

– Qui êtes-vous ?

– Pèire de Liziac, l'évêque m'attend. Vite, soldat !

Plus je durcis le ton, plus le doute s'installe chez le sergent. D'un geste de la tête, il envoie son camarade chercher des instructions. Après quelques instants, celui-ci revient accompagné d'un homme qui, au vu de ses vêtements, est un scribe ou un secrétaire. Je manque de perdre l'équilibre tant ma surprise est grande : devant moi se tient le mystérieux homme chauve que j'ai aperçu dix ans auparavant dans les rues en feu de Majorque. L'homme qu'Olivier de Termes suivait et qu'il a étreint. Les années ont passé pour lui aussi, mais l'absence de poil, cheveux, sourcils, rend difficile l'évaluation de son âge. Je calcule qu'il a plus ou moins le mien, environ trente-cinq ans, ou guère plus.

Ma surprise est telle qu'une fois de plus je reste sans voix, jusqu'à ce que l'inconnu s'avance vers moi :

– Vous désirez rencontrer Raimond du Falga, évêque de Toulouse, n'est-ce pas ?

– Oui... Oui, s'il vous plaît. Je suis Pèire de Liziac, envoyé par...

– Je sais qui vous mande, Pèire de Liziac ! Contrôlez cette langue si vous espérez la conserver !

Son ton n'admet aucune protestation. Alors je suis en silence l'homme qui s'est retourné et avance rapidement vers la porte, restée ouverte pendant que nous parlions, comme si la ville n'était pas assiégée, comme si ses occupants ne ressentaient aucune inquiétude. Il est vrai que le site est si récent que les Carcassonnais ne croient peut-être pas vraiment que leur ville puisse être prise. Ou peut-être qu'au fond la population a hâte de voir Raimond Trencavel remonter à cheval la rue menant au château comtal.

Derrière la porte, trois hommes armés nous attendent. Ils me retirent ma dague. Escorté par eux, je traverse la cour d'armes vers un escalier en bois menant au donjon. Les sergents s'arrêtent dans la première salle. Pour ma part, suivant mon hôte, je continue à monter par un escalier en pierre étroit jusqu'au deuxième niveau. Une grande cheminée, remplie de bûches, répand dans la salle une chaleur excessive en cette agréable fin d'été. Un homme est assis près de l'âtre. De petite stature, il porte l'habit détesté des dominicains : la tunique et le scapulaire blancs, la capuche et la chape noires. Une croix en métal pend à son cou. Dodu comme un porc près du sacrifice, signe d'une grande richesse, il se lève et s'approche de moi en soufflant. Je ne peux m'empêcher de sentir monter en moi une vague de colère en pensant que cet homme a envoyé beaucoup de mes frères sur le bûcher. Mais, malgré le grand dégoût que provoque en moi sa seule présence, je trouve dans son regard une étincelle d'intelligence. Il m'examine attentivement :

– Tu es Pèire de Liziac, n'est-ce pas ?

– En effet, éminence.

Sans perdre de temps, je sors de ma poche le document qu'Olivier m'a remis et le lui tends :

– Olivier de Termes m'envoie vous remettre cette missive, éminence.

L'homme scrute mon regard tout en saisissant le pli. Il brise le sceau, déplie l'épais papier et le lit attentivement tout en se dirigeant vers le feu. Puis il reste pensif quelques instants, relit la missive et, enfin, s'adresse à moi :

– Remercie Olivier de Termes. Dis-lui que ma réponse lui arrivera bientôt. Retire-toi.

Avant de quitter la pièce, j'ai le temps d'apercevoir Raimond du Falga jetant la missive au feu. Je presse le pas pour fuir au plus tôt, derrière mon guide chauve, vers les portes du château comtal. Je n'ai pas l'intention de lui adresser la parole, mais alors que je m'éloigne pour traverser le pont, il saisit mon bras :

– Pèire de Liziac, on m'a parlé de toi. Je te prie de pardonner mon ton devant les soldats. Je suis Bernat, nous nous reverrons, j'espère...

À nouveau, je reste sans voix. Bernat m'abandonne dans l'obscurité. J'aurai le temps de penser à cette mystérieuse soirée quand je serai de retour à ma tente. J'accélère le pas vers la barbacane, où j'espère retrouver Isangarde.

En effet, la femme m'attend près de l'entrée du tunnel, dont la porte est fermée. Je m'approche d'elle, souriant :

– Isangarde...

Je ne puis terminer la phrase car je reçois alors un terrible coup à la tête qui me provoque une telle douleur que je tombe à genoux, avant de m'évanouir.

1240

La douleur qui m'a fait perdre connaissance me ramène à la réalité. J'ai des nausées avant même d'ouvrir les yeux. Je porte mes mains à la tête. J'ai les cheveux gluants et je sens sous mes doigts une grande plaque de sang coagulé. Le coup a été énorme : on a dû utiliser un marteau d'armes pour m'assommer.

Je me trouve dans une pièce très exiguë, où je peine à me lever. Une lucarne dotée de barreaux métalliques laisse passer une légère clarté. Le sol est en terre. L'odeur pestilentielle d'urine et d'humidité me rappelle la puanteur des galères, que je croyais avoir oubliée. Je suis dans un cachot de Carcassonne, sans aucun doute. Vaincu par la souffrance, j'appuie mon dos contre le mur sale et glisse au sol. Je ferme les yeux, la douleur me retourne l'estomac, je finis par vomir de la bile. Comment ai-je pu me laisser surprendre de cette manière si stupide ? Isangarde m'a-t-elle trahi ? Peut-être est-elle aussi captive. Inutile de me poser ces questions maintenant : il sera temps de découvrir ce qu'il s'est passé lorsque j'aurai été libéré. Si jamais je sors un jour de ce cachot... Je perds à nouveau connaissance.

Je ne saurais dire combien de temps je reste dans cet état plus proche de la mort que du sommeil. Parfois, je reprends conscience, à mon grand désespoir. Au moins, quand je sommeille, je m'imagine que ma situation n'est qu'un mauvais rêve. Lorsque je retrouve enfin un peu de force, je découvre à mes côtés un seau d'eau fraîche et un demi-pain dur. Je bois jusqu'à l'épuisement et je dévore le pain, puis je défèque et j'urine dans le coin le plus éloigné. Je m'endors à nouveau, ma tête ne me fait presque plus mal. Je peux dès lors reprendre des forces.

Les premiers jours, je tente d'alterner les heures de sommeil avec de grossières tentatives de faire de l'exercice, mais l'espace dont je dispose est si réduit que j'abandonne rapidement. De temps à autre, les portes des cellules adjacentes s'ouvrent, dans un grand fracas de clés. J'entends dans le couloir le pas d'hommes, que j'interpelle. Parfois, c'est ma porte qui s'entrouvre pour faire place à un sergent armé qui change mon seau et me laisse de la nourriture, généralement du vieux pain. Comme ma captivité se prolonge, les heures se font plus longues, et mon esprit s'assombrit peu à peu. Je m'attendais au début à être exécuté à tout moment, aussi l'écho des portes me terrifiait-il. Mais comme je n'ai pas été tué dès les premières heures, peut-être suis-je réservé à un échange de prisonniers... Ma mission, toutefois, était secrète, et personne, sinon Olivier, ne sait que je suis à Carcassonne. Chabert peut-être... Mais que pourraient faire l'un ou l'autre sans se trahir devant Trencavel et les autres barons ? Le siège ne saurait durer éternellement. De plus, il semble que nous puissions conquérir la ville. Ce ne serait alors qu'une question de temps, mais combien de temps ? Un mois, trois mois ? Et si nous entrions dans l'hiver et que les soldats engagés aux côtés de Trencavel se retiraient après les quarante jours de service dus à leur seigneur ? Mon imagination crée les situations les plus extravagantes, jusqu'à ce que, dans un accès de lucidité, je décide de laisser mon destin entre les mains du bon Dieu, ou du diable lui-même, peu importe. Si je continue à penser, je vais devenir fou. Il est clair que si je veux survivre, je dois croire sans m'exalter à ma libération... Ce ne sera qu'une question de temps.

Est-ce le jour ou la nuit ? La lumière que j'aperçois pourrait être celle d'une torche placée près de la lucarne, je ne peux donc pas compter les jours non plus. Les horaires de mon garde changent sans cesse. Je pense qu'il s'occupe de moi quand il le peut, ou plus sûrement lorsque l'envie le prend. J'essaie de calculer le temps par le biais de mes propres défécations, qui ont toujours été régulières, mais je renonce finalement et me laisse emporter par un curieux état de tristesse légère, comme de léthargie ; une sorte de semi-veille dont je m'accommode. Cette torpeur m'enveloppe comme un nuage, à tel point que, à certains moments, j'en oublie presque mon malheur.

– *De pies, féniant*[19] ! hurle un garde si près de mon visage que je reçois des postillons sur la face dans une puanteur de vin. Allez, espion, tu dois te lever si tu ne veux pas que je te traîne dehors !

– Où... ?

– *Que disias*[20] ?

L'homme m'attrape par la capuche de mon manteau, me soulève sans effort apparent et me pousse par l'étroite porte de la cellule. J'ai du mal à garder l'équilibre, mais il ne convient pas de faire attendre cette brute. En empruntant de longs couloirs, nous montons vers la surface. Au moment où nous sortons en plein jour, je dois protéger mes yeux de la clarté, bien que le ciel soit nuageux. Nous nous trouvons dans la cour du château, je la reconnais même si je ne l'ai visitée que la nuit. Le garde me pousse sans délicatesse vers la porte, où Bernat m'attend, et me laisse en sa compagnie en me jetant un dernier regard menaçant.

Bernat prend la parole :

– Je suis désolé, Pèire, je n'ai rien pu faire jusqu'à maintenant. Des soldats ont surpris Isangarde, qui ne pouvait que vous vendre pour sauver sa propre vie. Ils l'ont relâchée, je n'en sais pas plus.

---

19. « Debout, fainéant ! », en occitan.
20. « Que dis-tu ? », en occitan.

– Combien de jours ai-je été enfermé ?

– Quinze jours. Pèire, tu dois quitter la ville et retourner avec les tiens. Si un soldat te reconnaît dans la ville... Et je ne peux rien faire, sauf te libérer en cet instant. Des ecclésiastiques quitteront la forteresse aujourd'hui, au terme d'un accord que nous avons conclu hier, après avoir perdu l'église Sainte-Marie, où ils s'étaient réfugiés lorsque les assaillants sont entrés dans le bourg. Ils iront librement jusqu'à l'abbaye de Fontfroide. Tu peux te joindre à eux. Tu les trouveras en milieu d'après-midi à la porte Narbonnaise. En attendant, suis-moi. Tu vas te laver et manger dans mes quartiers, et nous viendrons te chercher. Tu pues affreusement !

Je ne peux rien répondre, je me contente de le suivre.

J'ai pu me reposer un peu, manger et surtout me laver et changer de vêtements. Et l'on m'a rendu ma dague. Peu de temps après, je descends du château en direction du portail de la forteresse. Je n'ai pas eu le courage de poser des questions à Bernat sur sa relation avec Olivier de Termes. Je ne désire qu'une chose : sortir de cette ville, et j'utiliserai pour cela les quelques forces qui me restent.

Comme me l'a indiqué Bernat, un groupe d'une trentaine d'hommes, des clercs, des moines aux habits divers et un curé en soutane, s'est rassemblé. Ils se disputent avec véhémence, la tension est palpable. Quelques-uns sont juchés sur des mules, mais la plupart vont à pied. Je me joins au groupe sans saluer quiconque, et personne ne me demande quoi que ce soit. Ces hommes s'apprêtent à quitter la protection des murs de Carcassonne parce qu'ils savent que la ville va tomber, mais le voyage qui les attend est terrifiant. Les chefs des deux camps ont certes accepté de les laisser aller, mais la soldatesque des Trencavel est farouchement anticléricale et identifie l'Église de Rome aux envahisseurs francs, responsables de tous leurs maux. J'ai refusé de revêtir un habit religieux, quel qu'il soit. Par conviction, bien sûr, mais surtout par prudence. Je peux expliquer et justifier devant les miens ma présence parmi ces clercs, mais plus difficilement une soutane.

Un important groupe de soldats se positionne derrière nous. Je reconnais son chef : Raimond de Capendu. Je savais qu'il comptait parmi les défenseurs de la ville aux ordres du sénéchal du roi, ce qui m'avait surpris, car sa famille a été tenue pour hérétique pratiquante. Sa présence avec la troupe apparemment destinée à nous protéger m'inquiétant, je me laisse dépasser par les clercs, qui se mettent en marche. Fort heureusement, je passe inaperçu. Les gardes du dernier poste de surveillance pourraient même penser que je fais partie des soldats, si ce n'est que je ne porte d'autre arme que ma pauvre dague.

Nous avançons en silence et franchissons les portes de la ville. Derrière, à une distance hors de portée d'arbalète ou d'arc, les troupes des assiégeants attendent. Lorsque nous nous en approchons, ils s'écartent de part et d'autre de notre route. Les défenseurs de Carcassonne devraient maintenant nous quitter, mais j'entends dans mon dos les soldats murmurer et perçois le bruit métallique des épées qu'on dégaine. Je n'ai plus le temps de réfléchir. Je sors la dague et, poussant un cri féroce, je poignarde à la vue de tous le moine marchant à mes côtés. Ses yeux reflètent plus de surprise que de terreur. L'homme tombe à genoux devant moi en s'accrochant à mes jambes. Je lève à nouveau la dague sanglante et la plante fermement dans son cou. Le sang jaillit de la plaie et inonde mon visage. De la troupe de Capendu émerge un cri sauvage :

– Tuez-les, tuez-les !

Je suis submergé par les sergents de l'escorte, désireux de prouver devant l'ost de Trencavel qu'ils ont toujours été de leur côté, que leur trahison est réparée en ce moment avec ce crime abject. Les clercs disparaissent au milieu des soldats, qui sont déchaînés, sans opposer d'autre résistance que les larmes et les appels à la clémence, qui ne sont pas entendus. Ils tombent un par un sous les coups des hommes d'armes, rejoints par les manants se trouvant à proximité. Tout le monde veut planter son épée ou son poignard dans le ventre d'un prêtre. L'exécution devient un véritable carnage et les corps sont démembrés au milieu des acclamations sauvages et des rires.

Je continue à poignarder le corps sans vie de ma victime, afin de ne laisser aucun doute sur le camp dans lequel je me trouve.

Je suis le premier à crier :

– Trencavel ! *Paratge !*

Les hommes répètent mes cris alors que le massacre se termine. Je me retire du carnage avec un groupe de sergents échangeant des blagues sur les gémissements des victimes qui imploraient la clémence tout en urinant sur leurs bottes. Puis je me dirige vers l'endroit où j'ai laissé ma tente il y a déjà deux semaines.

Comme je m'y attendais, je ne la trouve pas. Je cherche Chabert de Barbaira. Mon seigneur ne doit pas être très loin, car il aime être avec ses hommes. Errant entre les tentes, je trouve les miens et étreins vigoureusement Hugues, qui me conduit sans tarder dans la tente de Chabert, absent, et me couche dans son lit. Vaincu par tant de mésaventures, et une telle horreur, je m'abandonne enfin à un sommeil que je désire réparateur.

– Pèire, Pèire, mais qu'est-il advenu de toi ? Où étais-tu ?

Chabert est assis à mes côtés. Sa présence me réconforte aussitôt. Lentement, je m'assois sur la couche.

– On te tenait pour mort, Pèire. Où étais-tu ?

– Je suis désolé, seigneur. Je viens de passer quinze jours dans un cachot de Carcassonne. J'ai pris beaucoup de risques le premier jour en m'approchant des murs et ai été capturé par une patrouille. J'ai été enfermé jusqu'à aujourd'hui. Je suis sorti avec le groupe de moines qui a été attaqué.

– Et vous avez pris une bonne revanche, d'après ce que j'ai pu voir, ajoute Hugues, qui se tient derrière Chabert.

– Eh bien, reprend Chabert, le fait est que tu es de retour ! Tu te reposeras ici ce soir. Hugues, apporte-lui de la nourriture et veille-le aujourd'hui. Demain, installe-lui une tente à proximité.

– Seigneur, je vais bien et ne veux pas occuper votre tente.

– Je t'ai dit de te reposer.

Chabert me donne une de ses tapes amicales, se lève et disparaît.

1240

Dès qu'il est informé de mon miraculeux retour, Olivier vient me rendre visite et me remercie pour mon sacrifice en m'embrassant. Il ne me demande pas de garder le secret de l'expédition : il sait que ce n'est pas nécessaire.

– J'ai compris qu'il était arrivé un malheur lorsque tu ne t'es pas présenté au matin. Un contact proche de l'évêque m'a fait savoir que la mission avait échoué, non pas à cause de toi, mais de la pauvre Isangarde, dont nous sommes sans nouvelles.

Je suppose que le contact d'Olivier est Bernat. En m'entendant raconter ce que l'évêque de Toulouse a fait de la lettre, Olivier reprend :

– Pèire, mon ami, la missive que tu as remise était une proposition de reddition pour Raimond du Falga destinée à éviter des morts inutiles. Je suis désolé que ta souffrance ait été vaine. Il fallait essayer. Je te prie de pardonner ma crédulité.

– Olivier, vous devrez me pardonner d'être tombé si grossièrement dans une embuscade et d'avoir créé ce tumulte en sortant avec les moines.

– Je n'ai rien à te pardonner. C'est ta vie que tu défendais. Quoi qu'il en soit, les ecclésiastiques ne seraient pas allés beaucoup plus loin. Ne sous-estime pas la haine de notre peuple envers le clergé de Rome.

Les nouvelles ne sont pas bonnes. Depuis mon retour, j'ai pu apprécier les progrès du siège. Nous avons pris le bourg en partie, occupant quelques quartiers, mais le sénéchal tient fermement, et aujourd'hui circule une rumeur selon laquelle le roi de France a envoyé une armée pour nous déloger. Trop pressés de pénétrer dans la ville et d'en finir, les assaillants commettent des erreurs. Le seigneur de Termes a ainsi tenté à lui seul de pénétrer dans Carcassonne par des tunnels et des portes secrètes, comme celle qui m'a coûté quinze jours de cachot, mais il n'y est pas parvenu. Les défenseurs de la ville sont fidèles aux Francs, ils connaissent le sort qui leur est réservé si nous entrons et ne manquent donc pas de motivation. Leur résistance est chaque jour plus féroce. Et ils savent désormais qu'une armée de secours s'approche pour rompre le siège. Leur ténacité exaspère nos soldats, dont le désespoir est tel qu'ils tentent en plein jour d'escalader les murs de la manière la plus absurde. Les jours passent et nous ne conquérons rien, et pas la moindre tour de défense ne tombe sous nos assauts. Il n'y aura ni butin pour les rebelles ni gloire pour leurs seigneurs. La bannière des Trencavel ne flottera plus jamais sur leur capitale. Raimond ne quitte plus sa tente et les autres capitaines de l'ost envisagent de renoncer.

Un éclaireur est revenu à marche forcée de Narbonne. Dans deux jours, la troupe du roi de France sera là. Et elle compte beaucoup d'hommes. Si nous gardons nos positions, nous sommes perdus. Alors nous démontons le campement dans un climat de panique. L'armée qui approche est importante, et nous ne la savions pas si proche ! Nos combattants se dispersent, jusqu'à ce que les barons leur barrent la route pour reconstituer le régiment et réinstaurer la discipline. Finalement, c'est dans l'ordre et dans l'honneur que nous nous éloignerons d'une place qui n'a pas capitulé. Nous perdrons la guerre, mais nous n'abandonnerons pas le *paratge*. Nous nous mettons en marche à minuit, à la lumière des flambeaux, emportant nos armes et du matériel. Au lever du soleil, les tours de Carcassonne ne sont plus visibles à l'horizon.

Nous marchons le reste de la journée en silence. Les soldats de l'arrière-garde se retournent souvent pour s'assurer que nous ne sommes pas poursuivis. Le château de Montréal, conquis auparavant, nous ouvre ses portes pour que nous y trouvions refuge, épuisés et la rage au cœur.

Les nouvelles qui arrivent du reste des terres des Trencavel ne sont pas bonnes non plus : toutes les places reconquises tombent une à une. L'aventure touche à sa fin.

À peine sommes-nous installés à Montréal que l'ost de Louis de France campe au pied de nos murs. Les Francs se dispersent autour de la petite ville fortifiée, tout comme nous le fîmes à Carcassonne il y a quelques semaines. Trencavel et les nobles se réunissent sans perdre de temps. Quelques minutes plus tard, Olivier de Termes, escorté de ses plus fidèles chevaliers, quitte la forteresse à la vue de tous les soldats : nos chefs vont négocier la capitulation. Olivier parlera au nom de Trencavel. La vie des hommes épuisés, installés dans les dépendances de Montréal, repose sur le résultat de la discussion avec les Francs. Je fais tellement confiance aux talents politiques de mon ami que je ne doute pas un instant de l'issue positive des négociations sur notre reddition.

Je me tiens près des portes du château afin de ne pas manquer le retour d'Olivier et, si possible, avoir des nouvelles par sa bouche. Mais Olivier ne réapparaît qu'à l'aube du lendemain. J'ai mal dormi, vêtu et armé, dans un chariot plein d'objets divers. Je souffre du dos : je crois que je ne suis pas encore remis de mes jours de cachot. Quand Olivier et son escorte passent les portes du château, je m'efforce de me trouver sur son chemin pour qu'il ne puisse pas ne pas me voir. Et de fait, il s'aperçoit immédiatement de ma présence. Son regard est sérieux, mais je distingue un clignement subtil de son œil gauche qui, sans aucun doute, m'est adressé. Comme il l'avait prévu, la négociation a été positive. Je m'allonge de nouveau sur le chariot, dans l'inconfort de ma couchette de fortune.

L'accord entre nos seigneurs et les Francs a été rapide et clair, malgré le temps écoulé depuis le départ d'Olivier. Personne n'a envie de dégainer son épée. Trencavel sait que sa vicomté est perdue. Olivier de Termes et les autres nobles n'obtiennent la vie sauve et le pardon royal qu'en se retirant sans livrer bataille. La décision de l'Église est tout autre : elle excommuniera tous ces nobles rebelles. Mais pour les faydits, une excommunication n'est pas un grave problème. Nombre d'entre eux ont déjà été excommuniés et pardonnés en maintes occasions par l'Église de Rome. Dans l'après-midi, les différents corps de soldats se rassemblent autour de leurs seigneurs. Têtes baissées, ils sortent de Montréal. Trencavel part le premier. Il retourne en Aragon, pour y guerroyer en tant que mercenaire aux côtés de Jacques Ier. Pour lui, comme pour tous les faydits, le rêve est terminé. Raimond ne porte pas de casque mais sa fine couronne de vicomte. Peut-être n'aura-t-il plus l'occasion de la porter...

Les hommes de Chabert sont parmi les derniers à quitter la place. La fière silhouette de mon seigneur dirige notre groupe, composé de chevaliers, que nous, soldats et sergents d'armes, tous montés à cheval, suivons en deux colonnes. Nous partons au trot puis, une fois dans la forêt, nous passons au galop lent qui caractérise Chabert, peu habitué à épargner des efforts à ses chevaux. Nous galopons ainsi tranquillement jusqu'au coucher du soleil. Ensuite, nous installons le camp autour d'un feu, et nous nous endormons sans jeux ni plaisanteries, et presque sans échanger de mots. Deux jours plus tard, Quéribus apparaît à l'horizon. Ce château ne se rendra jamais aux Francs, et ceux-ci le savent. C'est pourquoi ils ne se montrent jamais dans nos montagnes.

La tristesse de la troupe est atténuée par la vue de notre nid d'aigle. Nous avons tous laissé quelque chose ou quelqu'un sur cette terre, alors nous sommes heureux de la fouler à nouveau. Je suis l'un des plus satisfaits de revoir Quéribus, qui garde jalousement mes souvenirs de vie adulte ainsi qu'un autre secret qui me suivra jusqu'à la tombe.

Cependant, ces quelques semaines de campagne militaire ont laissé dans mon âme une empreinte plus profonde que la conquête de Majorque. J'étais alors novice et inexpérimenté, et mon engagement pour la cause défendue était fragile. Mais au cours de cette dernière aventure, j'ai beaucoup souffert. Je me sens vaincu, abattu, vidé. Les années ne se sont pas écoulées en vain, mon corps n'est plus celui d'un jeune scribe, même si je ne me considère pas encore vieux. Cette tristesse qui m'envahit en pénétrant dans la forteresse de Quéribus a une origine : Sybille n'est plus là à m'attendre, si tant est qu'elle m'ait attendu un jour, pas plus que la petite Chaberta, mariée loin du *castrum* qui l'a vue grandir. Peut-être Guilhem Bernat est-il mon seul souvenir de jeunesse encore présent.

J'ai vieilli et une vie de repos et de tâches routinières s'ouvre devant moi, qui espère une mort que je devrais déjà préparer. Je devrais oublier les seins d'Oda, les chevauchées avec Chabert, les repas copieux qui me laissent allongé jusqu'au lendemain. Mais Dieu bon, voilà que je ressemble à un véritable prélat de l'Église de Rome ! Où est ma foi ? Telles sont mes pensées alors que je pénètre dans ma maison de bois. Je l'ai beaucoup améliorée ces dernières années. Je lui ai adjoint un étage supplémentaire, où je dors, réservant le rez-de-chaussée à mon travail d'écriture et de notaire pour la communauté. Ici, l'on vient me rendre visite de tous les villages de la région pour rédiger des contrats, des testaments et d'autres procès-verbaux en échange de pièces de monnaie, d'un animal, d'un bon repas ou simplement d'une poignée de main. Une veuve m'a donné son corps contre un contrat de cession d'une grange à son gendre et, ma foi, j'ai profité de mon salaire.

Telle est la vie que je reprends à Quéribus à mon entrée dans ma trente-septième année de vie.

1243

Le bon homme est plus jeune que moi; pourtant, je m'incline trois fois devant lui, exécutant le *melhorier*, et le prie de m'offrir sa bénédiction. Il est venu seul. Sur son visage se lit l'épuisement d'une course intense avec peu de pauses. Il me donne sa bénédiction avec une certaine rapidité, j'en déduis que le message qu'il m'apporte est d'une grande importance.

– *Bonhome, Qu'a de besonh vos*[21] ?

– Seulement me reposer quelques heures, Pèire de Liziac. J'arrive de Montségur pour vous voir et, même si j'ai voyagé à cheval, mon corps a besoin de récupérer.

– Asseyez-vous, *messer*, je suis à votre disposition. Je vais envoyer chercher de la nourriture tout de suite.

– Donnez-moi un peu d'eau, ce sera suffisant.

Le jeune parfait extrait de son sac une coupe en métal, que je remplis d'eau.

– *N'i a pron aital*[22]. Merci.

Il ferme les yeux un instant en buvant avidement, puis reprend :

21. « Bon homme, de quoi avez-vous besoin ? », en occitan.
22. « Ce sera suffisant ainsi », en occitan.

– On vous réclame à Montségur, Pèire de Liziac.

– Qui donc ?

– Bertrand Marti, notre évêque. Vous devez vous présenter à lui dès que possible.

Guilhabert de Castres est mort il y a deux ans. La continuité à la tête de notre Église a été assumée par son « fils aîné », Bertrand Marti, qui lui a succédé comme évêque de Toulouse. C'est ce que savent la plupart des bons chrétiens. Nous savons aussi que notre communauté se réduit de jour en jour et qu'on rencontre de moins en moins de bons hommes sur nos chemins. Les maisons de femmes, nos couvents, où de nombreuses filles et mères venaient se réfugier pour chercher avec leurs sœurs le chemin du ciel, n'existent plus ; du moins, pas officiellement. Quéribus est l'un des derniers refuges pour nos parfaits, traqués par de féroces inquisiteurs. Qui sait si un jour nous succomberons aussi.

Pendant ce temps, Montségur, village de haute montagne sur la frontière aragonaise, est devenu un lieu de pèlerinage pour les croyants du monde entier. Ils viennent d'Italie, de France, d'Aragon, d'Allemagne… pour recevoir les enseignements de nos sages. Je n'ai pas visité notre capitale depuis mon entrevue avec Guilhabert. Cependant, j'ai reçu des informations grâce aux pèlerins qui bien souvent font halte à Quéribus à l'aller ou au retour de Montségur. Ils apparaissent sur le sentier, montent à Quéribus, où ils sont les bienvenus, se reposent entre nos murs pendant quelques heures, ou quelques jours, et reprennent leur chemin. Quant au pog de Montségur, il est bien protégé par les murs du *castrum* et, surtout, par les abîmes qui l'entourent, mais le jour arrivera, bientôt peut-être, où l'Église de Rome revendiquera le sang des derniers d'entre nous.

Je suis à la fois surpris et troublé par la requête de Bertrand Marti. Cela signifie-t-il que notre Église touche à sa fin sur cette terre ? Quoi qu'il en soit, je ne doute pas un instant de mon engagement : l'Église de mes parents me réclame une fois de plus, je répondrai à son appel.

Le bon homme insiste pour que nous partions immédiatement vers les montagnes, mais je ne le ferai pas avant de donner des explications pertinentes à Chabert, à son épouse et à Guilhem Bernat. J'oblige donc le jeune parfait à prendre du repos sur ma couche sous prétexte qu'il pourrait tuer son cheval s'il le force à repartir sans manger ni se reposer.

– Nous partirons demain à l'aube, mon frère, avec des montures fraîches et une fois que j'aurai rempli mes devoirs envers ma famille sur cette terre, qui m'offre sa protection depuis des années.

Le bon homme ne répond pas; dans le fond, je crois qu'il préfère m'abandonner les rênes de l'organisation du voyage jusqu'au pog.

Je monte aussitôt au donjon informer Chabert de Barbaira, occupé à discuter de questions administratives avec un groupe de paysans. Comprenant à mon seul regard que la raison de ma venue est importante, il ne tarde pas à couper court à la conversation avec les visiteurs, non sans les avertir de sa prochaine visite – une manière aimable de leur réclamer les impôts dus.

– Pèire, que se passe-t-il?

– Bertrand Marti réclame ma présence à Montségur dans les meilleurs délais. Je dois partir.

– Ce n'est pas une bonne nouvelle, Pèire. Il semblerait que Blanche de Castille, qui gouverne la France d'une main de fer au nom de son fils, a juré de venger la mort de quelques inquisiteurs passés au fil de l'épée par des chevaliers de Montségur il y a quelques mois. On raconte qu'une armée a quitté Carcassonne sous le commandement d'Hugues des Arcis, le nouveau sénéchal. Montségur est une place imprenable, mais les Francs n'oublieront jamais cette offense et tiennent enfin leur excuse pour essayer de décapiter l'Église des bons chrétiens une fois pour toutes. Que comptes-tu faire?

– Répondre à l'appel de Bertrand Marti, mon seigneur. Quel que soit son but, je dois me plier à sa volonté.

– La chronique...

– ... Elle est en sécurité. Elle sera redécouverte le moment venu. Nous avons tous les deux accompli notre tâche : vous, me protéger, et moi, la rédiger et la cacher.

– Alors, va. Ne tarde pas. Pars à l'aube et prends tes armes, tu en auras peut-être besoin. Hugues et quelques sergents t'accompagneront.

– Merci, mon seigneur, j'espère revenir bientôt.

Le coup que Chabert me donne à l'épaule en signe d'affection ne me déséquilibre plus depuis longtemps, parce que je suis plus fort que lui maintenant et parce que je m'y attends. Mais cette fois, je le ressens plus profondément que jamais. C'est un adieu entre deux amis. C'est pour cette raison que je pose la main sur son épaule.

– Merci, Chabert.

– Pars, scribe.

Le printemps en montagne est un chant à la vie. Nous avons galopé toute la matinée parmi les senteurs de pin, de fleurs et d'herbe fraîche. Nous sommes une troupe de six cavaliers. Nos sergents, avec Hugues à leur tête, sont équipés pour la guerre, afin de dissuader toute tentative d'attaque par les brigands qui infestent ces routes.

Nous passons Puylaurens qui, sous la coupe de Chabert depuis peu, contrôle une partie de la frontière toujours fluctuante entre l'Aragon et la France au gré de raisons politiques qui dépassent ma modeste intelligence. Émergeant d'une forêt de pins, la forteresse est impressionnante, avec ses tours et ses murs qui semblent surgir du rocher. Ce vent fou qu'est la *tramontana* disparaît, se changeant en brise fraîche. Plus nous montons, plus l'air se rafraîchit. Les animaux et les plantes semblent plus vifs, plus actifs. Nous croisons quelques chevreuils fuyant les hordes de loups. Puis, quand nous arrivons à Lavelanet, nous sommes surpris par une colonne de paysans marchant vers les montagnes du Fenouillèdes et du pays de Sault, domaine de la redoutable famille des seigneurs de Niort, défenseurs des cathares. Selon eux, le *castrum* de Montségur, que l'on devine déjà au milieu des nuages du coucher du soleil, sera assiégé par l'armée de Carcassonne dans quelques jours. Déjà, les troupes du sénéchal prennent position dans les prairies entourant le pog.

Je rassemble les soldats de mon escorte.

– Chers amis, votre protection doit prendre fin ici même. Une armée ennemie nous attend sur le chemin menant à Montségur. Nous ne sommes pas suffisamment nombreux pour forcer le passage, et même si nous y parvenions, vous ne pourriez pas repartir sans risquer votre vie. Je dois trouver le chemin pour atteindre ma destination, mais c'est là ma mission, non la vôtre. L'homme bon qui nous accompagne connaît un chemin discret conduisant jusqu'à la montagne. Dites à Chabert que vous m'avez escorté autant que je vous l'ai permis et que je vous ordonne maintenant de regagner Quéribus.

Hugues prend la parole :

– Quant à moi, *maese* Pèire, je vous accompagne jusqu'au pog de Montségur. Je suis un homme déjà âgé, et si le temps est venu de me battre pour défendre notre foi, quel meilleur endroit pour gagner le laissez-passer pour le paradis ? Vous autres, vous pouvez repartir en paix. *Adieu !*

1243

Nous voici donc trois, le parfait, Hugues et moi. Pour la première fois depuis toutes ces années, c'est à moi de frapper l'épaule du sergent, à la manière de Chabert et d'Olivier de Termes. Nous sourions en dirigeant les chevaux vers le chemin menant à Montségur.

Tandis que nous progressons dans sa direction, le *castrum* semble se cacher dans la montagne. Un jour avant de l'atteindre, on devine entre les sommets des Pyrénées sa silhouette évoquant la poitrine ronde d'une femme allaitante. Cependant, quand on s'approche encore du pog, il semble s'éloigner dans le ciel et disparaît soudainement. Nous sommes au pied de notre montagne sacrée, si haute qu'elle se perd dans le brouillard, si près du soleil qu'elle meurtrit la vue de celui qui essaie de la contempler. Montségur trompe l'œil du voyageur. Elle semble attirante et proche, mais il faut toujours la conquérir.

Le bon homme, qui est resté silencieux pendant le voyage, conduit notre petite troupe jusqu'au pied d'une falaise. Il met alors pied à terre et se tourne vers nous :

– Je ne pense pas que les Francs aient pu bloquer l'accès au *castrum* en si peu de temps, aussi nombreux soient-ils. Nous devons abandonner les chevaux ici.

Sans hésitation, nous libérons nos montures et suivons le parfait, qui disparaît déjà entre les rochers par un sentier à peine visible. L'ascension dure le reste de la journée. Nous passons par des crêtes, escaladons des rochers. Plus d'une fois, je crains de perdre l'équilibre et de disparaître à jamais dans les gouffres qui nous entourent. Enfin, alors qu'à peine un rayon de lumière guide nos pas, nous débouchons comme par magie au pied d'une muraille. Nous la suivons jusqu'à une imposante porte de bois. Le parfait frappe vigoureusement, une tête hirsute apparaît par-dessus le mur. La porte s'ouvre dans un fort grincement. Nous sommes à Montségur.

Le village est surpeuplé, il n'y a aucun doute. Les maisons sont, pour la plupart, des cabanes de bois semblables à mon logis de Quéribus. De nombreuses personnes y vivent entassées. Je ne vois aucun homme à l'entour : nous nous trouvons dans le quartier des femmes. Les servantes se mêlent aux parfaites, vêtues de longs manteaux noirs et les cheveux cachés par des bonnets de même couleur.

Toutes sont extrêmement maigres. En nous croisant, elles s'inclinent devant le bon homme et évitent son regard, comme le veut la règle. Au sommet du *castrum*, je reconnais le donjon du seigneur du lieu. Dans ma jeunesse, j'ai été accueilli par Guilhabert de Castres dans une maison voisine. C'est précisément jusqu'à la *domus* en question que nous conduit notre guide. Il frappe deux fois à la porte et entre sans attendre. Je me rappelle ma première visite, même si là où il y avait alors une table misérable et deux tabourets se trouvent aujourd'hui des meubles solides, une table en bois sculpté et un grand bahut renforcé de fer, ainsi que de confortables fauteuils en cuir et en bois. Les tasses en métal et les bols en bois posés sur la table contiennent encore le dîner de notre hôte. L'odeur m'indique un pâté de poisson et du pain, la nourriture traditionnelle de nos parfaits.

Un homme très maigre, plus petit que moi et arborant une longue barbe encore noire, se lève et se dirige vers nous. Notre compagnon s'incline trois fois devant lui. Hugues et moi l'imitons. Il ne peut s'agir que de Bertrand Marti, le guide spirituel des seuls vrais croyants. Je lui demande sa bénédiction :

– *Bon crestiá, balbatz-nos la benediccion de Dieu e de vos.*

– *Ajatz-la de Dieu e de nous*, répond-il avec un large sourire.

Je m'agenouille devant lui, comme j'ai vu mes parents le faire avec Guilhabert. Il me relève aussitôt en me prenant par les épaules.

– Pèire de Liziac, quelle joie de te rencontrer. J'ai beaucoup entendu parler de toi.

Puis il se tourne vers le bon homme, qui se tient toujours à nos côtés :

– Frère, tu devrais conduire cet homme dans un endroit confortable et sûr. Il doit être fatigué. Comment t'appelles-tu ?

– Je suis Hugues de Cucugnan, bon chrétien. J'accompagne *messer* Pèire et j'offre ma vie pour la défense de Montségur, si cela est nécessaire.

Bertrand prend les mains d'Hugues et le regarde quelques instants.

– Il est de notre devoir de maintenir la flamme vivante. Pas pour nous, mais pour indiquer aux âmes à naître qui le mériteront le chemin vers le ciel. Merci, Hugues de Cucugnan.

Le jeune parfait sort avec Hugues. Bertrand se tourne vers moi :

– Assieds-toi, Pèire de Liziac.

J'obéis, profitant de l'instant pour examiner l'évêque de Toulouse. Son regard n'est pas aussi froid que celui de Guilhabert, qui impressionnait par sa profondeur et sa sagesse. Bertrand est plus chaleureux, de la bonté émane de lui, ses épaules voûtées trahissant toutefois une grande lassitude.

– Merci d'être venu, mon cher Pèire. Tu seras heureux d'apprendre que notre Ancien Guilhabert avait une très bonne opinion de toi. Avant de quitter ce monde, il m'a informé de la tâche qui t'a été confiée ici, en 1225. Que peux-tu m'en dire, Pèire ?

– Bon chrétien, j'ai accompli la mission que Guilhabert de Castres m'a confiée. J'ai rédigé la chronique de notre Église du mieux que j'ai su, en m'aidant de notre Bible et des enseignements de Guilhabert. Le manuscrit est caché depuis des années.

– Ne m'en dis pas plus, Pèire. Je ne veux pas connaître le lieu. Qui d'autre le sait ?

– Chabert de Barbaira, seigneur de Quéribus. Il a protégé mon travail et m'a entretenu pendant ces années, mais il ne connaît pas l'endroit.

– Si le manuscrit se trouve à Quéribus, tu devras le cacher ailleurs, car il serait facile de déduire des lieux où tu as vécu celui de la cachette.

– Je le ferai.

– Mais ta tâche ne se limite pas à la chronique, Pèire. Soupons.

Nous nous asseyons côte à côte. Bertrand m'offre une écuelle et une coupe autres que les siennes, et partage sa maigre ration de pain en deux. Nous mangeons tranquillement. À la fin du repas, le bon homme retire les plats sans me permettre de me lever, les nettoie dans un seau d'eau à moitié rempli et s'assied à nouveau à mes côtés. Pendant quelques secondes, je crois vivre pour la deuxième fois ma rencontre avec Guilhabert de Castres. Bertrand rapproche son siège et se penche vers moi.

– Demain, tu rencontreras Raimond de Péreille, notre hôte à Montségur. Il sait combien tu es important pour notre Église, même s'il ignore la nature de ta mission – et il doit continuer à en être ainsi. Ensuite, visite notre refuge, découvre-le, et reviens ici à la fin de la journée. Nous avons beaucoup à nous dire, Pèire de Liziac. Je te dévoilerai les dernières étapes de ta mission, et tu devras décider si tu acceptes de les parcourir. Mais tout cela, c'est pour demain. Prions.

Dans l'obscurité croissante, nous unissons nos murmures dans une prière profonde et lente, qui monte silencieusement du sommet de Montségur jusqu'aux portes mêmes du ciel, que jamais je n'ai senti si proche.

Bertrand Marti m'a fait préparer un lit dans une maison occupée par trois bons hommes. Nous sommes ainsi quatre dans une chambre de même dimension que ma cabane à Quéribus. Mes compagnons sont des hommes très discrets. Deux d'entre eux, nommés Méard Claret et Romeu de Néfiach, travaillent pour vivre : pendant la journée, ils tissent dans un atelier du village. Le troisième, Seurin de Puivert, n'a d'activité que spirituelle. Il passe une grande partie de la journée à lire notre Bible, participe à toutes les cérémonies et reste durant la nuit plusieurs heures plongé dans un profond silence, assis sous la lune malgré le froid de la haute montagne. Tous trois mangent très peu. Qui plus est, Seurin de Puivert dédaigne la plupart des repas. Il n'est pas en *endura* déclarée mais, selon mes autres compagnons, sa condition physique se dégrade rapidement, à mesure que les portes du ciel s'ouvrent pour lui. Il n'y a aucune inquiétude dans les mots de ces bons chrétiens : ils se réjouissent pour Seurin et l'accompagnent dans son cheminement conscient vers la mort.

Le lendemain de mon arrivée, suivant les recommandations de Bertrand, je me présente devant Raimond de Péreille, seigneur de Montségur. Il réside dans la haute tour qui domine le village ainsi que les vallées et les sommets les plus proches. Il doit avoir sensiblement le même âge que Chabert, mais semble plus fatigué, moins robuste. Il me reçoit courtoisement, sans me demander la raison de ma visite. Après avoir pris des nouvelles de Chabert de Barbaira, qu'il connaît et admire pour sa résistance farouche à l'envahisseur, il me présente sa famille : ses filles Esclarmonde et Filipa, ainsi que le mari de cette dernière, le noble Pierre-Roger de Mirepoix. J'ai appris par Hugues, qui intègre la garnison de la ville, que ce seigneur est le chef des défenseurs et a pris part à de nombreuses batailles contre les Francs et leurs alliés. Il a aussi participé au massacre des inquisiteurs d'Avignonet[23]. Fort,

23. Massacre du tribunal de l'Inquisition toulousaine, soit onze personnes, perpétré le 28 mai 1242 à Avignonet-Lauragais (Haute-Garonne) par des soldats venus de Montségur, dirigés par Pierre-Roger de Mirepoix.

les cheveux longs et le regard déterminé, il dégage de la puissance dans l'étreinte fraternelle que nous échangeons en tant que bons chrétiens.

Je suis une fois de plus attiré par la compagnie des guerriers, des hommes impétueux et farouches. Le salut que je reçois de sa femme Filipa et de sa belle-sœur Esclarmonde est une légère inclinaison de tête, comme il sied à des dames nobles, à laquelle je réponds de la même manière. Pourtant, Esclarmonde de Péreille lève les yeux en réponse à mon salut et m'offre un regard d'un bleu clair dont la pureté et la transparence me paralysent.

Raimond me conduit par l'escalier de bois vers la terrasse du dernier étage, d'où il me montre le spectacle des troupes du sénéchal de Carcassonne réparties dans les champs au pied de notre montagne. Dans ce majestueux paysage, les soldats m'évoquent de laborieuses fourmis tentant de se déployer pour couvrir tout le terrain et nous priver de toute possibilité d'évasion.

– Comme tu peux le voir, Pèire, l'armée du sénéchal de Carcassonne ne suffit pas à bloquer tous les chemins jusqu'à Montségur. Elle ne compte pas plus de trois mille hommes, un nombre inférieur à celui des sentiers que nous pouvons emprunter. Pour l'instant, ces troupes ne peuvent occuper que le côté sud du pog, la voie d'accès naturelle. Tant qu'elles laisseront libres les autres flancs, qui semblent inaccessibles, nous ne manquerons de rien et pourrons entrer et sortir sans peine. D'autre part, tu peux observer les trois lignes de défense bloquant le sentier principal et la pente vers les prairies de la vallée. Ils ne nous vaincront pas par les armes, du moins pour le moment, et encore moins avec des troupes aussi peu nombreuses. Mais d'autres soldats viendront – Raimond de Péreille se tourne vers moi, le regard grave – et finiront par trouver un moyen de nous détruire, quoi qu'en pense mon gendre, Pierre-Roger, convaincu de pouvoir les contenir avec ses deux cents soldats. Il le pourra peut-être, mais si ta vie est aussi précieuse pour notre Église que le prétend monseigneur Bertrand Marti, alors tu devras repartir avant le blocus total.

– Je ne peux pas encore partir, *messer* Raimond. Combien de temps pensez-vous que cela prendra ?

– Quelques semaines, peut-être quelques mois. Si nous parvenons à résister jusqu'à l'automne, beaucoup de ces soldats de Carcassonne partiront. C'est mon espoir.

– Et le comte de Toulouse ? N'enverra-t-il pas d'armée pour nous délivrer ? Il perd lui aussi son indépendance si Montségur tombe.

Raimond de Péreille baisse la tête :

– Raimond de Toulouse n'apprécie pas notre Église. Il est vrai qu'il perdra ici une grande partie du peu de souveraineté qui lui reste, mais pour lui, les bons chrétiens sont responsables de son malheur, la cause de la croisade qui a anéanti les espoirs de Toulouse de devenir un royaume indépendant. Il ne bougera pas un doigt pour nous. Le massacre des inquisiteurs à Avignonet a été une grave erreur de la part de mon gendre et le prétexte dont Blanche de Castille, mère de Louis IX, avait besoin pour en finir avec notre Église, quel qu'en soit le coût. Non, Pèire, nous n'obtiendrons l'aide de personne. Je te demande de ne pas le révéler, mais tu dois savoir que nous sommes seuls.

1243

Je suis surpris de la sincérité du seigneur de Montségur. J'apprécie par ailleurs la confiance qu'il m'accorde. Je descends de la haute tour avec, dans l'âme, une tristesse infinie, et passe le reste de la journée à errer et à découvrir les recoins du village. Montségur est un havre de paix, un espace de vie calme et serein. Les bons hommes se mêlent aux habitants du lieu. Ils représentent même plus de la moitié de la population, qui dépasse quatre cents personnes. Le respect manifesté par les soldats et les habitants du bourg à leur égard est touchant. Je croise à tout moment des parfaits bénissant naturellement dans la rue, en toute liberté.

Je descends un peu la pente vers la vallée, sur la face sud du pog, pour me faire une idée plus précise des défenses. Les trois lignes de fortification semblent impénétrables. Comment Raimond de Péreille peut-il être si pessimiste ? En déambulant dans les ruelles, je me retrouve une fois de plus dans le quartier des femmes, à une extrémité de la crête qu'occupe le village fortifié. Les bonnes femmes portent une ample robe noire et un bonnet cache leurs cheveux. Soucieux de ne pas les mettre mal à l'aise, je garde les yeux fixés au sol lorsque je croise l'une d'elles.

– *Maese* Pèire.

Je lève les yeux. Esclarmonde de Péreille se tient devant moi, souriante. Elle ne porte pas les vêtements d'une parfaite, même si ses cheveux sont soigneusement cachés sous un voile foncé. Elle prend la liberté de m'interpeller, curieuse :

– Je suis heureuse de vous rencontrer. Mon père affirme que vous êtes un homme très important pour notre Église, sans pour autant me dire pourquoi. Pardonnez mon audace...

– Ne vous inquiétez pas, Esclarmonde. J'apprécie votre franchise. Je suis loin d'être aussi important que votre père le croit, et vous me voyez fort heureux de vous rencontrer.

– Est-ce votre première visite à Montségur ?

– Non, mais je n'étais pas venu depuis de nombreuses années... Possiblement avant votre naissance !

La simplicité et la spontanéité de cette jeune femme me touchent. Debout dans la rue, nous continuons à discuter suffisamment longtemps pour attirer des regards de réprobation de la part de parfaites, qui prennent soin de s'écarter lorsqu'elles nous trouvent sur leur chemin. Nous nous séparons finalement au terme d'une longue conversation au cours de laquelle Esclarmonde, en toute innocence, m'a raconté une grande partie de sa jeune vie.

Au milieu de tant d'ascètes se vouant au jeûne, j'ai un peu honte de penser au dîner. C'est sûrement l'air froid des montagnes. Je rentre chez moi, disposé à convier mes compagnons si tant est que nous trouvions ici une auberge ou une taverne. Quelle n'est pas ma surprise quand, à mon arrivée, je découvre un pot de fèves en pleine cuisson. Seurin de Puivert, qui l'a préparé pour nous, m'invite joyeusement à m'asseoir. Ses partenaires se présentent alors à la porte, nous nous mettons tous à table. Ensemble, nous récitons notre *Pater*. Je demande la bénédiction du pain, que Seurin de Puivert accomplit avec bonté, m'avertissant, comme le veut la coutume, que le pain n'est la viande de personne mais juste du grain moulu. Il nous sert lui-même des bols de fèves et distribue le pain, puis reste assis à notre table pendant que nous mangeons. En réponse à mon expression de surprise, il m'adresse un sourire bienveillant. Son sacrifice n'en est pas un pour lui, à en croire son visage rayonnant de bonheur.

Lorsque je me présente chez Bertrand Marti, je le trouve occupé à prier. Je l'accompagne pour le dernier *Pater*. Puis nous nous asseyons à la table, sur laquelle est posé un coffre de deux palmes de côté pour une de hauteur. Sereinement, l'évêque prend la parole d'une voix presque inaudible :

– Notre Église est née à l'aube des temps, Pèire. Les hommes ne nous connaissent que depuis quelques siècles. Pourtant, nous accompagnons l'humanité depuis la création du monde. Si tu acceptes de compléter ta mission par une nouvelle tâche aussi importante que la rédaction de la chronique, je te révélerai nos secrets les plus anciens et tu seras dépositaire des trésors les plus précieux. Tu intégreras dans ta chronique le contenu de nos textes les plus sacrés, et tu devras donc les apprendre de ma bouche.

Saisi par l'émotion, je sens ma gorge s'assécher.

– Bon chrétien, je suis au service de notre Église depuis mon entrée dans cette maison, il y a dix-huit ans. Je ne saurais consacrer mon temps sur cette terre à autre chose qu'à la servir, dussé-je le payer de ma vie.

– Il se peut qu'il en soit ainsi, Pèire. L'avenir est incertain, aujourd'hui plus que jamais. Je te remercie de ton sacrifice, même si je ne puis rien t'offrir qui puisse te récompenser. Dieu reconnaîtra ton dévouement.

Très délicatement et en silence, Bertrand Marti ouvre sous mes yeux le coffre de bois. Le trésor de l'*Égleisa del Bé* apparaît devant moi, révélant ses textes les plus profonds, ses traités les plus anciens, ses infinies richesses spirituelles. Certains textes sont des parchemins ancestraux, la plupart sous forme de rouleau. D'autres sont des livres de quelques pages. Ils ne sont pas plus d'une vingtaine au total, mais ils renferment les secrets les plus anciens. Les livres que Guilhabert de Castres me confia à l'époque étaient la partie la plus visible de la doctrine du catharisme; les documents que Bertrand m'offre à présent sont la base même de nos croyances.

L'évêque lit alors pour moi quelques textes me conduisant jusqu'à l'aube de l'humanité, au début du monde. Les mots manuscrits, qui recueillent des siècles de pensée religieuse, me sont dévoilés. L'Église des bons chrétiens dépose en moi ses paroles les plus sacrées. Si notre évêque le souhaite, je serai le secrétaire ultime, un homme non consolé, engagé dans ce monde et prisonnier du diable. Mais je ne peux m'empêcher de me questionner : pourquoi ai-je été choisi plutôt que l'un des bons hommes qui seraient ravis d'offrir leur vie pour protéger de si grands secrets? Peut-être mon Église considère-t-elle que le fait d'avoir des liens matériels me rendra plus prudent, plus conscient de l'infinie tragédie qui tomberait sur les humains si ce trésor était perdu. Un bon homme, consolé, est plus proche de sa propre mort et du monde des cieux que de cette terre de mal. Un simple croyant comme moi sera mieux à même d'assurer ici-bas la survie de notre témoignage, de notre patrimoine.

Je ne comprends pas tout des documents que je vais compulser. Pourtant, je vais devoir les inclure dans ma chronique sur les derniers jours de l'Église du Bien. Ils vont doubler le volume de mon manuscrit, mais celui-ci sera toujours gérable et je serai en mesure de le cacher facilement.

Le trésor matériel qui accompagne les textes occupe un autre coffre, plus grand que le premier. Il se compose de sacs pleins à craquer de pièces d'or de différents royaumes et de figurines d'or le plus fin. Il comprend également des pierres précieuses de toutes couleurs et tailles, mais surtout une autre relique d'une valeur fabuleuse que je découvre en tremblant.

– Ces richesses, me confie Bertrand Marti, permettront à notre Église de resurgir de l'ombre où les démons romains croient nous avoir précipités à jamais. Nos frères de demain pourront les échanger contre leur valeur en argent et contribuer à la renaissance de notre doctrine. Ton travail consistera non seulement à préserver notre patrimoine spirituel pour les générations futures, en l'intégrant à ta chronique, mais aussi à mettre en sécurité, dans un lieu choisi par toi, notre trésor matériel et à laisser sur cette terre les indices nécessaires pour permettre leur redécouverte lorsque viendra le temps de notre renaissance.

1244

Nos troupes, bien organisées sous le commandement de Pierre-Roger de Mirepoix, n'éprouvent guère de difficultés à repousser les timides attaques ennemies. Les murs défensifs et la pente si naturellement raide rendent leur position trop délicate. Ayant déjà participé à plusieurs guerres, j'ai proposé à notre capitaine de prendre un quart de garde, mais il rejette poliment mon offre :

– Je sais par Hugues que vous avez participé à la conquête de Majorque avec le roi Jacques et que vous avez beaucoup souffert au malheureux siège de Carcassonne. Vous avez bien sûr des connaissances militaires de grande valeur pour avoir bataillé à plusieurs reprises avec le seigneur de Quéribus, mais votre mission à Montségur est autre. Je ne la connais pas, mais vous êtes très précieux pour notre évêque, c'est une raison suffisante pour préserver votre vie à tout prix. Je vous remercie beaucoup de cette offre qui vous honore, *maese* Pèire.

Je comprends les motivations du guerrier. Du reste, ma participation aux affaires militaires ne changerait guère notre sort. Les sergents sont très motivés, beaucoup sont de bons croyants depuis des générations, et l'honneur de défendre leur Église les rend plus redoutables. Ils ont dû franchir les lignes ennemies pour nous rejoindre. D'autres, tourmentés par la culpabilité, ont préféré déserter l'armée d'Hugues des Arcis et combattre à nos côtés pour sauver leur âme.

Mes premières semaines au pog sont consacrées à l'étude et au travail. Je me rends tous les après-midi à la *domus* de Bertrand Marti. J'étudie les textes à la lueur des chandelles, jusque tard dans la nuit, notant sous sa dictée ses commentaires et explications. Je profite des matins clairs de ce printemps pour errer dans les rues, parler avec les habitants du village et essayer de croiser, en apparence par chance, Esclarmonde de Péreille. J'y parviens souvent. Je soupçonne du reste la jeune femme de ne pas tenter non plus d'éviter nos rencontres. Peu à peu, nous passons du hasard à l'habitude et nous nous retrouvons sciemment dans la rue, au vu de tous, le matin.

Très curieuse, Esclarmonde aime entendre mes récits de voyage, de combats. Elle exige de moi des descriptions détaillées de Perpignan, de Barcelone et surtout de Majorque. Je lui ai conté la traversée en mer, les îles Columbretes infestées de vermine et l'aspect terrible des guerriers sarrasins. Elle m'interroge également sur le roi Jacques Ier et la cour. Parfois, son rire résonne dans les ruelles. Nous recevons alors plus d'un regard de réprobation de la part de religieux croisant notre chemin.

– Votre nom, Esclarmonde, se traduit par « celle qui éclaire le monde », et la vérité est que votre rire apporte lumière et éclat au soleil lui-même.

Cette simple réflexion a jailli de mon âme, et je le regrette sur-le-champ. La jeune femme se tait. Nous continuons à marcher quelques minutes, jusqu'à ce qu'elle murmure :

– Je dois rentrer chez moi.

– Bien sûr… Excusez-moi, s'il vous plaît.

Esclarmonde s'éloigne de quelques pas. Puis elle se retourne, hésitante, et me sourit :

– À demain, *maese* Pèire.

De temps en temps, les cris d'un combat sur les murs les plus éloignés montent vers nous. Mais ils nous semblent lointains. Les soldats n'échangent guère d'informations avec les habitants du pog. Je rends visite à Hugues à plusieurs reprises. Il n'est pas inquiet, mais je le soupçonne de ne pas vouloir me perturber.

L'été arrive sans changement significatif de notre côté. Ont été ajoutés à l'armée française des détachements que je ne puis identifier depuis le *castrum*. L'encerclement se resserre, mais nous restons en contact avec l'extérieur sans trop de difficulté. Nous recevons suffisamment de nourriture par les chemins connus des seuls habitants, et l'eau ne manque pas sur le pog. Cependant, à partir de l'automne, les combats sur nos murs se font de plus en plus durs. Nous commençons à perdre des hommes, ce qui provoque chez nos civils et nos religieux une réaction de profonde préoccupation. Il semble que nous prenions enfin conscience de la réalité du siège que subit Montségur. Les regards deviennent plus graves, les rues plus silencieuses.

Nous avons lu, Bertrand Marti et moi, les textes cachés de l'*Égleisa del Bé*. Je ne comprends pas toujours l'étendue des révélations que je note, ma formation théologique est trop pauvre. Je ne suis qu'un scribe, et mon mandat n'est pas d'analyser la doctrine de mon Église, mais de la transmettre. Cependant, dans les paroles que j'écris sous la dictée, je distingue la semence du monde nouveau qui pourrait en émerger. Mon Église est née avec le bon Univers et nous y ramènera, quand bien même le mal croirait l'avoir vaincue. Toutes ces révélations devraient me détacher des faiblesses de cette terre, mais ma nature humaine est plus forte que ma foi religieuse. Bertrand Marti le sait bien, qui ne pratique avec moi aucun rituel sinon les plus courants. Il en avait été également ainsi avec Guilhabert de Castres à l'époque, ce que je réalise maintenant, quand la plupart de mes pensées pendant les heures d'étude s'envolent vers la prochaine rencontre avec la jeune Esclarmonde.

Je ne devrais pas parler d'attirance charnelle entre elle et moi, parce qu'il n'y en a pas eu et qu'il n'y en aura pas. Ni de sa part, ni de la mienne. Je suis un homme déjà mûr, j'ai eu quarante ans et je suis parfois épuisé par les continuelles montées et descentes du *castrum*. Je préfère la plaine. Je parcours la dernière étape de ma vie sur cette terre. C'est pourquoi je ne vois pas Esclarmonde, qui a moins de vingt ans, comme une femme avec qui coucher mais comme une âme amie avec laquelle partager des sentiments, des instants, des réflexions. Elle me conduit depuis peu sur la terrasse du donjon, où j'ai bavardé avec son père il y a quelques mois. Nous essayons de deviner les mouvements des troupes au pied du pog. On dirait des insectes affolés qui tournent en rond inutilement. Cependant, par un froid matin d'octobre, nous découvrons que les assaillants construisent des machines de guerre. J'ai vu fonctionner à Majorque ces ingénieux engins et je connais les dégâts qu'ils peuvent provoquer, mais j'espère qu'ils ne parviendront pas à envoyer leurs projectiles jusqu'à nous. Et il en est ainsi. Les pierres que lancent ces machines atteignent difficilement le premier mur. Souvent, elles touchent terre avant même de l'atteindre et redescendent en roulant au milieu des assaillants, ce qui provoque un grand désordre parmi eux.

Depuis que Bertrand Marti et moi avons terminé l'interprétation des textes, j'ai beaucoup de temps libre. Novembre est gris, triste. Nos hommes sont fatigués. Les sbires du roi de France tentent par tous les moyens de prendre nos murailles, mais nous résistons toujours, repoussant leurs attaques un jour après l'autre. Bertrand insiste pour que je fuie Montségur en emportant le trésor dès que possible avec des guides de confiance, mais mon âme saigne à l'idée d'abandonner mes frères et surtout Esclarmonde.

Désormais, même les routes les plus cachées sont gardées. La fille de Raimond de Péreille, qui a vécu dans notre religion dès sa naissance, manifeste ces jours-ci une tendance à orienter nos conversations vers des thèmes religieux, d'une profondeur surprenante pour une personne aussi jeune. Elle grandit et mûrit, elle devient plus réfléchie et spirituelle au fur et à mesure que le siège avance. Je sais par sa bouche qu'elle passe une grande partie de l'après-midi avec sa mère, Corba, dans une maison de bonnes femmes située près du château. Je constate, non sans une certaine tristesse, que le salut de son âme commence à prévaloir sur les affaires de ce monde. Le siège auquel nous sommes soumis, la gravité de notre situation, le nuage de piété qui entoure le petit village et peut-être la proximité du ciel se conjuguent pour que mon amie devienne sous mes yeux une aspirante bonne femme. J'en discute avec elle un jour où nous parlons de sainteté, protégés par nos manteaux de la neige qui commence à tomber.

– Je ne crois pas à la sainteté, *maese* Pèire, répond-elle. Vous non plus, du reste, je pense. Mais je crois à la liberté de chacun de choisir son chemin. Naître ici a été pour moi une bénédiction, comme l'est le fait de vivre parmi tant d'exemples de vies exemplaires, qui m'offre la possibilité de me rapprocher le plus possible de ce modèle, si c'est celui que je choisis pour mon temps sur cette terre. Les bonnes femmes avec lesquelles je partage des prières me permettent chaque jour de monter une marche de l'escalier qui mène au salut de mon âme.

– Esclarmonde, je ne voudrais pas par trop m'avancer, mais je crains que le sénéchal de Carcassonne ait plus de raisons de rester à Montségur que de quitter les lieux. Sa décision de poursuivre un siège comme celui-ci en hiver, entouré de hauts sommets, contre la population locale et avec des difficultés d'approvisionnement montre combien sa détermination est forte. J'espère me tromper, mais je crains que cette aventure n'ait pas une fin heureuse pour notre peuple. C'est pourquoi je vous supplie d'attendre, pour entrer dans l'*Égleisa del Bé*, qu'ait pris fin cet épisode, dont vous devez sortir vivante, ne serait-ce que pour prêcher, attirer et sauver d'autres âmes.

La jeune femme sourit et son regard transparent capture le mien.

– Soyez sans crainte, *maese* Pèire, soyez sans crainte pour moi. Au contraire, l'appel de mon Église est si impérieux qu'y renoncer reviendrait pour moi à me condamner à l'enfer et à renaître sur cette terre une vie après l'autre. Souhaitez-vous cela pour votre amie, *maese* Pèire ?

Je ne réponds pas, je m'efforce juste de sourire et de changer de conversation pour ne pas partager mon angoisse avec Esclarmonde. Les chemins de montagne qui nous permettaient de communiquer avec l'extérieur ont été bloqués l'un après l'autre. Les montagnards qui nous approvisionnaient de nuit cessent d'arriver au pog. Les croisés étendent leur contrôle dans la vallée et patrouillent sans relâche dans les forêts et les sentiers, ainsi que dans les bergeries et les maisons des villages voisins.

L'année se terminera bientôt, mais il n'y a aucune raison de fêter la Nativité. Les soldats ont à peine le temps de récupérer entre deux tours de garde parce que les assauts sur les défenses s'intensifient. De plus en plus de blessés reviennent au village pour recevoir *in extremis* un *consolamentum* qui leur est accordé par Bertrand Marti lui-même, toujours soucieux d'aider nos défenseurs. La nourriture est rare, beaucoup de bons hommes et de bonnes femmes renoncent à leurs rations pour les céder aux militaires. Cette communauté, née il y a quarante ans, lorsque les premiers parfaits accueillis par Raimond de Péreille se sont établis ici, est aujourd'hui une famille fondue en un seul corps : le village de Montségur.

1244

Seurin de Puivert a abandonné son enveloppe terrestre la nuit dernière, veille de Noël pour les Romains. J'ai partagé avec mes frères, dans la foi, les prières qui l'ont accompagné au ciel, où sans aucun doute il repose désormais. Je suis très heureux pour lui, même si je ne peux m'empêcher d'éprouver une certaine tristesse au moment où j'aide à enterrer son corps dans les broussailles, entre la première enceinte et la deuxième. Ce jour de Noël n'a pour nous aucune valeur symbolique, et moins encore religieuse. Cependant, peut-être à cause du décès de Seurin, je me retourne longuement dans ma couche, incapable de trouver le sommeil. Finalement, épuisé et les nerfs à fleur de peau, je décide de me lever et de sortir pour une promenade nocturne. Je sais que je peux à tout moment être informé qu'il est temps pour moi de fuir le *castrum* en difficulté, et cette éventualité me rend très triste. Je voudrais convaincre Esclarmonde de m'accompagner dans mon voyage jusqu'à Quéribus, mais... qui suis-je pour lui demander de maintenir en vie son corps, aussi beau et jeune soit-il ?

Je marche lentement sous les étoiles, cherchant la paix intérieure, quand je suis surpris par quelques éclats de voix provenant de l'extrémité est du *castrum*. Un combat est en cours, ici même, très proche. Les cris et les insultes, et même le bruit métallique des coups, arrivent jusqu'à moi. Sans prendre le temps de réfléchir, je cours vers mon refuge, d'où je ressors en brandissant l'épée qui attend depuis des mois sous ma couche. Je me dirige vers la mêlée. De toutes les maisons sortent des hommes et des femmes, pris de panique. Une rage sourde fait bouillir mon sang alors que je me précipite vers les cris. Je ne laisserai pas des Francs ignorants envahir ce village car, je le sais, un massacre s'ensuivrait.

Je distingue déjà la muraille, la dernière ligne de défense. Nos soldats lancent des projectiles depuis le chemin de ronde, où je grimpe en courant. À cent coudées, j'aperçois la catastrophe. La tour qui protégeait notre flanc le plus vulnérable, sur la face sud, la tour qui verrouillait le système de défense de Montségur, est prise d'assaut. Comment cela se peut-il ? Par où sont passés les assaillants, en pleine nuit ? De mon poste, je vois clairement les défenseurs tomber, poignardés sans pitié.

– Hugues !

Je n'ai pu réprimer ce cri.

Mon compagnon Hugues de Cucugnan, écuyer et soldat de Chabert de Barbaira, qui m'a appris tout ce que je sais du métier des armes, qui m'a sauvé à d'innombrables reprises, qui a préféré une mort certaine à Montségur à une vie paisible à Quéribus, a été capturé par plusieurs ennemis. Il a entendu mon cri et a tout juste le temps de me chercher des yeux dans la nuit, mal éclairée par quelques torches. Nos regards se croisent au moment précis où, agenouillé de force, il reçoit un coup de couteau dans le cou. Le sang jaillit, inondant les mains de son bourreau. Hugues a le temps de cracher au visage de celui-ci avant de tomber au sol, où il se convulse et s'éteint. Un détachement des nôtres sort à la hâte de la barbacane voisine pour tenter de repousser les Francs, mais il est trop tard. Nous avons perdu la clé de Montségur ; la chute du pog n'est désormais plus qu'une question de temps.

Les jours suivants, l'activité est fébrile derrière les murs de la tour que nous avons perdue : les assaillants hissent pièce à pièce, à l'aide de cordes et à la force des bras, une machine semblable à celles que j'ai connues à Majorque. Monté en à peine quelques jours, le mangonneau fonctionne. Nous subissons dès lors l'impact répété d'énormes pierres sur nos maisons et dans les ruelles. Jour et nuit, le bombardement de la catapulte est incessant. Des sentinelles avertissent par des cris du lancement de chaque projectile et tentent de deviner où il va tomber. La tension est extrême, plus encore parmi les soldats, exténués, découragés et inquiets pour leurs familles. Les religieux semblent être entrés dans un état de résignation qui les éloigne de plus en plus de nous. La vénération qu'ils suscitent parmi les civils et les militaires est immense. Lorsque Bertrand Marti parcourt le village, ce qu'il fait tous les deux ou trois jours, un véritable essaim, formé d'habitants, de soldats et de quelques novices désireux de le toucher, se forme autour de lui pour recevoir sa bénédiction. La nourriture est rare, mais nous ne nous en soucions plus. Le peu qu'il nous reste est partagé entre les soldats et leurs familles.

C'est dans cette terrible ambiance qu'une nuit apparaît, sous la neige, un homme trapu. Il s'est fait passer pour un soldat du sénéchal jusqu'au pied de nos murs où, au péril de sa vie, il a supplié nos gardes de lui ouvrir, ce à quoi ceux-ci ont fini par obtempérer. Trop gras pour être un religieux, ce n'est pas non plus un militaire, malgré son accoutrement. Il est venu seul. La rumeur de son arrivée circule immédiatement dans le village, d'une maison à l'autre. En quelques minutes, nous sommes tous rassemblés sur la petite place, devant la tour. Raimond de Péreille et Pierre-Roger de Mirepoix le reçoivent aux yeux de tous : l'heure n'est plus aux secrets.

– Je suis Bertrand de la Bacalaria, ingénieur et architecte du comte de Toulouse. Mon seigneur Raimond m'envoie essayer de vous apporter un peu de réconfort en construisant une catapulte qui contrera les méfaits de la machine de nos ennemis.

La foule, excitée, s'approche de l'homme et le presse de questions, mais l'ingénieur n'est pas disposé à donner d'autres explications. Alors Raimond prend la parole :

– Bertrand de la Bacalaria doit se reposer un peu tout en nous indiquant ce dont il aura besoin. Je vous prie de le laisser tranquille, il a une tâche importante...

– Nous voulons seulement savoir si le comte de Toulouse est proche et combien d'hommes il envoie, lâche une femme qui, visiblement épuisée, porte dans ses bras un enfant enveloppé dans une peau de chèvre.

Le silence se fait, amplifié par la neige, qui n'a cessé de tomber. Bertrand de la Bacalaria retire son bonnet, faisant apparaître son crâne chauve, et baisse les yeux :

– Je n'ai aucune information concernant une armée, répond-il enfin. J'ai demandé au comte Raimond l'autorisation de venir me mettre à la disposition de nos bons hommes, il n'y a... rien de plus.

La femme baisse la tête et se retire tranquillement. L'espoir qui semblait renaître s'estompe tout à coup. Nous sommes seuls.

Malgré le découragement, nous construisons la machine en trois jours à peine. J'aide de mon mieux en transportant des poutres que nous avons retirées des maisons des défenseurs morts et en traînant des pierres pour les lancer à l'ennemi dans l'espoir, au moins, de détruire leur maudit engin, qui ne cesse de nous harceler. Lorsque nous jetons enfin notre premier projectile, celui-ci frappe le mur de la tour prise par les Francs. Un cri de rage et de haine désespérée jaillit de nos poitrines. Nous nous battrons jusqu'au bout !

Nous essayons de répondre à tous les coups des Francs, et bien souvent nous y parvenons. Les jours suivants, un fil d'espoir renaît, mais mon expérience militaire me dit que la catapulte de Bertrand de la Bacalaria est arrivée trop tard pour nous sauver. Il ne reste plus de vivres, plus de grain pour le pain ni d'animaux à abattre. Les parfaits se réfugient dans une continuelle prière, isolés des défenseurs et des civils. Certains décident de passer à l'état d'*endura* et ne tardent pas à mourir. Inquiet, je veux rendre visite à Esclarmonde, que je ne vois plus depuis l'arrivée de l'ingénieur. Je suis reçu au château par un Raimond de Péreille aux yeux éteints et rougis par le manque de sommeil.

– Esclarmonde et sa mère, Corba, ont décidé de quitter notre monde, ami Pèire. Elles m'ont dit adieu il y a plusieurs jours déjà. Elles ont intégré la maison des parfaites du quartier des femmes. Je connais l'amitié qui vous lie à ma fille. Esclarmonde m'a prié de vous transmettre ses adieux et vous demande de vous réjouir pour elle.

Comme il prononce ces mots, une larme roule sur sa joue et se perd dans sa barbe. Puis Raimond se tourne vers la fenêtre, ouverte sur l'abîme. Les feux des camps ennemis se sont multipliés dans la vallée, si loin qu'ils semblent appartenir à un autre monde. Je me retire sans un mot, anéanti.

Je voudrais rester et me battre jusqu'au bout. J'imagine ce qui va se passer sous peu. La rage brûle sous ma peau, mais il est temps de remplir ma mission. Bertrand Marti m'a fait appeler, je me présente sans délai. L'évêque de Toulouse ne semble pas plus agité qu'en d'autres occasions. Ses mots, cependant, ne sont guère optimistes :

– Notre temps s'épuise, *maese* Pèire. Dans quelques jours, quelques semaines au mieux, ce siège atteindra son but et la plupart d'entre nous perdront la vie sur le bûcher. Ton évacuation n'a pas été possible jusqu'à présent, et si la situation ne change pas, tu ne pourras pas fuir en toute sécurité, mais tout est prévu pour que tu survives le moment venu.

Il se tourne alors vers un jeune soldat, que j'ai déjà croisé à plusieurs reprises dans le village, sans jamais, toutefois, que nous échangions le moindre mot :

– Tu devras suivre les indications d'Amiel Aicart et honorer ton engagement sans poser de questions. Je peux te faire confiance, Pèire, n'est-ce pas ?

Le regard de Bertrand est perçant, impérieux.

– Bon homme, je respecterai corps et âme les dispositions de l'*Égleisa del Bé*.

– Cela suffira, sourit Bertrand.

Il est plus calme que jamais. Amiel est grand, amaigri comme nous tous, et porte sa tenue de combat. Son regard est clair, et tout à la fois fatigué et énergique.

– *Maese* Pèire, notre père a décidé que je vous accompagnerai dans une mission. J'en ignore le but, mais je m'engage à donner ma vie si je puis ainsi sauver la vôtre.

– Je prie pour que ce ne soit pas nécessaire, Amiel Aicart, et je vous ferai confiance comme à un frère.

Je prends ses mains dans les miennes. Elles sont froides et tremblent légèrement. Amiel est sincère et déterminé.

– Prions, intervient Bertrand Marti.

1244

Aujourd'hui, dernier jour du mois de février 1244, nous avons repoussé un nouvel assaut des troupes du sénéchal. Cette fois, elles ont escaladé avec des échelles les murs de la barbacane, à quelques mètres des premières maisons du *castrum*. Tout le village est accouru pour chasser les envahisseurs. Il y en avait beaucoup, trop, si bien que les femmes elles-mêmes ont dû se battre. Vus du bas de nos murailles, nous devons ressembler à des fantômes. Le manque de nourriture est tel que notre apparence contraste avec celle de nos agresseurs, bien nourris et pleins d'énergie. Pour autant, ils n'ont pas pu nous abattre.

Je n'ai eu à tuer personne, je m'en réjouis, même si j'ai infligé des blessures aux bras et coupé une main qui apparaissait dans mon secteur de mur. Caché derrière mon bouclier, un autre soldat à mes côtés, j'ai empêché l'assaillant de mettre pied sur ces remparts qui marquent pour notre communauté la frontière entre la vie et la mort. Les archers ont épuisé toutes les munitions. Il reste à peine une poignée de carreaux pour les quelques arbalètes de Montségur encore capables de les lancer. Lorsque les agresseurs ont enfin renoncé, nous sommes retournés chez nous. Certains se sont effondrés sur le sol, évanouis de faim et de lassitude devant tant de souffrance. Les blessés ont été transportés auprès des religieux, qui se sont chargés de les soigner, ou ont au moins essayé. Quant à moi, je me suis couché, habillé et sale, sur mon lit après avoir grignoté une poignée de neige. Et en quelques secondes, j'ai plongé dans un profond sommeil.

Aujourd'hui, Amiel Aicart est apparu à ma porte avant que je me lève. Il n'a pas meilleur aspect que moi, même si, du fait de sa jeunesse, ses réserves d'énergie sont plus grandes que les miennes.

– *Maese* Pèire, mon seigneur Marti m'envoie.

– Entre, Amiel, assieds-toi.

Depuis le début de l'année, je suis seul dans cette maison. Méard Claret et Romeu de Néfiach ont rejoint d'autres religieux dans un bâtiment plus vaste, me laissant davantage de place pour me reposer. Ils me rendent cependant visite tous les deux ou trois jours avec de la nourriture, une poignée de fèves qu'ils retirent généreusement de leurs médiocres rations, et cherchent à m'aider autant qu'ils le peuvent.

Je suis heureux de recevoir Amiel, même si j'avais besoin de dormir davantage pour retrouver un peu de vigueur. Il se tient à côté de moi, grave :

– Nous devons rencontrer l'évêque sans perdre de temps, *maese* Pèire. Je suis désolé.

– Peu importe, Amiel, je te suis.

Je me lève à grand-peine. Tout mon corps est douloureux et je suis sans force, mais je ne peux y penser maintenant; j'aurai bien le temps plus tard. Laissant mes armes dans la maison, je marche auprès d'Amiel jusqu'au logis de Bertrand Marti, qui nous attend debout dans l'entrée. Je m'incline trois fois devant lui et demande une bénédiction qui m'est aussitôt accordée. Puis l'évêque nous ordonne de nous asseoir avec lui à sa table.

– Mes fils, vous avez combattu hier avec tout le peuple de Montségur, et je vous en remercie, mais vous comprenez comme moi qu'il n'y a plus de défense possible. Pour vous est venu le temps de vous reposer; pour la communauté, est venu celui de quitter ce monde. Vous devez savoir que Raimond de Péreille et Pierre-Roger de Mirepoix, nos protecteurs, ont décidé, avec ma bénédiction, de négocier une reddition dans les meilleures conditions envisageables. Au cours de la soirée, nous avons envoyé un messager transmettre nos requêtes et la promesse d'une grosse somme d'or que le sénéchal de Carcassonne n'aura pas à partager avec le roi de France. Ceci en échange de conditions qui ont été acceptées par lui. Nous avons deux semaines, pas un jour de plus, pour abandonner le *castrum* et le remettre à une garnison royale.

– Que va-t-il se passer... après? articule difficilement Amiel Aicart.

– Les soldats et les défenseurs auront la vie sauve s'ils renoncent à notre foi, de même que tous ceux qui se repentiront publiquement et collaboreront avec les inquisiteurs. Tout le monde perdra ses biens, de Raimond de Péreille au dernier des artisans. Et nous devrons aussi quitter le pog.

– Et...

– Pour nous, les cathares comme ils nous appellent, le feu du bûcher sans aucun doute.

Le silence s'installe quelques secondes dans la salle. Mon découragement est extrême, je voudrais dormir jusqu'à mourir ici même. Le diable nous poursuit pour nous exterminer jusqu'aux plus hauts des sommets pyrénéens. Ce monde est toujours plus cruel, haineux et plein de souffrances. Mais Bertrand ne nous laisse pas le temps de réfléchir :

– Le moment est venu de remplir ta mission, Pèire. Tu sais ce que tu dois prendre et tu devras décider qu'en faire. Et toi, Amiel, tu connais les moyens dont tu vas disposer et tu seras le guide de Pèire dans ces montagnes. Mais vous ne pourrez pas fuir avant la fin du délai de grâce que nous ont accordé les Francs. Nous ne nous parlerons plus, mes enfants, car on peut prévoir que certains frères céderont à la tentation du mal et à la terreur de la torture, et renonceront à notre foi pour sauver leur existence en échange de la remise d'informations aux Romains. On ne doit plus nous voir ensemble; vos préparatifs doivent être aussi discrets que possible. Seul Raimond de Péreille connaît votre mandat et vous aidera si nécessaire, mais vous ne devez compter que sur vous.

Bertrand s'adresse ensuite à Amiel :

– Je sais que tu ignores la vraie nature de ta mission, mais tu dois placer ta vie au service de celle de Pèire, qui ne pourra sauver notre *Égleisa del Bé* sans ton soutien, Amiel.

Le jeune homme, blême, hoche énergiquement la tête. Puis Bertrand me prend les mains. Pendant quelques secondes, je découvre dans ses yeux l'angoisse de la douleur du bûcher, l'immense solitude de celui qui ne pourra même pas penser à son salut car il devra assurer celui des autres, en soutenant de sa foi celle de tous les religieux et civils de Montségur qui le suivront dans la mort.

Nous prions jusqu'à midi. Puis vient le temps pour Bertrand Marti de nous dire adieu. Nous nous agenouillons devant lui, il pose gravement ses mains sur nos têtes pour nous bénir.

Je sais ce que je dois faire : tout est prêt depuis des semaines. Emballés avec soin séparément dans des chiffons propres, les textes que nous avons écrits, les rouleaux et les livres ont été répartis dans deux sacs du meilleur cuir, à double couture et imprégné de graisse de cheval. L'or et les reliques sont protégés de la même manière. Ce dernier trésor est plus lourd que le premier, raison pour laquelle c'est Amiel Aicart qui le portera lors de notre évasion de Montségur. Tout cela est conservé dans une caisse dans la *domus* de Bertrand Marti. Lorsque le soleil se couche au soir de ce premier jour de trêve, Amiel et moi transportons le coffre chez moi. Nous en assurerons la garde nuit et jour à tour de rôle jusqu'à la fin de la trêve.

Pendant deux semaines, nous nous réfugions dans ma chambre, essayant de reprendre des forces et de nous reposer, de nous sustenter avec les rares aliments que les Francs ont bien voulu nous envoyer, conformément à l'accord conclu, et de nous préparer à nous enfuir du pog. Pendant que l'un de nous deux surveille le coffre, l'autre sort pour faire de l'exercice. Mes déambulations dans le *castrum* de Montségur pendant ces derniers jours me laissent dans l'âme une tristesse infinie. Le calme est revenu sur la montagne sacrée; les soldats ne courent plus d'un endroit à l'autre. La catapulte a cessé de pilonner le village. Mais si la souffrance des habitants du pog n'est pas aussi intense qu'auparavant, elle est beaucoup plus profonde : ces hommes et ces femmes assistent à la fin de leur Église et beaucoup se préparent à mourir.

La première semaine se termine par un *apparelhamentum* sur la place, devant le château. Il est présidé par Bertrand Marti, autour duquel tous les habitants se sont rassemblés. Nous disons un *Pater* pour inaugurer la cérémonie. Chaque croyant peut alors confesser ses péchés en public et ouvrir son cœur à l'expiation. Les regrets sont toujours des signes de recul momentané de l'influence maligne, c'est pourquoi nous devons les laisser s'exprimer en présence de tous. Les confessions sont sincères. Beaucoup décident même de demander leur *consolamentum*, renonçant au monde en cet instant. Les parfaits accordent à ces membres de l'*Égleisa del Bé* le réconfort demandé, sans même interroger les présents sur la sincérité du candidat, comme c'est la coutume. Existe-t-il une preuve plus forte de la loyauté d'un homme ou d'une femme que la certitude d'une mort horrible dans quelques jours ?

Les nouveaux parfaits se retirent alors sans délai de la vie publique. Nombre d'entre eux choisissent l'*endura* comme voie sûre vers le paradis. Certains croyants préfèrent quant à eux passer ces derniers jours avec leur famille et garder pour le dernier instant la décision qui signifiera la mort ou la vie. D'autres, enfin, choisissent de renoncer à leur foi à compter de cet instant, pour avoir la vie sauve. Alors ils s'éloignent du groupe, tête basse et pleurant de leur lâcheté. Loin de leur lancer le moindre reproche, on les plaint d'avoir encore tant d'existences à parcourir sur cette terre de misère.

Je quitte la cérémonie avant sa fin et sans m'être confessé. Je ne dois pas me faire remarquer. Si nous sommes capturés, nous devrons immédiatement abjurer notre foi et laisser croire que nous sommes de malheureux marchands qui se trouvaient à Montségur dès le début du siège, incapables de nous enfuir de peur d'être découverts... Mauvaise excuse, par ailleurs, qui ne nous éviterait pas la prison du Mur de Carcassonne dans le meilleur des cas, sinon le bûcher préventif. C'est pourquoi je dois être prudent et ne plus entrer en contact avec qui que ce soit.

La dernière semaine, tout le village est plongé dans le silence. Les religieux se rassemblent sur la place où, malgré le froid intense, ils prient jour et nuit. Certains meurent le sourire sur les lèvres dans les bras d'autres bons hommes. Les bonnes femmes ont également organisé leur fin dans leur quartier. Par respect pour elles, je n'essaie pas de m'approcher pour apercevoir, même de loin, ma chère Esclarmonde. Son histoire est connue de tous dans le village, son prochain sacrifice l'élève à la sainteté. On parle d'elle comme de la Dame blanche et l'on prétend que le sourire n'abandonne pas un instant son visage et qu'elle insuffle ainsi à ses sœurs, à sa mère elle-même, le courage de faire face à cette ultime épreuve. Je préfère ne pas laisser mon âme être torturée par les doutes, la peur, l'affection pour les miens et la haine envers les Romains. Je dois concentrer mon esprit sur la mission. En cela, l'aide d'Amiel Aicart, jeune homme têtu et très droit, me soutient véritablement. Je monte parfois sur les murs pour contempler la vallée. C'est de là qu'un jour, je découvre avec horreur que les ennemis creusent une vaste fosse dans la prairie qui accueillait auparavant le camp des chefs de l'armée...

1244

16 mars 1244. Amiel et moi sommes enfermés dans notre maison depuis la veille. Mon compagnon sait à quoi nous devons nous attendre, nous sommes entre ses mains. Par la minuscule fenêtre qui s'ouvre sur la rue principale, je vois, avant les premières lueurs du jour, les hommes se regrouper autour de Bertrand Marti. Il tient une canne, elle l'aidera dans la marche qui l'attend. Je ne distingue pas son regard. Ses frères se pressent autour de lui, cherchant son réconfort. Certains pleurent ouvertement, d'autres sourient et embrassent leurs compagnons. Soudain, terrifiants dans le silence de l'aube, des cris surgissent de derrière le mur, à quelques pas de ma maison. Et j'entends enfin les lourdes portes s'ouvrir après tant de mois. Les cris redoublent. J'imagine les sergents d'armes poussant les bons hommes sur le sentier qui descend jusqu'à la plaine, où la pire des morts les attend. Après les hommes, éloignés de quelques pas, apparaissent sous ma fenêtre des visages de femmes. Elles sont peu nombreuses, vêtues de noir comme l'ordonne leur règle, et prient en chœur pour se donner du courage, serrées les unes contre les autres. C'est alors que, telle une apparition divine, l'image du sourire d'Esclarmonde illumine le matin. Mon amie

récite sereinement son *Pater*. Ses yeux rencontrent les miens et inondent mon âme d'une immense paix dans ce dernier adieu. Je ne prononce aucun mot : je suis pétrifié. Je ferme les yeux pour garder dans la mémoire le souvenir de la Dame blanche.

Étrangement, lorsque les femmes arrivent aux portes du *castrum*, les insultes des soldats de Carcassonne font place à un silence respectueux. Les portes se referment dès que la dernière femme les a franchies. Demain, nous devrons livrer le *castrum*. Sans perdre une minute, Amiel quitte notre maison. Je retrouve ma sérénité. Mon compagnon revient une heure plus tard.

– Tout est prêt, mais nous ne pouvons pas encore sortir. Nos soldats sont sur les murs, d'où ils assistent à l'exécution des nôtres.

Ces mots me blessent profondément.

Nous attendons la nuit pour partir. Je porte sur mon dos les deux sacs les plus légers; Amiel, les sacs d'or en bandoulière, peine bien plus que moi. Les ruelles sont vides. En silence, nous nous dirigeons vers la muraille d'enceinte. Nous la suivons sur une centaine de pas, puis une ouverture récente apparaît devant moi dans le mur : sans me le dire, Amiel a travaillé ici ces jours-ci, durant ses moments de promenade. Une fois l'étroit passage franchi, nous nous retrouvons face à l'immense vallée. Au pied de la montagne, on distingue clairement les lueurs de l'immense bûcher, rougeoyant, dans lequel nos frères et sœurs ont péri le matin même. Le mal est là-bas, je n'en doute pas. Soudain nous arrive, montant de la vallée, une odeur de viande rôtie. Affamées, mes tripes grognent, réclamant de la nourriture. Je n'en ressens pas de honte, tant sont grands mon dégoût et ma détermination à mener à bien ma mission.

Aucun garde ne surveille cette partie des murailles du *castrum*. Il ne reste d'ailleurs plus rien à défendre. Dans l'obscurité, nous nous laissons glisser sur la pente, jusqu'aux premiers arbres. Alors que les cendres de nos amis et parents montent dans le ciel étoilé de l'hiver, Amiel Aicart et moi, de la neige jusqu'aux genoux, nous fondons dans les bois entourant le pog. Mon compagnon connaît chaque pierre du chemin : il est né sur le pog et, dès son plus jeune âge, il a guidé des croyants jusqu'à Montségur ou d'ici vers d'autres refuges.

Nous marchons dans le noir. Nos sacs sont lourds, ce qui rend souvent difficile notre progression au milieu des buissons croulant de neige. De temps à autre, Amiel interrompt la marche, impose le silence et se concentre sur les bruits de la nuit qui nous entoure. Lorsque nous sommes sûrs de ne pas avoir attiré l'attention d'une patrouille, il donne l'ordre de reprendre notre chemin, précautionneusement. Au terme de deux heures de marche, nous sortons de la forêt et nous retrouvons devant une falaise.

– Et maintenant, Amiel ?

– Descendons, *maese* Pèire.

Devant mon regard terrifié, il ajoute :

– Ne vous inquiétez pas, il y a un chemin.

– Je te suis.

Nous reprenons notre fuite, cette fois en ralentissant avec une extrême prudence notre descente dans un gouffre que je préfère ne pas regarder. Si cette évasion avait eu lieu de jour, je n'aurais peut-être pas pu la mener à bien. Mais le temps presse, nous devons être loin du pog avant l'aube. Mes bottes de soldat glissent sur le rocher mouillé, je m'accroche à n'importe quelle saillie avec rage et détermination. Je ne peux pas, je ne veux pas revenir en arrière. Cette évasion est ma vengeance contre les odieux Romains qui ont torturé jusqu'à la pire des morts Esclarmonde, Bertrand, les parfaits Méard et Romeu, et tant d'hommes, tant de femmes et, qui sait, d'enfants, qui ont préféré les suivre plutôt que d'abjurer leur foi. Pour eux, il m'est interdit d'échouer.

Nous atteignons en moins d'une heure le bout du vertigineux sentier, puis nous nous enfonçons dans une forêt de pins. Incapable de distinguer le chemin que nous suivons, j'admire le sens de l'orientation du bon Amiel, qui se retourne souvent pour s'assurer que je suis ses traces sans trop de problème. L'aube nous surprend dans une gorge humide, entre deux pics abrupts. Au loin, nous percevons les cheminées fumantes d'un village. Avant d'atteindre les maisons, nous prenons la direction d'une paroi rocheuse, que nous suivons jusqu'à une grotte de dimension très réduite et dont l'entrée est cachée par la végétation. Sur le sol nous attendent un large lit de paille et un sac d'osier plein à ras bord de vivres. La prévoyance de Bertrand Marti et les appuis que l'*Égleisa del Bé* conserve au sein de la population me réchauffent le cœur. Nous mangeons avidement et nous abreuvons de vin. Quels mots pourraient exprimer nos sentiments? Nous nous endormons ensuite dos à dos, sans lâcher les sacs de cuir, couverts par nos manteaux encore humides. Dès le soir, nous reprenons la route.

Deux nuits plus tard, un château isolé apparaît sous la lune au-dessus d'un rocher boisé. Je ne connaissais pas cet endroit, le château d'Usson, mais son seigneur, le chevalier Bernat d'Alion, n'est pas un étranger pour moi. Il a pris part, comme moi, au siège de Carcassonne, et nous nous sommes croisés en plus d'une occasion.

Me présentant seul devant la tour qui contrôle l'entrée, je demande à parler à Bernat, en prenant soin de préciser au garde que je viens de la part de Chabert de Barbaira. Les portes s'ouvrent peu après. Je pénètre dans le château. Selon Amiel Aicart, cette forteresse est sûre pour nous et nous suivons un plan préparé par Bertrand Marti, mais, connaissant, à mon grand regret, la nature humaine, je préfère ne pas tenter les gardes ni même Bernat d'Alion. Nous pourrions enrichir tous ceux qui souhaiteraient nous dénoncer ou simplement nous laisser mourir en cours de route après nous avoir dévalisés. Sur mon ordre, Amiel est resté caché dans les bois, malgré sa grande fatigue.

Bernat d'Alion, dont le château est modeste quoique bien défendu, n'est pas un grand seigneur comme le sont Olivier de

Termes ou Chabert de Barbaira. C'est dans sa petite salle à manger, où il est train de souper seul, qu'il me reçoit, avec joie et surprise.

– Pèire de Liziac, le scribe des rois! Sois le bienvenu, même si ta visite me surprend, et plus encore à cette heure...

L'homme est costaud, trapu avec une barbe récemment taillée, ce qui lui confère un aspect étrange parce qu'il porte aussi de longs cheveux terriblement sales. Je ne m'approche pas trop, par peur des poux.

– Mon seigneur, Chabert de Barbaira m'envoie en Aragon pour traiter en son nom avec le roi Jacques. Je vais seul, car l'affaire exige de la discrétion. Mon cheval s'est cassé une jambe à quelques lieues. Je l'ai achevé sur place. Je voudrais vous acheter des montures, messire.

Derrière un sourire forcé, Bernat réfléchit un instant. Sans doute tente-t-il d'évaluer, calculateur, la part de vérité de mes dires. Peut-être pourrait-il obtenir un butin ou quelque autre avantage dans cette affaire...

– Bien sûr, bien sûr. Dès demain, nous te chercherons une monture. La réalité est que je n'ai pas beaucoup de chevaux ici, mais nous en trouverons. Pour aujourd'hui, accepte mon hospitalité, en commençant par ce repas que, je l'espère, tu apprécieras.

Je ne peux refuser sans manifester une hâte suspecte. Je l'avais prévu et Amiel le sait. Aujourd'hui, c'est à lui de veiller pour nous deux sur notre trésor. Je m'approche de la table et prends place pour accompagner Bernat d'Alion. Celui-ci partage son pain tandis qu'un serviteur me remplit une bonne coupe de vin. Les viandes chaudes qui accompagnent ce breuvage me revigorent immédiatement. Tard dans la nuit, j'ai avec le seigneur d'Usson une conversation agréable. Nous évoquons nos souvenirs de batailles, déplorons la chute de Montségur, que je fais semblant d'apprendre de sa bouche, avec un profond regret. Je n'hésite pas à insister sur l'importance de ma mission pour le grand Chabert de Barbaira et à souligner combien celui-ci appréciera l'aide et l'hospitalité de Bernat lorsque je lui en ferai part.

Enfin, Bernat m'offre un lit très confortable dans les appartements de sa femme, partie en pèlerinage. Située dans le donjon, la chambre est très accueillante, car on y a allumé un feu. Plusieurs couvertures sont étendues sur la couche. Je m'allonge et m'endors profondément.

Le lendemain de bon matin, Bernat me conduit aux écuries. Deux chevaux isolés attirent mon attention par leur prestance.

– Je ne peux pas vous les vendre, *maese* Pèire, parce qu'ils sont réservés à des voyageurs qui se présenteront d'un moment à l'autre.

– Réservés ? Comment ça...

– Je peux vous faire confiance, *messer*. Des fugitifs de Montségur viendront à mon château. J'ai été payé il y a plusieurs mois pour ces chevaux et leur entretien. Je ne puis vous en révéler davantage.

– Je comprends, mon seigneur. Tristes nouvelles, en vérité, que celles que vous m'avez données hier. Mais, enfin, vendez-moi deux autres chevaux, peut-être pas aussi forts que ceux-ci, mais au moins plus résistants que le pauvre animal qui m'a conduit jusqu'ici.

– Pourquoi deux chevaux, *maese* ?

– Je prévois de chevaucher sans m'arrêter jusqu'à Lérida et ne veux pas vivre la même mésaventure qu'hier et ainsi perdre plus de temps encore. Je changerai de monture une fois la mienne épuisée.

– Bien sûr...

1244

Bernat d'Alion n'est pas dupe. Mon arrivée chez lui, sans bagages, presque de nuit, ne peut que susciter des questions dans un pays perpétuellement en proie aux guerres et aux persécutions. Mais le gentilhomme d'Usson m'inquiète moins que ses subalternes. Je perçois les regards curieux que certains de ses sergents échangent en me voyant débourser des pièces d'or pour les remettre à leur seigneur. Sans plus tarder, je demande que l'on prépare mes montures. Puis je prends congé de mon hôte :

– Je vous remercie de votre hospitalité, noble Bernat, et ne doutez pas qu'elle arrivera aux oreilles de mon seigneur Chabert de Barbaira et du roi Jacques lui-même.

J'ai prononcé ces derniers mots d'une voix suffisamment forte pour qu'ils soient entendus par les serviteurs présents. Je quitte le château en toute tranquillité, au pas, mais sitôt franchies les portes je lance mes chevaux au galop en direction de la cache d'Amiel.

Sa prudence est telle que je perds un peu de temps à le trouver. Je lui fais part de mes craintes, après quoi nous chargeons le trésor et prenons au galop le chemin de Quéribus. Peu après j'aperçois, descendant à notre rencontre le flanc de la montagne, un groupe de quatre cavaliers armés de lances et de boucliers. Je reconnais parmi eux l'un des sergents de Bernat d'Alion. J'avais bien raison de craindre le pire! Je montre à Amiel ces hommes, sur le point de nous couper la route. J'accélère autant que ma monture me le permet, mais elle n'est ni très jeune ni très robuste. Il va falloir se battre.

Je ne porte ni cotte de mailles, ni casque, seulement mon épée courte, et Amiel n'est guère mieux armé. Quand les criminels ne sont plus qu'à quelques pas de nous, mon compagnon me devance, tire avec force sur les rênes de son cheval, se retourne vers moi, saisit les deux sacs attachés à sa selle et les place sur ma monture. Nos regards se croisent une seconde : je comprends son intention. Je lui remets mon arme et fais demi-tour, laissant mon ami combattre seul pour me sauver et sauver ainsi le trésor des cathares. Dans mon dos, j'entends les cris de la lutte. Je ne veux pas me retourner; mon seul espoir est que le montagnard, homme solide et dévoué à sa cause, ne se laisse pas tuer sans opposer une résistance telle qu'elle me laissera le temps de me mettre en sécurité. Mon cheval surchargé souffre et gémit, mais il obéit à mes coups de talon et s'efforce de faire de son mieux. Le galop se prolonge autant que l'animal peut le supporter, jusqu'à ce que je sente que, si je ne ralentis pas, son cœur éclatera.

À un coude du chemin, je pénètre dans la forêt, mets pied à terre et m'éloigne le plus possible du sentier, à la recherche du sous-bois. Lorsque je me pense à couvert, je décharge le cheval, sans pour autant le desseller, au cas où mes poursuivants apparaîtraient. Je reste immobile, silencieux. La journée passe ainsi. Je suis attentif à tout murmure, à tout mouvement. Je me permets à peine de partager avec mon cheval quelques gorgées de ma gourde, à la mi-journée, pour ne pas compromettre ma cachette. Quand les ombres s'allongent et que l'obscurité envahit le sous-bois, je regagne le chemin, et du pas le plus furtif possible, je m'éloigne dans la nuit. Les sens en alerte, l'âme et le cœur brisés.

Le soleil est déjà haut lorsque la silhouette d'un château se dessine sur l'horizon. Je suis intrigué par le profil de la forteresse, qui semble en ruine, ou tout au moins délabrée. Mais je dois me reposer et trouver eau et nourriture pour mon cheval. Prudemment, j'entreprends la montée menant au *castrum*. L'étroit sentier me conduit aux vieilles portes d'une muraille partiellement détruite qui dut par le passé être imposante. Je pénètre dans le bourg. Un vendeur de légumes et de fruits est assis sur son chariot.

– Bonjour, comment s'appelle ce bourg?

Il me répond avec un sourire édenté :

– Vous êtes à Rennes-le-Château, *messer*.

– Y a-t-il une auberge?

– Ici, *messer*, au bout de la rue. En face de l'église.

Je le remercie en lui achetant deux pommes qui font le bonheur de mon cheval.

L'auberge en question est en fait une ancienne bâtisse assez sale dont certaines dépendances sont destinées à accueillir des clients. Le tavernier est un homme servile, qui évite de me regarder dans les yeux. Il me loue une chambre sans problème; en fait, je suis son seul client. Mon cheval est conduit dans l'écurie, où il sera bouchonné et se reposera pendant que, de mon côté, je mangerai une platée de fèves avec du porc, arrosée d'un vin pas trop allongé d'eau. Je profite de la tranquillité du lieu pour interroger le tavernier sur ce curieux village.

– Il y a quelques années encore, Rennes-le-Château était une grande ville. J'étais enfant à l'époque, je m'en souviens à peine. Le roi d'Aragon a détruit notre cité. Sans raison, simplement à cause d'une dispute avec son vassal. Nos seigneurs n'ont jamais réparé les murs et le village est définitivement mort quand les Francs l'ont assiégé.

L'homme doute de ma réaction, ne sachant qui je suis, et préfère se montrer prudent. Après un geste d'assentiment de ma part, il poursuit :

– Seule l'église reste debout. On dit que notre bourg fut la capitale d'un royaume, mais allez savoir... Le fait est que nous sommes de plus en plus abandonnés, que l'ancienne voie traverse la vallée et que nos enfants nous quittent. Moi-même...

L'homme ne termine pas la phrase. La porte s'ouvre alors et laisse passer un curé, enveloppé dans un manteau qui ne dissimule pas sa soutane.

– Mon père, soyez le bienvenu.

Mon hôte quitte ma table pour se consacrer entièrement à l'ecclésiastique, que je salue d'une profonde inclinaison de la tête.

– Je voudrais manger, Géli, s'il te reste un peu de ce ragoût qui embaume tout le village.

– Asseyez-vous je vous prie, mon père. Peut-être ce monsieur apprécierait-il votre compagnie...

Je n'ai pas le temps de trouver une excuse. Je fais mine d'être confus.

– Tavernier, cet homme de Dieu est sûrement fatigué, je ne veux pas l'importuner.

– Géli ne dispose pas d'autre table propre que celle-ci.

Le curé s'assoit en souriant.

– Si vous me le permettez, je partagerai votre table.

– Ce sera un honneur, mon père.

La situation est déplaisante pour moi, mais je sais me comporter comme un bon Romain. J'agirai comme tel jusqu'à ce que le danger soit passé. Le tavernier apporte une autre assiette remplie de son ragoût, nous sert du vin et assiste avec moi à la bénédiction du pain par l'homme d'Église. Je me signe comme eux et me concentre sans plus tarder sur la nourriture. La conversation du prêtre est agréable.

– D'où venez-vous, *messer* ? demande-t-il avec intérêt.

– J'arrive d'Aragon. Je suis un commerçant de Tarragone et je me rends à Toulouse pour conclure des affaires.

– Et que vendez-vous ?

– Des épices.

– Comme c'est intéressant ! D'où viennent-elles, de l'est ?

– Bien sûr, des meilleurs champs du lointain Extrême-Orient.

J'ai établi cet alibi avec Bertrand Marti. Transportant dans mes poches quelques échantillons d'épices, je sors un sac de fourrure, je l'ouvre soigneusement et l'approche du curé pour qu'il sente le fort arôme de ces grains noirs. Curieux, il approche son nez et hume, les yeux fermés.

– Incroyable ! Et comment... ?

D'un air mystérieux, je pose quelques grains sur la table, je les écrase avec la cuillère et, très soigneusement pour ne rien en perdre, je répartis la poudre sur le ragoût encore fumant du curé.

– Remuez un peu, mon père, et goûtez.

L'homme de Dieu obéit. Après quelques cuillerées, il commente :

– C'est diabolique ! La saveur diffère tout à fait !

– Et c'est pourquoi ces épices sont réservées aux grands seigneurs, ou aux prélats de l'Église.

Ces derniers mots sont imprudents, et pourraient être interprétés comme une critique. Je comprends tout de suite mon erreur, lorsque le prêtre lève les sourcils. Je change de conversation d'un ton animé :

– Et quel est votre nom, mon père ?

– Je suis Landric de Claira. Et vous ?

J'hésite un instant. Mon identité est peut-être connue des Francs et de leurs alliés.

– Mon nom est Jaufré de Blaye. Je suis heureux de rencontrer un représentant de la sainte mère Église de Rome ici, dans ce village à moitié détruit.

– Notre église est toujours en bon état, n'en doutez pas.

Il se lève.

– Il est temps de célébrer la messe pour les quelques fidèles qui restent ici. Voulez-vous m'accompagner ?

– Si vous le permettez.

– Qu'il en soit ainsi.

Je ne puis reculer. Nous quittons l'auberge et, en quelques pas, nous voici devant l'église, étonnamment mieux conservée que le reste du village. L'intérieur est recouvert de tapisseries et rempli de sculptures en bois. Les fidèles sont déjà assis et attendent patiemment. Ils ne sont guère qu'une vingtaine, pour la plupart âgés. Je m'assois seul sur l'un des derniers bancs. Le père Landric de Claira gagne sa place, dos aux assistants, prêt à officier. À aucun moment je n'ai abandonné mes sacs. Ils sont posés à mon côté sur le banc de la vieille église.

La messe dure une éternité à mes yeux, mais je n'ose quitter ma place. Enfin le curé prononce l'*ite missa est*. Les fidèles quittent l'église par petits groupes. Je ne puis disparaître ainsi, je dois saluer le prêtre. Celui-ci s'approche de moi.

– Vous avez communié en dernier, Jaufré. Et j'ai lu dans vos yeux un malaise qui m'alarme. Seriez-vous un pêcheur impardonnable ou votre âme est-elle si pure qu'elle n'a pas besoin du corps du Christ ?

– Je crains que la première supposition soit plus juste que la seconde, mon père. Je devrai me réconcilier avec Dieu sous peu, aussitôt arrivé à Toulouse.

– Pourquoi attendre ce jour ? Accompagnez-moi : la réconciliation vous apportera la paix.

– C'est que...

– Votre conduite m'inquiète, *messer* Jaufré !

Son ton est soudainement devenu dur et son regard hostile.

– Auriez-vous un péché impardonnable à racheter ?

– Aucunement, mon père, c'est que je ne veux pas...

– Suivez-moi à la sacristie, Jaufré, et laissez ici ces sacs que vous ne lâchez pas. N'ayez de craintes pour vos épices, nul ne connaît votre secret.

1244

N'ayant aucunement l'intention d'abandonner les sacs dans l'église, je les charge sur mon épaule et suis le prêtre à contre-cœur. Son regard perçant m'accompagne jusqu'à l'arrière-salle, où il entrepose ses habits et ses diaboliques instruments. Nous nous asseyons face à face. Puis le père Landric place sa main sur mon cou et m'approche de son visage. Nous sommes à présent front contre front. Ce contact me dégoûte. Pourtant, je comprends qu'il a l'intention de rendre intime la conversation qu'il va avoir avec moi à mi-voix. Cette situation provoque en moi un profond malaise.

– Mon fils, murmure-t-il, ton âme porte le poids d'un péché qui te hante. Tes yeux te trahissent, Jaufré, et tu dois te libérer sans perdre de temps d'un péché qui t'éloigne de Dieu. Parle !

C'est un ordre. Cet homme me démasque lentement. Je suis sûr qu'il finira par me démasquer. Avec toute la lenteur dont je suis capable, je m'empare de ma dague, dissimulée par mon large manteau. Je n'ai pas le temps de ressentir des regrets : si ce curé me confond, ma vie est finie, ce qui m'importe, mais pas autant que ma mission, qui aura été un échec et enverra peut-être l'*Égleisa del Bé* dans l'enfer pour le reste des temps. Je ne peux hésiter.

– Mon père...

D'un mouvement brusque, je plante le couteau dans la poitrine de Landric de Claira. Je dois faire usage de toute ma force pour traverser les os de sa poitrine, qui craquent en se brisant brusquement. Je plonge la lame dans son cœur jusqu'à la garde. Le sang chaud inonde ma main. Je sais de Hugues que cette mort est beaucoup plus rapide, même s'il est facile de se laisser emporter par la tentation de poignarder à maintes reprises le ventre mou de l'homme.

Curieusement, le prêtre ne lâche pas ma nuque. La colère et la haine se lisent dans ses yeux, déjà mourants, à un pouce des miens. Enfin, je peux me libérer. Le curé tombe au sol, pris par les convulsions de la mort. Je respire profondément, je viens d'éviter une catastrophe définitive. Je n'aime pas en finir avec une vie dont je sais qu'elle ne trouvera pas le chemin du ciel, mais trop d'âmes dépendent de ma mission.

Debout dans la sacristie, je réfléchis quelques instants, cherchant un endroit où cacher le corps de Landric de Claira, qui finit de se vider de son sang à mes pieds. Dans la cheminée crépite le feu que le curé avait préparé pour la nuit. J'explore la pièce. Dissimulée dans un coin, une petite porte attire mon attention. Renforcée de fer, elle est fermée et solide. Landric portait un trousseau de clés à la ceinture. J'en essaie quelques-unes avant de parvenir, avec celle qui paraît la plus ancienne, à ouvrir l'imposante serrure. Je me trouve maintenant dans une chambre sombre d'où part un couloir très bas, totalement obscur. Je saisis la lampe à huile brûlant sur la table et pénètre dans le boyau.

Long d'au plus cinq coudées, celui-ci débouche sur des escaliers qui s'enfoncent dans l'obscurité. Je suis face à un tunnel, très commun dans les places et les églises fortifiées car permettant de disposer d'une issue en cas de siège. Les escaliers sont en pierre, glissants, très anciens. Je les descends prudemment, gêné par mon fardeau, que je ne veux pas laisser derrière moi. Je compte vingt-trois marches. Je me trouve donc à une grande profondeur. Soudain, l'escalier se termine. Je devine sur le côté, grâce à la faible lueur de la lampe, une salle d'environ huit coudées. Les yeux fixés sur le sol pour ne pas tomber, je longe le mur, creusé directement dans la roche. Au centre, je trouve une table de pierre, semblable à un autel.

Après une rapide réflexion – je crains l'arrivée d'un fidèle –, je dépose mes sacs au sol et regagne la surface. Puis, sans attendre, je traîne le corps de l'ecclésiastique dans le tunnel et les escaliers. Dans un ultime effort, je le hisse et l'allonge sur l'autel. Vide, la lampe à huile s'éteint, me plongeant dans l'obscurité la plus totale. À tâtons, je remonte pour prendre une autre lampe et des torches. J'en profite pour nettoyer sur le sol les restes de sang avec des rideaux que j'arrache du mur et que j'emporte dans le passage pour les faire disparaître. En redescendant, une idée me vient à l'esprit. Je prends quelques instants pour l'examiner. Finalement convaincu, je remonte à la sacristie et explore les lieux. Je trouve rapidement le coffre où le curé conservait ses biens et le vide sur le sol. Je me saisis seulement d'un lourd crucifix en fer forgé. Puis je ferme la pièce à double tour pour ne pas être dérangé et retourne au sous-sol.

Devant l'autel se trouve une lourde dalle rectangulaire. Je la soulève à grand mal et creuse à l'aide du grand crucifix, de manière à obtenir un trou capable de contenir deux coffres tels que celui du curé. Je place dans ce dernier les deux sacs de cuir qui ont coûté la vie à Amiel Aicart, et garde avec moi le manuscrit comportant les commentaires de Bertrand Marti. Je ferme ensuite le coffre, l'enveloppe dans les lourds rideaux ensanglantés et dépose le tout au fond du trou, que je rebouche ensuite de mon mieux avant de remettre en place la lourde dalle.

Épuisé, je m'assois sur le sol pour reprendre mon souffle. Me reviennent alors en mémoire les dernières semaines, les derniers mois, les plus émouvants de ma vie. Mais ce n'est pas le moment de se lamenter. Je sens le froid dans le dos. Quand je remonte enfin l'escalier de pierre, je me retourne une dernière fois. Le corps du curé Landric de Claira sera le gardien du trésor monétaire des cathares.

Mais mon travail n'est pas achevé. Avant d'atteindre la roche, le tunnel et l'escalier sont creusés dans la terre. Une armature de bois soutient la voûte. Reproduisant les gestes appris dans les mines que les soldats d'Olivier de Termes creusaient sous les murs ennemis, je consacre l'heure suivante à remplir la cavité de tout le bois, de tous les objets inflammables que je peux trouver. Puis je mets le feu à l'ensemble. Avec une lenteur désespérante, les meubles ainsi rassemblés commencent à se consumer en attaquant la structure en bois. Une épaisse fumée s'élève maintenant du tunnel. Craignant que l'odeur n'attire l'attention, je mets également, le plus rapidement possible, le feu au reste de l'église, riche en tapisseries et en objets de bois, pour détourner l'attention et fournir une explication à la disparition du curé.

Puis je sors tranquillement. La nuit est tombée depuis longtemps sur Rennes-le-Château, le village dort en paix. Je verrouille la grande porte du temple avec la clé que je jette dans un puits au milieu de la place. Je retourne ensuite furtivement à l'auberge. Mon cheval est à l'écurie. Je le selle en prenant soin de ne pas le rendre nerveux, le détache et l'enfourche. Au trot, nous nous dirigeons vers les portes du *castrum*. J'y trouve, assis sur un tabouret, un garde ronflant bruyamment.

– Garde, réveille-toi, par Dieu. Ouvre les portes !

L'homme se réveille, surpris :

– *Messer*, pourquoi sortez-vous de nuit ?

– Un long chemin m'attend jusqu'à Toulouse, je dois partir maintenant.

– Je ne sais pas...

– Je t'ai réveillé, accepte cette pièce...

N'hésitant plus, l'homme m'ouvre les épaisses portes en me recommandant de faire attention aux bandits, aux loups et aux ours qui peuplent ces montagnes. Je le salue, en riant de ses frayeurs. Puis, après l'avoir entendu refermer les portes à la hâte derrière moi, je trotte jusqu'à une colline voisine et attends, sans mettre pied à terre. De ma position, je vois surgir une lueur, qui gagne en intensité, d'une étroite fenêtre de l'église. Soudain, un grondement sourd m'indique que le passage s'est écroulé sous l'action du feu. Mon stratagème a fonctionné. Dans le village résonnent déjà les cris des paroissiens qui appellent le curé et tentent d'entrer dans la maison de Dieu.

Je remercie mentalement les inconnus qui ont construit ce curieux temple dans la nuit des temps, avant de disparaître de l'histoire, et qui permettront à mon Église de survivre dans le futur. J'ai aussi une pensée pour Bertrand Marti, Esclarmonde de Péreille, la Dame blanche de Montségur, et Amiel Aicart, qui a sacrifié sa vie pour sauver la mienne. Puis je me retourne et me perds dans la nuit.

Il me faudra plus de vingt jours pour arriver à Quéribus, pourtant tout près. Au petit trot, je parcours le chemin qui mène à Limoux, où je sais pouvoir trouver un forgeron renommé. Je lui commande une nouvelle épée et une dague, du meilleur acier, faites sur mesure. Sur le fil de l'épée, il grave, dans la langue de mes parents, quelques mots qui indiqueront à mes descendants dans la foi où chercher le trésor que j'ai soustrait à la cupidité et à la barbarie de ce siècle, s'ils sont capables de déchiffrer ce message. Je dois consacrer ce qu'il me reste de vie à laisser les indices nécessaires à la redécouverte future de notre *Égleisa del Bé*. Je le ferai dans le fer, sur le papier et dans la pierre. Je ne suis certes pas encore un vieil homme, mais je ne suis pas non plus un enfant, la mort peut survenir à n'importe quel recoin de la route. Mon secret ne doit pas périr avec moi.

1247

Les murs de Quéribus résonnent des rires de Chabert de Barbaira. Ce matin, le vieux guerrier a capturé un groupe de marchands voyageant avec une escorte trop légère. Il les a conduits à son château et exige à présent le règlement d'une rançon en argent. Les commerçants vont payer sans hésitation. Ce qui provoque le rire de mon seigneur, c'est un étrange animal voyageant avec l'expédition commerciale. Il ressemble à un enfant couvert de fourrure. Ce singe, c'est le nom qu'on lui donne, est destiné à une élégante cour du royaume de France, où ses congénères sont très appréciés. Son propriétaire, un jeune Sarrasin, lui a appris des tours franchement amusants. L'animal danse, fait des pirouettes, vole de la nourriture et donne des gifles avant de s'enfuir. La bonne humeur de Chabert étant contagieuse, les personnes présentes, y compris les marchands emprisonnés, rient aux éclats.

On a servi du vin aux captifs, qui négocient aimablement avec le seigneur du lieu les termes de leur accord. Ils donneront une bonne quantité de pièces, dont certaines en or, et deux tapisseries de bonne facture. En retour, ils recouvreront la liberté et, ce qui n'est pas rien, bénéficieront d'une solide escorte de vingt-cinq hommes à cheval jusqu'aux murs de Carcassonne, où ils entreront seuls. En bons commerçants, ils tentent d'obtenir l'escorte jusqu'à Narbonne, mais mon seigneur n'a nul intérêt à s'approcher de cette ville, où l'Église de Rome détient tout le pouvoir. Une fois la négociation terminée, Chabert s'approche de moi en riant :

– Ami Pèire, je suis heureux de te voir sourire.

Je reçois une bourrade sur l'épaule, une de plus. Signe de confiance et d'affection de sa part.

– Cet animal est vraiment amusant, mon seigneur.

– Oui, c'est la première fois que je te vois joyeux depuis trois ans, depuis ton retour de Montségur.

Nous montons sur le chemin de ronde, l'endroit le plus calme et le plus isolé du château. Chabert reprend :

– Tu ne m'as jamais conté les détails de cette triste histoire. Tu as sûrement de bonnes raisons que je respecterai, mais je n'aime pas te voir si sombre. Cette vie avance malgré tout, mon ami, il ne sert à rien de marcher avec le regard fixé sur le passé.

– Je suis désolé, Chabert, je m'efforcerai de changer d'humeur.

Le seigneur de Quéribus devient plus sérieux :

– Les temps ont changé, Pèire. Je dois t'avouer que je négocie avec l'Église de Rome mon retour en son sein.

Devant mon regard horrifié, Chabert de Barbaira poursuit, avec un geste rassurant :

– Ne t'inquiète pas, cela ne change en rien ni ma foi ni notre mission. Je continuerai à protéger notre secret jusqu'à la tombe. Mais la situation de ma seigneurie est intenable. Nous avons perdu notre guerre d'indépendance, Pèire, sous les murs de Carcassonne. Et la chute de Montségur a sonné le glas de notre Église. Ce château restera un refuge pour les nôtres, mais nous ne pouvons pas affronter seuls le royaume de France. Parce que c'est ce que nous sommes, Pèire, une partie du royaume de France. Trencavel s'est résigné et partira pour la Terre sainte comme simple chevalier de Louis de France. Raimond de Toulouse aussi. Notre ami Olivier de Termes lui-même a dû renoncer à son indépendance et prendra également la croix.

– Comment ont-ils pu ?

La *tramontana* se lève soudainement. Les longs cheveux blancs de Chabert de Barbaira, grand seigneur des Corbières, volent au vent. Son regard se perd dans les montagnes du Fenouillèdes, de l'autre côté de la vallée de la Maury.

– Il ne reste plus rien à faire pour les seigneurs faydits. Accepter le sort des armes après avoir combattu au-delà de ce qui est humainement possible n'est pas un déshonneur. Perdre lignée et *paratge* l'est.

Cette réflexion remplit mon âme de tristesse. J'ai lutté toute ma vie d'adulte pour défendre ma foi. Cependant, je prends maintenant conscience que ces grands seigneurs défendaient non seulement notre foi, mais aussi leur mode de vie, leur indépendance vis-à-vis d'un roi toujours plus fort. Combien Bertrand Marti avait raison : notre Église n'est plus de ce monde. Je comprends la réflexion de Chabert et voudrais lui apporter mon soutien en ces instants, mais, plantant ses yeux, dans les miens, il ajoute :

– Olivier de Termes a besoin de tes services. Il m'a envoyé un coursier pour me demander, si tu le souhaites, de te libérer de tes fonctions ici à mes côtés pour l'accompagner à Paris, où il rencontrera le roi Louis IX de France.

Je reste bouche bée. Je n'ai pas eu de nouvelles du seigneur de Termes depuis des années. Mais Chabert, qui me connaît bien, ajoute tout sourire en devançant mes questions :

– Le jeune scribe Pèire de Liziac que j'ai rencontré il y a bien longtemps à Montségur a disparu depuis de nombreuses années. Tu n'es ni un serf ni un serviteur, mais un homme libre qui a vécu mille combats. Tu as accompli ta mission, nous l'avons tous les deux menée à bien. Pèire, tu n'as plus rien à partager avec un vieil homme comme moi, si ce n'est des souvenirs, et ton âge te permet encore de découvrir le monde et de vivre des aventures.

Miladieus! Fais ton sac et prends mon meilleur cheval. Ce sera mon cadeau pour cette nouvelle vie dont tu as bien besoin.

Je ne sais quoi répondre. Me reviennent en mémoire toutes ces années passées à partager la vie de mon seigneur Chabert de Barbaira dans son nid d'aigle de Quéribus, avec sa famille, à tenir ses comptes, ses procès-verbaux, sa correspondance, et tout cela disparaît derrière la vision d'un monde différent, fait de découvertes et de nouvelles aventures, aux côtés d'un ami qui deviendrait mon seigneur. Une intense émotion m'empêche d'articuler le moindre mot. Sans hésitation, j'embrasse pour la première fois en vingt-deux ans Chabert, surpris. Les larmes ne tardent jamais à sécher quand souffle la *tramontana* : nous rions à nouveau sur le chemin de ronde du dernier château du dernier grand seigneur cathare, qui cessera bientôt de l'être, tout au moins formellement.

Je renvoie le messager d'Olivier de Termes chargé d'une lettre adressée à son maître. Dans sept jours, je serai à Narbonne. S'il le souhaite, qu'Olivier m'attende avant de prendre la route pour Paris. S'il préfère partir avant mon arrivée, je le rattraperai en chemin.

Je mets en ordre les comptes de Chabert, que je transmets à mon successeur, un jeune scribe que j'ai moi-même formé. Chabert de Barbaira part chasser avant l'aube le jour de mon départ. Je le soupçonne de ne pas souhaiter être présent lorsque j'enfourcherai mon cheval dans la prairie des écuries, sous le château. Hier, mon seigneur m'a déposé dans les mains un sac de pièces de monnaie et, pour la deuxième fois, il m'a embrassé brièvement, avant de disparaître de mon logis comme un fantôme.

– Bon voyage, ami Pèire.

– Merci, mon seigneur.

Il n'y aura pas d'autre adieu. J'ai salué Esclarmonde, la seconde femme de Chabert. Guilhem Bernat m'attend dans la cour d'armes. Le jeune homme fort qu'il est devenu me remplit de fierté. Je lui ai appris à lire, à écrire, je lui ai transmis ma foi et, quelquefois, nous avons parlé de sa mère. Nos adieux me remplissent de tristesse. Il m'accompagne jusqu'à ma monture. Quand nous nous embrassons, je me sens triste comme un père qui vient de perdre un enfant.

Mes sacoches ne sont pas pleines : je n'emporte que mes ustensiles d'écriture, mes armes et mes boucliers. Mon cheval, jeune et fort, souffle à peine dans le sentier qui descend jusqu'à Maury, où je m'arrête pour contempler la silhouette arrogante du château de Quéribus, ma *domus*, que j'abandonne, qui sait, pour toujours. Quand je reprends le chemin de Narbonne, où une nouvelle vie m'attend, le poids que je portais sur la poitrine depuis les jours noirs de Montségur s'estompe. À quarante-quatre ans, libéré de la mission qui a occupé presque toute ma vie, j'éperonne mon cheval vers un nouveau monde.

1247

Paris est très au nord. Même si nous sommes en été, les nuits sont fraîches au milieu des forêts aux arbres imposants. Le sous-bois est humide, nos montures l'apprécient. Nous voyageons sans pause depuis quelques jours. Dans certaines villes, Olivier de Termes a dû montrer le sauf-conduit que lui a fait parvenir le sénéchal de Carcassonne au nom du roi. Mais sa renommée dans la chrétienté est telle que, une fois que les soldats l'ont identifié, ils manifestent immédiatement un grand respect envers lui. Quatre autres chevaliers seulement l'accompagnent, parmi lesquels je connais Béranger de Cucugnan, avec qui j'ai participé à mon premier combat, ou tout au moins ce que je croyais être un combat, sur le chemin de Quéribus à Perpignan, il y a déjà tant d'années... Nous avons ri au souvenir de mon coup de poing libérateur asséné au visage du soldat de Montcada, et avons partagé des anecdotes et des ragots de notre pays. Chaque chevalier est suivi au moins par deux sergents à cheval ou écuyers. Je suis moi-même même secondé par un assistant qu'Olivier m'a fourni. J'en suis extrêmement satisfait, je le reconnais, car cela me permet de disposer de tout mon temps pour chevaucher avec mes compagnons de voyage et prendre des notes pour ma mission, qui consiste à rédiger les procès-verbaux nécessaires aux accords auxquels nous parviendrons. La troupe est complétée par Bernat Teisseire, dont je parlerai plus loin.

Quand il a su que j'acceptais son invitation, Olivier de Termes a décidé de m'attendre à Narbonne pour terminer les préparatifs de notre longue chevauchée vers Paris, où il sera reçu par le roi de France et accueilli définitivement au sein de l'Église de Rome comme vassal de Louis IX. Nos retrouvailles ont été très émouvantes. Olivier a presque cinquante ans. Il porte maintenant une barbe et de longs cheveux couleur de cendre, mais son regard déborde encore d'intelligence et de ruse. Sa renommée de terrible guerrier a été forgée dans les combats de Valence sous les ordres du roi Jacques Ier d'Aragon et ses faits d'armes sont parvenus aux oreilles de toute la chrétienté. Sa tenue est celle d'un riche baron ; ses armes, celles d'un homme habitué à les utiliser.

Nous nous sommes vigoureusement étreints, oubliant combien nos statuts respectifs nous éloignent. Je devrai m'efforcer de le traiter, tout au moins en public, comme le grand seigneur qu'il est, même si je le considère comme mon ami.

Assis à la table d'une auberge qu'Olivier avait louée seulement pour nous et où il m'attendait, nous avons parlé presque toute la nuit. Le vin et la nourriture, les meilleurs de la région, ont aidé notre mémoire à dévoiler les aventures vécues par chacun de nous au cours des années passées. Olivier m'a offert le récit de ses expéditions avec Jacques Ier, la conquête des citadelles du royaume de Valence et la vie à la cour du monarque aragonais.

– Tu seras intéressé de savoir que la belle Élo est toujours aussi splendide, quoi que le temps soit passé pour elle aussi. Elle a décidé de consacrer le reste de sa vie à Dieu et s'est éloignée du monde pour entrer dans un couvent. On dit que ce lieu de silence et de recueillement tient davantage aujourd'hui d'une cour d'amour digne de notre Puivert, où l'on récite plus de poésies que de *Pater*.

Nous rions, même si l'évocation de la femme la plus belle et la plus douce que j'aie jamais connue soulève un soupir dans ma poitrine. Dans le fond, je suis fier d'avoir enseigné les secrets de l'écriture et de la lecture à cette grande dame, permettant ainsi à son âme de s'exprimer à travers les rimes.

– Mais, mon ami Pèire, il semblerait qu'on t'ait vu à Montségur avant le siège. Que peux-tu me raconter à ce sujet ?

– Olivier, j'ai cédé non seulement au désir de vous revoir, mais aussi à la nécessité de laisser les souvenirs de Montségur s'estomper dans ma mémoire. Je ne vous ai jamais caché ma foi. Je vais essayer de vous raconter la souffrance que j'ai connue sur cette montagne, mais aussi de vous décrire à quel point j'ai été proche du ciel. Je me suis échappé pour ne pas abjurer ma foi, comme beaucoup d'entre nous.

– C'est vrai, Pèire. Je te demande aujourd'hui ce récit, mais plus jamais je n'exigerai de toi que tu revives ce passé si douloureux.

J'ai ainsi partagé avec mon ami ce que je peux révéler de mes expériences à Montségur. Malgré le vin, après tant d'années, j'ai appris à ne jamais parler plus que la situation ne l'exige. Le secret fait partie de mon âme.

Le lendemain, un homme m'attendait à la porte de ma chambre. Ma surprise de reconnaître en lui le personnage chauve de Majorque et de Carcassonne fut telle que je faillis tomber à la renverse. Il se présenta en souriant :

– Il semble que la vie nous rassemble inexorablement. J'espère que cette fois nous ne laisserons pas passer l'occasion de faire connaissance. Je suis Bernat Teisseire, secrétaire de mon seigneur Olivier de Termes.

Bernat m'a alors expliqué qu'il appartenait à une famille au service des seigneurs de Termes depuis plus d'un siècle. Il connaissait sur le bout du doigt les affaires économiques et diplomatiques d'Olivier, le suivait partout et agissait souvent comme agent secret de son seigneur. À Carcassonne, Olivier lui avait ordonné de négocier la reddition de l'évêque de Toulouse,

Raimond du Falga, avant de pousser plus avant le siège de la ville. Seul l'évêque connaissait sa mission. Le document que je lui avais apporté était un traité de paix. Mais l'arrivée des troupes royales avait empêché sa signature, et le massacre des clercs, auquel j'ai participé, avait fini par ruiner les espoirs des deux parties. J'ai été tenté d'interroger Bernat sur sa présence à Majorque, mais cela ne m'a pas paru opportun. Mon destin serait-il d'ignorer le monde dans lequel je suis né ?

Je me souviens de ces jours-là tandis que nous avançons tranquillement sous les arbres des monts que nous franchissons pour atteindre la capitale du royaume, Paris, qui apparaît devant nous seize jours après notre départ de Narbonne. Nous franchissons les portes de la ville en fin d'après-midi. Nous envoyons un messager au palais du roi pour l'informer de notre arrivée, mais il semble que le souverain soit en visite dans sa forteresse de Meulan, à une journée de route vers le nord-ouest.

Cette nuit-là, nous nous reposons dans une auberge située à l'extérieur des murs de la ville. Olivier, qui se méfie des Francs, préfère que nous restions éloignés du palais royal. D'autre part, Paris est si immense et la puanteur qui s'y dégage est telle que nous craignons toutes sortes de maladies. Les rues sont une rivière de déchets et d'humeurs qui se jette dans le grand fleuve la traversant. Au milieu même de ce fleuve, se trouve le palais du roi, sur une île. Paris est la plus grande ville de la chrétienté, et je suis soulagé de ne pas avoir à y passer plus que quelques heures.

À l'aube, nous reprenons la route en direction de Meulan. Le messager que nous avons envoyé la veille à la cour de Louis de France nous attend sur le chemin. Il apporte une missive du souverain, qui invite Olivier de Termes à lui rendre visite dans les plus brefs délais. Nous accélérons le pas et arrivons en milieu d'après-midi à Meulan.

Une grande escorte nous y attend. En l'honneur du plus grand seigneur des Corbières, les soldats qui la composent sont richement vêtus et armés, mais ce sont aussi des guerriers prêts à intervenir et à nous éliminer immédiatement si nos intentions s'avèrent autres qu'amicales. On nous retire nos armes. Je me sépare difficilement de mon épée, notant ostensiblement le nom du soldat à qui je la confie.

Des tentes ont été préparées à notre intention dans la cour d'armes de la grande citadelle de Meulan. Les serviteurs et les non-nobles attendront ici le déroulement des événements et le retour des chevaliers et de leurs seigneurs. Je me prépare à passer la nuit dans l'une d'entre elles, quand Bernat Teisseire apparaît.

– Olivier souhaite nous avoir à ses côtés, tous les deux. Vous devrez préparer un procès-verbal de la cérémonie.

– Je le ferai. Quelle sera votre fonction ?

– Notre seigneur veut également avoir connaissance des questions qui préoccupent la cour en ce moment. Ma mission est d'apprendre discrètement qui est qui, qui fait quoi, et d'en faire part à Olivier.

Étrange mission, mais je suis ignorant des affaires de la cour, qu'elles soient importantes ou non. Je dois me préparer pour la cérémonie. À l'heure indiquée, je retrouve Olivier, Bernat et les seigneurs qui se sont joints à nous dans cette expédition et souhaitent rendre hommage au roi de France, tous parés de leurs plus riches vêtements, la plupart ornés de leurs armoiries. Nous ne sommes ainsi pas plus de dix personnes à patienter autour de notre seigneur devant les portes, encore fermées, de la salle d'honneur du château de Meulan. Bernat, en guise de maître de cérémonie, nous place par rang de sang. Dois-je préciser que je suis placé, à côté de lui, tout à l'arrière du groupe ?

Les portes s'ouvrent enfin. Nous entrons dans la salle d'audience derrière un majordome. Tandis que les chevaliers se dirigent directement vers le trône, Bernat et moi nous glissons sur le côté de la salle, parmi les soldats. Le roi de France occupe un siège qui n'est qu'un simple fauteuil de bois placé au centre d'une estrade, accessible par deux marches, et recouverte d'une toile de couleur bleue. Olivier de Termes et les barons mettent un genou à terre devant leur souverain.

Louis IX porte une large couronne décorée de fleurs de lys découpées dans le métal – de l'argent, semble-t-il. Il n'a pas de barbe et ses cheveux bruns sont propres. Il porte une tunique bleu marine bordée d'hermine sur le col, détail que je trouve excentrique. Dans son regard se lit une confiance en soi que je crois exagérée. Il est plus jeune qu'Olivier de Termes et que moi, et que la plupart des personnes présentes dans la salle. Je ne connais aucun de ces hommes dont le dialecte, dont je comprends toutefois quelques mots, est différent du nôtre.

Olivier jure fidélité au roi et promet de défendre le royaume de France. Il s'engage également à se croiser et à partir en Terre sainte, entreprise que prépare le roi Louis. Répondant à la requête de son souverain, il fournira à lui seul dix chevaliers et vingt-cinq arbalétriers.

1247

Visiblement satisfait, le monarque se lève et se dirige vers son vassal quand une femme plus âgée, vêtue de noir et coiffée d'un touret de même couleur, qui jusque-là restait attentive debout derrière le trône, lui touche le bras et lui murmure quelques mots à l'oreille. Louis hoche la tête et s'adresse à Olivier dans notre langue :

– Cher Olivier de Termes, nous nous réjouissons de cette soumission à la Couronne de France. Votre fidélité sera récompensée en temps voulu, mais, pour compléter cette cérémonie, je vous prie de renoncer ici et maintenant à toute hérésie et de vous engager, de vive voix et devant cette assistance, à poursuivre dans vos terres et en tout lieu les hérétiques et leur diabolique doctrine.

Olivier n'hésite pas un instant :

– Ici et maintenant, je jure sur la croix que je poursuivrai et anéantirai les hérétiques et leurs croyances partout dans le monde auquel je puis accéder.

Satisfait, Louis s'approche du chevalier et échange avec lui un baiser de paix. Un par un, les seigneurs du Sud répètent les mêmes mots et sont accueillis par le roi Louis. Pour ma part, j'ai perdu tout intérêt pour la cérémonie dès l'instant où j'ai identifié la femme âgée comme étant la reine mère Blanche de Castille, la cruelle adversaire de notre *Égleisa del Bé*, la commanditaire du massacre de Montségur et de tant d'autres. Une rage sourde grandit en moi. L'image d'Esclarmonde de Péreille descendant vers le supplice, sans la moindre rancune ni crainte dans les yeux, se superpose à la vision de cette femme qui ressemble à un corbeau. Je cherche ma dague à la ceinture mais me rappelle soudain qu'on nous a confisqué toutes nos armes avant de franchir les portes de la ville. Bernat me saisit le bras :

– Il ne convient pas de faire montre en public de tes sentiments avec ce regard haineux adressé à celle qui a été régente du royaume pendant des d'années et qui le sera à nouveau dès que son fils partira pour la croisade.

Je me reprends :

– Merci, Bernat, je suis désolé.

– Vous devez être toujours vigilant, *maese* Pèire. Les murs de ces bâtisses ont des yeux et des oreilles.

– Je serai prudent, Bernat, merci de nouveau.

Sans le moindre égard, les secrétaires du roi interdisent à Bernat et moi-même l'accès au banquet qui suivra la cérémonie, arguant que nous ne sommes pas nobles et que notre présence n'est pas utile.

Le lendemain, nous assistons à une messe dans la chapelle du château de Meulan. C'est à peine si on nous a laissés pénétrer dans l'austère église. J'ai dû insister pour assister à la célébration, en prétextant une dévotion extrême. Je veux réciter pour moi, dans le silence de la prière, le *Pater* cathare, celui de mes parents, dans le cœur même du royaume du Malin.

Brûlant tous d'envie de reprendre la route du Sud, Olivier le premier, nous partons le jour même. Les barons du royaume qui ont décidé de se croiser, dont Olivier de Termes n'est pas le moindre, sont convoqués dans un an à Aigues-Mortes, le port que Louis fait construire au bord de la *Mare Mediterraneum.*

Le chemin de retour est calme et lent. Olivier semble apprécier le paysage changeant et n'est pas pressé d'arriver à sa résidence du château d'Aguilar, à quelques lieues de Quéribus, d'où nous préparerons notre départ. Nous bavardons des heures tout en avançant au rythme que prennent librement les chevaux. Vingt-cinq jours plus tard, nous arrivons enfin à Aguilar. L'imposante forteresse permet à son propriétaire de contrôler la partie orientale des Corbières. La vue depuis ses tours est toutefois moins captivante que celle qu'offre Quéribus, même si je retrouve le mont Canigou, au sud. La vallée au milieu de laquelle se dresse ma nouvelle demeure est verte, souriante, entourée de riches champs et de vignobles.

Olivier m'offre une maison de pierres placée à l'extérieur des murs, mais sous sa protection, avec un enclos pour les chevaux et une couche pour mon valet. Mon état s'est beaucoup amélioré, même si je regrette souvent mon ancienne cabane dans la cour d'armes, sous le chemin de ronde de Quéribus. Je partage mon été entre mon travail, la rédaction de quelques procès-verbaux et les conversations avec Olivier. Lorsque celui-ci s'absente plusieurs jours pour recueillir en main propre des impôts ou régler ses innombrables litiges, je ne l'accompagne pas. Il préfère pour cela Bernat, avec lequel je noue une certaine amitié. C'est un personnage étrange. Par son apparence physique, car son absence totale de pilosité rappelle celle d'un enfant (bien qu'il soit plus âgé que moi de plusieurs années, il me semble). Mais surtout par sa façon de penser. Curieux de tout, toujours actif, très cultivé, il parle le latin comme un curé, écrit le limousin comme un troubadour et sourit très peu, tout en étant affable. Il ne porte pas d'armes et revêt généralement une robe bleue et un bonnet à large bord qui le protège du soleil, qu'il déteste. Lorsque le froid l'y oblige, il s'enveloppe dans un manteau de même couleur que sa tunique. Sa conversation est agréable et riche, quoique entrecoupée de longs moments de silence, ce qu'Olivier n'apprécie guère, tant grande est sa passion pour la confrontation des idées.

Thérèse, l'épouse d'Olivier, apparaît sporadiquement aux côtés de celui-ci. Issue d'une riche famille catalane, elle nous parle à peine et passe ses journées entre sa cour de femmes et son fils Raimond. Occupés par les guerres et les affaires politiques, les seigneurs de ces terres ne sont généralement pas de bons pères, et Olivier ne diffère pas beaucoup en cela de ses semblables. L'enfant n'a que dix ans. Son éducation a été confiée à un écuyer plus âgé, fidèle à Olivier, qui lui apprend les rudiments de l'art des armes. Lorsque je propose à Olivier d'enseigner à l'enfant l'écriture et la lecture, et de lui apprendre en outre les bases pratiques de la finance, indispensables s'il veut le laisser à la tête de son fief, il me répond :

– Ami Pèire, nous partirons bientôt pour l'Orient, qui sait si nous retournerons sur notre terre un jour. Tu peux organiser l'éducation de mon enfant si tu le désires, mais ne t'en occupe pas toi-même, parce que je ne songe pas à t'amarrer à ce château comme un simple maître d'écriture.

– Très bien, Olivier, je laisserai à un professeur l'instruction du jeune Raimond de Termes et...

– En fait, je dois être franc avec toi, Pèire. Je pense à toi pour une mission très particulière. Il est encore tôt, mais mieux vaut peut-être anticiper nos plans. Le moment, qui sait, est venu de te dévoiler un projet particulier, très particulier.

Olivier est soudain devenu sérieux. Sa voix s'est faite murmure. Je pressens l'importance de ce qu'il s'apprête à me dévoiler.

– Je suis à vos ordres, Olivier.

– Je sais, Pèire, mais attends un peu avant d'accepter cette mission où tu risqueras ta vie.

Ce ne serait pas la première fois.

Olivier se lève pour aller fermer la pesante porte de la salle principale du château. Puis il place deux tabourets près de la fenêtre, qui s'ouvre sur les champs de céréales de la plaine, couronnée par les roches du mont Tauch. Son regard se perd au loin.

– La croisade à laquelle nous allons participer sera un épisode de plus des guerres entre la chrétienté et l'islam. Des guerriers, des femmes et des enfants des deux camps mourront. Je ne pense pas que cela changera l'équilibre des forces. Tôt ou tard, nous devrons quitter la Terre sainte. Mais il reste une chance, une seule, d'éviter cette triste fin du royaume latin de Jérusalem. Les Tartares, de formidables guerriers qui viennent du bout du monde, se battent depuis des années contre les Sarrasins de l'autre côté des terres de l'islam. Si nous parvenons à nous allier avec eux, nous pourrons attaquer ensemble et précipiter la chute des Sarrasins. Louis de France, qui a reçu plusieurs lettres de leur seigneur proposant une alliance, souhaite envoyer une ambassade à l'autre bout du monde. Il sait que j'ai affronté maintes fois les Sarrasins pour le compte de Jacques d'Aragon et connaît mon penchant pour la diplomatie. C'est pourquoi il m'a demandé de lui fournir des ambassadeurs de confiance pour accompagner ses émissaires. Bernat connaît la langue arabe et toi tu es à même de documenter une ambassade comme celle-ci. Ton expérience de la guerre et de l'âme humaine peut aussi être indispensable à la réussite d'une telle aventure. Je crains que, du côté de Louis, les ambassadeurs ne soient que des ecclésiastiques dévoués.

En voyant mon visage horrifié, il sourit :

– Bernat et toi ne porterez pas la parole du Christ, ne t'inquiète pas. Ou, du moins, pas la parole de l'Église de Rome. Vous n'allez que faciliter la tâche des hérauts de Louis de France qui livreront la réponse de leur... de notre roi. Le connaissant, il exigera des Tartares qu'ils embrassent la « vraie » foi, la sienne, mais vous pouvez faire connaître à ces hommes la réalité de notre monde et faire pencher la réponse en notre faveur. Sinon, je ne pense pas que nous puissions protéger plus longtemps nos frères de Terre sainte. Et je ne récupérerai jamais mes terres.

Sur le visage d'Olivier apparaît un sourire espiègle, celui que je ne voyais plus depuis longtemps, et sa tape sur mon épaule, à la mode de Chabert de Barbaira, me ramène sur les plages de Salou, à notre jeunesse. Cette bourrade a le goût de l'aventure. Olivier, qui me connaît bien, a su me plier à sa volonté :

– Olivier, vous êtes mon seigneur, et je vous remercie de cette preuve de confiance absolue dans mes capacités. Vous montrez ainsi peu de jugement, mais je vous en suis reconnaissant. Je ne peux qu'accepter.

Dans ma poitrine apparaît un murmure semblable à celui de la *tramontana* de Quéribus. Trois ans après Montségur, dans ma nouvelle *domus*, avec un nouveau seigneur, je laisse derrière moi le manteau de tristesse qui m'enveloppait. Le désir de découvrir des mondes nouveaux, des peuples différents, le goût pour l'étrange, tout cela abolit en moi ce voile de tristesse qui m'emprisonnait.

– Quand voulez-vous que nous partions ?

– Pas si vite, *maese* scribe. Nous accompagnerons d'abord le roi à Chypre l'été de l'année prochaine. De là partiront la croisade et votre ambassade. Il vous reste quelques mois pour vous préparer. Peut-être pourrais-tu apprendre à mieux connaître Bernat et lui demander de t'enseigner un peu d'arabe. J'enverrai au secrétariat du roi vos lettres de créance comme représentants de ma chancellerie.

– *Aquò's plan*[24], Olivier.

24. « C'est bien », en occitan.

1247

Étrange sentiment que celui d'entrevoir à l'horizon de mon existence une aventure au moins aussi captivante que celles que j'ai eu la chance, mais aussi le malheur, de vivre. Je remercie mentalement Guilhabert de Castres pour avoir transformé la banale vie de notaire qui m'attendait dans une ville glaciale et triste des Pyrénées en une succession d'épisodes extraordinaires. L'âme humaine est étonnante. La tristesse qui empoisonnait mon esprit ces derniers mois s'est muée en excitation et exaltation à la perspective d'un voyage que très peu d'hommes ont fait et feront.

Bernat est informé de l'expédition, bien sûr. J'ai deviné dans nos conversations qu'il a peut-être inspiré à Olivier l'idée de ma présence dans l'ambassade. J'apprécie sa confiance. Je décide de me consacrer corps et âme à l'étude de la langue des Sarrasins. Bernat n'est pas un professeur patient, mais je progresse rapidement. Parmi les esclaves du château se trouve un guerrier maure qu'Olivier a capturé à Valence dans le but d'exiger une rançon, mais que les siens ont abandonné à son sort. Il s'appelle Nordinn et sa mission à Aguilar est de prendre soin des armes et des chevaux d'Olivier, preuve de la grande confiance de mon seigneur en sa parole. Nordinn est un homme affable qui n'a pas beaucoup de mal à bavarder cordialement. Je pratique avec lui sa langue dont il est très fier. Au fil des semaines, j'abandonne mes classes auprès de Bernat au profit de Nordinn, ce qui nous satisfait tous les trois. Au printemps, je suis en mesure de tenir une conversation assez complexe avec lui, et il m'apprend même des blasphèmes et des insultes. De temps en temps, nos discussions le conduisent à évoquer sa patrie, Grenade, qu'il considère comme la plus belle ville du monde.

L'été venu, nous prenons la route d'Aigues-Mortes, sous de fortes chaleurs, à cinq jours de cheval. J'ai obtenu d'Olivier la permission d'emmener Nordinn comme assistant, et celui-ci s'est engagé à nous accompagner jusqu'à notre retour en échange de sa liberté ultérieure. C'est un homme jeune et fort qui peut nous venir en aide grâce à sa connaissance du monde sarrasin, bien qu'il n'ait jamais voyagé dans ces contrées au-delà d'Al-Andalus. Il ne connaîtra pas les détails de notre mission (il pense que nous partons commercer). Bernat approuve sa présence, j'espère que les émissaires du roi l'accepteront.

En juillet 1248, tous les croisés de la région sont regroupés à Carcassonne. Le roi nous somme d'être présents en août au port d'Aigues-Mortes. Nous répondons en masse à son appel, à l'exception de Raimond de Toulouse : il a loué des navires génois qui vont embarquer son armée dans le port de Marseille.

Plus de cinq cents bateaux couvrent la *Mare Mediterraneum*. Nous sommes rejoints par des hommes, des animaux et des chargements de vivres. Chaque seigneur se voit en principe attribuer une ou plusieurs galères. Pour autant, l'embarquement est un chaos qui n'augure rien de bon pour la suite de l'expédition. Le port n'étant pas terminé, la plupart des navires doivent s'approcher des plages voisines pour aller récupérer les voyageurs. L'immense armée qui devait mettre les voiles de concert est dispersée dès le départ. Peu importe, notre objectif est d'atteindre le plus rapidement possible l'île de Chypre, royaume chrétien gouverné par Henri Ier de Lusignan, dit le Gros, qui a offert au roi Louis – je ne peux l'appeler « mon roi » – soutien et aide dans sa lutte contre les Sarrasins.

Olivier a besoin de plusieurs navires pour transporter ses hommes et son matériel, à l'image des plus grands barons du royaume de France – après Raimond de Toulouse, du reste, il est le plus important de nos seigneurs. Je ne peux m'empêcher d'éprouver une certaine fierté de voir flotter les bannières des Termes sur nos bateaux. Je n'ai pas navigué depuis le retour de Majorque, la sensation est excitante. Le capitaine de notre galère, un homme sale comme j'en ai rarement vu, assure que nous aurons du beau temps les premiers jours et que Dieu nous viendra en aide pour les suivants. Cela ne m'inquiète pas. Je m'efforce de passer la plupart du temps à l'avant du navire, non seulement pour contempler l'horizon, mais aussi pour profiter de la brise qui renvoie la puanteur des esclaves rameurs vers la poupe de la nef.

Nordinn m'accompagne tout le temps. Nous conversons dans sa langue, non sans une certaine discrétion, pour ne pas créer de conflit avec les membres de l'équipage. Les nuits étoilées se succèdent ; il semble que le Dieu auquel le capitaine du navire faisait référence soit bienveillant envers nous. Nous ne suivons pas la côte, nous nous dirigeons directement vers l'île de Sicile, avant de mettre le cap sur Chypre. Le voyage dure vingt-cinq jours. Des conditions favorables permettent à la flotte de se regrouper au moment d'entrer dans la baie de Limassol, protégée des vents du ponant mais dangereusement ouverte à ceux du levant.

Après un débarquement sans problème, notre seigneur choisit de planter ses tentes sur une colline éloignée des murs de la ville. Si nous devons rester ici quelques mois avant de partir pour la croisade, Olivier veut disposer d'un vaste site pour former son armée, entraîner les nouvelles recrues, et monter et démonter les machines de guerre afin qu'elles soient efficaces quand viendra le moment de se battre. L'éloignement des remparts de Limassol permettra également à ses capitaines de maintenir l'ordre parmi les soldats, en organisant les tours de visite aux bordels de la ville et en évitant les venues inopportunes de mérétrices locales dans le camp.

Pour ma part, je visite la ville avec Bernat et mon serviteur Nordinn. Limassol ne dispose pas de la moitié de ce qu'offrait Majorque, même après avoir été conquise brutalement, en termes de boutiques et de marchés. Plus qu'une ville, c'est un village, doté toutefois d'une remarquable cathédrale et d'un impressionnant château. Des rues montent les senteurs de l'Orient et je retrouve, tant d'années plus tard, les épices qui pimentent les plats des Sarrasins. Je croise également des Pisans et des Génois, des Barcelonais et des Tunisiens, et des hommes aussi noirs que la nuit la plus profonde, comme ceux que j'ai rencontrés dans certaines unités de combat maures. Quant au reste de l'île, d'après ce que je peux en voir, il est plus aride que Majorque et tout aussi montagneux. La population locale est un étrange mélange de Sarrasins, de Grecs et de Turcs parlant des langues qui me sont inconnues. Ce sont des agriculteurs et des éleveurs de chèvres et de moutons, dont l'aspect peu soigné et l'hygiène douteuse n'invitent aucunement à établir quelque contact que ce soit. Les enfants errent nus dans les champs; les femmes demeurent cachées dans des huttes misérables ou se livrent à des tâches agricoles. Les seigneurs locaux sont, pour la plupart, des descendants de Francs établis ici lors des précédentes croisades, ou des Grecs bannis par Constantinople, qui maltraitent les indigènes sans vergogne. Cette population doit supporter des marées de conquérants et des armées en fuite. On aperçoit depuis la côte de nombreux châteaux, témoins de l'histoire tourmentée de l'île. Cependant, on raconte que les vestiges de constructions des anciens insulaires chypriotes attestent d'un splendide passé.

Quelques jours après notre arrivée, les pluies d'automne font leur apparition. Nous nous réjouissons d'avoir fait confiance aux marins et quitté notre terre à temps. J'admire aussi une fois de plus le sens de l'anticipation d'Olivier : l'eau des averses, qui sont plus violentes sur la colline où se trouve notre camp que dans la ville ou à proximité, est immédiatement évacuée grâce à la situation élevée de notre position. Les environs de la ville sont devenus un immense camp militaire, dans lequel les tentes des soldats sont regroupées autour de celles de leurs barons.

Aujourd'hui, les chefs de la croisade se réunissent au palais du roi Henri de Chypre. J'interroge Olivier au sujet de leurs délibérations.

– Mon pauvre Pèire, tu es toujours aussi naïf, me répond-il. Il n'est question que du futur partage d'un butin que nous n'avons pas conquis. Et lorsque nous commençons à boire du vin de Chypre, qui est excellent, les conversations deviennent insignifiantes. Il n'est donc pas rare que de vieilles disputes finissent par provoquer quelque altercation entre nous. De temps en temps, des troubadours et des *joglars* de ce pays partagent notre soirée, même si notre roi Louis exige que seule de la musique sacrée soit jouée. La plus misérable taverne bien approvisionnée en vin serait tout aussi divertissante.

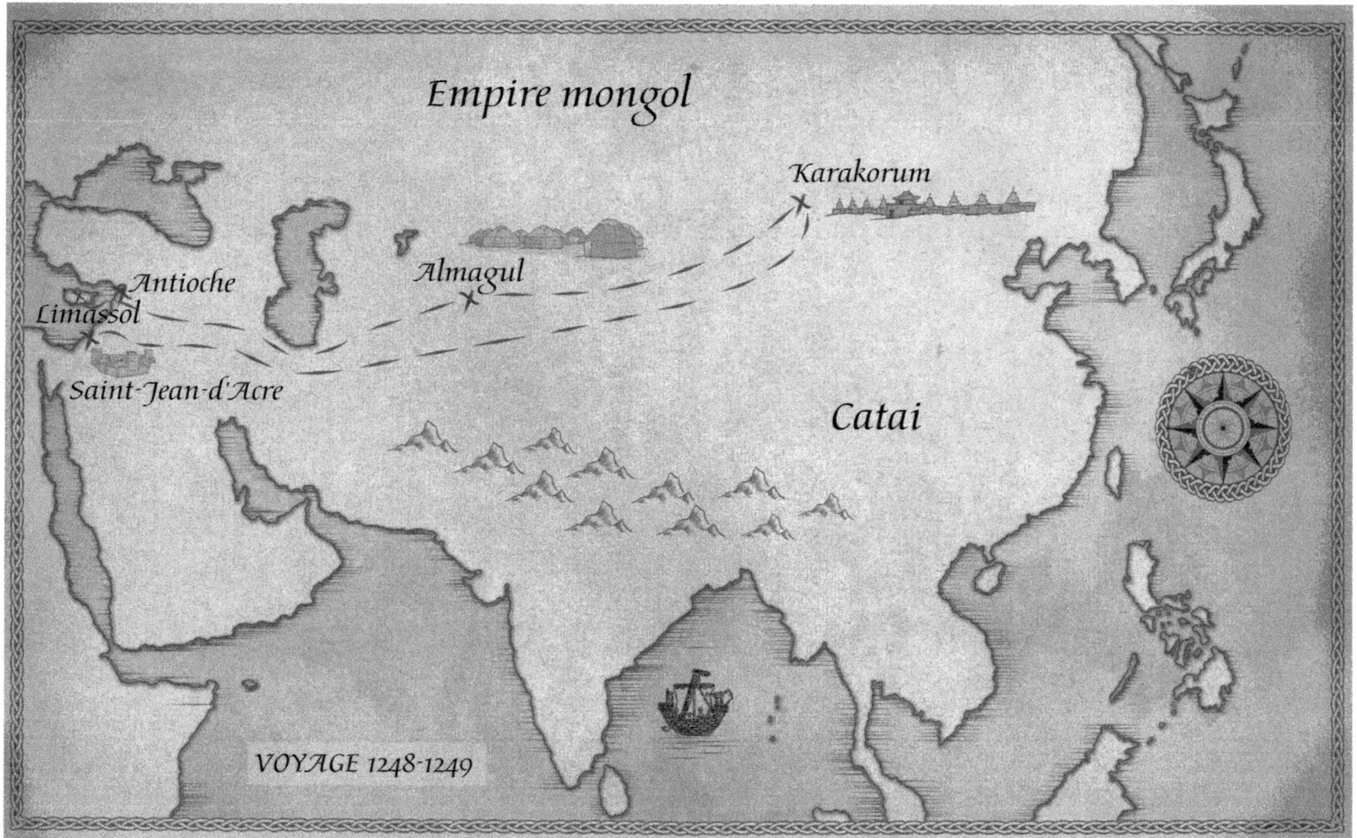
Empire mongol
Karakorum
Almagul
Antioche
Limassol
Saint-Jean-d'Acre
Catai
VOYAGE 1248-1249

1248

Je cours dans les ruelles de Limassol, en évitant les flaques d'immondices pour ne pas trop empester dans le palais du roi Henri le Gros, où Olivier m'a convoqué. Bernat a préalablement rencontré notre seigneur pour établir des contacts en lien avec ses missions, dont il ne m'informe pas. Louis IX, à l'allure aussi soignée que lorsque je l'ai rencontré pour la première fois à Meulan, parle, sérieux, avec le roi de Chypre. Je dois reconnaître que j'étais très curieux de découvrir à quoi ressemble ce monarque. Henri le Gros a certes un ventre distendu, mais loin de justifier son surnom. N'importe quel évêque de France le mériterait bien davantage.

Les deux hommes discutent au milieu d'un groupe mouvant formé par les barons de la croisade. Je n'en connais pratiquement aucun. Cependant, je sais nommer les princes du Sud, regroupés à l'écart des Francs. Bernat vient vers moi, me prend le bras et me dit à l'oreille :

– Il est temps que nous rencontrions André de Longjumeau. C'est un dominicain, il n'est pas nécessaire que je vous rappelle de contrôler...

Mon regard irrité coupe net la parole de Bernat, qui baisse les yeux :

– Excusez-moi, *maese* Pèire, c'est que nous jouons notre vie.

– Il n'y aura pas de problèmes, Bernat, mais avant que nous nous lancions dans cette mission, accordez-moi quelques secondes.

Je m'arrête et je plante mon regard dans le sien :

– Nous nous sommes croisés à plusieurs reprises depuis Majorque, et peut-être nos rôles respectifs dans ces moments vous ont-ils trompé sur ma capacité de décision ou de contrôle. Mais croyez-moi si je vous dis que notre survie dépend certes de notre discrétion, mais avant tout de la confiance que nous pouvons avoir l'un dans l'autre. Nous allons rencontrer un peuple hostile aux côtés d'ennemis et nous devons être prêts à tout, j'insiste, à tout pour sauver l'autre. Je tuerai si nécessaire pour protéger votre vie, et vous ?

Bernat a rougi, surpris par ma réaction. Il hésite à répondre :

– Moi... je...

– Vous ne tueriez pas, Bernat ; je le sais bien. Ni pour me sauver, ni pour vous sauver. Ai-je tort ?

– Non, Pèire, vous ne vous trompez pas. Je ne pourrais pas...

– Je comprends, et j'espère que ce ne sera pas nécessaire. Néanmoins, vous avez toute ma confiance. J'attends la même chose de vous.

– Je vous donne ma confiance sans hésitation, *maese* Pèire de Liziac, toute ma confiance.

– Au travail, donc !

À mon tour, j'entraîne par le bras mon compagnon vers les moines, rassemblés de l'autre côté de la salle pleine de courtisans. Tandis que nous contournons les groupes animés, Bernat murmure à mon oreille :

– Je ne suis jamais allé à Majorque.

Je souris.

– Je sais, Bernat, je sais. En fait, je n'y suis peut-être pas allé non plus, maintenant que vous le dites.

André de Longjumeau est un homme grand et fort ; on n'hésiterait pas à le considérer comme un guerrier sans son habit blanc et son manteau noir propres à son odieuse congrégation. Bernat, qui le connaît déjà, me présente le groupe :

– André de Longjumeau sera notre guide, *maese* Pèire, chargé d'apporter les lettres du roi au khan de Tartarie. Nous accompagnerons également Wilhelm de Longjumeau, frère d'André, le moine de l'ordre des frères mineurs Jean de Carcassonne, Jean Goderiche, Herbert Le Sommelier et Gerbert de Sens. Tous, hommes du roi Louis, avec leurs serviteurs.

Je salue un à un tous ces hommes d'une inclination de tête. André prend la parole :

– Pèire de Liziac, on m'a parlé de vous comme l'un des scribes les plus expérimentés de notre royaume. Je suis heureux de compter sur vous pour documenter notre voyage. Néanmoins, je préparerai moi-même les rapports pour notre roi, qui n'accepterait en aucun cas de les recevoir d'un autre. Nous en discuterons plus tard.

– Frère André, je vous remercie de m'avoir fait une place dans votre entourage et vous assure que je me plierai à la lettre à vos souhaits en ma qualité d'obligé. Je crois savoir que ce ne sera pas votre première mission diplomatique dans le pays des Tartares; j'espère humblement profiter de votre grande expérience.

Mon ton de soumission fait mouche; André sourit et commence à raconter à notre groupe quelques anecdotes de ses voyages en Extrême-Orient. Je profite du monologue du dominicain pour passer en revue les membres de notre troupe. Wilhelm, plein d'admiration, boit les paroles de son frère. Le franciscain Jean de Carcassonne, pieds nus et l'habit brun abîmé et sale, semble vivre dans un autre monde. Les fonctionnaires Jean Goderiche, Herbert Le Sommelier et Gerbert de Sens ressemblent à des marchands, des courtisans; il semble évident qu'aucun d'entre eux n'est un homme d'action. Tous trois échangent des regards complices et moqueurs en écoutant le discours pompeux d'André, laissant entendre qu'ils l'ont déjà supporté d'innombrables fois. Avec Bernat et moi, nous sommes huit. Avec nos serviteurs, parmi lesquels je compte Nordinn, notre groupe compte au total vingt personnes, dont aucun guerrier capable de nous défendre. Mais c'est peut-être mieux ainsi. Le propre d'une ambassade est de transporter des mots de paix, non des armes. Mon épée, cependant, m'accompagnera, ainsi que ma dague forgée dans le meilleur acier.

Les jours suivants, nous sommes absorbés par la préparation de nos bagages. J'achète deux chevaux pour moi et un troisième pour Nordinn. André nous rassemble de temps en temps pour prier et nous faire connaître certaines particularités des pays que nous visiterons. Les coutumes locales, selon lui, sont très différentes des nôtres, nous devrons faire face à d'innombrables situations humiliantes.

– Dans ce cas, nous ravalerons notre fierté et prierons avec patience et humilité. Nous pouvons aussi souffrir de la faim ou pire encore, avoir à manger des immondices en cours de putréfaction. Dans tous les cas, suivez mon exemple et ne méprisez rien ni personne. Chargez-vous abondamment de cadeaux, d'ustensiles de cuisine, de couteaux, de papier. Tout ce qu'un esprit simple et brutal comme celui des Mongols peut désirer. Mais attention, demandez toujours quelque chose en retour si vous ne voulez pas être dévalisés. Les Tartares sont mesquins, mais tolérants; ils n'ont aucune considération pour notre race, mais respectent notre religion et tiennent parole, ne l'oubliez pas. La première partie du voyage se déroulera sur des terres chrétiennes, mais nous pourrions rencontrer des villes sarrasines, que nous devrons contourner discrètement et le plus rapidement possible en avançant jour et nuit.

Il se tourne vers moi :

– *Maese* Pèire de Liziac, je crois que vous avez un esclave sarrasin dont nous pourrions avoir besoin. Pourriez-vous lui apprendre à faire semblant d'être notre chef, voire notre propriétaire, au cas où cela s'avérerait nécessaire ?

– Sans aucun doute, frère André.

La Nativité est célébrée à la cathédrale de Limassol. Nous n'avons d'autre choix que d'assister aux cérémonies religieuses, mais l'inconvénient est largement compensé par les banquets organisés par les grands seigneurs, auxquels j'accompagne Olivier de Termes. Les températures hivernales sont très agréables. J'ai pris l'habitude de faire de longues promenades quotidiennes avec Nordinn sur les plages et les falaises. Je veux être aussi fort que possible pour les mois de voyage à venir. Bernat, qui nous accompagne lorsqu'il en a l'occasion, assiste, admiratif, à mes progrès dans la langue de Nordinn.

André nous fait savoir que nous partirons dans quelques jours, à la fin du mois de janvier, lorsque nous disposerons d'un bateau sûr et que le temps le permettra. Quand les marins décident enfin que nous pouvons appareiller, presque tout ce mois s'est écoulé. Bernat et moi faisons nos adieux à Olivier, puis prenons place avec nos compagnons sur une grande *coca*, un type d'embarcation utilisé généralement pour transporter des marchandises ou des esclaves vers les enclaves chrétiennes de Palestine, et de là vers le monde sarrasin. Des marchands embarquent avec nous, ainsi qu'un guide qui nous accompagnera de Limassol à Raqqa, en territoire sarrasin. Au-delà, nous devrons trouver seuls notre chemin. La traversée est courte, à peine deux jours et deux nuits. Au lever du soleil le troisième jour, nous débarquons dans une crique dont le nom m'est inconnu.

Nous préparons les montures sur la plage, fixant avec un soin extrême les charges sur leur dos. Déjà, je commence à observer avec curiosité ce nouveau monde. Me voici à l'est, en Orient, loin de mon pays, loin de Montségur, de Quéribus, de Pamiers… Je dois calmer mes nerfs pour ne pas éperonner mon cheval quand enfin s'ébranle notre troupe, accompagnée d'une trentaine de chevaux. Deux heures plus tard, nous arrivons devant la ville d'Antioche. Un flux ininterrompu d'hommes et de bêtes entrent et sortent par les portes de la cité. Tous les peuples de la terre sont représentés ici : beaucoup de Sarrasins, des chrétiens, des hommes étranges aux yeux bridés, de toutes les couleurs de peau. Ils montent des chevaux de toutes tailles ainsi que des mules, des ânes et même des bœufs. Je manque de mourir de rire en découvrant une étrange créature ruminante, très grande, avec une énorme bosse sur le dos. Elle porte un marchand sarrasin dont le regard est à peine visible derrière un turban exagérément long. André m'explique que nous verrons plus tard d'autres animaux semblables à celui-ci, appelés dromadaires, et, en Tartarie, des chevaux de petite taille et des dromadaires avec deux bosses, que les habitants du désert utilisent en cas de besoin comme réserve de graisse et d'eau à consommer. Il conclut :

– Nous n'entrerons pas dans la ville d'Antioche. Nous poursuivrons notre chemin discrètement une fois que les chevaux auront bu, et chercherons un endroit pour camper quand la nuit tombera, pas avant.

L'attitude d'André de Longjumeau, si courtisan à Limassol, a complètement changé. Le visage sérieux, il a pris très énergiquement les rênes de notre expédition. Il connaît les dangers que nous courons, je comprends qu'il ne souhaite pas perdre de temps dans une région où l'avenir est incertain, surtout pour les chrétiens, qui ne contrôlent que quelques villes, et encore, à grand-peine. Nous reprenons notre chemin au trot sans perdre de temps. Derrière les murs d'Antioche, le sentier que nous suivons grimpe vers la montagne, du sommet de laquelle nous découvrons une haute plaine qui s'étend, en légère pente, vers l'est. La végétation broussailleuse me rappelle celle des montagnes des Corbières, exposées aux vents marins.

Nous progressons sans grande difficulté entre des collines basses et nues, en suivant le cours de ruisseaux à sec. Le soleil se couche lorsque notre guide nous indique une grotte qui se découpe dans une paroi rocheuse. Une petite fontaine d'eau apparaît dans le fond, rafraîchissant le soir. D'évidence, l'endroit est connu des voyageurs, car une petite caravane de marchands occupe le fond de la grotte. Après quelques instants d'hésitation, ces derniers se réjouissent bruyamment de notre arrivée. Ce sont des commerçants chrétiens d'Italie, la venue de nos hommes d'Église leur procure donc une grande joie, même si je soupçonne qu'ils auraient préféré des soldats du roi Louis, mieux à même d'assurer leur sécurité. Ils reviennent d'Alep, où ils ont acheté des épices, des soieries et des parfums provenant d'Inde et d'autres contrées. Suivant les instructions d'André, nous nous présentons comme une mission évangélique destinée à apporter un soulagement spirituel à nos frères chrétiens nestoriens, auxquels nous unit la foi chrétienne malgré leurs erreurs d'interprétation du dogme, qui vivent en grand nombre dans le royaume d'Arménie.

Les Italiens, qui partagent leur vin avec nous, se montrent choqués par les pieds nus du frère Jean de Carcassonne, qui mange à peine et leur sourit avec bienveillance. Autour du feu, dans ce monde si nouveau pour moi, nous parlons jusque très tard, nous échangeons des nouvelles, chacun d'entre nous racontant de ses voyages ce qu'il juge racontable. Quand enfin le sommeil nous vainc, je m'enroule dans mon manteau et pose la tête sur ma selle. La chaleur de Bernat, de Nordinn, des autres hommes et des bêtes regroupées au fond de la grotte me protège comme le sein d'une mère et m'apporte la paix.

L'aube n'éclaire pas encore le ciel quand, laissant les Italiens derrière nous, nous quittons la grotte pour reprendre notre montée vers les montagnes. À midi, nous franchissons un col peu élevé. Sur l'autre versant, des vallées vertes et fertiles nous attendent, entremêlées d'immensités désertiques. Étrange spectacle. La ville d'Alep se devine à l'horizon; selon André, elle se trouve à un jour et demi de marche.

– Mais nous n'y entrerons pas non plus. La ville est aux mains des Ayyubides, semble-t-il, même s'il est vrai qu'ici tout change du jour au lendemain. Une ambassade est toujours respectée, mais nous sommes en guerre contre eux. Ne tentons pas la chance.

1248

En descendant des montagnes vers la plaine, nous entrons dans une région sèche au sol sablonneux. Pendant trois jours, nous avançons vers le nord-est. Frère André de Longjumeau a pour règle de parcourir dix lieues par jour, un rythme difficile à tenir tant pour les montures que pour nous. Il faudra s'y habituer. Enfin apparaît devant nous la bande bleue d'une rivière.

– C'est la Sajour, dit notre guide. Nous la suivrons pendant une journée jusqu'au grand fleuve Euphrate. De là, nous nous dirigerons vers Raqqa.

Nous avançons dans ce paysage de contrastes, où les rives fertiles des cours d'eau parsèment les déserts les plus secs. La Sajour n'est pas navigable, elle apparaît et disparaît selon son caprice. Pendant une journée entière, nous suivons son cours jusqu'à ce qu'enfin elle se dilue dans les eaux sombres d'un immense fleuve.

– L'Euphrate est le plus grand cours d'eau de ce pays. Il vous mènera dans deux jours à Raqqa, affirme notre guide. Plus loin vous trouverez un passeur, qui vous conduira sur l'autre rive avec une barge.

– Ne nous accompagnes-tu pas ? demande, inquiet, André de Longjumeau. Je t'ai payé pour aller jusqu'à Raqqa.

– Je n'ai pas l'intention d'entrer dans Raqqa. Et je vous conseille de ne pas y pénétrer non plus. Le pouvoir des Ayyubides est en train de s'effondrer, et n'importe qui peut prétendre au trône. Les Tartares sont à quelques jours d'ici; traversez la rivière dès que possible et cherchez à vous placer sous leur protection.

Sans plus attendre, il tire sur les rênes de son cheval et disparaît en quelques minutes. Nous renonçons à le poursuivre.

André nous rassemble et prend la parole :

– Ce genre de revers se produit souvent dans les voyages. Nous suivrons les conseils de ce brigand : nous passerons ce fleuve dès que possible et traverserons ensuite ce désert qui nous mènera jusqu'à la mer des Khazars[25]. Dans quelques jours, nous serons en sécurité.

Obéissant sans perdre de temps, nous suivons le cours du grand fleuve d'un bon pas. Lorsque le passeur apparaît, nous mettons pied à terre. Son embarcation n'est autre qu'une vieille barge faite de troncs empilés et reliés les uns aux autres. Cet aspect peu conventionnel n'inspire guère confiance mais, au moins, l'ensemble paraît solide. André, que Bernat aide de son mieux grâce à sa connaissance de l'arabe, négocie le prix de notre passage. Le passeur est un homme fort, au regard insaisissable et aux gestes exagérés, qui s'incline devant André avec véhémence et fait comprendre qu'il est désireux de nous venir en aide. De fait, la négociation est rapide. Non sans crainte, nous montons sur la barge.

Le batelier faisant preuve d'une remarquable habileté, nous arrivons rapidement au milieu du fleuve, dont le courant est plus fort qu'il n'y paraissait depuis la rive. Mais c'est alors que l'homme retire de l'eau la gaule qu'il utilisait pour diriger la barge et entame une nouvelle discussion avec André et Bernat. Indiquant le sac de pièces qu'André porte à la ceinture, il réclame davantage d'argent. André refuse. Furieux, le moine crie et fait de

25. La mer Caspienne.

grands gestes. Mais il est clair que le courant ne nous permettra pas d'atteindre l'autre rive sans l'aide experte du batelier. Nous sommes à la merci de ce voleur.

Soudain, alors qu'aucun d'entre nous ne semble réagir, Nordinn me demande ma dague. J'hésite : après tout, Nordinn est un esclave et un Sarrasin. Mais nous n'avons d'autre choix que de payer plus ou d'essayer de rétablir la situation par la force. Je remets mon arme à Nordinn qui aussitôt se rapproche du groupe d'hommes en pleine discussion. Sans un mot, il saisit le batelier par le cou et lui fait plier une jambe d'un coup de pied par-derrière. L'homme tombe à genoux, incapable de se défendre. Dans le même mouvement, Nordinn aplatit sous sa botte la main gauche du gredin et, sans hésiter, lui tranche le petit doigt, qu'il ramasse et jette à l'eau. La surprise du batelier fait place à l'horreur puis à la douleur. L'homme hurle en se tordant sur le sol. Le sang jaillit abondamment. Les clercs sont restés muets, terrifiés. Jean de Carcassonne, enfin, réagit et s'approche pour s'occuper de l'homme, mais Nordinn se met en travers de son chemin, soulève le batelier par le cou et lui crie à l'oreille en arabe :

– Sur l'autre rive tout de suite, si tu ne veux pas perdre tous tes doigts un à un !

Le voleur ne se le fait pas répéter deux fois. Entre deux démonstrations de douleur, il s'enroule la main dans un chiffon sale, prend la perche et retourne au travail, en larmes. Nordinn nettoie la dague avec son manteau et me la restitue sans prononcer le moindre mot. Puis il retourne s'occuper des chevaux.

Tandis que les moines restent toujours sans réaction, quelques rires fusent parmi les serviteurs. Pour ma part, d'un mouvement de tête adressé à André, j'assume toute la responsabilité de l'acte de Nordinn tout en replaçant la dague à ma ceinture. André me répond par un sourire. Nordinn, de son côté, nettoie le sang de ses mains dans l'eau de la rivière comme si de rien n'était.

Une fois sur l'autre rive du fleuve, nous reprenons notre progression vers l'est. Nous ne nous arrêtons que pour laisser les chevaux se reposer et leur donner à boire près d'un ruisseau. Puis nous continuons à avancer jusqu'à la nuit. Le deuxième jour, nous parcourons un désert de sable et de cailloux, battu par un incessant vent d'est. Au crépuscule, un camp qu'André qualifie de «*badawī*» apparaît devant nous.

– Ce sont des habitants du désert, des nomades, généralement hospitaliers. Je m'étonne de les trouver ici, si loin au nord.

Les vastes tentes de ces habitants du désert sont regroupées autour d'un feu où se réchauffent des hommes, pas plus de dix, vêtus de larges tuniques et la tête recouverte d'un turban foncé. Ils nous accueillent avec des sourires sincères dévoilant des dents blanches qui se détachent sur leur teint sombre. André et Bernat discutent avec eux de la possibilité de partager le feu pour une nuit. Leur hospitalité, comme Bernat me le dit plus tard, est surprenante, compte tenu du peu qu'ils ont à nous offrir. Ils nous préparent un thé, cette boisson étrange aux saveurs mélangées que je connais depuis Majorque et que semblent avoir en commun tous les peuples, sauf les chrétiens. Nos hôtes tuent une chèvre en notre honneur. Notre repas est excellent. Nous sommes servis par les femmes du campement. C'est à peine si nous pouvons distinguer leurs yeux, rehaussés par une peinture noire, tant est grand le désir de leurs époux de les protéger du regard des autres hommes. À l'heure du coucher, mes compagnons de voyage sont répartis dans les tentes, mais je préfère rester auprès du feu avec Nordinn, couvert de mon manteau sous le ciel froid étoilé.

Le thé du lendemain matin, accompagné d'une sorte de gâteau assimilable à du pain, me revigore. Après avoir offert aux Bédouins des objets qui ont attiré leur attention : un morceau d'étoffe et un pot pour le feu, nous reprenons notre voyage. Le soleil brille haut dans le ciel, mais sa chaleur est supportable, car nous sommes en hiver. De temps à autre, un village apparaît sur notre route, mais nous préférons continuer à avancer sans délai. Après trois jours de marche, le terrain commence à s'élever. Au loin, se distingue une chaîne de montagnes. Nous l'atteignons le lendemain. Ces montagnes ne sont pas très hautes, mais les routes y sont peu nombreuses et très mal entretenues. Il nous faut trois jours supplémentaires pour vaincre le dernier col, qui s'ouvre sur un magnifique paysage bleu brillant dans le ciel du matin.

– La mer des Khazars, explique André de Longjumeau. Nous longerons la côte durant quelques jours.

Ensuite, d'une manière trop solennelle à mon goût, il nous rassemble autour de lui :

– Chers frères, mes amis, nous entrons dans l'Empire mongol, ou tartare, ou encore moal. À partir de cet instant, nous redevenons les ambassadeurs de notre roi Louis IX. Cet empire est si vaste que nous ne sommes même pas à mi-chemin de notre voyage. Et les difficultés qui nous attendent ne seront pas rares. Le froid extrême et le manque de nourriture, peut-être les maladies, peuvent décimer notre troupe. Mais nous n'abandonnerons à aucun moment l'objectif de notre mission. Nous arriverons dans un peu plus de deux mois à Karakorum, la capitale. Quant aux habitants de ces immensités, beaucoup ne sont que des animaux vulgaires et sauvages. Certains, appelés Coumans, dévorent leurs morts. Les Tartares n'ont pas de résidence permanente et ne savent pas où ils iront le lendemain. Toute la Scythie, du Danube à la Parthie, a été conquise par eux, ils l'ont partagée entre leurs tribus. Chaque capitaine, en fonction du nombre d'hommes à son service, connaît les limites de ses pâturages et sait où il doit se trouver à chaque saison. À l'approche de l'hiver, ils descendent dans les régions chaudes et, en été, ils gagnent les régions froides du nord. En hiver, ils utilisent la neige comme eau. Ils sont toujours à la recherche des pâturages les plus verts pour leurs bêtes. Les maisons où vivent les chefs sont montées sur roues et sur des planches de bois, et sont tirées par des bœufs. Parfois, elles sont énormes : il m'est arrivé de compter jusqu'à vingt-deux bœufs pour une seule maison de prince. Mais les serviteurs montent et démontent ces tentes, appelées yourtes, avec beaucoup d'habileté. Le grand khan, qui est leur empereur, réside une grande partie de l'année dans la capitale, Karakorum. Mais les Mongols ne perdent aucune occasion de se déplacer sur la steppe, aussi devrons-nous peut-être chercher la cour du khan pendant des mois.

André se fait alors plus solennel encore :

– C'est pourquoi, frères et fils, dans cet immense empire, je vous adjure d'être patients et vous implore d'avoir foi en Notre Seigneur qui, sans aucun doute, nous placera devant des difficultés et nous offrira des doutes comme seules certitudes, mais qui, finalement, nous récompensera en nous permettant d'accomplir sa volonté et celle de notre roi Louis.

André se signe et, ensemble, nous récitons un *Pater*, que je remplace en silence par la prière cathare. Le scribe curieux que je suis a pris note mentalement de l'étrange description des maisons à roues. Plus que jamais, je souhaite rencontrer ce peuple extraordinaire.

1248

Une semaine entière, nous suivons la côte de la mer des Khazars. Ses eaux sont sombres et je découvre avec stupéfaction qu'elles sont très peu salées. Les poissons qu'en tirent les pêcheurs que nous rencontrons sur notre route, et auxquels nous achetons le fruit de leur travail, ressemblent à des créatures de l'Averne, tant ils sont difformes. Leur chair est cependant savoureuse et nous permet d'apaiser la faim qui nous tenaille en permanence.

Dans ce pays, les terres fertiles se changent en déserts secs et arides dès que l'on s'éloigne de la côte et des rivières. Les températures estivales, nous explique André, sont si torrides que, quand il pleut, l'eau s'évapore avant même de toucher le sol. Par ailleurs, la population, exception faite des Bédouins, est extrêmement pauvre et vit dans un état semi-sauvage. Les habitants des hameaux sont peu nombreux et ignorent le commerce, chacun vivant uniquement de ce qu'il produit.

Lorsque les plages de la mer des Khazars obliquent brusquement vers le nord, nous les abandonnons à notre grand regret pour pénétrer ce continent étrange. Pendant deux semaines, nous progressons sur les flancs d'une longue chaîne de montagnes, toujours vers l'est. Un air glacial nous empêche de dormir à l'extérieur la nuit, mais les villages que nous trouvons sur notre route sont misérables. Or, André de Longjumeau ne veut avoir à donner aucun des présents qu'il a apportés pour les occasions importantes. Car il convient de savoir que, si l'hospitalité est obligatoire pour ces hommes, ceux-ci attendent de leurs invités une compensation, et les vins, biscuits, viandes séchées et huiles sont si rares et de si grande valeur dans ces contrées qu'ils peuvent aisément attiser les convoitises de certains.

Enfin, nous laissons la chaîne de montagnes derrière nous, au sud. Sous nos yeux se déroule une immense étendue plate dépourvue de végétation. Le sol devient plus sablonneux. Notre commandant décide d'entrer dans un bourg au nom inconnu pour échanger certains de nos chevaux contre des dromadaires, plus habitués à évoluer dans ces déserts. Nous installons notre camp extra-muros, à deux heures de la ville. Je demande à André la permission de l'accompagner avec Nordinn, ce qu'il accepte. Bernat nous suivant également, nous sommes quatre à galoper, avec huit chevaux, en direction de la bourgade.

Celle-ci n'est pas fortifiée, même si l'on peut apercevoir les fondations d'anciens remparts. André nous explique que les Mongols contraignent les villes soumises à démolir leurs murailles. L'ambiance dans les rues est très calme. Le moine s'enquiert, dans la langue des Tartares, d'une auberge ou d'une poste. On nous indique une vieille construction de boue que jouxte un enclos de grandes dimensions où ruminent quelques dromadaires. L'échange ne se fait pas sans difficulté. Nos chevaux sont grands et forts, mais peu utiles sur ces terres car ils ne permettent pas d'avancer rapidement. L'éleveur de dromadaires cherchant à nous duper, Nordinn, de nouveau, doit intervenir en arabe, mais cette fois sans exercer aucune forme de violence, pour que soit conclu un accord avantageux pour les deux parties. Ensuite, nous achetons tout le pain disponible dans le village et retournons à notre camp avec six dromadaires, plus lents que nos chevaux, mais bien plus habiles dans ce désert.

Quelle n'est pas notre surprise quand, à notre arrivée, nous trouvons, encerclant le feu que nos compagnons ont préparé, des hommes à cheval en train d'essayer de communiquer avec le frère Jean de Carcassonne, qui leur sourit avec bonté et explique en limousin la raison de notre présence sur ces terres.

– Des Tartares, nous avertit André.

En les découvrant, j'ai l'impression d'être entré dans un autre monde. Montés sur des chevaux beaucoup plus petits que les nôtres, ils sont vêtus de peaux dont la fourrure est tournée vers l'extérieur. Leurs pantalons et leurs bottes sont en cuir épais. Ils portent un casque conique, dont émerge un bonnet de peau laineuse. Tous ont un arc suspendu sur le flanc gauche de leur monture et un carquois attaché à l'épaule par une sangle. Leur armement est complété par une épée courte et large pendant à leur taille. Nombre de ces hommes sont barbus. Certains, et cette vision me pétrifie, ont le visage couvert de cicatrices qui leur donnent un aspect de démon de l'enfer. Leur peau est couleur terre. Quant à leurs yeux, ils ressemblent à des fentes taillées au couteau et leur regard est à peine visible.

André s'adresse à l'homme qui semble être leur chef. Il le fait en mongol. Cette langue m'est parfaitement inconnue mais, dès cet instant, je décide d'en apprendre suffisamment pour comprendre le sens des conversations. Le moine descend de son cheval, s'assied près du feu et ordonne aux serviteurs de faire du thé. Puis il invite le capitaine à s'asseoir à ses côtés sur le sol. Celui-ci met pied à terre et s'approche, tandis que ses hommes restent sur leurs montures, attendant ses ordres. André partage tranquillement le thé avec son convive, échangeant avec lui quelques gestes de la tête, mais sans jamais inviter les autres hommes à les rejoindre. De notre côté, nous descendons de cheval. Enfin André ordonne à son frère de prendre un sac de noix, qu'il tend avec un sourire au guerrier, lequel le saisit et le garde pour lui, sans hésiter. Puis les deux hommes se lèvent, et André s'adresse à nous :

– Ce détachement nous conduira au camp du gouverneur de cette partie de l'empire, à deux jours de route. Nous avons eu beaucoup de chance. Montez, nous partons.

Nous nous préparons aussitôt, et nous voici bientôt trottant derrière les Mongols, qui jamais ne prennent la peine de s'assurer que nous les suivons. Leurs chevaux, plus petits mais plus accoutumés au terrain que les nôtres, adoptent une allure rapide, qui surprend nos montures, habituées au galop ou au pas lent. Nos dromadaires aussi peinent à les suivre. Peu à peu, cependant, nous nous habituons et avançons rapidement à travers la plaine. Quand la nuit tombe, nous nous arrêtons en plein milieu du désert et commençons à chercher du bois pour le feu. Les Tartares, eux, s'assoient directement sur le sol. Certains partagent avec nous quelques morceaux de viande séchée peu appétissante et un liquide à l'odeur forte. L'un d'eux, le plus proche de moi, rit en voyant mon visage surpris et me tend son outre de peau cousue. Je suis sur le point de refuser d'un signe de la tête, lorsque je reçois un ordre :

– Buvez, *maese* Pèire.

C'est André, qui a assisté à la scène. Sans hésiter, j'avale deux gorgées.

– *Kumi, kumi,* insiste l'homme.

C'est une sorte de lait aigre qui pique la langue. Je rends l'outre avec un geste de remerciement. En échange, j'offre au guerrier le thé chaud que j'étais sur le point de boire. Il accepte, en avale une gorgée et me rend aussitôt la coupe de fer. Puis il se tourne vers ses compagnons et s'allonge sur le sol.

– Les Tartares sont des hommes durs qui passent la plupart de leur temps à cheval, nous explique peu après André, autour du feu. N'espérez pas tisser le moindre lien d'amitié. Ne regardez pas les femmes si elles ne vous sont pas offertes. Et essayez de ne pas être trop prodigues en cadeaux, car ils n'en ont jamais assez.

1248

Deux jours plus tard, en milieu de journée, un immense campement apparaît devant nous, entre deux collines basses. Comme André nous l'a décrit, son centre est occupé par une trentaine de maisons sur roues. Je pense que certaines ont plus de cinquante coudées de circonférence et débordent largement des plates-formes qui les soutiennent. Ce ne sont pas des maisons telles que nous les connaissons, mais des tentes de tissu et de cuir tendu autour d'un support de bois, d'après ce que je peux en deviner. Elles sont surmontées d'un trou qui sert de cheminée. Les parois sont recouvertes d'une sorte de graisse animale, sûrement pour empêcher la pluie de pénétrer.

Autour de ce premier cercle de maisons sur roues se trouvent d'autres tentes plantées à même le sol. Toutes ont une forme ronde. Je crois que chacune de ces yourtes abrite une famille. Les femmes portent de larges robes, certaines en peau d'animal, et ont les cheveux tressés et très longs, du noir le plus absolu. Les enfants courent d'un endroit à l'autre, à demi nus. Au-delà des tentes se trouvent les animaux. J'identifie des bœufs et des vaches, beaucoup de chèvres enfermées dans des enclos et une multitude de ces petits chevaux si robustes que montent les hommes, les femmes et les enfants. Le penchant de ce peuple pour ces animaux est tel que je vois des groupes de Mongols bavarder avec animation juchés sur leurs montures. Et quand un objet tombe au sol, ils ne mettent pas pied à terre mais, avec le plus grand naturel et sans cesser de parler, se penchent sur l'encolure du cheval jusqu'au sol et le ramassent sans aucun effort.

Ce camp abrite tellement de gens qu'il ressemble à une ville étrange, sans rues ni maisons de pierre, sans église ni palais. Les cris d'enfants, les beuglements des animaux qu'on abat, le marteau du forgeron sur l'enclume, les rires des hommes et des jeunes gens rappellent un bourg d'une certaine importance en pleine ébullition, débordant de vitalité et d'habitants.

Les guerriers qui nous accompagnaient nous indiquent un endroit où attendre : un enclos vide pour nos animaux et une tente délabrée dans laquelle nous nous entassons à grand-peine. Nous leur signifions notre gratitude avec quelques menus cadeaux. Pendant ce temps, le chef du détachement court vers la maison sur roues la plus imposante pour, je suppose, avertir le gouverneur de la région de notre arrivée. Nous passons l'après-midi à réparer notre demeure comme nous le pouvons pour au moins passer la nuit à l'abri. Enfin, nous nous couchons, épuisés, et nous endormons sans feu, chacun cherchant la chaleur de l'autre, enveloppé dans son manteau à même le sol, à la mode mongole.

Jusqu'au lendemain matin, nous ne recevons ni nouvelles ni nourriture. Un homme vêtu de manière plus luxueuse que les autres Mongols se présente finalement dans notre tente de fortune en fin de matinée. Il ne porte pas d'armes, et le bonnet en cuir de poil lisse qui protège sa tête semble plus chaud que ceux des soldats. Ses traits sont aussi moins marqués que ceux de la plupart des Mongols rencontrés jusqu'ici. Il s'adresse à nous en latin :

– Je suis Karut, conseiller de Batú, gouverneur de cette partie du monde au nom du grand khan. Mon seigneur m'envoie vous servir d'interprète. Batú souhaite connaître l'objet de votre ambassade.

– Je suis le frère André de Longjumeau, de l'ordre dominicain, répond sans délai notre chef. Ces hommes sont mes compagnons et serviteurs. Mon seigneur est le roi Louis IX de France, qui est le plus grand roi de la chrétienté. Je porte des lettres pour le grand khan, que je dois lui remettre en main propre. Ce serait un honneur pour moi d'être accueilli par le grand Batú, gouverneur de cette partie de l'Empire mongol.

– Remettez-moi les lettres et je les apporterai à Batú. Il décidera si vous pouvez ou non vous rendre auprès du grand khan.

– Conseiller Karut, je vois à votre tenue et à votre savoir que vous êtes chrétien nestorien. Je ne doute donc pas que vous compreniez que nous avons donné notre parole au roi Louis et que celle-ci ne peut être dédite. Nous avons voyagé de longues semaines et nous continuerons à voyager aussi longtemps que nécessaire pour respecter notre engagement, si le grand Batú le permet, mais nous ne pouvons pas remettre entre ses mains ce que notre roi ordonne que nous apportions au grand khan.

– J'informerai le grand Batú de vos souhaits.

L'homme fait demi-tour et sort sans ajouter un mot. La nervosité s'empare du groupe. Nous envisageons diverses possibilités, jusqu'à ce qu'André impose le silence et calme les esprits en commençant un *Pater* que nous reprenons en chœur. Nous ne pouvons qu'attendre. Mes compagnons étant déterminés à réclamer à Dieu son intercession dans cette affaire, je les laisse prier et décide d'aller découvrir par moi-même le camp tartare. Je suis déjà à l'extérieur de la cour, quand Nordinn me rejoint.

– Si vous me le permettez, *maese* Pèire, je vous accompagnerai dans votre promenade dans cette ville si étrange.

– J'en serais ravi, Nordinn.

Nous parcourons les rues les plus proches de notre enclos, si l'on peut appeler ainsi les espaces entre les yourtes, regroupées peut-être par famille, ou par activité, ce que j'ignore. Je prends le temps d'examiner cette étrange population. La plupart des Mongols sont plus petits que les autres peuples. En plus des blessures terribles que certains arborent sur le visage, et qui leur donnent un aspect terrifiant, les hommes arborent un carré rasé sur le haut de la tête et des cheveux gras de chaque côté du crâne. Ils les regroupent derrière la tête et les attachent en paquet.

D'après ce que je vois, la tenue vestimentaire des hommes et des femmes ne diffère guère, si ce n'est que les vêtements féminins, également attachés sur le côté droit, sont plus longs que ceux des hommes. Les femmes montent à cheval autant que les hommes, et comme eux une jambe de chaque côté du flanc de l'animal, et protègent leurs reins avec de longues bandes de tissus colorés formant une ceinture. Beaucoup portent un voile de tissu fin qui ne laisse voir que les yeux. Beaucoup aussi sont assez grosses. Celles qui ont le plus petit nez sont considérées comme les plus belles, apprendrai-je plus tard. Mais la beauté, tant des hommes que des femmes, n'est pas une caractéristique de cette race, pour autant qu'un modeste scribe inexpérimenté puisse en juger.

J'essaie d'échanger quelques mots avec des enfants, mais la difficulté est grande. Peu importe, mon désir de comprendre des paroles, quelles qu'elles soient, de cette curieuse langue et de ce monde si étrange est immense.

Les odeurs, qui m'ont tant surpris à Majorque et à Limassol, sont différentes ici, au milieu de la steppe. Le pays des Mongols sent le rassis, la saleté concentrée, la viande moite et les excréments de chevaux, qui tapissent le camp.

Nordinn est aussi surpris que moi. Cet ancien officier d'Al-Andalus ne conçoit pas que ces hommes, en apparence brutaux et indisciplinés, soient capables d'imposer leur volonté à tous les peuples qu'ils ont rencontrés dans leurs pérégrinations.

Nous revenons à notre abri en milieu d'après-midi. Nos compagnons sont rassemblés autour d'un feu. Batú nous a envoyé des vêtements de fourrure, de la viande et du *kumi*, ainsi que des esclaves, qui réparent notre tente. Tout cela semble de bon augure. Pourtant, André s'inquiète du temps que nous perdons. J'essaie de me montrer compatissant avec lui mais, au fond, peu m'importe de voyager quelques semaines de plus ou de moins dans cet étrange lieu du bout du monde.

1248

Sans ses vêtements, ses riches robes de soie superposées aux couleurs vives et les coussins qui entourent son petit corps, le gouverneur Batú, le deuxième homme le plus important, et donc dangereux, de Tartarie, provoquerait le rire avant d'inciter le respect. Plus petit que n'importe lequel des hommes de sa cour, il a la taille d'un garçon de douze ans de nos Pyrénées.

Dans la tente palais, l'air est chaud, humide, chargé de senteurs de plantes aromatiques brûlées dans des lampes, le tout mélangé à la puanteur des corps sales et aux effluves de *kumi* aigre. Le gouverneur a pris le thé devant nous, tranquillement, et entamé avec André de Longjumeau une conversation dont je devine quelques mots. Nous sommes entourés de gardes armés, certains d'apparence européenne. Il y a là des Arméniens, des Kurdes, des Khazars, des Byzantins. Tous nous surveillent étroitement, même si nous ne pouvons pas porter d'armes ici. Voici près d'un mois que nous sommes retenus dans le camp d'Almagul. J'ai utilisé ce temps pour essayer d'apprendre les mots les plus courants de la langue mongole. Nordinn et, surtout, Bernat, qui possède un don unique pour l'apprentissage des langues étrangères, ont progressé beaucoup plus vite que moi.

Aussi, je me tourne souvent vers l'un d'eux pour compléter mes informations.

André veut que nous poursuivions notre chemin jusqu'à Karakorum afin d'y remettre au grand khan les cadeaux et les lettres de Louis IX de France. Mais Batú, avec un demi-sourire, lui décrit une situation inattendue :

– Fray André, je crains que vous ne soyez devant le seul vrai pouvoir en Mongolie en ce moment. Güyük est subitement décédé il y a quelques semaines, et son épouse, Oghul Qaïmich, assume la régence de l'empire. Nous choisirons bientôt un nouveau khan. Si vous me remettez les lettres de votre roi, vous pourrez éviter le long et fastidieux voyage jusqu'à Karakorum pour y rencontrer une veuve en larmes...

Batú regarde autour de lui pour juger de l'effet de ses paroles, qu'il considère comme pleines d'intelligence. Ses courtisans les plus proches sourient complaisamment, mais André est un grand diplomate.

– Excellence, gouverneur, je remercie Dieu de m'avoir permis de rencontrer votre magnificence, qui a la bonté de m'informer de l'état de la cour à Karakorum. Cependant, j'ai engagé ma vie même pour l'accomplissement de l'ordre de mon roi. Malheureusement, je suis né loin des domaines du gouverneur de cette partie du monde, ce qui ne m'autorise qu'à le remercier pour son hospitalité, que je rapporterai comme la meilleure jamais connue par un ambassadeur sur terre, et à demander votre bénédiction pour accomplir le reste de ma mission.

Le sourire de Batú disparaît. Le gouverneur se laisse aller en arrière sur la montagne de coussins protégeant son dos et regarde Karut, qui se tient à ses côtés. Toute marque d'amabilité a disparu de son visage, devenu implacable. Aussitôt, Karut se dirige vers André :

– Frère André, retirez-vous avec votre entourage.

Le dominicain s'incline devant Batú. Nous imitons sa révérence, puis faisons tous marche arrière, sans nous retourner ni nous relever jusqu'à l'entrée de la tente. Nous nous efforçons aussi de ne pas marcher sur la plaque de bois marquant la limite des quartiers du gouverneur et de ne pas toucher l'encadrement de l'entrée, ce qui, nous a-t-on dit, peut valoir la mort. De fait, les exécutions sont fréquentes dans le camp mongol et les habitants y assistent avec une certaine indifférence. J'ai posé des questions sur les motifs de ces mises à mort, généralement des décapitations, jamais n'ont été évoquées des raisons religieuses. Les combats sanglants sont également courants, de nombreux différends étant réglés en combat singulier au couteau, dans lequel la défaite ne semble pas déshonorante.

Nous regagnons notre petit campement, que nous avons amélioré au fil des jours. Karut nous accompagne. Le nestorien discute en latin avec André de Longjumeau, qu'il menace ouvertement, mais notre chef tient bon. En homme expérimenté, il sait que Batú devra finalement honorer la loi, non écrite, voulant que les ambassades soient respectées – si ce n'est en cas de guerre, situation dans laquelle plus d'un ambassadeur a été renvoyé en morceaux à sa cour d'origine. Je comprends le calcul d'André. Il se peut que Batú, membre de la famille royale composée des descendants de Gengis Khan, le premier empereur mongol et le plus grand de tous, soit le prochain khan et occupe bientôt le trône. Mais le choix peut aussi se porter sur un autre descendant du grand khan. Dans aucun des deux cas, Batú n'a intérêt à être connu comme l'assassin d'un ambassadeur.

L'incertitude, cependant, plane sur notre expédition, et au soir de notre rencontre avec Batú, nous nous endormons inquiets. Voici plusieurs semaines déjà que le printemps est arrivé. Il se fait sentir chez les animaux, plus nerveux, dans l'herbe des champs, de plus en plus vigoureuse. Nous aurions dû partir il y a longtemps pour éviter la chaleur de l'été dans le grand désert qui nous attend à quelques jours de marche, et plus encore l'hiver glacial qui lui succède brusquement. Pendant ces semaines, chacun a occupé le temps selon sa convenance. Les religieux ont prié durant des heures – le frère Jean de Carcassonne a même essayé de prêcher auprès des Tartares, sans guère de succès. Les hommes du roi Louis ont erré dans le camp sans autre but que tromper leur ennui. J'ai étudié la langue des Mongols, en compagnie de Bernat au début, puis avec Nordinn. Bernat, en quelques semaines, parlait déjà ce dialecte avec une certaine fluidité et a préféré chercher la compagnie des religieux, nombreux dans la cour de Batú. Il se rend souvent dans l'église nestorienne qui, isolée du reste de l'immense camp, constitue l'un des rares bâtiments construits avec du bois et un mortier de boue et de paille. Je l'ai aussi vu s'entretenir avec des chamans d'une autre religion inconnue.

Je connais déjà bien les recoins de cette ville. Car je considère Almagul comme une ville, même si elle est dépourvue de maisons telles que nous les concevons et qu'elle change d'aspect et de configuration à chaque instant avec l'arrivée et le départ continuels de caravanes et de groupes de nomades. Dès mes premières conversations avec les Tartares, j'ai découvert que ce peuple est loin d'être aussi primitif que son apparence le laisse penser. Dans cette société, les hommes et les femmes jouent des rôles différents. Les femmes s'emploient à conduire les chariots, à installer les yourtes, à traire les vaches, à préparer le beurre et le *grut*, une sorte de lait sec, à apprêter les peaux d'animaux, qu'elles cousent ensuite avec du fil de corde. Elles confectionnent également des chaussures, des bottes en cuir, des sabots en bois et toutes sortes de vêtements. Quant aux hommes, ils passent leur temps à fabriquer des arcs, des flèches, l'équipement des chevaux, les charrettes, les tentes, à battre le lait de jument pour faire le *kumi*, à emmener paître le bétail et les chameaux. Aucun Tartare n'a d'épouse qu'il n'ait achetée, raison pour laquelle j'ai rencontré beaucoup de femmes vivant auprès de leurs parents, qui ont pour obligation de les entretenir.

Les Mongols ne lavent jamais leurs vêtements parce qu'ils prétendent que Dieu déteste cette activité. Ils ne frottent pas non plus les assiettes en bois ou en métal qu'ils utilisent pour manger.

Plus que tout, les Mongols craignent le tonnerre. Quand il rugit, ils chassent les étrangers de leurs maisons et se protègent avec des couvertures noires. Ils restent cachés jusqu'à la fin de la tempête. Mais ils ne craignent ni la pluie, ni la neige, ni le vent, et n'hésitent pas à sortir chasser ou à entreprendre une chevauchée militaire par n'importe quel temps.

Le lendemain de notre réception par Batú, un soleil radieux réchauffe la terre dès la première heure du matin. André sourit quand je lui demande s'il pense que nous pourrons bientôt partir pour Karakorum.

– Batú est astucieux, répond-il, je pense qu'il va laisser à l'hiver la responsabilité de décider de notre sort. Il ne tient pas à ce que nous portions les lettres du roi Louis au nouveau khan. Or, s'il nous laisse partir maintenant, nous aurons tout l'été pour traverser l'immense steppe qui nous sépare de la capitale. C'est pourquoi je pense qu'il différera son autorisation aussi longtemps qu'il le faudra pour faire échouer notre mission. Il n'interviendrait jamais directement contre nous.

La logique de l'ambassadeur est implacable. À cet instant, je suis heureux de profiter de son expérience. De fait, à midi, Karut apparaît à notre porte avec deux chariots chargés de présents divers, de vêtements, de *kumi* et de différents ustensiles.

– Batú, dans son immense bonté, comprend ta situation, frère André. Il t'envoie ces présents pour que tu puisses partir sans délai pour la capitale, ainsi que ce guide.

Karut désigne un homme à cheval posté derrière les charrettes enveloppées dans des peaux épaisses, puis il poursuit :

– Cependant, avant ton départ, il te prie d'instruire ses conseillers sur ta religion afin qu'ils connaissent ses rites et que l'Empire mongol puisse comprendre vos lois et vos croyances.

André s'incline devant Karut :

– Que Dieu bénisse Batú. L'immense honneur que Batú nous fait arrivera par ma bouche au roi Louis de France, mon seigneur. Je te demande, cher Karut, de transmettre nos remerciements à ton seigneur. Et pour assurer le gouverneur de cette partie du monde qu'il recevra les enseignements du christianisme sans limite de temps, je laisserai ici même mon frère Wilhelm, du même ordre que moi et meilleur théologien, qui attendra notre retour en enseignant nos lois et dogmes à celui ou ceux que Batú désignera. De cette façon, je pourrai reprendre mon voyage avec le reste de mon ambassade jusqu'à la capitale et revenir ici même dès que possible.

Resté sans voix, Karut se retire pour informer son maître. L'habileté d'André est diabolique. Le dominicain s'adresse à moi :

– *Maese* Pèire, je vous prie d'ordonner à votre Sarrasin de s'occuper du guide et de le surveiller. Quant aux autres, dans une heure, nous devons être partis !

– Mais, mon frère, risque Jean Goderiche, toujours effrayé, ne vaudrait-il pas mieux attendre demain ? Il fait presque nuit.

– Attendre ne nous offrira guère plus de chances d'arriver, mais davantage de risques de ne pas être en mesure de partir. En moins d'une heure, nous levons le camp !

Je m'approche de Nordinn, qui a entendu André. Je suis confus du traitement que lui réserve le dominicain :

– Nordinn, je ne...

– *Maese* Pèire, je connais la place de chacun. Par ailleurs, ajoute-t-il en souriant et désignant le guide, j'avais grande envie de connaître en profondeur un de ces sauvages.

– Nordinn, je sais qu'un serment te lie à Olivier de Termes, mais il m'a donné lui-même le pouvoir de t'en libérer. Je veux donc qu'à partir de cet instant tu sois libre de choisir ton destin. Si tu me suis dans cette aventure, j'en serai heureux. Et si tu décides de revenir sur tes pas vers ton pays, tu le feras avec ma bénédiction et mon amitié.

– J'apprécie et j'accepte votre don, Pèire de Liziac, me répond le Sarrasin, et votre amitié répond à la mienne.

Il pose la main sur mon épaule :

– Nous irons ensemble jusqu'au terme de ce voyage.

Peu après, Wilhelm de Longjumeau fait des adieux pleins de tristesse à chacun de nous, mais réserve à André une froideur qui en dit long sur ce qu'il pense du destin que son frère lui a réservé : nous l'abandonnons dans le camp avec un serviteur et deux chevaux, avec ordre de retourner à la cour de Louis si nous ne sommes pas revenus le chercher dans un an.

Enfin, l'émissaire de Batú ne s'étant pas présenté de nouveau devant nous, nous nous mettons en marche.

1248

Notre caravane est composée d'une vingtaine d'hommes à cheval, de quatre chameaux peu chargés et de deux charrettes tirées par de lourds bœufs. Si l'on met de côté le cas du frère Jean de Carcassonne, pieds nus et en habit franciscain, il est difficile de distinguer notre race et nos traits sous les peaux que nous avons endossées, certaines avec les poils tournés vers l'intérieur pour réchauffer le corps, d'autres avec la fourrure vers l'extérieur pour garantir l'imperméabilité. Si nous n'étions pas beaucoup plus grands qu'eux, nous ressemblerions à des Tartares.

Ce jour-là, nous avançons le plus possible pour perdre de vue les feux d'Almagul. Je redécouvre les cieux étoilés des terres mongoles, ainsi que le sentiment de liberté et d'indépendance que nous offre la possibilité d'errer vers un objectif si lointain dans la plaine infinie. Ce monde que je ne connais pas s'ouvre à moi comme un nouvel océan.

Les semaines suivantes, notre caravane entre dans une routine de lente marche quotidienne, du lever du soleil au crépuscule. Les températures sont douces sans jamais devenir élevées, et bien souvent, nous renonçons à faire du feu et dormons sur le sol sitôt que nous avons mis pied à terre, afin de voyager plus longtemps en profitant de la lumière des premières étoiles. Au fur et à mesure que les dernières montagnes cèdent la place à la grande steppe, nous vivons de plus en plus comme les nomades. Pendant des journées entières, nous échangeons à peine quelques mots et plus d'un finit par s'endormir contre le flanc de sa monture. Après vingt jours, les derniers arbres disparaissent, notre horizon n'est plus qu'une immense plaine d'herbe basse semblant s'étendre à l'infini. Sans les chaînes de montagnes clairsemées apparaissant au loin, ce paysage me rappellerait la mer. Cette plaine étant sillonnée de ruisseaux capricieux qui dessinent des méandres compliqués, nous ne manquons pas d'eau. Nos animaux ne manquent pas non plus d'herbe fraîche. Nous ne forçons pas leur allure, conscients de la distance à parcourir.

Cependant, les vivres commencent bientôt à manquer. Voilà déjà plusieurs semaines que nous ne croisons aucun être humain. L'été, nous indique notre guide, est ici la saison des pluies, peu abondantes. Elles perturbent l'activité des Mongols qui préfèrent durant cette période les hautes terres du nord. Le guide nous enseigne à faire sécher, au soleil et au vent, la viande découpée en fines lanières, et nous apprenons à dévorer crue celle d'un bœuf abattu car boitant d'une patte. Nous finissons aussi par abandonner un chariot, que nous transformons en bois de cuisine, ce qui nous permettra durant plusieurs jours de préparer du thé chaud. Je rapproche les sensations que nous partageons, seuls sur cette terre démesurée, à celles éprouvées sur un bateau en haute mer. Notre monde se résume au groupe, aux animaux et au camp que nous montons chaque nuit et démontons à l'aube, avant de prendre la route. Le soleil nous trouve en marche, les étoiles également. Les hommes et les animaux suivent un même rythme : sommeil, marche, nourriture et sommeil. La routine devient monotonie, la monotonie, finalement, devient paix.

J'harmonise mes mouvements avec ceux de mon cheval, tant et si bien que plus d'une fois, lorsque je mets pied à terre pour la nuit, ce doux balancement qui berce mes jours et m'apaise l'esprit vient à me manquer. L'isolement du groupe pourrait renforcer les liens entre nous et nous inciter aux confessions, mais il n'en est rien. Au contraire, chacun se renferme sur lui-même et le silence pèse sur la caravane.

Voici maintenant deux mois que nous avançons à ce rythme lent et continu, toujours vers l'est, entre ciel et terre. Nous trouvons parfois des tombes de Coumans, un peuple soumis aux Mongols, tombes que nous repérons à deux lieues de distance, car cette ethnie enterre des familles entières au même endroit, créant des collines reconnaissables de loin.

Un matin, nous sommes réveillés peu avant l'aube par un groupe de guerriers mongols qui nous encercle.

– D'où viennent ces démons ? s'interroge Nordinn en limousin. Comment se fait-il que nous ne les ayons pas entendus arriver ?

Ils sont plus d'une cinquantaine, aussi horribles que les guerriers de Batú. Tranquillement, celui qui semble les commander, reconnaissant un homme de sa race, s'approche de notre guide. Je comprends que les deux hommes se présentent et que le guerrier pose des questions sur notre étrange groupe de voyageurs. Le guide fait remarquer qu'André parle sa langue. Ce dernier intervient alors :

– Nous sommes ambassadeurs du roi Louis de France et invités de Batú, gouverneur d'une grande partie de l'Empire mongol. Conduisez-nous à Karakorum, nous voulons saluer le nouveau khan des Mongols.

Le guide confirme les dires d'André de Longjumeau. Après un instant de réflexion, le chef semble décider qu'il a plus à perdre en nous laissant ici ou en nous tuant qu'en nous menant devant son souverain. C'est à peine si nous avons le temps de démonter le camp avant de nous mettre à courir derrière le détachement armé. Trois serviteurs restent en arrière avec le chariot et les bœufs, et nous suivent de loin, tandis que nous adoptons un trot rapide qui nous permet d'atteindre en trois heures les faubourgs d'une ville. Karakorum est d'apparence aussi étrange qu'Almagul. Pourtant, elle semble plus permanente. Je note en effet la présence de quelques édifices en briques de couleur terre, pas plus de vingt, dont le plus grand semble être un temple, surmonté de quatre tours pointues et dont le bâtiment principal est entouré d'une esplanade vide ceinturée d'un mur de boue bas peint en blanc. Nous aurons le temps de découvrir cette nouvelle ville, point final de mon voyage à l'est du monde.

Notre guide est installé dans une confortable maison construite près des édifices principaux, tandis que nous devons nous entasser dans deux yourtes situées loin du centre de la ville. Mais avoir atteint le point le plus éloigné de cette aventure nous plonge dans une telle euphorie que le manque de confort nous importe peu. À peine descendons-nous de cheval que les dominicains tombent à genoux pour remercier Dieu de nous avoir permis d'accomplir ce voyage. Nous les imitons. Le curieux spectacle de quelques hommes priant à genoux attire les regards et les railleries des Mongols, qui s'approchent, amusés.

Après nous être rapidement installés, nous passons le reste de la journée à attendre des nouvelles du khan ou de son administration. Cette première journée est suivie d'une autre, et d'autres encore, sans nouvelles. Je profite de ces jours pour explorer les environs de notre résidence. En compagnie de Bernat et Nordinn, je découvre que la capitale du plus grand empire au monde est essentiellement composée de deux rues. L'une d'elles, dite des Sarrasins, abrite les marchés et les foires. Plusieurs commerçants étrangers y ont leurs affaires, et de nombreuses ambassades de toutes les nations du monde y trouvent à se loger. Craignant les réactions du khan, nous n'osons demander à André de suggérer à nos hôtes d'échanger nos inconfortables yourtes contre des demeures plus spacieuses situées dans cette rue. L'autre avenue est désignée par les habitants comme étant celle des Catais, ou des Chinois. C'est là que se trouvent les artisans.

Nous remarquons également quelques palais. Aucun n'est comparable à ceux de nos nobles ou, à plus forte raison, à ceux de nos rois. Les hauts dignitaires de l'empire y vivent, nous dit-on. Il existe des temples de différentes religions destinés à autant de nations. Pourtant, la plupart des Mongols sont adeptes d'une secte dont les prêtres sont des devins et des chamans. Ils se rasent tête et barbe. Ils s'habillent en jaune et vivent en communauté à cent ou deux cents, à l'image de nos moines catholiques. Dans les temples, de pierre et de bois, ils sont assis à même le sol sur deux files de chaque côté de la salle principale pour lire leurs livres de prières en se balançant d'avant en arrière. Ils gardent un silence strict. J'ai pu entrer dans un de ses temples et essayé de les faire parler de leur religion, mais personne ne m'a répondu. Ils portent toujours une corde d'une centaine de grains comme chapelet et répètent sans cesse «*Ou mani battam*», ce que je traduis par : «Seigneur, tu sais.» C'est Bernat, plus habile à récolter des informations, qui me révèle les particularités de ce credo :

– Les Mongols traitent leurs morts comme les nations barbares : ils les habillent de riches vêtements et plus personne ne peut les toucher, sauf si le mort était un devin. Ils les brûlent et gardent leurs cendres dans de hautes pyramides. Ils ont une foule d'idoles, grandes et petites, mais, Pèire, ils croient en un seul Dieu. Ils me disent que c'est un esprit qui n'a jamais pris une apparence humaine. Ils observent des rites de purification, vénèrent des idoles secondaires, croient aux mauvais esprits, invoquent des démons, sacrifient des animaux et interprètent les rêves pour orienter leurs seigneurs dans telle ou telle entreprise.

– Quel mélange de croyances, Bernat ! Mais sont-ils tolérants envers les autres religions ?

– Regardez autour de nous, *maese* Pèire. Même si nous avons piqué la curiosité des Mongols avec nos chants et nos prières, et provoqué leurs railleries, personne n'a critiqué notre attitude ou ne s'est intéressé à nos croyances.

Nous découvrons également deux mosquées et, au bout de la ville, presque dans le désert, une église chrétienne, entourée d'un mur d'enceinte et accessible par quatre portes, chacune orientée vers un point cardinal. Dans ce quartier, on vend du mil et d'autres céréales, ainsi que des chèvres, des moutons, des bœufs et des vaches, et même des chariots. Les chevaux et les dromadaires se négocient, nous dit-on, ailleurs dans la ville, sur un marché spécialisé.

André, embarrassé et impatient, finit par prendre une décision qui ne pourra que déplaire au khan : il entend se présenter devant lui sans y avoir été convié. Laissant les serviteurs au campement, nous formons à sa demande une procession dans laquelle nous nous plaçons deux par deux. Les hommes d'Église, vêtus de leurs habits, dirigent le groupe. Le franciscain Jean de Carcassonne a insisté pour porter au-dessus de sa tête une grande croix en bois de plus de trois coudées de côté. Derrière lui avance André. Les dominicains les suivent, puis les laïcs, tous les mains jointes en signe de prière, entonnant des chants et priant à haute voix. Ni Bernat ni moi, qui marchons en dernier, ne prions. Nous avons échangé un regard résigné avant de rejoindre cette colonne.

En voyant arriver notre groupe, les soldats qui gardent l'entrée de l'enceinte du palais du khan, mi-amusés, mi-menaçants, nous forcent à nous arrêter. L'un d'eux se précipite à l'intérieur. Peu après, apparaît un dignitaire, à en juger par sa robe, qui fournit enfin à André l'explication suivante :

– Güyük, notre bien-aimé khan, est décédé l'année dernière. Son épouse Oghul Qaïmich exerce le pouvoir jusqu'à la nomination d'un *kurultai*, une assemblée de clans, qui désignera le successeur. Le guide que Batú vous a donné affirme que vous étiez au courant de cette situation et que vous avez malgré tout préféré poursuivre votre mission. C'est pourquoi la régente vous recevra, mais vous devez être patient.

Sans ajouter un mot, l'homme se retourne et disparaît par l'entrée du palais. André ne semble pas déçu, mais simplement fatigué. Au moins, nous serons accueillis par la régente de l'empire. Nous revenons tranquillement à notre cantonnement. Une fois de plus, une période d'attente commence pour notre ambassade. Pour ma part, seule la compagnie d'Olivier me manque, ainsi peut-être qu'un bon repas avec un bon vin des Corbières. Mais, par ailleurs, il me reste beaucoup à découvrir de ce peuple mongol aussi fier et hautain qu'hospitalier. Comme je l'ai fait à Almagul, je déambule, curieux, dans les rues de Karakorum. J'entre dans les échoppes, je teste mes progrès dans la langue tartare, j'essaie de discuter avec des moines de différentes religions.

Ces jours d'attente avant d'entreprendre le voyage de retour me permettent aussi de réfléchir sur l'étrangeté de l'homme, sur l'immensité du monde que je connais, sur les aléas de la vie qui m'ont conduit ici, à l'extrémité de l'univers, tout en cachant dans mon passé un secret qui remplit mon cœur de solitude. Le drame de Montségur n'a ici pas d'importance : les Mongols se moqueraient de nos bons hommes. Mais, au moins, ils ne les poursuivraient pas. Qui, d'eux ou de nous, sont les sauvages ? Je n'hésite pas un instant. Ils ne savent peut-être pas construire des cathédrales, mais qu'importe, ils se savent les maîtres du monde aussi loin que leurs infatigables chevaux peuvent les conduire.

Bernat, qui semble également être entré dans un état de recueillement, s'est lentement isolé. Je m'approche de lui alors qu'il se prépare à partir pour une nouvelle promenade en ville.

– Bonjour, Bernat.

– Bonjour, Pèire. En quoi puis-je vous venir en aide ?

– Vous voir m'est d'un grand secours aujourd'hui, *maese* Bernat. Un souvenir de notre seigneur Olivier de Termes a réveillé ma tristesse.

– Je connais ce sentiment, Pèire. Nous sommes si loin, dans un monde si différent, et nous ne pouvons nous empêcher de nous souvenir de notre famille, de nos amis, des lieux et des événements de notre vie. Peut-être aussi la fatigue d'avoir tant marché et savoir que nous avons atteint notre objectif contribuent-ils aussi à nous rendre plus vulnérables à la nostalgie.

– Cela est vrai. Pourtant, je continue de jouir des bizarreries que je découvre tous les jours.

– Voulez-vous m'accompagner aujourd'hui ?

Il sourit à présent, ce qui me surprend venant de lui.

– Ce sera avec joie, Bernat. Merci, merci.

1248

Nous quittons notre campement et avançons parmi les yourtes, en discutant du sens de notre voyage, à présent que nous savons qu'il n'y a pas de khan pour nous recevoir, que nous ne verrons que l'épouse du dernier d'entre eux, laquelle s'accroche au pouvoir au grand dam des autres dignitaires de l'empire, d'après ce que Bernat a pu découvrir. Cette même femme peut disparaître du jour au lendemain, ou pourquoi pas le jour même de notre audience. Alors les lettres du roi Louis n'auraient pas plus de valeur que celle du papier sur lequel elles sont écrites. Nous évoquons également les couleurs de nos Pyrénées, les automnes ocres des Corbières, les champs de blé ondulant en été entre Carcassonne et Limoux, les vignes grimpant sur le mont Tauch, que l'on taille en hiver, le Fenouillèdes gardé par mon bien-aimé Quéribus, debout, fier et protégeant ses enfants.

Nous nous arrêtons devant une bâtisse. Faite de briques, de bois et de tissus, elle se distingue de celles qui l'entourent par sa grande taille et son apparente solidité. Bernat se tourne vers moi :

– Vous connaissez ma curiosité naturelle et la mission que j'accomplis pour notre seigneur. Cette maison est un temple, même si son aspect négligé ne le laisse pas forcément paraître. Je vais y assister maintenant à une cérémonie conduite par quelques *tuins*, des chamans que j'ai convaincus avec de l'or d'accepter ma présence.

Je ne lui laisse pas terminer sa phrase :

– Je vous supplie de me permettre de vous accompagner. Je n'interviendrai ni ne me manifesterai.

Sans répondre, il pousse la porte, la franchit et la maintient ouverte pour me laisser entrer derrière lui. Nous accédons à une salle sombre. Une fois mes yeux accoutumés au manque de lumière, je distingue, assis sur le sol, des hommes, pour la plupart chauves, disposés en cercle autour d'un petit feu de bois. Derrière moi, un serviteur a fermé et bloqué la porte pour que personne d'autre ne puisse pénétrer dans la maison. Il s'approche ensuite de chacun de nous avec un bol rempli d'un liquide épais que je bois sans hésitation, suivant l'exemple de Bernat, qui semble à son aise. La décoction est amère, aromatisée aux amandes.

Sans saluer personne, nous nous asseyons entre deux chamans. Je souris en observant que Bernat pourrait passer pour un chaman de plus, chauve et au teint blanc, si ses traits n'étaient pas occidentaux. Dans un coin de la salle, un homme commence à frapper en rythme sur un tambour, qui résonne gravement sans répit et semble épaissir plus encore l'air surchauffé par le feu et les corps des *tuins*, presque tous enveloppés dans de malodorantes peaux cousues. Un de ces chamans sort d'un sac de cuir des plantes séchées qu'il jette dans le feu. Immédiatement, la flamme, qui était sur le point de s'éteindre, semble renaître violemment et s'élève brusquement au niveau de mes yeux. Le même homme entonne alors un chant monotone dont je ne peux extraire aucun mot.

À la lumière du feu, qui éclaire les visages en sueur, je note que certains hommes gardent les yeux fermés tandis que d'autres fixent le feu du regard. Tous récitent le chant en se balançant d'avant en arrière. Je regarde Bernat, cherchant sa complicité, mais mon ami participe à la cérémonie. Son regard concentré sur la flamme ne laisse aucun doute à ce sujet. Lui aussi est entré dans l'état d'inconscience des chamans. Une autre poignée de feuilles séchées attise le feu. Cette fois, la flamme devient bleue pendant quelques secondes. Malgré moi, mes yeux se ferment. Dans mon esprit, le tambour et le chant ininterrompu résonnent comme un écho.

Indépendamment de ma volonté, je finis par participer au balancement des corps, qui oscillent de plus en plus. À mes côtés, je perçois la présence de Bernat, dont la voix se mêle à celle des chamans, et que j'accompagne maintenant, abandonné à la chaleur malodorante, à la fumée bleue qui pénètre en moi à chaque respiration, au son sans fin qui a pris les commandes de mon esprit. Je ne saurais dire combien de temps s'écoule ainsi... Soudain, un cri inhumain déchire l'obscurité. Personne ne réagit ; le cri semble même être bien accueilli par les chamans. De l'autre côté du feu, un homme au regard vide lance des mots gutturaux que je ne comprends pas. Un autre cri résonne tout près de moi. La flamme monte maintenant jusqu'au toit de la maison. Je ne souhaite plus rien d'autre que me joindre au chant du groupe et continuer à balancer mon corps au rythme du tambour. La conscience m'abandonne peu à peu mais, avant que je m'évanouisse, apparaît devant moi l'image parfaitement lumineuse d'un visage connu.

– Esclarmonde ! Esclarmonde de Péreille !

Souriante, calme, confiante, tout comme elle m'est apparue par la fenêtre quand elle descendait vers le bûcher qui l'a conduite au paradis. Esclarmonde me sourit et me murmure quelques mots que je n'oublierai jamais, aussi longtemps que je vivrai. Puis elle pose sa main sur mon visage et ferme mes yeux de ses doigts fins. Je comprends que lorsque je les rouvrirai, Esclarmonde m'aura quitté, alors je résiste à son départ. Mais le chant, le balancement, le son du tambour me ramènent peu à peu à la réalité, et je perçois à nouveau Bernat à mes côtés.

Le rythme du chant continue de ralentir. Lorsque cesse le mouvement des chamans, le silence devient insupportable. Je voudrais parler à Bernat, lui raconter mon expérience, rester ici jusqu'à ce que mon Esclarmonde revienne, mais je sais que cette magie ne se reproduira plus, du moins pas aujourd'hui.

Un esclave ouvre une trappe du toit par laquelle entre la lumière du jour et s'échappent les vapeurs denses de la pièce. Bernat se lève, je l'imite. Il s'incline avec respect vers les *tuins*, qui restent assis. Après avoir fait de même, je le suis vers la porte. Dehors, le soleil radieux nous oblige à nous protéger les yeux. En silence, nous errons sans but pendant que nous recouvrons toute notre lucidité. Enfin, Bernat rompt le silence :

– Nous venons de vivre une expérience exceptionnelle, ami Pèire, qui restera longtemps dans notre mémoire.

Puis il lâche, amusé, et profitant des derniers effets des vapeurs de plantes pour me tutoyer :

– Que dirais-tu de proposer au frère André de prendre part à une séance de ce genre ? Peut-être trouverait-il ainsi un peu d'attrait à la vie !

Et pour la première fois depuis que je le connais, j'entends le rire de Bernat. Tout en nous reprenant après une hilarité exagérée, sans nul doute provoquée par les vapeurs de la fumée que nous avons respirée, nous rejoignons notre camp. Je dors tout l'après-midi. Quand enfin j'ouvre les yeux, je me rappelle ce que j'ai vécu. Une tristesse infinie m'envahit alors. Ma rencontre avec Esclarmonde est sans aucun doute le fruit des vapeurs de plantes et de la boisson que j'ai avalée. Pourtant, tout a été si réel... Je me demande si la magie des *tuins* est assez puissante pour parvenir à ramener dans ce monde les âmes des morts. Et si ces hommes avaient trouvé la clé pour ouvrir la porte du paradis où nos défunts nous attendent ? L'âme d'Esclarmonde ne peut qu'être avec Dieu, où je voudrais la retrouver, si je suis digne de suivre ses traces.

1249

L'audience que nous accorde finalement Oghul Qaïmich, veuve de Güyük décédé il y a maintenant plus d'un an, est une farce où se mêlent moqueries, rires, menaces et marques de désintérêt de la part des Mongols. La veuve, assise sur le plancher recouvert de fourrures, exige, tout comme Batú il y a quelques mois, que nous nous agenouillions devant elle. Son petit visage gras laisse à peine deviner ses yeux rieurs.

André a insisté pour déployer devant elle la tente chapelle que nous avons transportée depuis l'autre côté du monde. Une fois installés les figures des saints, la croix d'argent et un autel fabriqué à l'avance, le dominicain présente son œuvre à Oghul Qaïmich, nommant chacune des statues en bois, la Vierge, la Sainte Croix et la Bible. Mais la préparation a duré assez longtemps pour exaspérer la régente.

– Quelle marchandise est-ce donc là pour que tu oses monter ton échoppe dans mon palais ? lance la princesse.

– Altesse, répond André, ceci est la représentation d'un lieu de culte où Dieu tout-puissant nous permet de nous rapprocher de lui. Dans mon pays, nous construisons des églises en pierre mesurant plus d'une centaine de coudées de haut dans lesquelles se trouvent des images et des trésors comme ceux-ci, pour adorer...

– Alors, il se peut que je me rende en personne dans ton pays pour connaître ton dieu.

André ne se laisse pas impressionner par la menace à peine dissimulée, ni par les rires que la réponse de la régente a suscités.

– Mon roi est Louis de France et souhaite concrétiser avec les Mongols une alliance contre nos ennemis communs : les Sarrasins de Palestine et d'Égypte.

– Les Mongols n'ont pas d'ennemis. Nous ne connaissons que des peuples que nous soumettons selon nos besoins. Nous n'avons pas non plus besoin d'alliés avec lesquels partager nos conquêtes. As-tu un scribe dans ton entourage ?

André me désigne :

– Pèire de Liziac est notre écrivain.

Oghul Qaïmich me regarde.

– Approche et écris.

Je fais trois pas et, tout en restant à une distance prudente, je prépare mes ustensiles d'écriture. Puis je m'assois sur le sol, saisis un stylet, ouvre le flacon d'encre et place un folio sur le sol. Un assistant de la princesse fait un geste à un esclave, qui me remet une planche de bois à placer sous le papier. Lorsque je suis prêt, je regarde Oghul Qaïmich, qui me demande :

– Comprends-tu suffisamment ma langue ?

– Oui, Altesse.

– Écris : « Au roi de France... », mets le nom toi-même : « Vous devez dire avec un cœur sincère : Nous serons vos sujets, nous vous donnerons notre force. Vous, en personne, devrez venir avec tous vos vassaux et princes, sans exception, pour nous rendre hommage et nous servir. Ce n'est qu'ainsi que nous admettrons votre soumission. Et si vous ne suivez pas l'ordre de Dieu, nous vous reconnaîtrons comme notre ennemi. » Relis !

Horrifié, je m'exécute sans lever les yeux. Le ton de la voix d'Oghul Qaïmich est devenu sec et dur. Plus de rires ou de railleries parmi ses partisans. Le secrétaire de la princesse me retire le papier sans ménagement.

– Demain, notre chancellerie vous remettra les cartes scellées pour votre roi. Vous entreprendrez ensuite le retour dans votre pays. Retirez-vous!

André n'insiste pas : il sait que sa mission vient d'échouer irrémédiablement. Les Mongols n'aideront pas les Francs à vaincre leurs ennemis, les Sarrasins. Tout bien pesé, je crois que c'est là la meilleure issue possible pour cette aventure, car si les Tartares atteignent Jérusalem, rien ni personne ne pourra les arrêter jusqu'aux royaumes chrétiens.

Il est temps de penser enfin à faire demi-tour. Mais nous ne reprendrons pas tous le chemin du retour dès maintenant. Bernat a décidé de rester ici cet hiver et de poursuivre sa route jusqu'au Catai au printemps, pour se documenter sur les peuples de l'Extrême-Orient. La veille de notre départ, il me prend à part.

– Pèire, je ne t'accompagnerai pas au retour. Je dois suivre mon chemin. Notre seigneur Olivier m'a confié une mission supplémentaire, qui est de l'informer de l'avenir politique de cet empire. Dans cette lettre que je te remets pour lui, je lui rends compte de mes efforts. Je n'ai pas été en mesure de comprendre grand-chose, voilà la vérité; au moins, pas beaucoup plus que ce que tu pourras lui dire toi-même. Cependant, mon instinct me pousse à explorer plus avant ce continent étrange. Les chamans mentionnent un certain prêtre Jean, qui combat le mal par une nouvelle forme de christianisme, plus à l'est, sur les rives d'un océan peuplé de créatures monstrueuses. Les légendes ne sont souvent qu'une interprétation de la réalité. Qui sait si le royaume du prêtre Jean existe vraiment? Je reviendrai auprès de mon seigneur quand j'aurai trouvé le fin mot de cette histoire. Je passerai l'hiver ici, à la cour, où j'ai des amis qui m'offriront l'hospitalité. Quand tu arriveras en Palestine, je partirai pour le Catai, ou aussi loin que mes forces me le permettront. Un ou deux ans plus tard, je te rejoindrai à la cour de notre seigneur.

– Je remettrai cette lettre à Olivier, n'en doute pas. J'attendrai ton retour avec impatience et tu devras me raconter tes voyages dans les moindres détails. Voici la quasi-totalité de ma réserve d'or et tout ce que je possède de valeur qui pourrait t'être utile dans l'avenir si incertain que tu as choisi.

Le jour même, Bernat disparaît du campement, alors que nous sommes tous occupés à organiser la caravane. Enfin, munis des lettres de la régente mongole destinées au roi Louis de France, nous quittons Karakorum en direction de l'Occident. Nous ne prenons que quelques montures et nous sommes peu chargés, de manière à avancer rapidement avant l'arrivée de l'hiver. Mais le froid est tel que, quelques jours après notre départ, le frère Jean de Carcassonne meurt durant la nuit, après avoir, déterminé à respecter jusqu'aux dernières conséquences son vœu de pauvreté, refusé les peaux et les bottes qui lui auraient sauvé la vie. Nous l'enterrons dans la steppe mongole, André bénit sa tombe et nous prions pour notre compagnon disparu.

Peu après, nous sommes déjà loin. L'immense prairie semble n'avoir pas de fin. Parfois, notre chemin nous conduit sur des collines sur lesquelles poussent quelques arbres. Quand nous avons cette chance, nous brûlons dans un grand feu autant de bois que nous le pouvons pour nous protéger du froid meurtrier qui ne cesse de nous tourmenter, et ainsi reprendre des forces un jour ou deux. Moins de trois semaines après notre départ, la nourriture commence à manquer : nous n'avons rencontré personne dans la steppe, ni aucun animal suffisant à nous nourrir. Alors nous sacrifions le cheval le plus âgé et le plus lent. Le festin de chair et de sang qu'il nous procure ne fait qu'accroître notre envie de quitter au plus tôt cette région inhospitalière. Les journées, interminables, se succèdent, mais le rythme soutenu du voyage ne me permet pas de somnoler en chemin, comme à l'aller. Trotter durant toute la journée nous permet d'atteindre l'objectif que nous nous sommes fixé, parcourir quotidiennement une dizaine de lieues.

Un mois plus tard, nous quittons la steppe et retrouvons les montagnes, signe que nous avons atteint la dernière partie de notre voyage. André veut regagner le camp de Batú, pour récupérer son frère Wilhelm et tenter de sauver l'ambassade à titre privé en établissant une alliance avec le gouverneur. Cette attitude me semble orgueilleuse et arrogante, voire dangereuse. Ce que je ne manque pas de faire savoir ouvertement. Ces hommes ont su gagner mon respect par leur courage et leur détermination tout au long d'une année de dures épreuves, mais je suis fatigué de faire semblant de partager leur religion. De plus, je me soucie peu de l'ambassade de Louis de France et j'ai sur moi les notes que j'ai pour mission de remettre à mon seigneur. Voilà pourquoi je préfère poursuivre ma route directement jusqu'en Palestine. Nordinn se joint à moi. C'est ainsi que nous abandonnons nos camarades aux portes du camp de Batú.

Ayant parcouru à marche forcée le territoire contrôlé par Batú, nous arrivons un matin devant une ville sarrasine dont nous ignorons le nom. Nordinn prend alors les choses en main. Il me noue autour de la tête un turban cachant mon visage, et nous convenons que je me ferai passer pour son serviteur, Nordinn jouant le rôle d'un marchand d'Al-Andalus à la recherche d'épices. Une fois dans la ville, nous achetons à bas prix des tapisseries et quelques babioles. Puis nous prenons la direction de la Syrie. Curieusement, bien que nous voyagions en pays ennemi, je me sens plus à l'aise dans ces paysages arides que dans l'immensité de l'Empire mongol. Mais la sensation de danger est constante. C'est pourquoi nous préférons souvent dormir au milieu des buissons et sans faire de feu plutôt que d'entrer dans une ville, de peur d'être découverts. Nous ignorons en outre la situation politique de ces contrées, si changeante que, dans certains villages, les habitants ne savent pas nous indiquer qui dirige le pays.

Il ne nous faut pas plus de deux semaines pour découvrir, depuis les hauteurs d'une chaîne de montagnes, les rives de la

Mare Mediterraneum. Un paysan nous indique que la ville la plus proche est Haïfa, et qu'Acre, capitale des infidèles, se trouve à deux jours au nord.

Poussant nos chevaux, nous couvrons cette distance en une seule journée. Les tours de Saint-Jean-d'Acre apparaissent au coucher du soleil. La ville est, en réalité, une forteresse élevée sur une minuscule péninsule dérobée à la mer. Elle est impressionnante, mais je ne peux m'empêcher de penser que j'ai sous les yeux le dernier symbole de la présence chrétienne en Palestine, qui ne manquera pas de succomber sous les assauts des Sarrasins dès que ceux-ci auront décidé d'unir leurs forces. Aujourd'hui toutefois, nous pourrons dormir sur un sol chrétien : même si cela peut signifier la mort pour le cathare que je suis, je rêve d'une pause méritée après tant de pérégrinations. Nous voici à une porte de la ville, contrôlée par une patrouille d'hommes d'armes chrétiens, reconnaissables à leur armement occidental, la pique et la longue épée, au heaume couvrant leur tête et à la cotte de mailles que portent quelques-uns d'entre eux.

Je m'identifie :

– Je suis Pèire de Liziac, scribe d'Olivier de Termes, en mission pour le roi de France Louis IX. Ouvrez la place !

Et pour la première fois de mon voyage, maintenant que l'aventure touche à sa fin, je montre le sauf-conduit délivré par la chancellerie royale. Je n'en ai pas eu besoin pour entrer à Karakorum.

Sans hésitation, les sergents m'autorisent à passer. Je fais quelques pas, mais Nordinn n'éperonne pas son cheval et reste derrière moi, immobile. Je me retourne. Nos regards se croisent, je comprends ce que le sien m'indique. Alors je m'approche de lui et, sans mettre pied à terre, à la mode mongole, nous échangeons l'étreinte de frères qui ont souffert, ri et chevauché dans le monde entier.

– Adieu, *maese* Pèire, et merci pour votre amitié.

– Adieu, *maese* Nordinn ; la vôtre est un trésor que je porterai avec moi pour toujours.

Sans ajouter un mot, Nordinn tire les rênes de son cheval et disparaît au galop vers la ville d'Haïfa, dont les feux brillent sur la côte, loin au sud. Je me tourne vers les portes de Saint-Jean-d'Acre, capitale du *Regnum Hierosolymitanum,* le royaume latin de Jérusalem.

1250

Les gardes m'informent que le roi Louis IX a subi une défaite près de Damiette, en Égypte, mais qu'il a pu rassembler ses forces à Acre, où il réorganise l'ost chrétien. Ils ne savent rien d'Olivier de Termes, si ce n'est qu'il a compté parmi les chevaliers les plus courageux au service de la Croix. Je m'adresse sans tarder à la chancellerie royale. Les fonctionnaires hésitent à déranger le roi en ce moment, ce qui me convient car je n'ai pour ma part pas la moindre envie de le rencontrer. Je suis néanmoins reçu par le secrétaire du roi, à qui je raconte mon voyage et remets mes notes, en lui expliquant très clairement que, très prochainement, André de Longjumeau enverra de ses nouvelles puis reviendra de sa mission.

– Je l'ai devancé pour avertir Sa Majesté des changements survenus dans l'Empire mongol. Tout est détaillé dans ces notes.

– Vous ne devrez pas quitter cette ville, *maese* Pèire, tant que Sa Majesté pourra avoir besoin de vous. Elle désirera peut-être entendre de votre bouche le récit de votre voyage. Je vais vous accorder un logement et vous recevrez une récompense financière pour vos efforts.

Je préférerais partir immédiatement à la recherche de mon seigneur, mais j'ai appris qu'il n'est pas recommandé de contrarier un roi. Aussi, je m'incline devant le chancelier, qui ordonne à une esclave de me conduire jusqu'à une chambre libre du château. Je suis surpris par les tapis épais étendus au sol, la fenêtre qui donne sur la mer et la cheminée. Le lit est fait de paille légèrement humide, mais je n'y trouve pas de parasites. La servante, dont les cheveux sont coupés ras, ne parle pas ma langue. Elle allume pour moi un feu qui fait briller sa peau noire et devant lequel sa silhouette se découpe, sa fine tunique en lin laissant apparaître en transparence le détail de ses formes.

Son étrange beauté et la vision de la courbe des seins à travers le tissu provoquent chez moi une érection immédiate, une sensation que j'avais oubliée pendant ces derniers mois. Je dois la regarder avec concupiscence car elle retire aussitôt sa tunique, servile. Puis elle s'allonge sur le tapis et m'invite entre ses jambes avec un sourire. Je ne résiste pas à la tentation. Sans même me déshabiller, je m'allonge sur elle, nerveux, et la pénètre sans autre forme de cérémonie.

Le lendemain, je suis de nouveau convoqué par le chancelier, qui me remet un sac contenant des pièces de monnaie.

– Voici dix livres. Vous resterez à Acre, comme je vous l'ai dit, jusqu'à ce que le roi étudie vos rapports. Je vous affecte cette esclave pour la durée de votre séjour.

– Merci, chancelier. Que s'est-il passé à Damiette ? Pourquoi la croisade a-t-elle été interrompue ?

L'air sombre, le fonctionnaire royal me raconte :

– Nous avons subi une cruelle défaite contre les Égyptiens. Nous sommes entrés dans Damiette en juin 1249. Il semblait alors que Dieu remettait toute l'Égypte entre nos mains. L'ost est parti en décembre pour Le Caire. Notre roi a décidé de prendre Mansourah pour ne pas laisser une aussi puissante forteresse sur son chemin. Mais l'indiscipline de certains d'entre nous et surtout des Templiers, qui semblent chercher le martyre dans ce pays, a provoqué la colère du Seigneur, qui nous a punis par un désastre tel que la santé a abandonné notre roi Louis, qui a failli mourir. Sans les arbalétriers d'Olivier de Termes, pas un seul d'entre nous n'aurait survécu.

Je suis heureux d'entendre les louanges de mon seigneur, dont la réputation de grand guerrier n'est plus à faire. Quant à Louis de France, peu m'importe qu'il soit ou non sorti indemne de cette expédition absurde. Pour autant, je m'enquiers :

– Mais comment notre roi se porte-t-il ?

Mon visage inquiet trompe le chancelier, vieil homme servile :

– Eh bien ! rassurez-vous. Dieu ne voulait pas nous priver du premier de ses défenseurs sur terre. Même si nous avons dû donner cinq cent mille livres aux Mamelouks, nouveaux maîtres de l'Égypte, pour sauver ce qui restait de l'ost. En mai de cette année, nous sommes arrivés à Saint-Jean-d'Acre, où Louis de France a décidé de demeurer le temps de remettre de l'ordre dans ce royaume latin. Il reprendra ensuite le chemin de son fief de France.

– Où puis-je trouver mon seigneur Olivier de Termes ?

– À notre grand regret, il est retourné sur ses terres du Termenès, non sans s'engager à rejoindre la croisade que nous devrons organiser rapidement si nous ne voulons pas renoncer à la Terre sainte.

– Mon devoir est de rejoindre mon seigneur. Je vous saurai gré de m'avertir dès que je pourrai quitter la cour.

– Je le ferai, n'ayez crainte.

Bien que contrarié par ce nouveau contretemps, je me retire plein de l'espoir qu'ont éveillé en moi les bonnes nouvelles concernant Olivier de Termes. Je profite des jours suivants pour me reposer, reprendre des forces, jouir du plaisir que m'offre mon esclave et visiter la ville. Saint-Jean-d'Acre est un creuset de peuples et de civilisations. Les Sarrasins tiennent commerce dans toute la ville, mais ce sont les Pisans, les Génois et les Vénitiens qui contrôlent le trafic de marchandises. Les affrontements étant constants entre ces groupes italiens, il n'est pas rare de rencontrer des soldats traînant un de leur membre au cachot, à la suite d'une rixe. Les tavernes sont bruyantes et l'on y trafique de tout : esclaves, épices, parfums et tapisseries. Ici, chrétiens et Sarrasins se mélangent, commercent, partagent leur vie. Peu à peu, par désœuvrement, je me laisse tenter par les paradis artificiels du vin et je fréquente des fumeurs de haschisch, désireux de retrouver un moyen d'entrer en contact avec Esclarmonde et, qui sait, avec Élo Alvarez qui, tant d'années après, erre encore dans mes rêves.

Au printemps 1252, je trouve enfin une place à bord d'une *coca* ventrue débordant de marchandises, d'esclaves, de rameurs et d'aventuriers, et regagnant son port d'origine, Marseille, dans mon pays, ou non loin de là. Je profite de mes derniers jours à Saint-Jean-d'Acre et de mes derniers sols pour acheter un lot de tapis que je revendrai avec quelque bénéfice à un commerçant sur le bateau même. Puis, n'attendant plus l'avis du chancelier, j'embarque sans demander la permission à qui que ce soit. Le voyage jusqu'à Marseille est tranquille, malgré les vents forts des mers de Grèce. Je dors tous les soirs sur le pont, entre des instruments de navigation et des cordages de différentes épaisseurs. Mieux vaut cette couche que de devoir supporter les effluves nauséabonds des rameurs et des animaux, que les marins partagent avec les passagers.

Début juin, je débarque dans la grande ville de Marseille. Son port me rappelle celui de Barcelone en raison de sa taille, des plages et de l'ancienne forteresse qui enserre la ville. Les rues étroites pullulent de marins cherchant à se faire engager sur une nef, de voyageurs essayant de trouver une place à bord d'un navire en partance, de prostituées à la recherche de clients et d'hommes pouilleux et malodorants à la recherche de prostituées bon marché à violer et voler. La misère humaine dans sa plus grande gloire. L'air propre et frais de la steppe mongole me manque, tant la puanteur du port est grande.

Je ne reste pas même une seule nuit à Marseille. J'achète un cheval et je pars au galop vers l'ouest, en suivant les sentiers côtiers. Falaises et plages se succèdent. Je dors dans des auberges, sur des plages, sur des falaises, dans des forêts de pins. Parfois aussi, je partage le lit d'un villageois pour une pièce de monnaie. Quelques jours plus tard, je suis face au mont Tauch, qui domine la vaste plaine sur laquelle veille le château d'Aguilar depuis une colline rocheuse. À l'horizon, Quéribus attend ma visite, je le sais. Ou est-ce moi qui ai besoin de regagner le *castrum* où je suis devenu un homme, ma patrie ? J'irai bientôt rendre visite à mes amis, à mes proches. Mais aujourd'hui, je dois rencontrer Olivier de Termes, mon seigneur. Quand je franchis la porte qui ouvre sur la cour, ma fatigue est telle qu'il me reste à peine l'énergie nécessaire pour chercher Olivier. Mais Thérèse, son épouse, m'indique qu'il se trouve depuis quelques jours à la cour de Carcassonne. Je demande alors à la châtelaine la permission de me retirer et de me reposer.

Je dors deux jours de suite. Je ne me lève que de temps en temps pour manger, boire, ou aller aux latrines. Puis je retourne à mon lit, dont j'avais oublié combien il est confortable.

C'est le rire d'Olivier qui me tire du sommeil.

– *Maese* scribe, par tous les dieux, mais que fais-tu ici ?

Nous nous enlaçons. L'amitié d'Olivier est un baume pour mon cœur et mon corps fatigués. Nous nous asseyons à ma table, et Olivier ordonne qu'on apporte du vin et du fromage pour le déjeuner.

– Tu dois me raconter ton voyage en détail, Pèire, mais d'abord, dis-moi : Bernat... ?

– Il a décidé de poursuivre son périple vers le Catai, le dernier pays avant l'océan qui marque la fin du monde. Il m'a dit de vous faire savoir qu'il accomplit sa mission et qu'il reviendra à vos côtés dès que possible.

– Bien, bien. Pendant un instant, j'ai pensé qu'il n'avait pas survécu.

L'inquiétude disparaît de son regard.

– Mais, mon ami Pèire, qu'en est-il de ta mission ? As-tu rempli notre engagement envers Louis de France ?

– De la meilleure des façons, je pense, Olivier. J'ai remis mes rapports au roi par l'intermédiaire de son chancelier, qui m'a généreusement récompensé, ce qui, j'imagine, signifie qu'il les a appréciés.

– Oui, à coup sûr. Si tu es en mesure de tout me dire, je t'écoute. Commence par le plus important : avez-vous trouvé l'empereur mongol?

– On pourrait dire qu'il en est ainsi, même si une grande surprise nous attendait en arrivant à Karakorum, la capitale de cet empire.

Je coupe avec mon couteau une large tranche de fromage de nos brebis, trempe un morceau de pain croustillant dans du vin et dévore le tout. Olivier sourit en se servant une coupe. Enfin, je commence, mot à mot, à revivre pour mon seigneur les aventures de son scribe, depuis notre départ de Chypre jusqu'à mon retour à Aguilar.

1255

Voilà deux ans que je suis revenu de Mongolie. Si mes calculs sont exacts, j'ai cinquante ans dans ce monde. L'âge pèse sur mes épaules et les chevauchées ne m'attirent plus autant que dans ma jeunesse. La vie à Aguilar est calme, monotone, ennuyeuse par moments. Quand le passage du temps devient lourd pour moi, je parcours les deux lieues qui nous séparent de Quéribus et rends visite à Chabert. C'est déjà un vieil homme, mais sa vitalité est incroyable. Il continue à arpenter sans repos ses terres et celles de ses voisins, luttant pour son indépendance et pour protéger les cathares lorsque cela est possible. Depuis la chute de Montségur, Quéribus est considéré comme la capitale de notre foi dans le Razès. Lors de mes visites, Chabert et moi rions et buvons du vin. Nous partageons également nos préoccupations concernant les dernières nouvelles de notre *Égleisa del Bé*, presque éteinte aujourd'hui. Nous prions parfois avec un parfait lorsqu'il en apparaît un – ce qui est de plus en plus rare, il est vrai –, venu chercher refuge dans la dernière forteresse qui les accueille ouvertement. Il paraît que les seigneurs de Niort, dans leurs vallées reculées du fond des Pyrénées, continuent de professer leur foi cathare, mais ils n'ont ni le prestige ni la force de Chabert, et je sais d'expérience que leur territoire n'est guère sûr.

En fait, les bons hommes ont presque tous disparu, pensons-nous, et tous ceux qui restent se cachent si bien que, même à Quéribus, on ignore tout de leur existence. Si notre Église survit à grand-peine, c'est grâce à ces hommes et ces femmes qui n'ont pas renoncé et ne renonceront pas à leur salut pour s'épargner un tourment de courte durée dans ce monde du diable. Mais ils finiront par disparaître. Alors, seuls les trésors que j'ai dissimulés témoigneront du chemin vers le salut. J'ai à plusieurs reprises multiplié les indices sur les cachettes. Je veux être sûr qu'ils resteront suffisamment clairs pour qu'un érudit de notre foi puisse les atteindre, mais pas au point d'ouvrir la voie à ceux qui ne le méritent pas. Saurai-je mener à bien cette mission ? Je ferai de mon mieux…

Quelques mois après mon retour, Olivier a répondu à l'appel du roi de France et est retourné en Terre sainte, mais cette fois il ne m'a pas demandé d'être présent à ses côtés. Il a reçu, avant de partir, une lettre de Bernat l'avertissant qu'il était attendu à Saint-Jean-d'Acre. Je dois avouer que j'ai ressenti une certaine tristesse quand Olivier ne m'a pas invité à partager avec lui ce nouveau voyage et a réagi avec une telle sollicitude à l'appel de Bernat. Le diable hante toujours notre âme, et attise les passions et les rancunes que lui offre notre cœur. C'est pour cela que, finalement, je décide que cette jalousie vis-à-vis de Bernat est stupide. De la même manière, mon affection sera à jamais partagée entre Olivier et Chabert.

Le temps s'allonge infiniment et semble doucement s'éteindre. Le monde vieillit autour de moi, ou est-ce moi qui perds tout intérêt pour les affaires de cette terre ? Mon cheval me conduit à pas lents d'Aguilar à Quéribus, humant l'air libre qui entoure nos collines. Je pense, pour la première fois, à la mort qui approche. Je devrais mettre mon cœur en paix, peut-être devrais-je écrire le récit de ma vie, peut-être devrais-je renoncer à celle-ci, penser, réfléchir, et mettre sur le papier mes doutes, mes convictions, ce que je suis vraiment...

Une bonne nouvelle arrive à Aguilar : Blanche de Castille, mère du roi Louis IX, est morte et celui-ci a décidé de retourner en France. Notre cruelle persécutrice quitte finalement ce monde et est à cette heure sur le chemin de l'enfer, mais il est probablement trop tard pour réparer les dommages subis par sa faute, tel le bûcher de Montségur, entre autres crimes horribles.

C'est en mars 1255 qu'Olivier réapparaît à Aguilar. La vision de cette troupe d'une vingtaine de redoutables chevaliers, complétée par des écuyers et des serviteurs, tous armés derrière la bannière de Termes, procure une immense joie à la population du *castrum* et des environs. Une fois de plus, toute la seigneurie s'emplit de vie et d'activité par la seule présence de son maître. Je retrouve mon seigneur. Combien de fois nous sommes-nous revus depuis Perpignan ? Son apparence est toujours la même ; peut-être est-il quelque peu voûté, peut-être...

La première soirée, il me raconte son séjour à Saint-Jean-d'Acre. Les jours du royaume latin de Jérusalem sont comptés, selon lui. La présence de Louis de France, que certains considèrent comme un saint, maintient un semblant d'unité qui ne résistera pas au retour du monarque à Paris. Les barons, toujours les barons, mettront en pièces les restes du royaume. Bernat est resté à Acre, gérant, dans la mesure du possible, les intérêts de son seigneur.

– Cela signifie-t-il, dis-je, que vous avez l'intention de retourner en Terre sainte ?

– Certainement, mon bon ami, certainement. Le roi me le demande ou plutôt me l'ordonne, en échange de la récupération totale de mes biens.

– Combien de temps encore devrez-vous prouver votre fidélité au royaume de France, Olivier ? Que peut encore exiger de vous ce roi si sévère ?

La gaieté d'Olivier de Termes s'évanouit. Mon seigneur se concentre sur le feu crépitant dans la cheminée. Je poursuis :

– Votre angoisse est visible. Et cette manière de réapparaître ici soudainement, sans avertir, ce qui n'est pas votre habitude... Votre regard me rappelle une certaine nuit sous les murs de Carcassonne, il y a de nombreuses années...

Olivier soupire. Pour la première fois, je vois en lui un homme vieilli :

– Le Dieu bon sait combien je souffre de ce que je dois te dire, Pèire.

Jamais je n'avais entendu de la bouche d'Olivier une référence au Dieu bon dans ces termes si hérétiques. Il poursuit, me regardant dans les yeux :

– J'ai besoin de tes conseils et de ton aide, puisqu'il s'agit de notre vieil ami Chabert.

Une vague d'angoisse m'envahit.

– Parlez, je vous en prie. Qu'en est-il de Chabert ?

– Le roi Louis a décidé d'en finir une fois pour toutes avec cette épine plantée dans le talon de son royaume. Chabert de Barbaira contrôle le Fenouillèdes et le Peyrepertusès. Il contrôle donc plusieurs passages de la frontière avec l'Aragon. Son amitié avec Jacques Ier est bien connue, ainsi que la protection qu'il a offerte, et continue d'offrir, aux hérétiques.

Olivier respire profondément :

– Louis me demande de rendre Quéribus à la Couronne de France.

Stupéfait, je reste sans voix. Même aux instants les plus pénibles des batailles que nous avons partagées, jamais je n'ai lu dans les yeux d'Olivier le drame que j'entrevois en cet instant. La même horreur doit briller dans mon propre regard, j'en suis certain.

– Mais pourquoi vous ? Le monde entier connaît votre amitié avec Chabert.

– C'est précisément pour cette raison, Pèire. En fait, l'expédition militaire sera menée par Pierre d'Auteuil, sénéchal de Carcassonne.

Cet homme vient d'arriver dans notre pays, il n'aura aucune pitié. Il tiendra à exécuter les ordres royaux pour en tirer profit. Mais Louis, soucieux de son image, désire éviter un bain de sang tel que celui qu'a connu Montségur. Il a donc insisté pour que les opérations sur le terrain soient menées sous mon commandement... ce que j'ai accepté. Quéribus est condamné, Pèire, et mon devoir, notre devoir, est d'aider notre ami à se retirer avec les honneurs qu'il mérite.

Une profonde tristesse s'abat sur mes épaules, comme un ciel de plomb en été quelques instants avant l'orage. Des larmes me montent aux yeux sans que je puisse les retenir. Trahir mon second père, trahir celui qui partage avec moi le fardeau de la vie, trahir le seigneur qui a fait de moi un homme. Jamais auparavant je n'avais connu une telle déchirure. Même quand Sybille... mais j'étais si jeune à l'époque. Olivier se rapproche et pose son front contre le mien :

– Nous le lui devons, *maese* Pèire, nous le devons à Chabert, seigneur de Barbaira, et à tout ce qu'il représente pour notre peuple. Aide-moi à le sauver des Francs !

– Comptez sur moi, Olivier. Que mes larmes ne vous trompent pas : je ne suis pas chevalier, mais je connais l'honneur aussi bien que vous.

– Pas un instant je n'en ai douté, Pèire, pas un instant. Préparons notre entreprise !

Jusque tard dans la nuit, Olivier de Termes et moi explorons les solutions qui s'offrent à nous pour rester fidèles à notre ami Chabert de Barbaira, en trahissant sa confiance pour lui éviter le déshonneur et, qui sait, la mort.

1255

Je suis déjà venu à Quéribus hier et je n'ai pas l'habitude de le faire si souvent. Mais peu importe : ce *castrum* est comme une partie de moi-même, et il en va de même pour n'importe lequel de ses habitants. J'ai défendu avec mon sang l'honneur de la famille Barbaira, contre les Montcada, contre les Sarrasins, contre les Francs. Je devrai le faire de nouveau, cette fois contre Chabert lui-même.

Cette année, l'hiver est lent à céder la place au printemps. Tandis que ma monture souffle le long du chemin rocheux conduisant à la majestueuse tour en plein ciel, je me dis que cette fin d'avril est froide, rigoureuse et ventée. Un frisson me secoue la poitrine.

Je trouve Chabert dans la vaste salle en grande conversation avec deux de ses plus fidèles chevaliers : Aymeric de Montlaur et Bérenger de Cucugnan, des hommes d'armes déjà âgés dont j'ai partagé le sort en plus d'une occasion. Aymeric est un soldat rusé, un faydit de la première heure, qui n'a jamais cessé de se battre pour notre liberté. Il est célèbre pour son astuce et sa bravoure. Le chevalier Bérenger de Cucugnan est une force de la nature. Il a suivi Chabert dans toutes ses aventures, et son impressionnante stature le rend à la fois reconnaissable et redoutable au combat.

Des années de partage d'émotions, de batailles, de rires et de prières ont permis à Chabert de bien me connaître et de deviner à la seule vue de mon visage qu'une question d'importance me tourmente.

– *Maese* Pèire ! Qu'est-ce qui t'amène ici ?

L'accolade dont me gratifie ce vieil homme me rappelle qu'il continue d'entraîner tous les jours son bras à manier les armes.

– Je suis heureux de vous voir, mon seigneur, bien que ma visite d'aujourd'hui ne soit pas une raison de se réjouir.

– Assieds-toi et bois avec nous. Rien ne peut être assez grave pour nous empêcher de trinquer.

Les deux chevaliers se sont levés pour quitter la salle, mais Chabert les arrête :

– Où allez-vous ? Êtes-vous effrayé par la férocité d'un scribe, ou mon vin est-il si mauvais qu'il vous fait fuir comme des curés devant mon épée ?

Les deux hommes se rassoient, fiers de cette marque de confiance de leur commandant. Personne ici n'ignorant les liens qui nous unissent, Chabert et moi, être invité par le seigneur de Quéribus lui-même à partager son vin avec l'un de ses amis les plus fidèles est un grand honneur. Aymeric m'offre sa coupe, montrant par ce geste l'affection qu'il me porte. Je la vide sans hésiter, retardant ainsi le moment de révéler la raison de ma visite. Je prends le temps d'apprécier ces derniers instants de fraternité et d'amitié. Comme toujours quand je bois avec d'anciens compagnons de combat à Quéribus, l'anecdote de mon coup de poing au Montcada, mon premier fait d'armes, est évoqué, de même que le souvenir du jeune scribe effrayé que je fus. Les trois hommes rient bruyamment, mais Chabert intervient :

– Pèire, ce visage sérieux me préoccupe. Parle, allons !

Du regard, je demande la permission de révéler la raison de mon inquiétude devant témoins.

– Aymeric et Bérenger sont mes chevaliers; je n'ai aucun secret pour eux. Parle!

– Le sénéchal Pierre d'Auteuil prépare une armée pour assiéger Quéribus.

Un silence soudain interrompt le rire des hommes. La joie disparaît du visage de Chabert, laissant place à une grave détermination :

– Quand?

– Je ne sais exactement. Mais leur départ de Carcassonne est imminent.

– Comment le sais-tu?

– Olivier de Termes... Il me l'a dit discrètement. Il m'envoie pour vous le faire savoir. Et ce n'est pas tout.

– Parle, Pèire, *per Dieu*!

– Olivier est mandaté par le roi Louis pour assiéger et réduire Quéribus à néant.

Le fracas du siège de Chabert lorsqu'il se renverse en se levant brusquement résonne dans la salle. Chabert fixe son regard sur moi, puis sur ses chevaliers, qui osent à peine lever les yeux vers leur seigneur. Ensuite, il se dirige vers la fenêtre. La lumière commence à descendre sur la plaine du Roussillon, au loin. La *Mare Mediterraneum* est une masse obscure se confondant avec le ciel sombre. Chabert nous tourne le dos et croise les mains derrière lui :

– Nous nous battrons.

Les deux chevaliers s'approchent de lui. Ils savent que la défaite est à venir, mais ces hommes ne remettent pas un instant en question leur soutien à celui qui les a conduits au-delà de la mer pour combattre les Sarrasins, qui a peut-être faits chevaliers leurs fils, à qui ils doivent les rendements de leurs pauvres terres.

Je prends la parole :

– Chabert, le roi Louis de France ne laissera pas cette forteresse continuer à l'insulter sur ses propres frontières.

– Notre seigneur a dit que nous nous battrons, scribe! me coupe Aymeric.

– Je l'ai entendu, Aymeric, et je sais que Quéribus se battra jusqu'au bout si son maître le lui ordonne. Je veux seulement éviter un massacre !

– Pèire, tu n'appartiens plus à ce *castrum*, m'interrompt Bérenger. Le bon Dieu sait que je t'apprécie, mais tu appartiens désormais à Termes, ce n'est pas à toi d'intervenir.

Humilié, je me lève et marche sur Bérenger, mais Chabert intervient calmement :

– L'amitié ici aura toujours ses droits. Pèire fait partie de ma famille. Nous entendrons sa voix. Bérenger, laisse-le parler, je t'en prie.

Le géant se rassoit, la tête basse. Je reprends :

– Le sénéchal de Carcassonne est un nouveau venu dans ce pays. Il a besoin des connaissances d'Olivier de Termes pour s'emparer de Quéribus. D'autre part, je sais qu'Olivier a proposé de prendre le commandement militaire de l'expédition précisément pour éviter des souffrances à ce château. Chabert, vous connaissez le seigneur de Termes, vous avez combattu à ses côtés un nombre incalculable de fois. S'il m'envoie aujourd'hui pour vous avertir, c'est parce qu'il est certain de ne pas pouvoir sauver Quéribus. Mon conseil est de fuir en Aragon tant qu'il en est encore temps. Louis est un roi fanatique, mais il préfère éviter les effusions de sang quand cela est possible. Sa mère, Blanche de Castille, la sorcière qui nous a persécutés durant toute sa vie, est décédée il y a trois ans. Il n'essaiera pas de vous poursuivre.

– Tais-toi, Pèire. Je ne me rendrai pas, quelle que soit l'issue de cette aventure. Les quelques bons chrétiens qui restent libres et sont prêts à sacrifier leur vie pour notre salut méritent un refuge sur cette terre, ou mourront en défendant leur foi.

– Mais, Chabert, le sénéchal était à Aguilar aujourd'hui pour organiser l'expédition. Il va presser Olivier. Le temps manque pour...

– Tu dis que le sénéchal de Carcassonne est à Aguilar ? m'interrompt Chabert.

– Je vous dis que c'est précisément aujourd'hui que le sénéchal et Olivier se réunissent à Aguilar pour organiser l'expédition. C'est pourquoi Olivier m'a envoyé vous avertir si rapidement. Il tentera de gagner du temps pour vous permettre de fuir.

– Avec quelle escorte le sénéchal s'est-il présenté à Aguilar ?

– Je n'ai vu que quatre sergents à cheval.

– Et combien d'hommes composent la garnison d'Aguilar en ce moment ?

– Olivier est revenu très récemment de Terre sainte, et beaucoup de ses soldats sont retournés sur leurs terres. Il ne compte pas plus de vingt hommes, entre chevaliers et sergents.

Chabert se tait et nous tourne à nouveau le dos. Observant le paysage, il réfléchit.

– Mon seigneur, partons dès à présent avec tous nos hommes jusqu'à Aguilar, intervient Aymeric, prenons le sénéchal et le traître Olivier de Termes. Le roi de France n'aura d'autre choix que de nous laisser tranquilles. Nous échangerons ces hommes contre notre liberté.

Toujours de dos, Chabert reprend, pensif :

– Pourquoi pas. Bérenger, qu'en dis-tu ?

Toujours prêt à l'action, Bérenger de Cucugnan se lève, excité à l'idée de se battre :

– Partons sur l'heure, mon seigneur !

J'élève la voix, pour la première fois de ma vie, en présence de Chabert de Barbaira :

– Je ne peux pas permettre ce déshonneur, Chabert ! Je suis venu pour vous avertir de l'approche de la tempête, pas pour trahir mon seigneur.

– Saisissez-le !

Malgré mes protestations, Aymeric et Bérenger m'immobilisent. Alertés par nos cris, les gardes pénètrent dans la pièce. En un instant, je me retrouve attaché les mains dans le dos. Puis on me conduit jusqu'à la cour d'armes. Bientôt, les hommes se rassemblent à l'entrée du *castrum* tandis que Chabert envoie à la hâte des messagers à tous les chevaliers se trouvant à moins d'une heure à cheval de Quéribus.

Assis sur un tabouret devant mon ancien logis, j'attends que les heures passent. Chabert, qui ne laisse personne d'autre que ses serviteurs me rendre visite, passe me voir personnellement afin de s'assurer que je ne manque ni de nourriture ni de couverture pour me préserver de la nuit glaciale. J'essaie de ne pas croiser son regard. Les serviteurs qui prennent soin de moi me traitent avec la plus grande sollicitude. Je connais beaucoup d'entre eux depuis des années, certains sont même des amis. Toutefois, désireux de ne pas imposer aux siens l'image de son ami le plus dévoué enchaîné dans la cour, le seigneur de Quéribus a interdit à sa famille de quitter la tour.

1255

Quatre heures se sont écoulées depuis la tombée de la nuit. Les troupes de Chabert de Barbaira sont à présent rassemblées. Les hommes enfourchent leurs montures, armés de leurs épées et protégés par leurs casques et leurs cottes de mailles. Cependant, je ne vois pas d'armure bruyante ou lourde ni de boucliers volumineux, pas plus que de longues lances. L'expédition doit être rapide et légère. Elle ne comprend pas non plus d'archers ou d'arbalétriers.

On m'attache à ma selle, un sergent saisit mes rênes. Je suis au centre du groupe, composé d'environ quatre-vingts hommes.

En cette claire nuit d'avril, sous une lune glacée, nous galopons dans les Corbières, où Chabert de Barbaira, à la tête de sa troupe, a l'intention de prendre la forteresse d'Aguilar, le château de son ancien ami Olivier de Termes, et de capturer le sénéchal de Carcassonne.

Quelle sombre époque que celle où le fanatisme d'une religion, ainsi que la soif infinie de pouvoir des puissants, peut conduire à sacrifier l'amitié de toute une vie ! Je n'ai pas le temps de réfléchir, je dois veiller à garder mon équilibre avec les mains liées. Aguilar est proche. Nous stoppons notre galop dès qu'apparaît le mont Tauch. Dans le plus grand silence, nous nous rapprochons de la forteresse par le chemin qui y monte. Des torches placées toutes les cinq coudées l'éclairent. Aucun soldat n'est en vue sur les remparts. Chabert, qui connaît bien cet endroit, sait que le sentier disparaît du champ de vision des gardes dans ses derniers méandres, avant la montée finale. Avec un soin infini et surprenant chez des hommes brutaux, habitués aux cris de la lutte, nous mettons pied à terre sans un mot et commençons l'ascension. Tous les soldats ont dégainé leur épée. Son arme à la main, Aymeric s'approche de moi et me murmure à l'oreille, menaçant :

– *Maese* Pèire, tu es un ennemi, aujourd'hui. Un cri d'alerte ou un mouvement vers tes compagnons d'Aguilar et je regretterai pour le restant de ma vie de t'avoir envoyé à la rencontre du Dieu bon.

Il saisit mon bras et plante ses yeux dans les miens :

– Je t'en supplie, Pèire, je veux à nouveau te considérer comme mon ami une fois l'aube venue.

– N'aie crainte, Aymeric, je reconnais en toi un homme d'honneur et je sais que tu n'hésiterais pas à me tuer pour sauver ton seigneur.

Furtivement, nous gravissons le chemin vers la lumière déjà vacillante de la lune, qui bientôt disparaîtra. Les murs d'Aguilar surgissent dans la nuit du rocher sombre et mystérieux. Nous sommes maintenant à vingt coudées de la porte du château. Elle est fermée mais non gardée. Autour de moi, j'entends des murmures de surprise des sergents. Comment se fait-il qu'il n'y ait pas de ronde de surveillance alors que sont présents sur place le seigneur des lieux et plus encore le sénéchal de Carcassonne ? D'un geste, Chabert impose le silence. Puis il s'approche de moi, sort son poignard de sa ceinture et le place, menaçant, sous ma gorge.

– *Maese* scribe, je veux que tu t'approches et demandes au garde de t'ouvrir. Ta vie dépend de ton silence.

La pointe du poignard se fait pressante. Mon visage reflète l'horreur et la peur.

– Je vais le faire... Chabert.

J'avale bruyamment ma salive. Aymeric intervient, inquiet :

– Faisons confiance à Pèire, mon seigneur.

Chabert détourne le regard et prend la tête du groupe. Nous nous inclinons et avançons jusqu'à la porte. En l'atteignant, sous la menace du poignard d'Aymeric, je frappe le bois quatre fois avec mon poing. Le vacarme retentit dans la nuit. Rapidement, un judas s'ouvre dans la porte, laissant apparaître le visage sale d'un sergent, qui me reconnaît :

– *Maese* Pèire, que faites-vous ici à cette heure de la nuit ?

– Mon cheval s'est cassé une jambe et agonise plus bas. Laisse-moi passer.

– Bien sûr, tout de suite.

La petite fenêtre se referme, et le bruit du lourd verrou bloquant la porte se fait entendre. La tension augmente dans le groupe. Les hommes sont prêts à enfoncer la porte et à envahir la cour et les salles du château, à tuer ceux qui s'opposeront à leur avancée à la recherche du sénéchal de Carcassonne.

Enfin, les lourds volets de bois et de fer commencent à se déplacer dans un craquement continu de gonds corrodés. Impatients, les premiers guerriers poussent la porte de toutes leurs forces et passent au-dessus du pauvre garde, débordé et surpris. Pas plus de six ou sept hommes pénètrent dans la place, dont Chabert, Aymeric, qui me menace encore du poignard, et moi, incapable de m'opposer. Nous voici dans la cour. Soudain, un tumulte violent éclate dans notre dos. J'ai à peine le temps de me retourner pour voir reculer les guerriers de Chabert, hurlant sous une pluie d'eau bouillante dans un nuage de vapeur. Profitant de la surprise des assaillants, un grand groupe de soldats d'Aguilar, cachés de chaque côté de la porte, en pousse les battants pour la refermer et la bloquer avec d'imposantes poutres. Une vingtaine d'autres sergents, armés jusqu'aux dents, certains à cheval, nous entourent rapidement. De l'obscurité émergent des torches qui illuminent la scène. Des cris de rage montent de l'extérieur, tandis que de part et d'autre des remparts sont proférées des menaces et des insultes par ces hommes qui se connaissent pour avoir combattu ensemble, à Majorque, à Valence ou contre les Francs. Dans le chaos général, je me défais d'un Aymeric qui n'en croit pas ses yeux, et je cherche la protection des hommes d'Olivier de Termes, qui encerclent maintenant les envahisseurs. Le déséquilibre des effectifs et des armements des deux troupes est tel que le découragement et la tristesse se lisent sur le visage de Chabert.

Du haut de l'escalier qui mène à la porte de la tour, Olivier de Termes, enveloppé dans un manteau rouge, lève le bras pour réclamer l'attention. Le tumulte à l'extérieur des murs cesse également : les assaillants battent en retraite. Plus aucune voix ne parvient jusqu'à nous. Les remparts d'Aguilar sont maintenant peuplés de soldats sortis de leur cachette pour se montrer entre les créneaux et dissuader l'assaillant de poursuivre son entreprise.

– Amis de Quéribus, écoutez-moi, lance Olivier.

Tous les regards se tournent vers lui.

– Seigneurs, chevaliers, soldats, nous n'avons pas à nous battre. *Per Dieu*, hommes des Corbières, renoncez à la lutte ! Chabert de Barbaira, ami Chabert, je te prie de penser à ta famille, aux femmes et aux enfants de tes soldats et chevaliers. L'honneur de ta famille est sauf, Chabert, tu as essayé de te battre, mais Dieu et les hommes sont témoins que tu ne peux plus rien faire. Il est en ton pouvoir de sauver les tiens de la misère, peut-être de la mort.

Olivier me montre du doigt :

– Cet homme que vous connaissez tous, Pèire de Liziac, a été trompé par moi. J'ai abusé de son amitié avec Chabert et de sa loyauté envers moi. Il est une victime de plus de cette guerre qui dure depuis trop longtemps et qu'il est temps de terminer maintenant, ici. L'*Égleisa del Bé* n'existe plus sur nos terres, et les parfaits et les parfaites que nous connaissions et recevions tous dans nos *domus* ont disparu des routes il y a bien longtemps. Les quelques survivants doivent chercher l'exil pour ne pas attirer sur notre peuple la colère du roi de France. Fier Chabert, amis de Quéribus, pardonnez ma tromperie. Vous êtes les bienvenus à Aguilar, vous êtes mes invités, même si, aujourd'hui, vous devrez déposer les armes.

Chabert semble perplexe. Un grand seigneur comme lui n'est généralement pas victime de tromperie. Cependant, la ruse est une arme aussi valable qu'une bonne épée. Pour lui, le déshonneur de perdre Quéribus est écarté. Sa reddition ne souillera ni son nom ni sa lignée.

Après une brève conversation avec Aymeric, le seul chevalier qui a réussi à l'accompagner, il prend la parole :

– Olivier de Termes, je suis ton prisonnier.

Il se tourne vers ses hommes :

– Laissez vos armes sur le sol. Mais avant de lâcher mon épée, je te supplie de me répondre, Olivier : laisseras-tu en liberté ma famille, mes chevaliers et mon peuple ?

– N'en doute pas, Chabert.

Je détourne les yeux pour ne pas voir le vieux guerrier, abattu, remettre son arme au soldat le plus proche. Son regard croise le mien, je ne sais comment l'interpréter. Aymeric gravit l'échelle qui mène au chemin de ronde pour annoncer au reste des troupes de Quéribus, qui s'était éloigné, de l'accord auquel Chabert et Olivier sont parvenus. Lourdement gardées, les portes sont ouvertes pour laisser sortir d'Aguilar les hommes qui ont réussi à entrer avec Chabert. Ce dernier se tient quant à lui au centre de la cour, fixant le sol, jusqu'à ce que deux sergents le conduisent jusqu'à la tour. Olivier n'est pas descendu le chercher. Comme nous en avons convenu hier, lors de ma visite à Quéribus, je les rejoins tous les deux dans la grande salle du château.

En pénétrant dans la pièce, je trouve Chabert attendant entre les deux gardes. Olivier intervient :

– Laissez libre le seigneur de Barbaira, rendez-lui son épée et fermez la porte derrière vous. Apportez-nous du vin, du fromage et du pain.

À peine la porte refermée, nous nous regardons tous les trois face au feu qui crépite. Olivier s'approche de Chabert. Les deux chevaliers s'étreignent. Tout est dit. Tout protocole oublié, je m'assois à la grande table et me verse une généreuse coupe de vin. Olivier et Chabert s'approchent et font de même. Nous restons silencieux quelques instants, le temps pour chacun de revenir sur les événements de ces derniers jours. La confession d'Olivier sur son engagement à prendre Quéribus pour le roi de France, l'élaboration de notre stratégie, qui était d'éviter de nuire à nos frères de Quéribus et d'offrir à Chabert de Barbaira, d'un commun accord avec lui, la possibilité de sauver son honneur et les habitants du *castrum*. La ruse d'Olivier est légendaire, et il n'y a pas de honte à tomber dans une embuscade les armes à la main. Mon rôle dans l'affaire était de convaincre le vieux guerrier de se laisser guider vers une souricière préparée pour ne blesser que l'orgueil de certains. Et d'interpréter avec Chabert une scène digne de ces troupes d'acteurs qui parcourent les villages et les châteaux en prétendant amuser les paysans et les bourgeois. Nous avions besoin de témoins, Aymeric et Bérenger, et l'habile Chabert a su suggérer l'idée de l'attaque immédiate sur Aguilar. Le reste vient de se produire.

Je ne peux qu'être désolé, immensément triste. Et soulagé. Assis à mes côtés, Olivier et Chabert parlent entre eux, analysant la situation, mais mon amertume m'empêche de leur prêter attention.

Enfin, les deux hommes se lèvent et Chabert s'adresse à moi :

– Accompagne-moi, Pèire. Tu es l'élément essentiel de cette affaire, à mon grand regret. Utiliser ton amitié de cette façon me mortifie, mais sans toi tous les habitants de Quéribus sont perdus.

1255

Je n'hésite pas. Nous quittons la tour. Chabert et moi gravissons rapidement les marches qui mènent au chemin de ronde, suivis par Olivier. Du haut des remparts, nous voyons la troupe de Chabert, qui attend, confuse, à cinquante coudées de là. Chabert s'adresse à elle, le ton grave :

– Compagnons, vassaux, soldats. Le moment est venu de retourner à Quéribus. Pendant un demi-siècle, ma maison a défendu ce *castrum* avec son sang. Mais je ne peux plus me battre, seul, contre un royaume aussi puissant que celui de France. Il est temps pour moi d'abandonner mon château. Je suis détenu à Aguilar et resterai ici jusqu'à ce que le roi Louis réclame une rançon ou décide de mon sort. Mais Olivier est un homme d'honneur, même si aujourd'hui il m'a défait par la ruse, et il compromet sa parole de chevalier pour protéger ma vie. Il ne me livrera pas au sénéchal de Carcassonne. Mais vous, fidèles compagnons, devez retourner à Quéribus, que je ne verrai plus dans cette vie et auquel je renonce en cet instant. Mon grand ami Pèire de Liziac, que vous connaissez, vous guidera dans ces moments. Ses ordres seront les miens. Que ceux d'entre vous qui sont les plus engagés dans l'*Égleisa del Bé* fuient Quéribus avec leurs familles. Cachez nos bons hommes s'il en reste. Obéissez à Pèire, lui aussi a été une victime de la ruse d'Olivier de Termes; ne lui reprochez rien d'autre que son amour pour moi. Il organisera l'abandon de Quéribus.

1255

Mes épaules s'affaissent soudainement sous le poids de la responsabilité. Mais il n'est plus temps de se lamenter ou d'évaluer les options. Le temps presse. Je m'arme et dis adieu à Olivier, qui s'inquiète :

– Je vais essayer de retarder autant que possible la progression du sénéchal. Mais son armée quittera Carcassonne aujourd'hui ou demain, et même si j'assure le commandement militaire de l'opération, les inquisiteurs n'hésiteront pas à faire leur travail, Pèire. Ne perds pas un instant.

– Je sais. J'espère évacuer les habitants de Quéribus en moins d'une journée. Je vous attendrai là-bas.

– Très bien. Pour ma part, je vais convaincre le sénéchal de ne pas intervenir au sujet de Chabert, qui doit rester mon prisonnier pour avoir la vie sauve. Rendez-vous à Quéribus.

On m'ouvre les portes de la forteresse, que je franchis seul. Sans un regard pour quiconque, je descends le sentier en direction des chevaux. Je suis dépassé par la situation, mais je ne peux me dérober. Dans quelques jours, les troupes royales bloqueront toutes les routes vers Quéribus, plus personne n'entrera dans le *castrum* ou n'en sortira sans être intercepté. Les inquisiteurs procéderont aux interrogatoires avant de dresser le bûcher, dans lequel la plupart des croyants mourront. Je dois éviter cette horreur, je ne supporterais pas de vivre une seconde fois le crime de Montségur. Cette amertume me pousse à agir et soutient ma volonté. Soudain, je perçois dans mon dos, à peine audible, le mot «traître» murmuré rageusement.

Sans laisser à mon cerveau la possibilité d'examiner la question, je lance mon poing de toutes mes forces tout en me retournant. Aymeric reçoit le coup à la mâchoire et me regarde stupéfait en tombant au sol. La rage que je porte au plus profond de mon cœur disparaît immédiatement. Attentifs et graves, les hommes qui nous entourent forment un cercle autour de nous :

– *Maese* scribe !

Aymeric s'assoit sur le sol en se tenant la mâchoire :

– J'avais oublié ton coup secret !

Souriant, il me tend la main, que j'attrape au vol pour l'aider à se lever. Il poursuit, d'une voix forte de manière à être entendu des hommes les plus éloignés :

– Je te prie de m'excuser, *maese* Pèire. Et je te remercie d'avoir pris en charge l'avenir immédiat de Quéribus, bien que tu aies été trompé par ton seigneur pour capturer Chabert. Personne ne doutera de toi... Et plus personne ne chuchotera dans ton dos !

L'effet de la boutade est immédiat : nous nous embrassons tandis que la troupe sourit, ravie de ce moment de détente en ces heures pleines de tension. Nous descendons jusqu'aux chevaux, que la longue attente a rendus nerveux.

Nous galopons jusqu'à Quéribus, où nous arrivons au lever du jour. Aymeric et Bérenger m'aident à prendre les choses en main. Malgré la fatigue de tous les hommes, à commencer par moi, je ne veux pas perdre un instant. Je me rends auprès d'Esclarmonde. Elle est terrifiée, ses enfants sont en voyage, et Guilhem Bernat, que j'aurais tant voulu revoir, a été envoyé par Chabert au château de Paracolls, au service de son oncle. Je reconnais là la sagesse de Chabert de Barbaira, qui sentait depuis longtemps se resserrer l'étau sur Quéribus. J'explique brièvement la situation aux habitants et ordonne à tous ceux du *castrum* de se rassembler, sans perdre de temps, dans la cour de garde.

La plupart des hommes et des femmes sont au fait des événements, certains chargent même déjà leurs biens sur le dos de mules. Une fois qu'ils se sont regroupés, je monte quelques marches du grand escalier menant à la tour, de manière à être bien vu de tous. Avant de prendre la parole, je regarde ces villageois, dont beaucoup sont des réfugiés venus d'autres châteaux et villages déchirés par la guerre. Hommes et femmes aux yeux sombres, préparés dès la naissance à toutes les douleurs. Je devine aussi un parfait dans la foule, d'une minceur extrême, vêtu de noir, avec son bonnet distinctif. Je ne vois pas de bonne femme. Elles ont souffert plus que les bons hommes, ajoutant l'injustice de notre Église, qui les juge impures, à celle du monde dans lequel nous vivons.

Je prends enfin la parole :

– Habitants de Quéribus, votre seigneur Chabert de Barbaira a été capturé hier soir.

Certaines femmes plus âgées, qui n'en avaient pas été informées, portent leurs mains à leur tête et commencent à pleurer de désespoir. J'impose le silence d'un geste autoritaire :

– Il n'est plus temps de se lamenter. Une armée s'approche afin de s'emparer de Quéribus pour le compte de Louis de France. Ceux qui croient en l'Église du bien doivent quitter le *castrum* dès que possible. Les hommes de la garnison sont libres de rester pour rejoindre les Francs, si ceux-ci le réclament, ou d'attendre la libération de leur seigneur ailleurs. Chabert, qui parle par ma bouche, vous ordonne de ne pas livrer bataille, de sauver ce que vous pouvez de vos biens et de fuir dès que possible. Cherchez refuge en Aragon, où nous ne sommes pas persécutés. Votre devoir n'est pas de mourir aujourd'hui pour votre foi, mais de vivre pour la transmettre à d'autres !

Je reste sans voix, épuisé. Les larmes des vieilles femmes se transforment en colère. Les insultes et les cris de vengeance contre les Francs et les inquisiteurs fusent parmi l'auditoire, accompagnés de gestes chargés de rancœur. Enfin, une fois passées ces premières émotions, les plus fortes, tous, semblant se réveiller, commencent à organiser leur fuite pour assurer leur salut, comme l'a ordonné leur seigneur par ma bouche. La cour se vide. Je me tourne vers Esclarmonde :

– Ma dame, il est temps de réunir vos bagages et d'accompagner les chevaliers de Chabert jusqu'à la terre de votre famille. Chabert désire vous y retrouver dès sa libération.

Esclarmonde, digne, pose sa main sur mon bras :

– Merci, mon bon Pèire, merci pour ton aide. Vas-tu nous accompagner ?

– Non, ma dame, je resterai pour livrer le château au sénéchal de Louis, qui sera ici dans quelques jours, peut-être même dans quelques heures. Tel est le souhait de votre époux.

Esclarmonde me sourit tristement et monte au donjon, le regard dans le vague. Une immense fatigue pèse sur mes épaules. Je me dirige vers ma vieille cabane, appuyée contre le mur. Je l'ai abandonnée il y a plusieurs années déjà, mais je ne peux la revoir sans émotion. Je m'assois sur le banc de bois brut placé devant la porte, et je regarde la grande effervescence agitant la cour. Les animaux vont et viennent, de plus en plus chargés. Les serviteurs d'Esclarmonde préparent un chariot, qu'ils commencent à remplir de tous les biens et de toutes les provisions possibles pour le voyage. Les mules s'énervent sous le poids de leur charge, certaines refusent de bouger. Les hommes crient, poussent et battent les animaux. Les habitants du *castrum* me disent adieu d'un geste triste ; certains me tendent la main, ainsi qu'aux gardes inquiets, qui espèrent se joindre à la triste caravane dès que je les libérerai.

Immobile sur le banc, j'attends que le calme se fasse autour de moi. Le parfait que j'ai aperçu plus tôt s'approche à son tour pour me saluer, et saluer Chabert en ma personne. Enfin, Esclarmonde prend mes mains entre les siennes. Puis celle qui, il y a tant d'années, est entrée dans ces murs comme jeune épouse triomphante, les quitte à présent comme femme âgée, vieille femme. Après m'avoir souri à travers ses larmes, elle descend, escortée par Aymeric de Montlaur, jusqu'au pré où sa suite et sa monture attendent.

Je m'assois à nouveau, cette fois sur les marches de la tour. Quéribus inhabité se referme sur moi. Demain, dans quelques heures à peine, ou Dieu sait quand, les nouveaux maîtres de ces murs entreront. Le Quéribus des bons hommes, des faydits, des troubadours de Sybille, le Quéribus du rire de Chaberta et, surtout, le Quéribus de Chabert de Barbaira, l'un des plus grands capitaines de mon époque, ne survit plus que dans mes souvenirs et par ma présence. Il s'estompe déjà et ne perdurera peut-être que dans ma mémoire lorsque je franchirai cette porte. Mais je dois avant tout récupérer le manuscrit de la chronique de l'*Égleisa del Bé.*

Je me lève soudain à cette idée. Le temps est venu d'accomplir ma mission personnelle. Je dois sauver mon manuscrit, caché, protégé par ces murs dans un endroit connu de moi seul. Le silence s'est emparé de Quéribus. La forteresse est vide, l'éternel vent lui-même a enfin offert une trêve aux murs qui luttent contre lui depuis des siècles. La ruine de ce *castrum* a commencé. Comme les autres places fortes que le royaume de France a conquises, il sera démantelé et reconstruit pour accueillir une garnison militaire, sans civils, chargée de contrôler la frontière avec l'Aragon. Tel fut le sort de Montségur, Quéribus connaîtra le même ; une façon comme une autre d'effacer le passé et l'existence même des nôtres. Je dois donc sauver l'héritage de l'Église cathare, lui chercher un nouveau refuge et imaginer les traces qui permettront de l'y retrouver.

Je passe le reste de la journée à récupérer la chronique et à détruire les indices qui y conduisaient dans les ruelles désertes de Quéribus. Les ombres s'allongent lorsque je monte au chemin de ronde pour la dernière fois. Je porte avec moi le sac en cuir qui m'a suivi si longtemps, jour et nuit, jusqu'au cœur des batailles. Quéribus déserté est un navire silencieux, qui se dresse, fier et vide, courageusement, une dernière fois, son ultime défenseur contemplant dans la vallée les feux de la colonne militaire du sénéchal, qui s'installe dans l'attente d'un long siège. Le lieu plonge dans l'obscurité de la nuit la plus profonde, sans une seule torche pour illuminer sa détresse. Pas une lumière, pas un feu. Chargé du trésor de ma vie, je passe enfin pour la dernière fois par la barbacane, je franchis la lourde porte de bois et de fer que je referme derrière moi et descends dans la prairie, où mon cheval attend. La forteresse vue d'ici, on ne saurait dire où s'arrête la roche et où commence la construction. Quéribus fait partie de la montagne, la citadelle s'y fond, retournant au ventre qui lui a donné vie.

J'ai terminé ma tâche. Alors que le cheval trouve seul le chemin qu'il a parcouru tant de fois, je cesse, pour la première fois depuis des jours, de combattre les sentiments qui me submergent. Aux heures les plus sombres de la nuit des Corbières, on ne distingue pas les larmes, ni la couleur blanche de ma barbe, et quiconque croisant mon chemin pourrait croire avoir rencontré un fantôme.

1255

Je suis assis dans la grande salle d'Aguilar, Chabert de Barbaira et Olivier de Termes sont debout devant moi. Je ne peux m'empêcher, en les voyant côte à côte, de sourire de l'insurmontable différence de stature existant entre ces deux chevaliers, guerriers aussi féroces et réputés l'un que l'autre. Si différents et pourtant toujours complices, même dans la guerre qui les oppose. Auprès d'eux se tient Pierre d'Auteuil. D'âge moyen, le sénéchal de Carcassonne est vêtu à la mode bourgeoise. Il porte un manteau doublé de vert et de délicates chaussures terminées en pointe, et arbore un sourire de suffisance que j'ai furieusement envie de faire disparaître avec ma dague acérée.

Ils sont encadrés par deux seigneurs que je ne connaissais pas et dont je peine à comprendre la langue, pourtant limousine. L'un d'eux est Philippe de Montfort, deuxième neveu du démoniaque Simon de Montfort. On dit de lui qu'il est né en Terre sainte et qu'il souhaite y retourner. Il porte les cheveux longs, à la mode franque, et une barbe non taillée. Son épée semble plus grande que souhaitable pour un homme d'apparence fragile. De l'autre côté du groupe se trouve Pierre de Voisins, seigneur de Limoux, Arques, Bugarach et Couiza. Il est venu également du nord avec les envahisseurs. Cependant, sa réputation d'homme honnête et magnanime plaide en sa faveur. De bonne taille, plus âgé et d'apparence bien plus soignée que Philippe de Montfort, il porte deux dagues à la ceinture.

Ces deux hommes ont en commun, en plus d'être d'origine franque, un visage où se lit un mécontentement qu'ils contrôlent à grand-peine. Je lis devant tout le monde le document que je viens d'écrire sous la dictée de Chabert, parfois corrigé par le sénéchal :

> Que tous les lecteurs de cet acte sachent que moi, Chabert de Barbaira, chevalier, restitue à l'excellent Louis, Illustre Roi de France par la grâce de Dieu, et à vous, Pierre d'Auteuil, chevalier, sénéchal de Carcassonne et de Béziers, qui le reçoit en son nom, le château de Quéribus, qui est fief du roi, avec tous ses biens. J'ai été transféré de la prison du seigneur Olivier de Termes à celle du roi, je lui achète ma liberté et je m'engage, sous caution de mille marcs d'argent, à me présenter devant le roi sur son ordre ou le vôtre, en France ou dans tout autre endroit qui vous plairait, et à me soumettre en tout à sa volonté. Je le ferai de bonne foi, à moins que la maladie ne m'en empêche manifestement.
>
> Je m'oblige vis-à-vis du seigneur roi et de vous à payer les mille marcs d'argent susmentionnés si je n'exécute pas l'ordre. Je promets d'accomplir cet accord et je le jure devant les Saints Évangiles.
>
> Je présente donc ici mes garants les nobles seigneurs Philippe de Montfort et Pierre de Voisins, à qui, de bonne foi, j'éviterai tout préjudice.

J'interromps la lecture, je lève la tête et regarde successivement Philippe et Pierre, ce dernier étant de plus en plus mécontent. Avec un léger sourire, je reprends :

Pour toutes ces raisons, nous, Philippe de Montfort et Pierre de Voisins, sommes constitués devant le seigneur roi et devant vous, seigneur sénéchal, garants des engagements susmentionnés de Chabert de Barbaira. S'il échouait, nous paierions au seigneur roi les mille marcs d'argent sur son ordre ou le vôtre. Nous nous engageons nous-mêmes et tous nos biens.

Lorsque vous, seigneur sénéchal, aurez remis Chabert au pouvoir du roi afin qu'il puisse se soumettre à sa volonté en sa présence, nous serons libérés de l'obligation concernant les mille marcs d'argent.

En vertu de quoi nous, Chabert de Barbaira, Philippe de Montfort et Pierre de Voisins, avons certifié ce document en y appliquant notre sceau, l'année du Seigneur 1255, au mois de mai.

Me retenant de sourire, je fais fondre la cire à la flamme d'une bougie, puis les trois nobles impriment leur cachet sur le document. J'en ai préparé quatre exemplaires, un pour chacun des signataires et un pour la chancellerie du sénéchal, qui l'enverra sans délai au roi Louis. Malgré la solennité du moment, j'échange un clin d'œil avec Chabert. Olivier, architecte de la situation, s'approche des barons français et leur donne l'accolade, suivi de Chabert. Sans ajouter un mot, les chevaliers récupèrent leur copie du procès-verbal et saluent le sénéchal. Seul Philippe salue Chabert. Comment Olivier a-t-il pu forcer ces chevaliers à s'offrir comme garants de l'hérétique le plus notoire de ces terres ? Peut-être de vieilles dettes, des obligations d'ordre militaire, des rançons d'honneur ou autres que je ne connaîtrai jamais.

Le fait est que Chabert est libre, du moins jusqu'à ce que le roi Louis l'appelle à sa cour, s'il l'appelle un jour. Les mois passés depuis la reddition de Quéribus se sont écoulés lentement à Aguilar. Chabert, en théorie incarcéré par Olivier de Termes, les a vécus en toute liberté, ayant juré sur son honneur et selon les règles de la chevalerie. Sa parole était sa chaîne et Olivier ne s'est pas même formalisé lorsque Chabert a commencé à chasser dans les montagnes environnantes, et à se rendre sur ses anciennes terres. Le sénéchal de Carcassonne a bien tenté, à plusieurs reprises, de faire transférer le prisonnier à Carcassonne, mais Olivier a fini par préciser que Chabert était son affaire, et le sénéchal ne s'est pas risqué pas à contredire l'un des capitaines les plus influents de Louis de France. Le coup de maître qu'a été le recours aux garants pour sauver Chabert s'est joué ces dernières semaines.

J'ai souvent rendu visite à Chabert dans ses appartements, au sommet de la tour d'Aguilar. Je lui ai confirmé que notre trésor, la chronique, était dissimulé loin de Quéribus et que je travaille quotidiennement à effacer les traces de l'ancienne cachette et à en laisser de nouvelles.

Olivier s'est peu montré dans son château pendant cette période. Rien ne l'attache ici. Son fils Raimond de Termes n'est pas une source de joie pour lui. Le jeune homme a été fait chevalier, mais je reconnais en lui davantage sa mère Thérèse de Serrelongue. Il est noble et fort, et essaie de son mieux de satisfaire son père. Il défend la maison de Termes avec beaucoup d'enthousiasme et de courage, mais l'ombre d'Olivier de Termes sur lui est telle que la comparaison, inévitable, le fait souffrir, de même qu'elle fait souffrir son père. Je sens également que, même si l'amitié unissant Chabert et Olivier a évité des victimes à Quéribus, le lien entre ces deux hommes a été mis à rude épreuve. De cela, je n'ai jamais parlé à mon seigneur Olivier. Je me sens pour ma part étrangement vide depuis mon retour de Quéribus.

Chabert, une fois le procès-verbal signé, nous fait ses adieux. Il se rend à Perpignan, où ses compétences militaires sont à nouveau requises par les consuls de la ville.

– Je ne m'attends pas à ce que tu me rendes visite de sitôt, Pèire, et je crains que la blessure que nous porterons désormais dans nos âmes soit si profonde que nous ne pourrons même pas la partager. Je partirai peut-être pour l'Aragon, qui sait si je pourrai conquérir par la force dans ces montagnes une terre habitée par les Sarrasins d'Al-Andalus. En tout cas, je ne disparaîtrai pas sans que tu saches où me trouver. Ma promesse à Guilhabert tient toujours. Plus que jamais.

Je ne remarque aucune nostalgie dans son regard quand nous nous séparons. Tout au long de ce siècle, nous ont unis le secret de notre foi et la mission qui nous a été confiée il y a toute une vie.

Quand Olivier et moi, depuis la cour d'Aguilar, regardons s'éloigner notre ami, sa silhouette encore large bien que courbée par les ans, chevauchant devant quatre guerriers fidèles et armés comme lui, je pense que je ne le reverrai peut-être jamais. Je tourne mon regard vers mon seigneur Olivier, et découvre alors en lui pour la première fois un homme âgé au regard triste. Mais de nous trois, celui qui accuse le plus le passage du temps, c'est bien moi. Je tourne les talons pour me diriger vers mon logement sans un mot d'excuse. Cette attitude somme toute irrespectueuse envers mon seigneur me vaudrait n'importe où ailleurs une sérieuse réprimande. Mais je veux dormir jusqu'au lendemain.

Paris
Aigues-Mortes
Quéribus
Barcelone
Valence
Majorque
Tunis
Mare Mediterraneum
Antioche
Limassol
Damiette
Saint-Jean-d'Acre
VOYAGE 1270

1270

Apprendre à vivre avec mes souvenirs et dans la tristesse a été le plus difficile pour moi. Plus éprouvant que la perte de Quéribus. Les premières années, tout au moins, parce qu'avec le temps tout passe, et nous passerons. Qui contera l'histoire de notre dernière forteresse ? Que restera-t-il des nobles qui, ici, ont risqué leur vie, leurs fiefs ? Peut-être quelques mots dans un écrit, dans un contrat, des vers dans une *canso*, pour les plus célèbres d'entre eux, tel Olivier de Termes. Mais de moi et de ceux de ma classe, rien ne subsistera. Au moment où je quitterai cette terre, pour voler vers le Paradis ou revenir le lendemain réincarné en âne, mon empreinte disparaîtra comme si elle n'avait jamais existé.

Aujourd'hui comme tous les jours depuis quinze ans, j'essaie de deviner au milieu de la brume de l'aube la silhouette de Quéribus, au loin. Une vie d'écriture nocturne à la lueur des *calehls* a épuisé ma vue. Depuis plusieurs jours, je ne parviens plus à identifier les contours du fier donjon se dressant à presque trois lieues, une longue distance.

Cependant, à cette heure, le soleil darde des rayons obliques sur les montagnes des Corbières et je crois distinguer le château de Quéribus, désormais forteresse royale. Et je me souviens de ce qu'il fut, et je sais combien est grande sa légende. Quéribus n'est pas tombé. Quéribus a disparu avec ses gens, abandonné à l'aube, découvert vide, comme par magie, par des Francs qui n'ont rien conquis, n'ont remporté aucune bataille. Quéribus a disparu, mais il se bat toujours, quelque part. Nul ne le sait mieux que moi. Je le distingue mieux aujourd'hui, peut-être parce que j'ai conscience de dire adieu à ce fantôme de pierre.

Je repars en Terre sainte. Je n'en reviendrai sûrement pas, comme la plupart des hommes les plus âgés de notre troupe. Mon seigneur Olivier de Termes est déjà parti il y a trois ans, en 1267. Il est maintenant le chef militaire de ce qui reste du royaume latin de Jérusalem. Ses faits d'armes se content dans toute la chrétienté. Il m'a laissé ici le temps que je vende pour son compte une grande partie de ses biens. Je me suis débarrassé de la plupart d'entre eux sans être trop regardant sur le prix, tout en préservant pour son fils ses terres des Corbières. Mais j'ai dû lutter contre la cupidité de l'Église de Rome, désireuse de s'emparer des mines d'argent et de fer, des terres agricoles, des châteaux de ce grand seigneur qui donne sa vie pour elle à l'autre bout du monde. J'ai rédigé son testament quelques mois avant la mort de sa femme, Thérèse. Depuis ce décès, plus rien ne le lie à cette terre, sinon son fils Raimond, qu'il considère comme un héritier indigne de sa maison.

Olivier est un vieil homme, mais pas autant que Chabert de Barbaira, que je n'ai pas revu, même si, de temps en temps, des marchands de passage à Aguilar me saluent de sa part. J'ai reporté à plusieurs reprises le moment de lui rendre une visite à Perpignan, dont il dirige la garnison. Ce serait rouvrir des blessures déjà anciennes.

Je vieillis. Cependant, je n'ai pas hésité une seconde quand Olivier m'a pressé de finir de régler ses affaires ici et de le rejoindre à Saint-Jean-d'Acre. Ce sera ma dernière aventure, je le sais. La logique me le dit. Je suis un vieil homme, j'ai soixante ans, j'ai vécu beaucoup et très intensément. Mon corps est fatigué, mais mon cœur ne cesse de me pousser à forcer la chance une fois de plus. Je monte à cheval tous les jours et goûte encore, quoique de moins en moins souvent, aux émotions de la chair avec une jeune servante du château à laquelle m'unit une affection sincère. Je ne l'épouserai pas, elle le sait, mais nous discutons souvent et je sais que le récit de mes aventures en Orient et à Majorque fait office de paiement des plaisirs qu'elle m'offre, et que j'essaie de partager avec elle.

Aujourd'hui, je dis adieu à Raimond de Termes, qui me confie quelques lettres écrites de sa main destinées à son père. Je lui ai appris moi-même à coucher ses premiers mots sur le papier, ce dont je suis fier. Je porte une nouvelle tunique, en tissu solide et sombre. À la ceinture pendent mon épée et les deux dagues jadis offertes par Chabert, et dans mon dos, en bandoulière, mon éternel sac de cuir. Accompagné d'un serviteur rémunéré (que je préfère à un esclave), j'emmène aussi avec moi deux chevaux de bât.

Je me dirige vers Aigues-Mortes, le port de Louis IX sur la *Mare Mediterraneum*. Je suis porteur d'un sauf-conduit du seigneur de Termes et d'une demande signée de sa main m'autorisant à embarquer sur un navire royal à destination de Saint-Jean-d'Acre.

Dans la partie du port déjà achevée, des soldats, des animaux, des chariots de matériel, de nourriture et d'armes s'entassent dans un grand désordre. Le campement royal est installé à l'extérieur des murs, fortement surveillé par une armée de gardes. Je dois passer plusieurs contrôles pour atteindre la chancellerie royale, où je présente mes lettres de créance. Je me vois assigner une place sur un navire et je reçois l'ordre d'attendre l'embarquement, prévu dans quelques jours, début juillet. Nous installons ma tente dans un coin reculé, sous quelques pins, près d'une plage. Les soldats sont si nombreux que je n'ai aucune crainte pour ma sécurité.

Quelques jours plus tard, la nouvelle d'un embarquement se propage. Je gagne alors, avec mon serviteur et mes chevaux, la grande galère qui m'a été désignée et je suis l'un des premiers à monter à bord.

L'une après l'autre, les immenses nefs s'approchent des jetées en bois nouvellement construites. Nous passons la nuit en mer, en attendant que toute la flotte soit prête. Le navire royal, la *Montjoie*, est le dernier à être armé. On dit, au sein de la petite noblesse qui m'entoure, que Louis IX est souffrant et souhaite mourir en martyr en reconquérant la Terre sainte. Quand enfin le signal de départ est donné, notre flotte couvre une grande partie de l'horizon et semble redoutable sur la mer calme. Les messes se répètent les unes après les autres pendant les six jours de voyage qui nous conduisent jusqu'au grand port de Cagliari, en Sardaigne. Nous ne touchons terre que très brièvement, pour faire des réserves d'eau et de vivres. Pour ma part, je suis perplexe. J'ai déjà voyagé vers l'est. Or, à présent, j'en suis convaincu, c'est vers le sud que nous nous dirigeons. Je ne suis pas le seul voyageur consterné : certains des marchands qui accompagnent l'ost ne cessent d'interroger les marins, qui ne connaissent pas non plus notre destination.

Nous naviguons à un bon rythme, aidés pendant une partie du voyage par un vent favorable qui me rappelle ma chère *tramontana*, vigoureuse et fraîche. Le troisième jour suivant l'étape en Sardaigne, je gagne le château de poupe, qu'occupe le capitaine du navire. C'est un homme de mon âge, fort, avec des cheveux très courts et une barbe taillée, ce qui est rare chez les marins, généralement assez négligents en ce qui concerne leur aspect. Sachant que j'appartiens à la maison de Termes, il m'accueille courtoisement :

– Soyez le bienvenu, *messer* Pèire de Liziac. Que puis-je pour vous ?

– Merci de m'accorder ce moment, capitaine. Je ne vais pas vous faire perdre votre temps. Pouvez-vous m'informer de notre destination ? Nous n'allons pas vers l'est.

– La flotte navigue vers la Tunisie, *messer*, sur ordre direct de notre roi. Je ne puis vous donner de plus amples informations, car je n'en ai pas. J'ai moi-même appris le changement de destination quelques instants avant de prendre la mer.

La Tunisie! Qu'allons-nous chercher en Tunisie? Je quitte le capitaine et rejoins les passagers. Je fais part aux marchands de ces informations et les abandonne entre larmes et lamentations. La vie m'a appris à ne pas chercher de remèdes à des situations qui ne peuvent être corrigées, et à mépriser les lamentations improductives. Pour avoir voyagé aux confins du monde connu, découvrir l'Afrique ne me fait pas peur, cette perspective me semble même attrayante. Je suis entre les mains du bon Dieu et j'ai vécu assez longtemps; je ferai face à mon destin.

À l'aube du 17 juillet 1270, une plage rocheuse s'étendant au pied de hautes collines apparaît devant nous. Les navires pénètrent dans un immense golfe entouré d'une végétation luxuriante. Depuis la côte, cependant, des cavaliers que j'identifie comme des Sarrasins observent notre progression. Nous longeons un promontoire puis une ville fortement défendue par de hauts murs se profile sous le soleil levant : Tunis.

1270

Nous débarquons sans incident. Comment les Sarrasins comptent-ils repousser notre invasion s'ils n'entravent même pas notre accostage ? Suivant le gros de l'armée, je me rapproche le plus possible du campement de l'entourage de Louis de France pour y planter ma tente. Les armes d'Olivier de Termes, qui ornent celle-ci et mon bouclier, sont connues et respectées de tous. Nul n'oserait me reprocher de les utiliser pour approcher le monarque, qui par ailleurs ne se montre pas.

Le camp est installé dans les ruines de l'ancienne Carthage qui fut, dit-on, la capitale d'un empire. Si cet empire a réellement existé, il a disparu dans la nuit des temps et ses murs ne servent guère qu'à nous offrir un peu d'ombre. Nous entrons dans une période de relative tranquillité. Les Sarrasins n'apparaissent nulle part. J'essaie de ne pas m'éloigner du centre du camp, pour le cas où nous subirions une attaque surprise. Les détachements de soldats envoyés en patrouille dans les environs cherchent la confrontation avec un ennemi qui se dérobe. Ils quittent le campement par groupes de cent ou deux cents chevaliers, galopant en deux colonnes. Le bruit assourdissant des chevaux se mêle à celui du fer des armes. Mais ces colonnes se heurtent rarement à l'ennemi, et les quelques affrontements se terminent presque toujours par une victoire de notre camp. Il semble que les Sarrasins se sont enfermés dans leur forteresse de Tunis et ne sont pas disposés à livrer bataille.

Quant au roi, il attend, dit-on, l'arrivée de son frère Charles d'Anjou, roi de Sicile, pour lancer une attaque définitive. Cette situation me contrarie, car le temps perdu peut être pour nous synonyme de défaite ultime et je ne suis pas prêt à mourir dans cet enfer.

Voici maintenant deux semaines que nous campons ici, sous un soleil impitoyable. Le lac voisin, que nos espions nous avaient dit composé d'eau potable, contient en fait de l'eau salée, plus salée même que l'eau de mer. Les Maures des environs, une fois passées les premières heures de panique, ont réalisé qu'ils peuvent nous vendre toutes sortes de victuailles et ne se privent pas de faire des affaires. Mais nous sommes nombreux; la faim fera sous peu son apparition.

Prétextant avoir besoin de papier pour mes notes, j'accède à la chancellerie royale, où j'entre en contact avec un apprenti secrétaire du roi, Guilhem d'Albi. Assistant de scribes plus âgés et expérimentés, il a peu de travail. Faisant montre d'une inclination illimitée pour l'art de la conversation, il est doté d'une personnalité très agréable. Du fait de son âge et de son inexpérience, il fait parfois preuve d'insouciance et de manque de tact, pourtant nécessaire dans son métier, mais sa nature aimable rend sa compagnie fort agréable. Son innocence elle-même le rend attachant. Son appartenance à une vieille famille noble de la ville d'Albi lui a permis d'entrer au service du roi après avoir reçu une éducation complète, selon la volonté de sa mère, une Italienne. Il évite de faire référence au passé de sa famille, ce dont je déduis qu'elle a peut-être subi le début de l'invasion de notre terre par les Francs, la croisade de 1209, et ses terribles conséquences. Guilhem porte les cheveux coupés bien droit au-dessus des oreilles, comme cela est recommandé pour les scribes, une chevelure longue comme la mienne pouvant être une source d'ennui lorsqu'il s'agit d'écrire délicatement.

Lui et moi discutons chaque jour plus longtemps. Guilhem me révèle sans vergogne certains des secrets qu'il apprend en recopiant en plusieurs exemplaires les actes signés par le roi. Il me considère comme un collègue plus expérimenté que lui et disposé à lui transmettre son savoir. Ce qui l'unit indéfectiblement à ma personne. Notre origine méridionale nous rapproche aussi, de même que notre langue commune et nos avis convergents sur les rumeurs concernant le roi.

– Le roi Louis est gravement malade, et il l'était déjà avant même son départ de Paris, me confirme-t-il un jour. La maladie provoque chez lui une douleur incessante et une diarrhée continue. Il mange à peine, mais boit de l'eau sans arrêt. Il n'a presque plus de dents et ses yeux s'enfoncent dans son crâne. Son jeune fils n'est pas mieux loti. Les médecins ne savent plus quoi faire. En fait, le roi se préoccupe déjà davantage de son arrivée devant son Créateur que de la prise de Tunis.

J'essaie de ne pas exprimer mon mécontentement en entendant cette nouvelle. Un roi va mourir en territoire ennemi, avant même le véritable début de la grande bataille. Tout indique que son orgueil a conduit ce fanatique religieux à mener ses armées à une mort horrible afin de s'assurer un martyre à la mesure de sa sainteté supposée. Qu'arrivera-t-il lorsque ce dévot passera à meilleure vie ? La succession est-elle assurée, ou allons-nous à nouveau être en proie à la cupidité des barons du royaume de France, mais cette fois en territoire ennemi ? Je commence d'ores et déjà à me concocter un plan de fuite à Saint-Jean-d'Acre. Heureusement, j'emporte avec moi l'argent d'Olivier de Termes, je n'hésiterai pas à en user si nécessaire.

Dans une chaleur insupportable, le nombre de malades ne cesse de croître, alors que nous ne sommes ici que depuis quelques jours. Aujourd'hui, 3 août, le camp apprend la nouvelle de la mort de Jean Tristan, comte de Nevers, fils de Louis IX.

Le roi n'apparaît pas en public pour pleurer cette disparition ; la tristesse des soldats se change en angoisse.

Les affrontements avec les Sarrasins devenant plus rudes, nous commençons aussi à subir des pertes militaires. Lors d'une promenade hors des limites du camp, je découvre avec horreur que les corps des victimes de la dysenterie, de plus en plus nombreuses, sont jetés dans le lac, à quelques pas des premières tentes des soldats. L'eau ressemble à une soupe de vers, de rats et de mouches. Cherchant l'air plus sain de la mer, je déplace ma tente vers une plage voisine, au péril de ma sécurité. Mon serviteur monte la garde toute la nuit. Je préfère mourir sous les coups d'un Sarrasin que victime d'une maladie aussi dégoûtante et dégradante, aussi douloureuse, que le flux de ventre. Fiévreux, les malades semblent se vider de leurs humeurs par tous les orifices possibles, vomissent du sang sans interruption jusqu'au moment où ils succombent, pris de spasmes. La puanteur des corps avant la mort est répugnante.

Le 24 août, les voiles des navires de Charles d'Anjou, frère de Louis de France et roi de Sicile, apparaissent à l'horizon. En quelques instants, l'ambiance au sein du camp change du tout au tout. Les clercs se rassemblent pour célébrer une messe sur la plage tandis que les préparatifs pour accueillir les troupes siciliennes s'accélèrent.

Cependant, la joie est de courte durée. Le 25 août 1270, le roi de France Louis IX meurt sans avoir vu son frère. Le camp plonge dans la plus grande incertitude. Certains parlent de reprendre aussitôt le chemin de la France, tandis que des rixes éclatent entre partisans de l'un ou l'autre des aspirants au trône. Car, pour ajouter l'insulte à la blessure, l'héritier, Philippe, souffre du mal qui a déjà emporté son père.

Avec la plupart des officiers et des seigneurs, j'assiste au débarquement de Charles d'Anjou. C'est un homme peu expressif, au teint blême comme son frère. Habillé à la mode bourgeoise, il porte une tunique bleue et sa tête est découverte. À la stupeur de l'assistance, ses serviteurs doivent le porter dans leurs bras pour lui éviter de mouiller ses chausses.

Dès qu'il touche le sol, il se retrouve entouré des principaux barons du royaume de France. Le petit homme semble d'abord dépassé, mais après avoir écouté les nobles, il ordonne qu'on le hisse sur un tonneau proche. Puis il se tourne vers la foule de soldats, qui attendent impatiemment. Sa voix, en accord avec son physique, est faible. Cependant, il dégage une étrange énergie :

– Francs de toutes les terres du royaume, alliés étrangers, soldats du saint roi Louis, soldats du Christ ! Je pleure avec vous la perte du plus grand roi que le royaume de France ait jamais connu, je pleure la mort d'un ange que Dieu a envoyé dans ce monde pour notre rédemption, je pleure la disparition de mon frère et de votre roi.

J'assiste, stupéfait, au spectacle. La foule s'approche de plus en plus de Charles, captivée par son étrange charisme.

– Le Sarrasin Al-Mustansir attend de l'autre côté de ces murs la main de Dieu tout-puissant, poursuit le roi de Sicile. Notre sainte mère l'Église de Rome attend de nous, ses vassaux, ses enfants, la destruction des infidèles. Et en ce moment même, votre roi Louis, à la droite du Seigneur, vous offre son fils Philippe comme nouveau roi de France, et moi comme capitaine de ses armées. Mais ne doutez pas que c'est la main de notre saint roi qui portera votre épée, celle qui donnera au Sarrasin le coup de grâce qu'il mérite. Pour le roi Louis, vengeance !

Ces derniers mots ont été criés par Charles dans un état d'euphorie qui a gagné toute l'assistance, du plus humble des écuyers au plus noble des chevaliers. L'ost royal vibre d'une soif de sang maure.

1270

Hier, le roi Louis est mort. J'ai passé la nuit éveillé, réfléchissant à la façon de m'éloigner de cet enfer au plus tôt. Mais ce matin, Guilhem d'Albi se présente à ma tente, visiblement affolé :

– *Maese* Pèire, je vous supplie de m'aider!

J'essaie de rassurer le jeune scribe, en sueur :

– Sois tranquille, Guilhem, assieds-toi et conte-moi la raison de ton agitation.

Reprenant son souffle, il parvient enfin à m'expliquer ce qui se passe :

– Le roi Louis de France va être démembré et cuit, comme le veut la coutume, et je dois rédiger l'acte de ce rituel, le *mos Teutonicus*. *Maese* Pèire, la chancellerie du royaume est décimée : il reste très peu de secrétaires, et mon supérieur est mourant. Une cérémonie aussi importante doit être certifiée par un professionnel de haut niveau. Or je ne suis qu'un apprenti.

La panique du jeune homme me touche. Je lui souris :

– Ne t'inquiète pas, Guilhem. Si cela est possible, je me joindrai à toi pour rédiger un acte digne de ce moment, et dans mille ans Guilhem d'Albi sera cité avant le roi Louis lui-même.

Je donne au garçon une formidable tape sur l'épaule à la manière de Chabert de Barbaira, ou d'Olivier lui-même, le forçant ainsi à rire avec moi. Non sans une certaine retenue, puisque nous sommes en deuil.

À l'heure prévue, je retrouve le jeune homme derrière la tente royale, faite de tissu bleu parsemé de fleurs de lys, emblème de la dynastie. Nous avons préparé notre matériel : tablettes, papiers, stylets et plumes, encre, grattoirs...

Le corps de Louis de France repose sur une planche soutenue par des chevalets. Il est vêtu d'une très simple tunique de lin blanc. Rien ne le distingue des nombreux malades qui succombent au fil des jours dans le camp. Je ne l'ai pas vu une seule fois de tout le voyage, mais je me souviens de son apparition lorsqu'il a embarqué, il y a plus d'un mois et demi, à Aigues-Mortes. Son visage était alors déjà émacié, et quoique la mort ait adouci ses traits, ceux-ci montrent combien sa maladie fut longue et épuisante. Il n'a presque plus de cheveux et l'absence de dents creuse ses joues. Le cadavre, en raison de la chaleur suffocante, a déjà commencé à pourrir et dégage une odeur nauséabonde.

Les plus importants barons du royaume, aux premiers rangs, supportent stoïquement le répugnant spectacle. Bien que toujours souffrant, le nouveau roi, Philippe III, se trouve parmi eux. À ses côtés, Charles d'Anjou, roi de Sicile, frère du défunt. Les grands seigneurs suivent, par ordre d'importance. La cérémonie débute par un *Pater* récité en commun. Au milieu d'une telle assistance, je ne peux qu'adopter l'attitude du bon chrétien romain. Je récite à voix basse les mots que j'ai appris avant même d'écrire, avant notre prière cathare. Guilhem est à mes côtés. Je n'entends pas sa voix. À la fin du *Pater*, je profite de la persignation pour le regarder furtivement. Il a fait un autre pas en arrière, pour se fondre dans l'ombre.

Les ecclésiastiques quittent la tente, car l'Église de Rome n'approuve pas le mos Teutonicus auquel nous allons assister. Je renonce à questionner Guilhem sur son attitude. Nous devons nous concentrer sur la cérémonie, en notant dans notre acte les faits et gestes des présents. Trois chirurgiens s'avancent. Armés de leurs couteaux, scies, pinces et autres instruments barbares, ils entreprennent, visiblement émus, le découpage en quartiers du corps du saint roi. Le spectacle est impressionnant, même pour les guerriers les plus endurcis. Discrètement, les personnes les plus éloignées se retirent. Au moment où les médecins s'apprêtent à décapiter le corps, Guilhem s'appuie sur mon bras et me murmure :

– Je dois sortir un instant.

– N'aie crainte, je terminerai, ne reviens pas.

– Merci, *maese* Pèire.

Le jeune homme, pâle, disparaît entre les tapisseries et les drapeaux ornant la tente. Pendant ce temps, les médecins ont déposé les fragments du corps sur des coussins aux couleurs de la maison de France et les portent à l'extérieur, où un énorme chaudron rempli à demi de vin et d'eau attend sur un feu crépitant. Une enceinte en bois a été érigée autour du foyer, de sorte que les soldats, regroupés derrière la clôture, ne parviennent pas à discerner les détails de la scène. Avec beaucoup de soin, les médecins introduisent les membres et le tronc de Louis dans le chaudron. Rares sont les barons restant en place. Vaincus par le dégoût et la fatigue, beaucoup sont visiblement bouleversés – sans doute s'imaginent-ils dans la marmite dans un proche avenir. Le roi Philippe III lui-même, un jeune homme fier d'environ vingt-cinq ans, paraît un temps sur le point de s'évanouir.

Pour accélérer le processus de cuisson, les serviteurs attisent le feu en ajoutant de plus en plus de bois. La chaleur est insupportable dans l'enceinte, et l'odeur est maintenant celle d'un ragoût, car les médecins ont ajouté à l'eau des herbes aromatiques aux propriétés purifiantes. Mon travail consiste à transcrire ce que je vois, mais l'inconfort de la situation est tel que je préfère me défiler également. Je sais ce qui vient ensuite : lorsque les chairs sont séparées des os, les tissus mous sont placés dans un coffre et les os dans un autre. Une partie des viscères sera enterrée ici. Le reste des organes sera quant à lui partagé entre les barons qui retourneront en France. Les os, eux, doivent rejoindre la nécropole des orgueilleux rois de France. Louis finira-t-il éparpillé dans de minuscules reliquaires à travers toute la chrétienté, *a fortiori* si l'Église de Rome le déclare saint ?

Pour ma part, j'en ai plus qu'assez. Je n'ai pas fait allégeance au nouveau roi de France et je suis en Tunisie par erreur. Les soldats deviennent de jour en jour plus malades et faibles. D'après ce que certains prisonniers nous disent, les Sarrasins ne sont pas mieux lotis. Il peut y avoir des batailles occasionnelles, mais cette croisade est déjà morte, du moment qu'elle a été détournée. Je me rends à la chancellerie. Guilhem m'y attend. Je le prends par le bras et le pousse discrètement jusqu'à la plage, où nous pourrons parler en sécurité :

– Guilhem, je vais te poser des questions auxquelles tu dois répondre en toute honnêteté. Rappelle-toi que nous sommes du même pays, que nous parlons la même langue, que nous sommes des collègues et, je pense, des amis.

Guilhem baisse les yeux, impressionné par mon introduction.

– Je l'espère, *maese* Pèire...

– Pourquoi ne fais-tu pas le signe de la croix ? Pourquoi ne récites-tu pas le *Pater* ?

Mes questions, directes, surprennent le pauvre scribe, qui pâlit et manque de s'évanouir. Je le prends par les épaules :

– Regarde-moi, Guilhem !

Il lève le regard, trempé de larmes. Je lui demande, dans notre langue limousine :

– *Siás crestián de la Égleisa del Bé*[26] ?

Il cesse de pleurer. Dans ses yeux brille maintenant une détermination qui me surprend :

– *Oc*[27].

26. « Es-tu un fidèle de l'Église du Bien ? », en occitan.
27. « Oui », en occitan.

Une grande joie m'envahit, mais le moment n'est pas à l'émotion. Je lui donne une accolade :

– N'aie aucune crainte, bon Guilhem. Je comprends ton secret. Avec moi, il est en sécurité.

Le jeune homme m'embrasse, pleurant sans retenue. Je voudrais le laisser s'épancher, mais un groupe de soldats s'approche par la plage. Nous devons être plus prudents que jamais. J'emmène Guilhem jusqu'à ma tente, et j'envoie mon serviteur chercher du bois pour le feu de la nuit.

Nous nous asseyons sur le sol sablonneux et reprenons notre conversation à voix basse :

– Guilhem, je ne trahirai pas ton secret, mais à partir de ce moment, tu ne devras plus jamais le mentionner à personne. Plus jamais, comprends-tu ?

– Oui, *maese* Pèire, je n'en parlerai plus jamais, je vous le promets.

– Eh bien ! maintenant, je vais te faire une proposition : je prépare mon départ pour Saint-Jean-d'Acre. Je dispose des moyens pour affréter un bateau immédiatement...

Le jeune homme baisse le regard, hésite et demande finalement :

– *Maese* Pèire, vous êtes un père pour moi. Alors, je dois vous demander si vous partagez également les enseignements des bons hommes.

Toutes ces années à feindre, tous ces mensonges, le mur du secret érigé à force de volonté, tout s'écroule en découvrant le désespoir et la solitude de ce jeune cathare, isolé dans un monde hostile. Mon secret me suivra jusqu'à la tombe, mais Guilhem ne demande que protection et compréhension. C'est pourquoi je le regarde dans les yeux :

– *Ieu tanben, Guilhem, ieu tanben*[28].

Soupirant de bonheur, Guilhem me serre dans ses bras :

– *Maese* Pèire, cette confession vaut plus de mille fortunes pour moi. Je suppose que nous sommes plusieurs cathares à la

28. « Moi aussi, Guilhem, moi aussi », en occitan.

cour du roi Louis, mais la terreur du bûcher est plus forte que le désir de prier à nouveau parmi les nôtres, ce que je n'ai plus fait depuis que j'ai quitté, enfant, la *domus* de mon père. S'il vous plaît, *maese*, priez avec moi.

– Je le ferai, mais je dois d'abord connaître ta réponse à cette question : souhaites-tu m'accompagner ?

Guilhem réfléchit rapidement, à haute voix :

– Mon maître scribe est mort, mon roi est mort et la chancellerie n'a presque plus de scribes. Je pourrais rester pour profiter des circonstances en essayant de gravir des échelons, mais Philippe a son propre secrétariat, ses notaires et son chancelier, avec qui j'ai eu affaire à de nombreuses reprises et que je n'apprécie guère. Par ailleurs, je suis conscient d'avoir encore beaucoup à apprendre de notre précieux métier et j'aimerais avoir l'honneur d'être votre assistant, *maese* Pèire.

– Qu'il en soit ainsi, Guilhem. Nous partirons dès que j'aurai conclu l'affaire avec des marchands pisans de ma connaissance, propriétaires d'un bateau rapide et solide.

Cela étant dit, je m'agenouille sur le sol et invite Guilhem à faire de même. Nous allons prier le Dieu bon. Nous nous penchons l'un vers l'autre, comme pour échanger des confidences, et récitons notre prière dans des murmures pleins d'espoir. Dieu ne nous a pas abandonnés, nous connaissons au moins une autre âme dans ce monde qui désire être sauvée.

1270

Je ne rencontre aucune difficulté à sceller un accord avec les marchands pisans qui se préparent à abandonner la croisade. Nous les accompagnerons dans leur voyage jusqu'à Acre. Frustrés plus encore que les militaires par le changement imprévu de plan de la part de Louis IX, ces commerçants préfèrent courir le monde seuls plutôt que de perdre davantage de temps et d'argent en Tunisie. Ils ont acheté un voilier bien plus léger qu'une galère mais pouvant transporter une bonne cargaison et quelques passagers.

Ma présence en tant que secrétaire d'Olivier de Termes, ainsi que mes sauf-conduits, pouvant leur être utile, je demande la gratuité pour mon voyage, ainsi que pour mes compagnons et mes bagages. J'abandonne les chevaux, que je vends pour une faible somme. Notre embarquement se fait discrètement, de nuit, à la lumière de la lune, pour ne pas soulever de commentaires ou de reproches de la part des soldats. Heureusement, le temps est calme.

Dans l'obscurité, nous contournons à la rame les énormes masses noires des navires des barons et de la flotte de Charles d'Anjou, ancrés près du littoral. Guilhem ne me quitte pas, excité à l'idée de voyager et de vivre des aventures, mais épouvanté à l'idée d'abandonner ainsi son poste. Lorsque nous quittons la zone côtière, les marins déploient les voiles. Au même moment, le soleil se lève sur la mer, comme s'il désirait nous indiquer le cap à suivre. Guilhem s'effraye en découvrant que nous sommes très éloignés de la terre dans un navire aussi insignifiant, à la merci du vent et des vagues. On entend, dans la cabine arrière, les voix des marchands discutant de la répartition des bénéfices attendus lorsque nous arriverons à Acre. Un fort vent d'ouest portant se lève, soulevant la proue du bateau. Une fois de plus, un souffle de liberté gonfle mes poumons. Je me souris à moi-même.

Nous sommes à la fin de l'été, le début de la saison défavorable en mer. C'est pourquoi nous ne croisons que peu de navires et, fort heureusement, aucune nef militaire ou pirate. Il nous faut onze jours et autant de nuits pour atteindre enfin le port d'Acre. Notre capitaine connaissant bien la côte, nous ne perdons pas de temps à en chercher l'entrée. Nous accostons à midi le long d'un ponton de bois.

Je quitte Guilhem en le chargeant de superviser le débarquement de nos bagages et me dirige vers le château royal. Je suppose que je pourrai y rencontrer Olivier de Termes ou, tout au moins, y obtenir des informations à son sujet.

Me voici donc de retour à Saint-Jean-d'Acre pour mon soixante-cinquième anniversaire. La ville est comme dans mon souvenir, vieux de dix-huit ans. L'agitation de la rade est la même, les navires entrent et sortent sans arrêt, attendant leur tour à l'extérieur du brise-lames protecteur pour entrer dans le port, débarquer marchandises et passagers, troupes militaires et civiles, charger une nouvelle cargaison et reprendre la mer. J'aperçois aussi, enroulée sur elle-même d'un côté de l'entrée du port, l'énorme chaîne qui en bloque l'accès en cas d'attaque de navires sarrasins.

Capitale des vestiges d'un royaume éphémère constituant un carrefour entre l'Orient et l'Occident, Saint-Jean-d'Acre n'est jamais en paix. Les Latins d'ici ne sont plus des Occidentaux depuis plusieurs générations, mais jamais ils ne seront des Orientaux. Je pénètre dans le labyrinthe de ruelles étroites et suis immédiatement suffoqué par l'arôme si particulier de cette ville. Un mélange entre la sueur animale, les humeurs humaines et les épices orientales, l'encens des églises et la senteur de la mer. Quand Acre ne sera plus la capitale de ce royaume, ce qui ne saurait tarder, cet arôme que je n'ai trouvé nulle part ailleurs sera effacé de la face du monde.

Mes pas de vieil homme me mènent à travers le faubourg pisan, trois rues étroites à l'ouest du port, entre le château de l'ordre du Temple et le quartier, plus vaste, des Vénitiens. Je passe aussi devant les boutiques des marchands génois. Les trois villes italiennes, Pise, Gênes et Venise, soucieuses exclusivement de leurs propres profits, n'hésitent pas à s'allier avec les Sarrasins pour favoriser leurs intérêts. Elles se détestent entre elles. Avant d'arriver au château royal, je laisse derrière moi la maison de l'ordre de Saint-Lazare de Jérusalem, située non loin du siège des chevaliers Teutoniques. Templiers, Teutoniques et chevaliers de Saint-Lazare, mais aussi Hospitaliers : tous les ordres religieux militaires du royaume latin de Jérusalem sont représentés ici. Mais ils n'apparaissent que bien peu dans la ville : le quotidien de leurs membres, qui suivent généralement des règles très strictes, est entièrement consacré à leur foi chrétienne. Certains, dont je suis, pensent que ces fanatiques sont l'origine et la cause de la perte imminente de ce qui reste de cet État d'outre-mer. Eux et les villes italiennes. Ainsi que les barons, princes et seigneurs de ces terres et des royaumes d'Europe, plus préoccupés de leur pouvoir et de leurs richesses que du destin du royaume de Jérusalem. Le temps n'est plus aux regrets. Je veux profiter de ma promenade à travers Saint-Jean-d'Acre, me remémorer la jeune esclave qui me servit si bien, mon ami Nordinn, qui n'est jamais entré dans ces murs. De ruelle en ruelle, à travers des passages étroits et de vastes places, j'atteins enfin les portes du château royal. Je décline mon identité et demande des nouvelles de mon seigneur Olivier de Termes.

– Le sénéchal est dans ses appartements.

On m'indique la route à suivre. Je grimpe aussi vite que possible jusqu'à une porte que je reconnais : j'ai vécu ici quelques semaines en 1252, à mon retour de Mongolie. Coïncidence... Un garde armé m'interdit l'entrée, mais dès que je me fais annoncer, Olivier apparaît sur le seuil de la porte. Nous tombons dans les bras l'un de l'autre, émus.

L'homme qui se trouve devant moi est maintenant un vieillard. Il porte la même barbe qu'autrefois, mais elle est à présent totalement blanche, les mêmes cheveux longs ramassés par-derrière, la même tunique de riche tissu aux couleurs de sa maison, les mêmes bottes de guerrier, prêt à monter à cheval. Lui aussi me dévisage, à la recherche des signes du passage du temps. Nous entrons dans la pièce bras dessus, bras dessous. Bernat est là, qui me sourit. Son apparence n'a pas changé : chauve et dépourvu de pilosité sur le corps, du moins sur la partie visible de celui-ci. Mais sa peau pâle est maintenant ridée. Et il a l'air plus maigre que jamais. Nous nous embrassons.

De quoi les vieux amis parlent-ils lorsqu'ils se retrouvent après plusieurs années ? De leur vie durant leur séparation. Celle d'Olivier a été riche en événements. Pressé de me les raconter par le menu, il ordonne qu'on apporte du vin et du fromage et me demande de m'asseoir à ses côtés :

– Le temps passe pour nous, Pèire. Une fois de plus, nous nous retrouvons, aujourd'hui, à l'autre bout du monde. J'espère que nous ne nous séparerons plus. Nous avons gagné le droit de finir nos jours ensemble.

– C'est vrai, Olivier. Je suis heureux de vous voir aussi joyeux et fier que jamais.

– Pourtant, mon ami, la vie ici est très mouvementée. La lutte contre les Sarrasins est la moindre de mes tâches en tant que sénéchal et sûrement la moins dangereuse, tant est forte la tendance coupable des barons à la conspiration, de jour comme de nuit… Mais parle-moi de ton voyage. Nous avons appris que le roi a détourné de manière inattendue la croisade vers la Tunisie et qu'il est récemment décédé…

– Tout à fait, Olivier.

Bernat nous interrompt :

– Mon seigneur, avec votre permission, je vais me retirer. Vous pourrez ainsi discuter plus à votre aise avec votre fidèle ami Pèire.

Et il ajoute, en se tournant vers moi :

– Pour ma part, j'aurai le plaisir de te voir dès que tu seras reposé du voyage, cher Pèire. Et tu devras répéter devant moi le récit de tes aventures africaines.

– Je n'imagine pas avoir le moindre secret pour toi, Bernat. Je connais ta capacité à savoir de tous ce qu'ils ignorent eux-mêmes.

Nous rions. Bernat se retire. Olivier me verse une coupe de vin et reprend :

– La nouvelle de la mort de Louis nous est parvenue il y a quelques jours. C'est sûrement après cette disparition que tu as décidé de mettre fin à ta mission auprès de lui. Tu as bien fait : nul ne sait comment l'affaire se terminera à Tunis et cela ne nous aide pas. Je ne comprends toujours pas comment Louis de France a pu ainsi sacrifier la croisade.

– Les rumeurs disent que Charles, son frère, roi de Sicile, a profité de l'état de santé de Louis pour conforter son propre règne.

– Je n'en serais pas surpris. En attendant, nous, ici, assistons à l'effondrement du royaume de Jérusalem. Je suis sénéchal jusqu'à l'arrivée de Robert de Crésecques, annoncée pour les jours prochains. Je le connais. C'est un fanatique qui vient chercher le martyre. Au moment où nous parlions d'un équilibre avec Baybars, le sultan mamelouk…»

À cet instant, un serviteur se présente et annonce à Olivier qu'il est attendu dans la chambre du roi. Je fais un geste pour me retirer, mais mon seigneur insiste pour que je l'accompagne. Avant de quitter la pièce, je lui donne l'argent et les lettres de change, qui pèsent sous ma tunique. Il les place dans un coffre. J'ai rempli ma mission.

Alors que nous nous dirigeons vers les étages supérieurs du château, Olivier m'informe de la situation. Le roi, Hugues III de Chypre et de Jérusalem, est un Lusignan, l'une des plus anciennes familles de Terre sainte. C'est un homme raisonnable, assez âgé, qui est parvenu à rassembler autour de lui la noblesse chrétienne dans un équilibre fragile. Son principal soutien est Philippe de Montfort. En entendant ce nom, je suis surpris : Philippe de Montfort est l'un des deux chevaliers qui se sont portés garants à contrecœur de Chabert de Barbaira. Olivier me rassure :

– Comme je te l'ai expliqué à l'époque, le Montfort qui a dévasté notre pays était son oncle, et Philippe ne ressemble en rien à ce barbare. Il possède un fief dans nos Pyrénées, mais il est né ici et ne se vante pas des méfaits de son oncle, crois-moi.

Je ne me sens pas à l'aise à l'idée de côtoyer un Montfort, mais je n'ai pas le choix si je veux rester aux côtés d'Olivier. Me tenant prudemment derrière mon seigneur, comme le veut le protocole, je le suis jusqu'à la chambre du roi, où je pénètre les yeux rivés au sol. Olivier me présente rapidement comme son secrétaire, et transmet mon rapport sur la situation en Tunisie, en prenant soin d'omettre mes commentaires sur Charles d'Anjou. Le roi Hugues est un homme de mon âge, au visage fatigué. Vêtu à la manière franque, il porte des chausses et des bottes de cuir, une tunique et un manteau blancs. Il arbore sur la poitrine et sur l'épaule droite le symbole brodé de son royaume : les croix jaunes. Sa barbe est récente, à la mode orientale, et ses cheveux sont courts.

Il est accompagné de Philippe de Montfort. Son visage est couvert de cicatrices mais son regard aimable. Il me salue d'un hochement de tête, visiblement sans me reconnaître. Sur les murs de la salle sont accrochées les bannières du roi, de Jérusalem et de Chypre, ainsi que d'autres dont j'ignore l'appartenance. Dans la salle sont également présents des secrétaires et des hommes d'armes, les barons qui participent aux débats, ainsi que les épouses de ceux-ci, une situation inconnue en Europe. Je vois également Bernat bien sûr. À l'arrière, il s'entretient avec un scribe de la chancellerie.

Je réponds directement aux questions que le roi Hugues me pose, en essayant de ne pas exprimer mon opinion ou d'interpréter les événements. Je parle de l'armée malade, du moral bas des troupes, du manque de forces des Sarrasins et de la mort du roi Louis.

– *Maese* Pèire, me coupe le monarque, votre seigneur Olivier vous tient en haute estime. Je vous demande donc de me donner votre avis en toute sincérité : faut-il attendre de l'aide de l'armée croisée de Tunisie ?

Je suis confus d'avoir à conseiller un roi, mais je n'hésite pas un instant :

– Mon roi, j'apprécie votre confiance. Avec toute l'humilité d'un scribe ignorant des affaires d'État, je crois pouvoir affirmer que l'armée tunisienne peut être tenue pour perdue, ne serait-ce qu'en raison du grand nombre de malades et de mourants parmi ses soldats. Quant à l'ost de Charles, je n'y ai pas vu un nombre de guerriers suffisant pour pouvoir changer le cours des événements en Terre sainte. Par ailleurs, d'après ce que j'ai entendu, le souhait de Charles est de regagner sa terre de Sicile.

– Je vous remercie de la franchise de vos considérations, *maese* Pèire.

Le roi Hugues se dirige vers un fauteuil qui pourrait aussi bien être le trône s'il n'était si simple. Il s'assoit et s'abîme dans ses réflexions. Tout le monde baisse le regard alors qu'un silence empreint de tristesse envahit la salle. Certains échangent des regards affligés. Mais les conversations reprennent rapidement et des idées fusent parmi les participants. Certains mentionnent

Jacques Ier, qui a promis de prendre en personne la tête d'une nouvelle croisade; d'autres voient en Charles d'Anjou le sauveur du royaume latin; d'autres encore, parmi lesquels je reconnais les grands maîtres des ordres militaires, parlent du Christ et de la rédemption. Olivier reste silencieux, à l'image du roi Hugues, grave. Je m'approche :

– Mon seigneur, je devrais aller récupérer mon assistant et mes bagages.

– Très bien, Pèire. Bernat te trouvera un logement : tu dois prendre du repos. Je t'attends ce soir pour le souper, amène ton assistant. Bernat mangera également avec nous. Demain, nous parlerons plus en détail de nos affaires privées, les tiennes comme les miennes.

Je me retire et rejoins Bernat, qui m'assigne des chambres dans un bâtiment situé à proximité du donjon royal. Je mange rapidement dans les cuisines et pars chercher Guilhem, qui m'attend au port avec mon serviteur près d'un chariot chargé de nos effets personnels.

1270

Nous sommes en octobre. Le dernier navire arrivé avant l'hiver dépose à Acre un personnage des plus curieux, qui éveillerait le mépris s'il n'avait notre avenir entre ses mains. Robert de Crésecques est un baron fanatique envoyé par Louis de France avant sa mort. Surtout, il est le candidat du pape de Rome à la succession de mon seigneur Olivier de Termes au poste de sénéchal. Le roi Hugues n'a d'autre choix que d'accepter cette nomination : s'y opposer signifierait cesser de recevoir de l'argent et des soldats d'Europe.

Robert est grand, gras, blond et possède le regard hagard des fous. Il s'est présenté au château royal accompagné de dix chevaliers équipés comme s'ils partaient au combat. Mon seigneur l'a reçu au nom d'Hugues et l'a accompagné dans les couloirs, un demi-sourire aux lèvres. Robert traîne son bouclier et transpire sous le poids de sa cotte de mailles. Son orgueil est tel, en effet, qu'il ne confie pas ses armes à un écuyer. Ses pas produisent un bruit assourdissant lorsque ses jambières entrent en collision avec l'épée immense suspendue à sa ceinture. Olivier m'a raconté son entrevue avec le roi et comment celui-ci lui a demandé, une fois l'entretien terminé, de l'aider à tenir sous contrôle l'extravagant Robert.

Deux jours plus tard, les expéditions militaires commencent autour d'Acre. Il s'agit de tuer autant de Sarrasins que possible et de la manière la plus horrible qui soit. Olivier croit que ce comportement apportera un irréparable malheur au royaume latin. Les expéditions se poursuivent à bon rythme en octobre et novembre. Entre-temps, j'ai pu m'installer et reprendre ma tâche de secrétaire d'Olivier. Il a accepté que Guilhem me seconde, sous ma supervision, dans ses affaires les plus courantes, les recouvrements et les paiements, les procès-verbaux ordinaires. J'ai plusieurs années de retard dans la tenue de ses livres de comptes et n'ai ni l'âge ni l'envie de mettre ce travail à jour. Aussi, je le délègue à Guilhem. Je consacre mon temps à mieux connaître la cour et à tisser des relations avec les plus intéressantes des personnes rencontrées, tout cela entre deux promenades à travers Acre et ses environs. Parmi les personnages les plus curieux, figure Philippe de Montfort. Ce grand seigneur me surprend par sa capacité à s'intéresser à autre chose qu'à la politique et aux massacres de Sarrasins. Qui peut comprendre pourquoi deux âmes se rencontrent et établissent un lien, de quelque nature qu'il soit? Le fait est que Philippe et moi partageons l'amour pour les langages des hommes. Il parle l'arabe mieux que moi, et l'arménien, langue étrange d'un royaume des montagnes du Nord que les chrétiens tiennent pour acquis. Il s'intéresse au mongol, dont il insiste pour me demander des traductions de phrases simples. Nous conversons en limousin et en latin, et je me risque souvent à répondre dans la langue du nord, celle des rois de France.

Nos premiers contacts ont été très froids, surtout de ma part, du fait de mon souvenir de l'épisode d'Aguilar. Mais après plusieurs conversations, j'ai été conquis par la bonne foi et l'honnêteté de Philippe. Il vient souvent me rendre visite dans les pièces où Guilhem et moi travaillons, sous prétexte d'étudier la possibilité de chercher à nouveau une alliance avec les Mongols, ennemis de Baybars, le sultan mamelouk qui leur a infligé leur seule défaite connue. Sa curiosité n'a pas de limite et nos conversations deviennent très longues. Cependant, Guilhem, qui assiste à ces échanges, bout de haine envers mon interlocuteur :

– Cet homme est le neveu de Simon de Montfort, le meurtrier qui a anéanti une partie de ma famille, et occupe un fief qu'il a usurpé à ses propriétaires légitimes.

– Cher Guilhem, nous avons tous beaucoup perdu dans la tempête fanatique qui a dévasté notre terre. Je l'ai vécu à la première personne, crois-moi, mais le temps a passé. Philippe n'est pas responsable des actes de son oncle, il est né ici et a à peine mis les pieds dans notre pays.

Guilhem ne répond pas, mais je vois dans ses yeux la rancœur qui subsiste chez beaucoup de mes compatriotes. Pour ma part, je déteste l'Église de Rome, mais j'ai décidé de ne pas vivre mes dernières années dans la colère et la recherche d'une vengeance qui ne viendra jamais. Je conserve ma foi dans le Dieu bon, qui ne connaît pas la haine et ne tient pas compte des vicissitudes terrestres de son peuple, sinon pour lui offrir le salut en renonçant à cette terre. Telle est ma manière de m'écarter de ces sentiments alimentés par le diable.

Philippe est seigneur de Tyr et de Toron, place forte imprenable qui représente un danger permanent pour les armées de Baybars. Son goût pour la diplomatie et le soutien explicite qu'il apporte au roi Hugues III constituent pour le sultan la pire des menaces. Il parvient à réunir des barons égoïstes avec les villes italiennes cupides, maîtresses des routes commerciales. Avec le temps, peut-être le royaume latin de Jérusalem pourrait-il se stabiliser, s'il n'y avait le fervent sénéchal Robert de Crésecques, qui a remplacé mon seigneur Olivier de Termes.

Philippe me rend visite cet après-midi pour préparer une lettre qu'Hugues III a l'intention d'envoyer à l'empereur mongol. Pour éviter les problèmes de traduction ou les initiatives intempestives des ambassadeurs, il entend la rédiger dans la langue des Mongols. Bernat et moi allons donc nous charger de la traduction de la missive, en unissant nos connaissances, déjà anciennes.

Alors que nous sommes assis en train de relire le texte, un fort rugissement nous parvient du haut des murs. C'est la corne d'alarme, signal qu'on nous attaque. Je saisis mon épée, mon casque et mon bouclier, et je cours vers la tour d'où le son semble provenir. Guilhem, effrayé, s'est enfermé dans notre logement. Je me dis que ce jeune homme devra recevoir de ma part une bonne réprimande à mon retour. Il est du devoir de chacun de combattre les Sarrasins, aussi faible que soit notre amour pour nos maîtres, ne serait-ce que pour assurer sa survie. Malgré mon âge avancé, je suis un des premiers à grimper jusqu'aux créneaux. Ici, les soldats de la garnison sont prêts, ainsi que les femmes et les hommes libres de Saint-Jean-d'Acre. J'admire cette population prête à se battre pour son identité et pour sa vie. Ces gens savent qu'ils sont seuls et que Baybars ne respectera la vie de personne s'il entre dans la ville, raison pour laquelle la défense est l'affaire de tous.

Du haut des murs, j'assiste, surpris, à une scène que je tarde à comprendre. Notre armée est sortie hier à l'aube pour chasser les Sarrasins. Alors qu'elle s'apprêtait à rentrer dans la ville, une troupe de guerriers maures à cheval est apparue pour livrer bataille. Je reconnais leurs casques pointus et leurs turbans, leurs longs manteaux blancs et leurs boucliers ovales. Ils portent la bannière du sultanat mamelouk d'Égypte, un croissant blanc sur fond jaune foncé. Restant par sécurité à une certaine distance, ils crient des insultes et décochent une pluie de flèches qui blessent deux ou trois des nôtres.

À la tête de la troupe latine, Olivier de Termes et Robert de Crésecques se disputent ouvertement. Je reconnais parfaitement le geste contrarié d'Olivier. Il indique de sa main que notre régiment doit entrer dans la ville à la hâte. Olivier connaît les tactiques sarrasines et comprend qu'il s'agit d'une embuscade : les Mamelouks attendent les nôtres derrière les collines entourant

Acre et couperont la retraite dès que nous nous éloignerons. Mais Robert de Crésecques ajuste son casque et encourage ses chevaliers. Je vois avec horreur qu'il pousse sa monture et dégaine son immense épée. Puis l'imbécile charge l'avant-garde sarrasine, qui amorce un recul, commençant la manœuvre que nous reconnaissons tous, militaires comme civils ! Les chevaliers de Saint-Jean-d'Acre n'ont d'autre choix que de suivre leur sénéchal et de se lancer à l'attaque.

Je reconnais parmi les premiers Guillem de Canet, neveu d'Olivier et connétable du royaume. Notre nombre est sensiblement égal à celui des ennemis qui prennent la fuite entre les deux collines. Des soldats crient leur enthousiasme depuis les remparts, tandis que les militaires les plus expérimentés et les hommes et femmes plus âgés, dont je fais partie, sentent venir la catastrophe. Derrière nous, dans la cité, se trouve une troupe de chevaliers, pas plus de cinquante, parmi lesquels j'aperçois beaucoup de Templiers. Ils veulent venir en aide aux nôtres. Philippe de Montfort, qui vient d'apparaître, leur coupe la route.

– Vous ne devez pas sortir ! Vous ne serez d'aucune aide pour nos troupes, qui sont déjà battues. Votre devoir est de protéger la ville, non de chercher le martyre ! Reculez ! Reculez !

Les chevaux, éperonnés par leurs cavaliers, se dressent sur leurs jambes arrière. Il s'en faut de peu que Philippe de Montfort ne soit piétiné. Je descends précipitamment des remparts pour m'interposer entre lui et un groupe de chevaliers déterminés à sacrifier leur vie sans délai. Je me pends aux rênes d'un cheval pour briser son élan alors qu'il allait écraser Philippe. Le cavalier, un Hospitalier, la croix blanche sur sa tunique noire, me frappe à la tête avec le plat de son épée. Heureusement, des sergents interviennent immédiatement et nous mettent en sécurité derrière leurs boucliers, bloquant la sortie aux chevaliers exaltés, qui se retirent en apprenant qu'Olivier de Termes est rentré dans la citadelle.

En effet, confirment les soldats, les nôtres ont disparu derrière la première colline basse, d'où arrivent les échos d'une bataille sauvage dans un nuage de poussière et de sang. Pendant ce temps, Olivier de Termes, avec une douzaine de chevaliers fidèles, a traversé les champs et les vergers jusqu'à la porte Saint-Lazare, au nord des fortifications. En quelques minutes, le petit groupe s'est réfugié derrière la première ligne de défense.

Notre déroute est claire lorsque des chevaux reviennent du champ de bataille sans leurs cavaliers, certains traînant ou portant même des hommes morts, ainsi que des chevaliers blessés et ensanglantés.

Je quitte mon poste pour soigner la blessure saignante que m'a causé le coup de l'Hospitalier. Pendant ce temps, la défense de la ville s'organise dans l'hypothèse où le sultan voudrait pousser son avantage et attaquer les murs, la dernière protection du royaume latin de Jérusalem.

1270

La mort de Robert de Crésecques est le seul point positif de la catastrophe que nous venons de vivre. Pendant deux jours, nous avons établi des tours de garde sur les sentiers côtiers. Olivier a repris son poste de sénéchal et commande la défense de la ville et du royaume en l'absence du roi Hugues III, réfugié sur son île de Chypre. Personne, en aucun cas, n'a osé accuser mon seigneur d'avoir fui le combat. Bien au contraire. Sa prudence et son sens des responsabilités sont appréciés par la population, qui voit en lui son dernier défenseur. Pourquoi Baybars n'a-t-il pas voulu profiter de sa position de force après avoir détruit notre cavalerie dans sa quasi-totalité ? Les marchands italiens et leurs ressources commerciales peuvent être la raison de cette clémence. À moins que ce ne soit tout simplement la crainte de Baybars de se retrouver sans ennemi à combattre et contre lequel fédérer ses nombreux détracteurs.

Une lassitude profonde pèse sur mes membres. Une fois assuré que l'ennemi s'est bel et bien retiré, je m'effondre sur mon lit et dors deux jours de suite. Si bien que Guilhem s'inquiète pour ma santé. Lorsque je reviens à la réalité, je dois subir ses excuses. Mais son infame lâcheté lors de l'alerte me dégoûte. Fatigué de ses gémissements, je le renvoie brusquement avec l'ordre d'être volontaire pour un tour de garde et de ne pas réapparaître avant que je ne l'envoie chercher. Les yeux rougis par les pleurs, il prend congé. Je devrai parfaire son éducation, non pas d'apprenti secrétaire, mais d'homme de ce siècle. Mais plus tard, plus tard...

Aujourd'hui, Philippe de Montfort me rend visite dans mes appartements. Visiblement épuisé, il entre sans être annoncé. Conformément au protocole, je me lève aussitôt. Mais Philippe, plus jeune que moi, s'avance et m'invite à me rasseoir.

– Le sénéchal m'a dit que tu es convalescent, *maese* Pèire. C'est pourquoi j'ai décidé de te rendre visite et d'oublier quelques instants notre situation auprès d'un bon ami.

– Je suis confus de tant d'égards, seigneur. Je suis âgé, mais je n'aurai besoin que de quelques jours de repos avant de reprendre mon activité. Rien de plus. Je vous remercie de votre visite.

Philippe de Montfort s'approche et pose ses mains sur mes épaules :

– Ton expérience et ton courage sont un exemple pour nous, Pèire de Liziac. Je suis ton obligé.

À cet instant, la porte s'ouvre derrière Philippe de Montfort. La vue étant obstruée par celui-ci, je ne parviens pas à distinguer qui pénètre alors dans ma chambre. Les secondes suivantes resteront à jamais gravées dans ma mémoire. Philippe hurle de douleur et de colère. Puis j'aperçois une tache de sang apparaître et grandir sur son flanc. J'entrevois aussi une lame s'enfoncer dans son flanc une fois, puis une autre et une troisième. Incapable de résister aux coups, le seigneur de Montfort me saisit aux épaules et tombe à genoux devant moi. Dans son regard, la surprise devant la mort inévitable. Derrière lui se dresse Guilhem d'Albi, brandissant un poignard que je lui ai offert. Ses mains sont ensanglantées. Dans ses yeux se lisent la folie, la rage, une marée de sentiments incontrôlables.

– Meurs, meurs, chien! Paie pour ta race maudite! Meurs! hurle-t-il de tous ses poumons.

Je suis stupéfait, horrifié, sans comprendre ce qui se passe. Que fait Guilhem ici ? Pourquoi vient-il de tuer Philippe de Montfort ?

Soudain, le sergent chargé de la sécurité de Philippe de Montfort apparaît. Incapable de réagir, j'assiste à l'exécution de Guilhem d'Albi des mains du soldat qui, d'un coup précis, lui tranche la gorge par derrière. Le sang jaillit et m'éclabousse. Me revient alors en mémoire, en un éclair, l'horreur vécue il y a tant d'années, quand j'ai exécuté de sang-froid un prêtre pour sauver ma vie. Guilhem me lance un dernier regard angoissé et s'effondre à mes pieds, sur le corps de Philippe de Montfort. D'autres soldats entrent bruyamment dans la pièce. Je perds alors connaissance.

Je suis réveillé par Olivier de Termes, que je trouve assis sur mon lit, près de moi. Il m'examine d'un œil inquiet. J'ai été lavé et recouvert d'une couverture. Ma chambre a également été nettoyée. Bernat accompagne Olivier, et se penche à son tour sur moi.

– *Maese* Pèire, tu es de retour parmi nous, je remercie le bon Dieu, dit Olivier d'une voix calme.

– Olivier, que s'est-il passé ?

Des images de sang, de cris et de larmes s'entrechoquent dans ma tête. Je ne sais comment distinguer les souvenirs des cauchemars.

– Guilhem d'Albi a perdu la raison, Pèire. Prisonnier de sa folie, il a tué Philippe de Montfort. Tu as passé deux jours inconscient, sûrement à cause du coup que tu as reçu en essayant de sauver Philippe.

Un profond sentiment de culpabilité m'envahit.

– C'est ma faute, Olivier. Je n'avais pas compris que Guilhem perdait la tête. Il imputait à Philippe le malheur de sa famille cathare et a voulu solder la dette de l'oncle avec la vie du neveu.

– Tu n'es pas responsable de la folie de Guilhem, répond Olivier, énergiquement. Nous vivons des temps si agités que quiconque peut perdre la raison, et ce jeune homme a dû tellement souffrir qu'il n'a trouvé de soulagement que dans la mort de Philippe de Montfort.

Bernat se rapproche alors et nous dit, d'un ton confidentiel :

– Nous avons fait courir la rumeur que le crime était l'œuvre de la secte des hashashin, la secte de fanatiques sarrasins, sur ordre de Baybars, et que Guilhem était un disciple de cette secte.

– Mais... ?

– Nous ne pouvons affaiblir davantage le roi de Jérusalem, *maese* Pèire. Qu'au moins la mort de Philippe de Montfort serve de motivation pour nos soldats, qui voudront la venger si nous l'attribuons aux Sarrasins.

– Je comprends.

Comment ne pas comprendre ? Nous sommes dans une situation si fragile que nous ne pouvons plus nous permettre d'y ajouter de nouvelles difficultés. Après s'être assurés que je me reposerai jusqu'au lendemain, Olivier et Bernat se retirent. Je me recouche à nouveau et plonge dans un cauchemar si triste que je crains un instant ne plus jamais me réveiller. Cependant, je me présente devant mon seigneur dès les premières heures le lendemain. Il m'accueille avec une accolade. Puis, d'un ton grave, il me confie ma prochaine mission, qui me conduira à la suivante, et ainsi de suite jusqu'à ce que l'un des deux quitte cette terre.

1274

Olivier de Termes, le plus grand seigneur des Corbières, qui a combattu les Francs et les Sarrasins tout au long de sa vie, qui a guerroyé sur tous les fronts de la chrétienté, d'un continent à l'autre, l'un des hommes les plus importants de mon temps, est sur le point de mourir. Son âge avancé ne lui permettra pas de connaître le désastre qui se prépare à Saint-Jean-d'Acre. Bernat et moi le savons. Nous le veillons dans ses derniers instants. L'esprit toujours lucide, mais le souffle irrégulier, il a décidé de me faire confiance une ultime fois.

Je suis assis à ses côtés. Bernat, dans mon dos, est attentif à ce dont son seigneur pourrait avoir besoin. Je me sens infiniment triste. J'ai tellement vécu avec Olivier, qui fut mon mentor, mon protecteur et mon ami, tout autant ou plus encore que mon seigneur Chabert de Barbaira, que je ne puis imaginer la vie sans lui.

Il est allongé sur une couche richement ornée, un luxe qui indiquera à ceux qui veilleront bientôt son corps vide qu'un grand seigneur nous a quittés. Il a exigé d'être vêtu de sa robe rouge sang, la couleur de sa lignée et de sa terre. Sa barbe blanche et ses longs cheveux de même teinte lui donnent un air de patriarche qu'il a cultivé ces dernières années. Parce que mon ami a été, et est encore, soucieux de son image et fier, comme la plupart des grands seigneurs de mon temps. Mais Olivier a mis cette fierté au service du bien.

– Approche-toi, Pèire, articule-t-il difficilement. Et vous autres, laissez-nous. Toi aussi, mon bon Bernat. Je ne vais pas encore vous quitter, sois tranquille. Mais je dois parler à ce scribe.

Sans hésitation, toutes les personnes présentes sortent en silence de la pièce. Dès qu'Olivier et moi sommes seuls, j'avance mon siège le plus près possible de lui, afin de lui épargner tout effort. Puis je me lève, arrange les coussins de son lit et l'aide à se redresser un peu pour être à ma hauteur et parler sans effort. Olivier respire aussi profondément que ses poumons épuisés le permettent. Il me prend la main et commence à parler, à voix basse :

– Mon ami Pèire, nous avons partagé une grande partie de notre vie. Nous nous sommes battus coude à coude, nous avons bu et ri comme des compagnons d'armes, nous avons échangé des confidences, des promesses et des serments, et je peux dire que tu ne m'as jamais trahi. Je n'ai pas oublié dans mes dernières volontés que tu es déjà vieux... Mais pas autant que moi, sourit-il. Oui, je sais que tu te soucies peu de ce qu'il adviendra de toi après ma mort, mais je veux que ma volonté soit accomplie. De plus, je pense que tu as mérité le droit de savoir à mon sujet ce que d'autres promesses devraient m'interdire de te révéler.

Une grande tension se lit dans ses yeux. Bientôt, je vais suivre Olivier dans la mort. Je veux savoir ce qu'il sait, je veux comprendre le monde dans lequel j'ai vécu. Je respire à peine, pour ne pas interrompre la confession de mon ami.

– Toi et moi sommes nés et avons grandi dans une religion différente de celle de la plupart des hommes. Ces hommes qui ne nous ont pas laissés vivre notre foi et ont essayé de nous détruire par la violence et le feu.

– Olivier, je pensais...

– Oui, je sais ce que tu pensais. J'ai donné, ces années durant, des signes continus de détachement vis-à-vis de notre foi. Mais la réalité a toujours été différente, et je vais te la livrer.

Il cherche avec effort une posture plus commode pour se rapprocher davantage de moi :

– Lorsque ma famille, comme beaucoup d'autres, a perdu son fief et que le malheur de l'invasion s'est abattu sur notre pays, un groupe de bons hommes et de seigneurs a compris que, tôt ou tard, ils devraient abandonner leurs terres et vivre leur religion dans la clandestinité. J'étais enfant à l'époque, mais mon père, avant de mourir, a fait en sorte que je sois instruit dans la doctrine cathare par mon oncle Benoît de Termes, que tu as connu dans ta jeunesse. Un conseil secret a été créé, la Conspiration du Dieu bon. Son rôle était de garder notre foi vivante contre vents et marées et, surtout, de vaincre progressivement le diable ici même, dans son monde, afin d'assurer notre salut et celui de beaucoup de nos frères. Nous avons élaboré un plan, dont la mise en œuvre a pris des années mais qui à ce jour continue de progresser dans le monde entier. Nous avons décidé d'infiltrer toutes les institutions qui dirigent ce monde, jusqu'aux plus contraires à notre foi. Dans l'Église de Rome, dans les sectes musulmanes, dans les tribunaux les plus influents, dans les villes, dans les guildes... Une armée de nos frères et sœurs peuple, peu à peu et en silence, le monde d'aujourd'hui, préparant la future résurrection de l'Église du Bien de manière à conduire les hommes à la lumière. Ma mission, et celle de beaucoup d'entre nous, a été de pénétrer le cœur du dragon, le repaire du diable lui-même, le pouvoir du mal sur cette terre. Je ne peux pas te résumer en cet instant toutes les aventures qui m'ont amené ici, car je suis mourant. Mais crois-moi, ami Pèire, si je te dis que j'ai feint de défendre l'Église de Rome et que nous avons réussi à faire entrer le ver qui fera pourrir ce fruit de l'intérieur. Je ne connais pas tous nos frères, et je crois qu'aucun d'entre nous n'a connaissance du plan dans son intégralité, si ce n'est ceux qui l'ont conçu et qui peut-être ne sont plus de ce monde. Mais je suis convaincu, absolument convaincu, que la foi de nos bons hommes finira par briller sur ce monde, qu'elle conduira au paradis. Il n'est de roi, de prince de la chrétienté et de l'islam, et au-delà de l'Orient, qui n'ait à ses côtés un de nos frères. Je connais un marchand vénitien qui a accepté la difficile mission de répandre notre parole jusqu'aux extrémités du monde. Et il n'est d'armée qui ne compte dans ses rangs des frères combattants.

Mon étonnement est tel que je ne sais que répondre, que demander à Olivier de Termes alors qu'il ne lui reste qu'un souffle de vie. Il ferme les yeux un instant, sourit et me regarde à nouveau, affectueusement :

– Combien de vies avons-nous vécues, Pèire ? Et combien de vies avons-nous fauchées dans nos batailles pour des terres qui appartiennent au diable, pour une croix qui le représente ?

– Tant de vies, mon seigneur, tant de vies que j'en ai perdu le compte il y a bien longtemps.

– Parmi ces hommes que nous avons envoyés à une nouvelle naissance, l'un renaîtra peut-être comme un frère dans notre foi, auquel cas nous lui avons rendu un fier service.

– Il ne sera pas mort consolé.

– Le *consolamentum* nous rapproche de notre père, mais la pureté de l'âme est la seule clé qui ouvre les portes du paradis.

Olivier reprend son souffle et poursuit, plus souriant encore :

– Je pense très souvent à notre bien-aimé Chabert de Barbaira, à nos Corbières, au mont Canigou couvert de neige, à la fière Carcassonne, aux terres que j'abandonne à Majorque et qui peut-être m'oublieront, à mon château de Termes, jamais retrouvé, aux amis disparus, aux rois que j'ai soutenus, auxquels j'ai juré fidélité tout en sachant que je les trahissais. Je crois avoir été un homme très ordinaire, un homme de cette époque, mais je porte dans mon cœur une flamme qui, en ce moment, me permet d'être heureux de partager mes derniers instants avec un vieil ami...

Olivier me regarde (je reconnais son regard curieux), et conclut :

– Partager mes derniers moments avec un vieil ami qui supporte également sur ses épaules le poids de ses secrets depuis de nombreuses années...

Je suis confus. Olivier sait depuis bien longtemps que je ne peux rien lui dire de ma mission première, que je n'ai jamais abandonnée depuis ce jour à Montségur, un demi-siècle auparavant, malgré mes doutes. Je suis tenté de lui ouvrir enfin mon cœur et de me libérer de ce secret en le partageant avec lui. Encore une fois, peut-être la dernière, je sens mes pommettes s'enflammer, en proie au doute. Mais mon ami sourit ouvertement, rassemblant ses forces pour me donner une dernière tape sur l'épaule, qui cette fois ne menace pas de me jeter à terre :

– J'ai respecté ton silence toutes ces années, mon ami, ce n'est pas pour te forcer à te trahir toi-même sous prétexte que je vais passer à une autre vie, la dernière j'espère. Alors, ne souffre plus, dis-moi simplement si tu es...

– ... votre frère, mon seigneur, je suis votre frère.

– Alors tu peux m'accompagner avant d'appeler Bernat. Revenons ensemble dans notre pays de cette terre, accompagne-moi...

Et des lèvres sèches d'Olivier de Termes, pour la première fois en ma présence, sortent aussi sereinement que l'eau d'une source des paroles qui éveillent en moi une immense nostalgie, me rapprochent de ma foi et celle de cet homme, de mon frère :

> Saint Père
> Dieu juste des bons esprits
> Tu n'as jamais menti, ni trompé, ni douté,
> De crainte que la mort ne nous prenne
> Au monde du dieu des autres
> Parce que nous ne sommes pas de ce monde
> et ce monde n'est pas le nôtre,
> fais-nous savoir ce que tu sais
> et aimer ce que tu aimes.

Olivier ferme les yeux sans cesser de sourire. Derrière moi se tient Bernat, entré en silence. Je sursaute de surprise, mais déjà il me prend la main et, avec lui, je dépose sur la tête d'Olivier, déjà mourant, un très vieux livre que je suppose être le Nouveau Testament.

– Le Dieu bon sait ce que nous sommes sur le point de faire, murmure-t-il. En réconfortant cette âme, nous préparons également notre futur voyage vers lui. Rejoignons Olivier de Termes. À partir de cet instant, il ne recevra ni eau ni nourriture.

L'émotion m'envahit. Je n'ai pas assisté à une cérémonie de *consolamentum* depuis des années, des années durant lesquelles j'ai presque oublié mes origines, les paroles de Guilhabert de Castres qui ont changé ma vie. Mais bien que le doute emplisse encore mon cœur, jamais je n'ai remis en question la foi des bons hommes. Alors je ferme les yeux avec Bernat pour réciter notre *Pater*. Pendant qu'Olivier quitte ce monde, un flot d'épisodes de notre vie commune me revient à l'esprit : Carcassonne, mon bien-aimé Quéribus, nos rires à Perpignan avec Chabert de Barbaira, Majorque, Aguilar, nos batailles et nos conversations accompagnées de vin, nos confidences aussi profondes que les nuits mêmes qui les protégeaient.

– «*Bénédicite, parcite nobis, amen. Fiat nobis, domine, secundum verbum tuum, Pater et filius et spiritus sanctus dimittat vobis et parcat omnia peccata vestra. Adoremus Patrem et filium et spiritum sanctum, adoremus Patrem, et filium et spiritum sanctum, adoremus Patrem et filium et spiritum sanctum : pater sancte, justus et verax et misericors, dimitte servo tuo, recette eum in tua justifia...*»

Bernat dirige la cérémonie comme le parfait qu'il est. Il n'a pas demandé à Olivier de Termes s'il voulait être consolé, mais mon seigneur n'est plus en mesure de lui répondre. Je lis sur ses traits une tranquillité que je ne lui connaissais pas.

Nos prières se font plus lentes, plus calmes; nous accompagnons en paix les derniers souffles du corps d'Olivier. Je surveille maintenant attentivement son visage afin de partager avec lui son dernier voyage vers la lumière depuis les ténèbres de ce monde.

Quand enfin son cou cède et sa tête s'incline légèrement sur le côté, lorsque s'échappe la vie de mon ami accompagnée de notre dernière prière, et tandis que Bernat sourit, heureux d'avoir mené à bien sa mission, je ne peux empêcher de laisser une larme de tristesse glisser entre mes rides.

Les rues étroites de Saint-Jean-d'Acre sentent les épices, et la puanteur humaine qui m'a poursuivi toute ma vie. Épuisé, j'erre de rue en rue, traînant mon chagrin, mes doutes, ma vieillesse, la fatigue d'une vie qui m'abandonne.

1274

Le corps de mon seigneur Olivier repose une journée entière dans son appartement où il reçoit l'hommage de la cour, des marchands d'Acre, des ambassadeurs. Bientôt il retournera sur ses terres des Corbières, où enfin il dormira pour l'éternité. Mais je sais que l'âme de mon frère dans la foi est proche de notre Dieu bon, et que les restes du grand seigneur qui déjà se corrompent ne sont rien de plus qu'une vieille tunique destinée à la poussière. Son corps, bientôt dévoré par les vers, est désormais placé sous la responsabilité des serviteurs du roi.

Bernat entre dans ma chambre après avoir frappé à la porte, fidèle à son habitude et montrant ainsi qu'il me considère comme son égal. Je ne l'ai pas vu depuis la mort d'Olivier. Nous n'avons donc pas eu l'occasion de nous parler depuis que l'âme de notre seigneur a quitté son corps mortel. Peut-être retardions-nous tous les deux le moment des explications. Je me lève en hâte et m'approche de lui. C'est alors que surgit du plus profond de mon être le souvenir du *melhorier* que je croyais oublié.

À trois reprises, je m'incline devant lui, ému :

– *Bon crestià, balhatz-nos la bénédicio de Dieu e de vos.*

– *Ajatz-la de Dieu e de nos.*

Notre baiser fraternel se prolonge dans une longue étreinte. Malgré tout le respect que le bon homme inspire en moi, je ne peux m'empêcher de voir en lui celui qui fut mon compagnon de voyage et de combat pendant une grande partie de ma vie. Nous étions unis, au-delà des mystères que Bernat s'apprête peut-être à me révéler, dans une amitié sincère et notre dévouement pour notre seigneur Olivier de Termes. Et, tandis que nous l'aidions à passer à la vraie vie, nous avons scellé dans le silence de cette agonie une nouvelle complicité, une de plus.

Par la grande fenêtre de ma chambre, nous assistons ensemble au spectacle du soleil s'enfonçant dans la *Mare Mediterraneum*. Comment le Malin peut-il offrir une si belle image de son enfer ? C'est précisément en cela qu'il démontre son intention de tromper l'homme.

Puis, Bernat s'assoit devant moi et prend enfin la parole :

– Ami Pèire, notre seigneur Olivier est déjà en route vers le ciel, nous devrions nous réjouir.

– Pourtant, Bernat, je ne peux m'empêcher de ressentir un grand chagrin...

– Moi aussi, Pèire, moi aussi. Ce sont là les signes de notre humanité. Nous sommes nostalgiques de la présence d'Olivier, de sa force et de son enthousiasme. Il manquera à toute la chrétienté, et le Royaume de Jérusalem a perdu son dernier grand capitaine. Mais ce sont là des questions de ce monde, d'un univers qui n'est pas le nôtre. Cher Pèire, personne ne connaît mieux que toi le poids du silence. Je me suis tu toute ma vie durant pour servir notre Église et l'âme des hommes. Mais devant toi, et avec toi, j'ai ouvert mon cœur pour guider l'âme d'Olivier vers notre Père, avec ton aide... Nous sommes frères dans la foi, Pèire, depuis toujours.

– Je sais si peu de chose de toi, bon homme, et pourtant nous avons travaillé pour une cause commune, Olivier, qui de son côté, comme il me l'a avoué, s'est battu dans l'ombre pour notre foi.

– Qui sait si nos âmes se reconnaissent et s'attirent mutuellement dans les ténèbres de ce monde ? Olivier t'a révélé notre grand secret, Pèire. À l'encontre de mes conseils, je le reconnais.

– Je n'ai aucune intention de le trahir, tu le sais bien.

– Je sais, j'ai appris à te faire confiance autant qu'Olivier. Mais la Conspiration du Dieu bon est encore très récente. Il faudra peut-être des décennies, voire des siècles, avant qu'elle ne porte les fruits que nous espérons, il n'était pas nécessaire de t'infliger ce poids.

– Mais dis-moi, Bernat, qu'es-tu réellement ? Un parfait, capable d'octroyer le *consolamentum*, pourtant, je ne te vois pas rejeter la chair... et je t'ai entendu mentir.

– C'est vrai, sourit-il, et notre Père sait combien il m'a été difficile d'assumer cette partie de mon ministère... De fait, je reviens de Sicile où, une fois de plus, et ce n'est que la troisième, j'ai été ordonné et consolé par notre évêque, qui s'y est réfugié.

Bernat inspire profondément. Son regard, toujours aussi intense, s'assombrit. Pour la première fois depuis tant d'années, le passage du temps creuse ses yeux. Ses rides ressemblent aux miennes, je sens notre proximité. Les ombres couvrent déjà la mer. Dans l'obscurité, Bernat murmure, comme depuis un autre monde :

– Mon histoire est longue, Pèire, mais malgré la fatigue de cette journée, c'est pour moi un devoir, mais aussi un honneur de partager avec toi ce que je peux partager de la vie de l'homme que nous aimons tous les deux, et de l'immense projet dans lequel il m'a entraîné... Je suis né dans notre bon pays d'Oc, comme toi. Ma famille, au service des seigneurs de Termes depuis des générations, bien qu'hérétique selon les inquisiteurs, n'était pas particulièrement religieuse jusqu'à ce que Guilhabert de Castres visite mon bourg. J'avais alors à peine dix-huit ans et j'ai eu le grand privilège d'accompagner mon père à une assemblée dans une *domus* voisine, très croyante. Le sermon de Guilhabert a pénétré mon âme au plus profond. Aujourd'hui, je m'en souviens, mot pour mot...

– J'ai aussi rencontré Guilhabert de Castres, Bernat, je comprends ce que tu dis.

J'ai murmuré cette dernière phrase, poussé par mes propres souvenirs.

– Excuse mon interruption et continue, je t'en prie.

– Je suis entré à l'*Égleisa del Bé* comme novice d'un homme bon, et j'ai reçu l'ordination de parfait trois ans plus tard des mains d'un Guilhabert de Castres déjà très âgé. Ce fut le moment le plus glorieux de ma vie sur cette terre. Peu de temps après, alors que je prêchais dans le Razès, Olivier m'a fait mander. J'ai répondu à son appel. Il m'a alors proposé d'entrer avec lui dans la Conspiration du Dieu bon.

Je souris :

– Bernat, cela semble... pardonne-moi, une histoire pour enfants...

– Peut-être en était-ce une au début, cher Pèire. Peut-être, espérant ainsi pouvoir sauver notre foi et notre doctrine, nos évêques et nos anciens ont-ils demandé l'aide des nobles exilés pour maintenir la flamme vivante. Ou peut-être le Malin a-t-il décidé de se moquer une fois de plus de nous et guide-t-il nos pas. Le fait est que nos plus sages docteurs ont dû choisir entre disparaître à jamais de la surface de la terre ou essayer de survivre dans l'ombre et de maintenir l'espoir.

Bernat élève légèrement la voix, excité :

– Car c'est bien de cela qu'il s'agit, Pèire : le salut. Nos âmes errent d'un corps à l'autre pendant des millénaires avant de trouver le chemin du ciel. Et durant tout ce temps, le seul espoir de notre esprit est le salut. Tout notre être aspire à lui, jusqu'à ce que nous finissions par le mériter. Le pape de Rome lui-même trouvera le salut à un moment donné. Tel est le message du Christ et des apôtres. Un message que nous ne pouvons pas laisser disparaître de ce monde.

– Je comprends, Bernat, mais se mêler des affaires de ce monde, n'est-ce pas renoncer à ce qui fait de nous ce que nous sommes ? Ne disons-nous pas dans notre prière « tu n'as jamais menti, ni trompé, ni douté » ? Ne disons-nous pas « parce que nous ne sommes pas de ce monde, et que ce monde n'est pas le nôtre » ?

– Ami, n'aie crainte. Si le Dieu bon nous guide, penses-tu qu'il nous punira pour avoir élevé le reste des hommes à Lui ? Que peut-il arriver à mon âme si je mange de la viande ou si je mens pour sauver notre foi, non pas nos frères sur cette terre, Pèire, mais notre foi ! Et l'espoir pour le reste des âmes. De la même manière que le Christ ainsi que les apôtres ! Le *consolamentum* qui s'ensuit et ma contrition sincère ouvrent à nouveau mon chemin vers le ciel.

– Comment sais-tu que le diable lui-même n'est pas le maître de cet incroyable projet ? Si tout ici est son œuvre...

– Le Malin est fier et orgueilleux. Il ne perd pas de temps à surveiller ses victimes. Il se réjouira de nous voir tomber dans les tentations terrestres, il voudra récupérer nos âmes qui lui ont échappé. Il ne connaît pas notre conspiration contre lui, parce que ça ne l'intéresse pas et parce que nous croyons que la source d'information du diable, ce sont l'Église de Rome et les autres Églises, l'islam et la religion des juifs, et les chamans que toi et moi avons rencontrés dans l'Empire mongol, et les moines que j'ai connus au Catai.

Une émotion profonde m'envahit. Bernat, ravi, poursuit sa confession :

– Un jour, il y a de nombreuses années, à Limassol, tu m'as demandé si je serais prêt à tuer pour te sauver la vie. Je n'ai pas répondu, tandis que, toi, tu m'as dit que tu le ferais pour moi. Eh bien ! mon ami, je suis prêt à sacrifier le salut de mon âme pour laisser le chemin du paradis ouvert au reste des esprits de ce monde... Et je pense que toi aussi. Écoute-moi, Pèire, ami ! La Fin des Temps viendra, qui marquera l'abolition du Royaume du Mal et verra enfin la victoire définitive du Dieu du Bien sur le prince du Mal. Le diable n'aura plus de victime à torturer et s'enfoncera dans ses propres ténèbres, tandis qu'enfin la Création se fondra dans son Créateur. Mais pour qu'arrive ce jour, nous devons garder la porte du ciel ouverte pour nous-mêmes et pour le reste des âmes errant dans le monde.

– Concrètement, Bernat, peux-tu me dire comment tu es... comment nous sommes organisés ?

Bernat sourit, complice, ravi de ce pluriel :

– Bien sûr, Pèire, même si je dois t'avertir que je ne connais qu'une partie du plan, et que ce n'est peut-être pas la plus importante. Elle m'a été confiée, comme tu l'imagines, par Guilhabert de Castres. Notre but est de dissimuler notre doctrine dans la société, tout comme l'on peut cacher la pierre la plus précieuse au milieu d'un tas de cailloux grossièrement polis, et d'aider autant que possible nos frères à exercer chaque jour plus d'influence dans les affaires de ce monde. Nous ne devons laisser de côté aucune structure, militaire, politique, commerciale ou religieuse, libre de notre présence. Olivier et moi avons été chargés d'enquêter sur la cour de France et sur celle du royaume latin de Jérusalem, et de soutenir les nôtres dans leur ascension vers le pouvoir. J'ai discrètement contacté les Sarrasins de Majorque avant la conquête de cette île. C'est là que nous nous sommes rencontrés pour la première fois, pour ainsi dire. L'ambassade en Mongolie a été une opportunité qui s'est présentée et que nous avons essayé de saisir. Aujourd'hui, je peux te dire que j'ai laissé, à la fois en Mongolie et au Catai, des amis prêts à recevoir nos enseignements et à les appliquer maintenant et à l'avenir. Nous sommes peu nombreux, mais nous devons nous multiplier dans l'ombre et partager notre foi partout où cela est possible.

– Mais comment peut-il y avoir suffisamment de parfaits pour transmettre notre doctrine dans tous les coins du monde ? Nous sommes persécutés, brûlés, nous vivons dans la clandestinité et, plus encore, dans le parjure.

– Nous disposons encore de quelques sanctuaires où nous pouvons vivre en liberté, quoique dans une semi-clandestinité. C'est vrai, nos bons hommes disparaissent un par un des terres d'Oc, par le feu et par les armes, mais de nouvelles vocations naissent aussi, et une partie de mon travail est de diriger un groupe de jeunes novices, qui bientôt partiront vers d'autres horizons former à leur tour d'autres novices, et ainsi de suite. Libérés du poids de la vie publique et de la confrontation avec les religions du diable, nous pouvons nous réorganiser, et nous le faisons. Tu serais surpris de l'intérêt exprimé par le grand khan du Catai vis-à-vis de notre foi. Et pourras-tu croire en l'ampleur de nos progrès dans l'Église de Rome elle-même ? Rappelle-toi notre rencontre à Carcassonne, dans des circonstances si difficiles pour toi. Eh bien ! je négociais alors non seulement la reddition de la ville, mais également la possibilité d'accueillir, dans la plus grande clandestinité, un illustre évêque catholique de Toulouse au sein de notre *Égleisa del Bé*. Depuis lors, c'est un croyant, d'âge avancé, et je peux t'assurer que, si le Dieu bon le permet, un parfait sera à ses côtés quand viendra le moment où il quittera ce monde.

Je reste sans voix. Que signifie ma mission dans cette nouvelle forme de l'*Égleisa del Bé* ? Tant d'émotions me ferait presque défaillir. Je respire plusieurs fois profondément. Si ce que vient de révéler Bernat est vrai, alors ma mission acquiert à mes yeux plus d'importance encore qu'elle n'en avait jusque-là. Non seulement je sauverai ma foi de l'oubli, mais je fournirai à l'*Égleisa del Bé* qui émergera des ténèbres des persécutions les textes démontrant le bien-fondé de notre religion et conservant la mémoire de ce que nous étions et avons fait. Si, par ailleurs, le trésor constitué d'or et d'objets de valeur peut être récupéré, alors mon Église disposera à l'avenir des hommes, du pouvoir, des textes et des biens qui permettront de guider les âmes des hommes de ce monde, comme un phare dans la nuit, vers le chemin du salut.

Se rapprochant de moi, dans l'obscurité déjà complète, Bernat conclut :

– Nous sommes des soldats du Dieu bon, Pèire. Le Mal ne vaincra pas notre foi parce que notre mission nous a été révélée et que nous l'accomplissons à la lettre. Pour d'évidents motifs de sécurité, je ne peux te donner plus d'informations, de noms de personnes et de lieux. De ton côté, si tu en as toi aussi, ne me les livre pas non plus, car nos Anciens ont décidé que nul ne connaîtrait le plan dans tous ses détails. Les siècles à venir nous donneront raison, le Bien doit toujours gagner. Pour ma part, je remplirai ma mission sur cette terre jusqu'à la mort de mon corps. J'espère alors libérer mon âme pour rencontrer mon Père saint, Olivier, et toi.

1274

J'ai atteint la fin de ma vie, bientôt mon histoire sur cette terre se terminera. Je suis né avec ce siècle, je m'éteindrai bien avant lui. Nous avançons à un rythme lent; mon cheval est jeune et fougueux, mais il est obéissant et comprend que son cavalier est âgé et apprécie le confort et la tranquillité du petit trot. J'ai débarqué non sans mal sur la plage de Canet, et je chevauche sur le chemin qui mène à Perpignan. Là, je pense reprendre des forces quelques jours et chercher des informations sur Guilhem Bernat, que je désire rencontrer avant de poursuivre ma route vers ma dernière demeure. Mais auparavant, je dois récupérer le manuscrit de l'Église des bons hommes, achevé depuis des années et placé en sécurité à Aguilar. Il trouvera son ultime refuge secret à un autre endroit.

Je suis protégé par six sergents gaillards, soldats d'Olivier de Termes, qui constitueront mon escorte jusqu'à ce que j'en décide autrement ou que je meure. Le voyage par mer depuis la Terre sainte a été agréable. Mes nombreuses traversées de la *Mare Mediterraneum* m'ont appris à aimer la mer et à la respecter prudemment, mais je ne la crains plus. Une fois qu'il a accepté l'imminence de sa fin inéluctable, l'homme semble enfin prendre le temps d'ouvrir les yeux et de reconnaître la beauté du monde de Satan.

Je suis bien conscient que ces réflexions sont indignes de l'Église des bons hommes, que je continuerai à servir fidèlement jusqu'à la fin de mes jours, malgré mes contradictions. Je n'espère plus atteindre le paradis après cette vie. Si ce n'est pas à cause de mes actions, ce sera sûrement à cause de mes pensées. J'ai péché et continue à pécher à chaque instant. Peut-être le *consolamentum* au dernier instant pourrait-il me permettre l'accès à une fin heureuse inattendue, mais le doute a fait son chemin au plus profond de mon cœur et j'ai renoncé à l'en extirper. Je tiendrai néanmoins mes engagements pour l'honneur de mon père, qui doit être mort depuis bien longtemps, pour mon propre honneur, pour l'amour des miens, pour honorer *paratge*, au fond.

Je pénètre dans Perpignan par la porte de Canet alors que la nuit tombe. On m'indique l'auberge la plus proche. J'ai du mal à convaincre le tavernier de nous trouver une chambre pour dormir et une table pour manger. Son établissement est complet, en raison du mariage du roi de Majorque, qui doit justement être célébré demain. Toutefois, le nom d'Olivier de Termes et le respect qu'il inspire constituent le meilleur des arguments...

Le lendemain matin, je décide d'aller à l'église de Saint-Jean avant de reprendre la route. Ma curiosité naturelle ne s'est pas émoussée, malgré mon âge. Je me mêle à la foule qui attend patiemment le départ des rois et de leur entourage. Deux de mes sergents m'accompagnent. Je sais que ces rassemblements sont propices à l'activité des voleurs et des meurtriers. Bientôt, des cavaliers armés apparaissent en tête d'un cortège coloré et bruyant qu'ouvrent deux hérauts. L'un d'eux porte la bannière du royaume de Majorque, de quatre parties disposées en croix : deux châteaux et deux enseignes catalano-aragonaises sang et or. L'autre porte les armoiries du roi d'Aragon, Jacques Ier.

La troupe prend place devant le portique d'entrée de l'église Saint-Jean. J'admire à nouveau, plus d'un demi-siècle après la première fois, la sculpture représentant le Christ trônant suspendue au milieu de la porte. Et je me rappelle avec émotion ma première rencontre avec Olivier de Termes, ici même. Non sans craquer bruyamment, les portes se mettent en branle et le roi Jacques Ier le Conquérant, telle une apparition divine, fait son entrée sur le parvis.

Le jeune seigneur de Salou est désormais un vieil homme à la barbe et aux cheveux blancs, mais sa démarche est toujours aussi énergique, à l'image de son royaume. Son riche manteau immaculé lui confère une allure magnifique qui suscite chez son peuple un silence respectueux et admiratif. Le grand Jacques Ier le Conquérant, roi d'Aragon, est suivi par les époux : son fils Jacques II de Majorque et Esclarmonde de Foix. Derrière eux, précédant le reste des participants à la cérémonie, l'évêque porte l'odieuse croix.

Aidé de deux écuyers, Jacques Ier grimpe non sans difficulté sur un magnifique destrier blanc, revêtu des couleurs du royaume. Une bourgeoise, que l'émotion fait parler très rapidement, me raconte en détail l'histoire d'amour unissant, de toute évidence, les jeunes mariés, qui montent également deux magnifiques chevaux, certes moins décorés que celui de Jacques Ier. Peu à peu, l'église se vide; des groupes de nobles et de riches marchands en sortent, en riant et en se saluant ostensiblement. La vanité de l'être humain est incommensurable. Soudain, une rumeur traverse la foule. Enveloppé dans un manteau bleu retenu à l'épaule par une fibule dorée, un vieil homme aux longs cheveux blancs et à la barbe de patriarche avance à travers la foule, qui s'écarte avec respect. Il s'appuie sur un jeune écuyer, craintif et rougissant d'attirer ainsi les regards. Mon cœur bondit dans ma poitrine :

– Chabert !

Le vieil homme s'arrête, cherchant du regard l'origine du cri. Suivi de mes sergents, je m'approche de lui, il me reconnaît. En larmes, nous tombons dans les bras l'un de l'autre.

– Pèire ! Mon ami… Pèire.

Paralysé par l'émotion, je dois prendre une profonde respiration pour retrouver mon souffle avant de pouvoir articuler un mot.

– Mon seigneur Chabert, quelle émotion ! Je pensais que... vous aviez quitté ce monde...

– Mon cher Pèire, combien d'années se sont écoulées depuis Aguilar ? Quelle joie de te revoir ! J'avais encore l'espoir de te rencontrer à nouveau dans ce monde... Et dans l'autre également, d'ailleurs !

En même temps que le rire du vieil homme, je reçois, tant d'années plus tard, une tape sur l'épaule. Je suis étonné de la force de l'impact, qui m'a presque fait tomber au sol. J'éclate de rire avec Chabert, nos hommes nous soutiennent tous les deux.

J'ai ajourné toutes mes tâches pour partager avec Chabert quelques derniers instants. L'âge de celui qui fut seigneur de Quéribus est si avancé qu'il ne sait avec certitude combien d'années il a vécues. Son apparence est celle d'un très vieil homme vaincu par le temps et il ne peut guère se déplacer sans aide, mais son esprit reste le même.

Je l'accompagne jusqu'à la maison qu'il possède à Perpignan et mange à sa table, comme jadis.

– Ne pensez pas que je vous ai oublié, mon seigneur. À plusieurs reprises, j'ai pensé à vous après votre départ d'Aguilar. Mais ma vie a été compliquée, et je viens juste de remettre les pieds de ce côté-ci de la *Mare Mediterraneum* après de nombreuses années de guerre en Terre sainte, où Olivier est mort.

– Je sais, Pèire, et j'ai aussi pleuré sa mort, même s'il a choisi le camp de nos ennemis. Beaucoup de nos compagnons dans la foi de la vérité ont disparu, tu le sais bien. Nous sommes très peu nombreux, Pèire. Aussi ta mission prend-elle aujourd'hui une réelle valeur. Nous n'avons pas travaillé en vain. Notre Église subsistera grâce à ta chronique.

Je comprends par ces mots que Chabert de Barbaira ne connaît pas la réalité de l'histoire de notre Église et je suis tenté de lui dire la vérité sur la Conspiration du Dieu bon. Notre Église n'est pas morte et ne mourra pas, et notre héritage, le manuscrit de la chronique que j'ai écrite il y a des années, sera un jour revendiqué par toutes les Églises du monde, par tous les royaumes. Mais Guilhabert de Castres et nos Anciens n'ont pas voulu nous conter toute la vérité, que je connais par les circonstances de ma vie. Qui suis-je pour les trahir? Chabert est très vieux et mérite de mourir en paix : je n'assombrirai pas ses derniers jours avec des révélations qui pourraient semer le doute dans son cœur. Un autre mensonge à mon crédit, aussi pieux soit-il... Qu'importe...

Nous évoquons, jusque tard dans la nuit, nos aventures à Majorque, mon triste passage à Montségur, les luttes contre les Francs, et nous rions de la première de mes batailles contre les Montcada près de la rivière Agly, il y a si longtemps. Nous évoquons également les premières années de Chaberta, son enfant préférée et dont il ne sait rien. Et nous parlons de Sybille.

– Une femme bonne que je n'ai pas traitée comme elle le méritait, dit mon ami, éveillant en moi une ancienne honte jusqu'alors oubliée.

Lorsque, le lendemain, nous nous séparons dans la grande salle de la maison de Chabert de Barbaira, nous savons que nous ne nous reverrons plus. Mon seigneur est très excité :

– Mon ami Pèire, je ne comprends plus rien au monde que je souhaite quitter au plus tôt, mais je sais que toi et moi agissons comme le Dieu bon nous l'a dicté. J'espère donc le rencontrer bientôt. Je te dois beaucoup, Pèire, parce que ta loyauté à notre cause, malgré la séparation, n'a jamais failli, et le savoir m'accorde le repos que je désire.

Nous nous étreignons une dernière fois et j'abandonne à jamais ce grand seigneur de la cause du Bien, de la justice et de l'Église des vrais chrétiens. Quand je franchis la porte d'Elne en direction du sud, je porte dans mon âme le poids des années vécues, mais aussi la chaleur de l'amitié.

Deux jours plus tard, le *castrum* de Paracolls est en vue. Mon arrivée n'a pas été annoncée. Le seigneur des lieux, Guilhem Bernat, se trouve dans sa tour, au point culminant du village fortifié. Il ne me reconnaît pas au premier abord, mais je découvre avec joie, dans son regard, les yeux de sa mère et ce sourire captivant qui ne l'abandonnait que rarement. Il m'embrasse avec force quand je décline mon identité et éveille ainsi les souvenirs de son enfance à Quéribus. Nous ne parlons pas de Chabert et ne prononçons pas le mot «père». L'honneur de sa mère Sybille et sa mémoire ne seront jamais souillés, pas même dans l'intimité d'une confession entre père et fils. Notre hérétique échange fraternel de baisers lorsque nous nous séparons pour toujours se termine par une longue étreinte.

Sans un regard en arrière, bien qu'il soit bien tard pour poursuivre mon voyage, je remercie mon fils pour son hospitalité. Il insiste pour que je reporte mon départ au lendemain, mais je préfère camper dans les bois avec mes sergents et clore cet épisode de ma vie sans plus attendre, dans cette douce nostalgie. Ce qui aurait pu être ne fut pas, et mon fils jouit d'une belle vie de noble que je n'aurais jamais pu lui offrir. Le sourire aimable de Sybille m'a toujours accompagné comme un tendre souvenir de jeunesse, et le fruit de nos amours passagères l'a rendue heureuse, pour autant que je sache.

Enfin, je remonte la route vers le nord jusqu'au château d'Aguilar. À l'horizon se dresse Quéribus, désormais aux mains des Francs. Sa silhouette a changé, le roi de France a transformé les lieux en une forteresse exclusivement militaire. Je regarde le château en souriant, peu importe qu'on le détruise, il continuera d'être le symbole de ce qui fut, de ce qui aurait pu être, mais surtout de ce qui sera.

Quant à Aguilar où j'arrive enfin, il appartient toujours à la famille de Termes, même si Raimond, fils de mon ami Olivier, n'a été qu'une source de déception pour celui-ci. Ce même Raimond m'accueille avec joie et fait preuve d'hospitalité : je resterai quelques jours chez lui pour me reposer avant d'entreprendre mon ultime voyage.

La blessure causée par la mort de mon compagnon dans cette dernière partie de ma vie étant encore béante en moi, je suis ravi d'évoquer devant son fils la grandeur d'Olivier. Bien sûr, je garde le secret de sa vraie foi et me concentre sur ses faits d'armes, sur son aptitude au commandement, sur sa capacité à écouter les autres et son respect pour tous, y compris ses ennemis, qu'il n'a d'ailleurs jamais considérés comme tels.

En guise de faveur particulière, je demande à Raimond la permission de passer la nuit ces jours-ci dans ce qui fut mon logis ainsi que la cellule de Chabert de Barbaira. Lorsque la journée se termine enfin, je m'allonge un moment sur la couche que m'ont préparée mes hommes puis m'attelle au travail qui m'a conduit ici. Creusant à l'aide de ma dague à un endroit très précis de la pièce, au pied d'une colonne, je dégage une dalle sous laquelle j'ai enterré un coffret de plomb. J'ouvre celui-ci grâce à la clé qui pend à mon cou depuis des années. À l'intérieur se trouve un coffre en chêne renforcé de fer. J'ai beaucoup de peine à l'extraire de sa cachette, ma vieillesse ne me permet plus ces efforts, mais je ne peux demander de l'aide à quiconque. Quand je touche enfin au but, je ne perds pas de temps à me reposer : je dois combler le trou et laisser le sol tel qu'il était. Cette tâche m'entraîne jusqu'à l'aube. C'est seulement alors que j'ouvre le coffre pour m'assurer que mon manuscrit est toujours intact, attendant le moment de sortir à la lumière du monde. Comme je l'ai fait si souvent pendant ma jeunesse, je le protège à l'aide d'une pièce de tissu solide et épais et je le place dans mon sac de cuir, celui qui ne quitte jamais mon dos.

Pas à pas, j'accomplis mon destin. Quand ma petite troupe, quelques jours plus tard, prend la route de l'Aragon, une étrange paix envahit mon âme. Cette dernière chevauchée ressemble à une promenade, notre rythme est du reste si lent qu'à plusieurs reprises mes soldats s'inquiètent de ma santé. Je les rassure en soulignant que je suis en pleine forme, mais que je suis bien âgé et que ce voyage sera le dernier. Ils pourront ensuite retourner à Aguilar pour se mettre au service de Raimond de Termes, leur seigneur légitime. Je leur donnerai une bonne somme d'argent à se répartir entre eux. Je leur fais confiance, ils me respectent. De nombreux soirs, ils ont entendu, à la lumière du feu de camp, l'histoire de ma vie. Ou une partie de celle-ci... Ils n'ont jamais eu à tirer l'épée, sinon pour dissuader de loin quelque troupe de brigands nous attendant au détour d'un chemin. Rien d'extraordinaire par ailleurs.

Le seul nom de *monssenher* Olivier de Termes sert souvent à obtenir un endroit pour dormir ou se reposer une journée, tant est grande la renommée de mon seigneur.

Nous arrivons à Barcelone, mais je ne souhaite pas franchir ses murailles. Comment la mémoire d'Élo Alvarez peut-elle me tourmenter autant après toutes ces années ? Je l'ai à peine connue, quelques jours seulement, le temps de lui apprendre l'écriture et la lecture, et les seules nouvelles que j'ai eues d'elle n'ont fait que réveiller en moi la souffrance causée par cet amour mort-né, mais je ne l'ai jamais effacée de ma mémoire et elle reste le plus grand désir inassouvi de ma vie.

Comment expliquer que ce que nous n'avons jamais eu nous tourmente et éveille en nous plus de chagrin que ce dont nous avons joui et que nous avons tenu dans nos bras ? Cet amour lointain, à peine entrevu, mourra avec moi. Un compagnon de plus.

Nous suivons la côte quelques jours de plus et atteignons le grand fleuve Èbre, que nous traversons à Tortosa. Je suis chaque jour plus calme, plus seul, et chaque jour nous nous déplaçons plus lentement et plus tranquillement. Enfin, nous arrivons au *grau* de Burriana, à peine plus qu'une plage de sable où les bateaux attendent, entre les cabanes de roseaux, de sortir en mer pour la pêche. Un *castrum* fortifié relativement grand, au loin, attire mon attention. Je souhaite rencontrer celui qui exerce l'autorité du roi d'Aragon sur cette terre.

L'alcade élu par le conseil de la ville me reçoit avec intérêt, intrigué de trouver dans cette ville de marchands et de pêcheurs un scribe nomade protégé par des soldats revenus de Terre sainte et porteur d'un document ancien scellé par le roi Jacques Ier lui-même. Il ouvre celui-ci et le transmet à son secrétaire, qui le déchiffre. Ce document est la concession permanente, à vie et héréditaire, des îles Columbretes en tant que propriété inaliénable au scribe du royaume d'Aragon Pèire de Liziac, en paiement de ses services, qui ne sont pas mentionnés dans l'acte.

L'alcade examine le sceau, ses yeux d'un bleu transparent passent du papier à mon visage et il demande que le document lui soit lu de nouveau. Puis il s'adresse à moi, aimablement :

– *Messer* Pèire de Liziac, s'il vous plaît, comprenez notre surprise. D'abord, ce titre de la main de notre roi Jacques Ier est très ancien – mais vous semblez une personne honnête et votre garde impressionne les pauvres marchands et pêcheurs que nous sommes. Je dois également avouer que ce qui me surprend le plus, c'est votre désir de revendiquer pour vous un îlot maudit, peuplé de serpents et de créatures venimeuses de toutes sortes. Personne ne veut vivre là-bas, sinon des pirates et, tout au plus, quelque pêcheur imprudent qu'une tempête aura dérouté. Je n'ai jamais visité ces rochers, comme tout le monde ici, mais, honnêtement, je ne peux pas vous conseiller ne serait-ce que de fouler le sol de votre fief.

– Merci, alcade. Je comprends vos doutes, mais vous devez savoir que je connais l'Illa Grossa et les Columbretes. Vous avez raison, elles n'intéressent personne. Je vous demande toutefois de vous assurer qu'à compter de maintenant nul ne visite mes domaines. Je n'ai besoin de rien sur ma terre, sinon de tranquillité et de silence. Et si des pirates ou des pêcheurs en détresse s'approchent, j'essaierai de ne pas les aborder ni de les déranger, et attendrai d'eux la même attitude en retour. Le but de ma visite est de rendre officiel le fait que je possède un territoire dépendant de votre bourg.

– Si vous souhaitez la paix et le silence, notre ville ne dressera devant vous aucun obstacle, *messer* Pèire.

L'homme s'incline devant moi. Je prends congé sans plus attendre et retourne à cheval jusqu'au *grau*, où j'achète le bateau de pêche le plus solide que je puisse trouver. J'envoie mes guerriers chercher de la nourriture et de l'eau pour plusieurs jours. Quand l'embarcation est chargée, ils m'aident à monter à bord. Mais au moment où ils s'apprêtent à embarquer à leur tour, je les arrête d'un geste :

– Non, mes amis, vous ne devez pas m'accompagner.

– Mais, *messer* Pèire, proteste l'un d'eux, vous ne pouvez pas hisser la voile ou ramer. Vous êtes trop âgé pour cela !

– N'ayez crainte. Il reste encore un peu de force dans ce vieux corps. Je dois me rendre seul dans mon île, où une dernière mission m'attend.

J'ouvre mon sac de cuir pour en extraire la bourse contenant mon argent, que je dépose entre les mains du garde le plus proche :

– Je vous l'ai promis, voici votre récompense. Vous avez été des soldats protecteurs et attentifs; je vous remercie de votre fidélité. Retournez à Aguilar auprès de votre seigneur Raimond de Termes, fils d'Olivier de Termes, que vous avez si bien servi. Maintenant, poussez mon bateau pendant qu'il fait encore jour.

Je n'emporte que mon vieux sac, et l'épée et le poignard fabriqués selon mes indications il y a tant d'années, après la chute de Montségur.

Les hommes exécutent mon dernier ordre, non sans douter de l'état de ma raison. Le vent est favorable. Alors, avec des mouvements lents et en évitant de chuter ou de me blesser, je déploie la grand-voile triangulaire. Ensuite, je prends place à la barre, un aviron, tout comme j'ai vu le capitaine de notre embarcation le faire, il y a tant années. Les Columbretes sont à l'est. J'ai obtenu de quelques pêcheurs la localisation des étoiles à suivre, qu'ils m'ont dessinées sur le sable. Demain, j'aurai l'Illa Grossa en vue, et il se peut que je l'atteigne avant le crépuscule, pour peu que le vent reste favorable.

Je jette un dernier regard au continent, je salue d'un geste mes gardes, qui me suivent des yeux les pieds dans l'eau, fidèles jusqu'au dernier moment, et oriente résolument le gouvernail vers la haute mer. Le vent doux s'engouffre dans la voile de tissu épais. Le navire, docile, prend alors de la vitesse comme un cheval bien dressé.

Je viens d'entreprendre mon dernier voyage, une fois encore par mer. Au fur et à mesure que la terre s'éloigne de la poupe, le ciel s'assombrit, la mer noircit et les premières étoiles apparaissent. Le vent s'apaise. Mon bateau perd de la vitesse, sans pour autant cesser d'avancer. Peu importe le temps qu'il me faudra pour arriver à bon port. Je m'installe confortablement et, face aux étoiles, me remémore un par un les événements qui m'ont conduit ici. Les visages s'entremêlent dans mon esprit : Guilhabert de Castres, Bertrand Marti, mon père, Chabert de Barbaira, Olivier de Termes, Sybille et mon fils, Élo Alvarez, le comte Nuno Sanche, les Montcada, le roi Jacques, Bernat, le roi de France, le Maure qui est mort de ma main à Majorque, le prêtre que j'ai assassiné à Rennes-le-Château, Esclarmonde de Péreille, tant de morts, tant de vies... Lequel d'entre eux fit partie de notre Église, transformé en instrument du Bien et caché aux yeux du diable ?

Je récite notre *Pater* et la prière de mes ancêtres qui m'accorde tant de paix. De temps en temps, je touche le manuscrit de la chronique à travers le cuir du sac. L'histoire de ma foi, le sens de nos rites et les secrets qui m'ont été transmis par les derniers penseurs mystiques de mon Église sont ici révélés, annotés, commentés. Ma foi n'a pas les fondations d'une forteresse, je ne recevrai pas le *consolamentum* et la porte du paradis restera scellée pour moi, mais je me suis engagé il y a un demi-siècle et je souhaite tenir ma promesse.

Le diable est-il le seigneur de tout ce que je vois et ressens dans ce monde ? S'il en est ainsi, alors je suis tombé dans ses filets, parce qu'une grande partie de ce que je vois me rend heureux. Cette mer sous la lune qui trace mon chemin vers mes domaines. La brise nocturne qui caresse doucement ma barbe hirsute et réveille dans ma mémoire le souvenir des nuits sur le chemin de ronde de mon Quéribus tant aimé, la *tramontana* agitant mes cheveux de jais. Je me souviens de Sybille, des terribles tapes amicales d'Olivier et de Chabert, des yeux d'Élo, du regard pur d'Esclarmonde, et mon âme se réjouit à l'évocation de ces si beaux souvenirs. Peut-être ai-je vécu dans le mal, mais mon temps est passé désormais et je ne regrette pas de l'avoir vécu.

Cependant, mes chers parfaits qui ont donné leur vie pour les hommes et l'Église du Bien continuent de m'enseigner la voie du salut. Mon âme n'a jusqu'à aujourd'hui pas été capable de se détacher de ce monde.

Soudain, sous les étoiles de la grande nuit du commencement du monde, j'ai une certitude : Dieu m'assiste, alors je veux essayer, tandis que ma fin approche, d'éveiller la miséricorde de mon Dieu de bonté.

Je ferme les yeux et prie dans le silence de la nuit. Je prie encore et encore. Je perds peu à peu la notion de ce qui m'entoure et du temps. Peu à peu émerge des profondeurs de mon être la conviction que tout n'est pas perdu. Si le Dieu bon me connaît comme il connaît chaque être et chaque chose, il sait l'honnêteté de mon âme. Cette foi qui m'a tant manqué au cours de ma vie refait enfin surface depuis l'abîme de mes entrailles.

Je veux me sauver, je veux retourner auprès de mon Père ! Je remplirai ma mission et terminerai en paix mon voyage dans ce monde.

Je pénètre dans une autre réalité, je découvre mon esprit véritable. D'un geste lent, je jette par-dessus bord mes réserves de nourriture et d'eau. Je me sens consolé, je crois en mon salut. Rien ne doit plus me lier à ce monde, sinon la protection de ma chronique et le destin de mon âme. Dès cet instant, j'entre en *endura*.

Le jour naît lentement, le soleil apparaît derrière l'Illa Grossa. Mes domaines m'attendent pour me recevoir en leur sein. En milieu de matinée, je rame au bord des falaises fermant l'entrée de la crique. Le soleil est haut dans le ciel bleu. Je transpire dans l'effort, la soif me hante, mais ma décision est prise. Aujourd'hui, je ne doute plus comme je l'ai fait tant de fois dans ma vie. J'oublie ma souffrance, je dois remplir ma mission, jusqu'au bout.

La chaleur est étouffante quand, non sans mal, je parviens à jeter le bateau contre les rochers et à sauter sur la plate-forme où, il y a des décennies, nous avons rôti des oiseaux de mer avec Olivier de Termes. Je n'attache pas l'embarcation : la mer l'engloutira à la prochaine tempête. Mon sac à l'épaule, je grimpe en soufflant la falaise jusqu'au point culminant de l'île. Je n'ai pris aucune précaution pour éloigner de moi les serpents et les scorpions, seuls vrais maîtres du lieu. Une morsure ou une piqûre empoisonnée n'a plus d'importance maintenant.

Je repère de l'autre côté de la falaise le trou dans la roche découvert dans ma jeunesse. Il est tel que je me le rappelais. Je coupe à travers les buissons. Les morsures des serpents sur mes pieds qui ne portent que des sandales ouvertes éveillent mes sens. Peu importe, ce ne sont que les tentatives du diable de me ramener dans son monde. Je ne subirai pas le tourment du bûcher comme tant de mes frères mais, à leur image, je résisterai à la tentation de renoncer à ma foi dans ces derniers instants pour éviter la souffrance temporaire de mon corps terrestre.

Le sourire aux lèvres, je trouve le chemin de la grotte salvatrice. Prudemment, pour ne pas perdre mon précieux sac, car mes jambes empoisonnées commencent déjà à gonfler et ne répondent pas correctement, je gagne la plate-forme rocheuse. Sans un regard pour le monde que j'abandonne, je pénètre difficilement dans la grotte solitaire qui m'attend depuis des années. Mon corps épuisé réclame de l'eau, du pain, des fruits, mais je rejette ces images et m'allonge dans l'obscurité, couvrant de mon dos le sac de cuir, où la chronique de l'Église des bons hommes gardera ses secrets pour maintenir ouvert le chemin du ciel. Toujours allongé sur le sol, je me saisis de la dague qui pend à ma ceinture et, laborieusement, je commence à attaquer avec sa pointe les rochers qui surplombent l'entrée de la grotte. Ils sont très instables et friables, si bien qu'une partie du plafond s'effondre brusquement, obstruant l'ouverture. Un lourd pan de roche s'abat sur mes jambes. Je ne peux contenir un cri de douleur.

Transpirant et haletant, je ferme enfin les yeux et, alors que les larmes se perdent dans ma barbe sale, je dis une dernière fois la prière de mes ancêtres :

Père saint,
Dieu juste des bons esprits
Tu n'as jamais menti, ni trompé, ni douté,
De peur que la mort ne nous mène
Au monde du dieu étranger
Parce que nous ne sommes pas de ce monde
Et ce monde n'est pas à nous,
Donne-nous à connaître ce que tu connais
Et à aimer ce que tu aimes.

Souriant, je pars enfin à la rencontre de mon Père.

Épilogue

En 1990, un journal de Castellón, en Espagne, publia un bref article sur la mise au jour, dans une grotte funéraire des îles Columbretes, de restes humains datant de la fin du XIIIe siècle. De cette découverte, il ne reste qu'une photographie floue et un rapport archéologique, qualifié de «peu concluant» par les autorités.

Note au lecteur

Pour faciliter la compréhension des situations décrites dans ce roman et fluidifier la lecture, nous avons choisi de traduire en français les noms des lieux, ainsi que ceux de la plupart des personnages.

Néanmoins, en guise d'invitation à reconstruire, par le jeu des sonorités et l'imagination, un monde diversifié, multiple, une merveilleuse mosaïque culturelle, nous proposons ci-dessous au lecteur désireux de retrouver ces noms – en occitan, catalan médiéval ou actuel, espagnol ou encore valencien – une liste non exhaustive des différentes formes sous lesquelles nous les avons rencontrés dans les textes consultés pour la rédaction du présent ouvrage. Certains de ces noms apparaissent du reste dans ces textes sous plusieurs formes selon l'auteur, l'époque... Dans tous les cas, nous indiquons entre parenthèses la langue correspondante.

Personnages :

Aymeric de Montlaur : Amalric de Montlaur (occitan).

Benoît de Termes : Beneset de Termas (occitan), Benet de Termas (catalan).

Béranger de Cucugnan : Berengier de Cucunhan (occitan), Berenguer de Cucunya (catalan).

Bérenger de Palou : Berenguer de Palou (catalan).

Bernard-Othon de Niort : Bernart-Oth de Niort ou d'Aniort (occitan).

Bertrand Marti : Bertran Marti (occitan).

Chabert de Barbaira : Chabert, Xabert ou Xacbert de Barbéra (catalan).

Esclarmonde de Conat : Esclarmonda ou Esclaramunda de Conat (occitan), Esclarmunda de Conat (catalan).

Géraud de Niort : Geraud, Giraud ou Girald de Niort ou d'Aniort (occitan).

Henri de Lusignan : Enric (occitan, catalan).

Hugues : Huc, Uc (occitan), Hug (catalan).

Isangarde : Isangarda (occitan).

Jacques Ier d'Aragon : Jaume Ier d'Aragó (catalan), Jacme (catalan médiéval), Jaime I° de Aragón (espagnol).

Jean de Carcassonne : Joan de Carcassona (occitan, catalan).

Jourdain de Saissac : Jordan de Saissac (occitan).

Louis IX de France : Loís IX de França (occitan).

Nuno Sanche : Nuño Sánchez (espagnol), Nunyo, Nunó, Nunyó ou Nunyo Sanç (catalan).

Olivier de Termes : Olivièr de Termas (occitan), Oliver de Termas (catalan).

Philippe de Montfort : Felip de Montfòrt (occitan).

Raimond de Péreille : Ramon, Ramond ou Raimon de Perelha (occitan).

Pierre-Roger de Mirepoix : Pèire Rogièr ou Rogèr de Mirapeis (occitan).

Sybille de Paracolls : Sibilha de Paracolls (occitan), Sibilla de Paracolls (catalan).

Thérèse de Serrelongue : Teresa de Serrallonga (occitan, catalan).

Lieux :

Burriana : Borriana (valencien, catalan).

Carcassonne : Carcassona (occitan).

Columbretes (îles) : Columbretes (valencien, catalan), Columbarias (latin).

Cucugnan : Cucunhan (occitan).

Limoux : Limós (occitan).

Pamiers : Pàmias (occitan).

Perpignan : Perpinyá (catalan).

Tautavel : Talteüll (catalan).

Valence : Balansiya (arabe).

Bibliographie

Je cite ci-dessous les sources les plus importantes et les plus récentes consultées pour écrire ce livre. Je présente mes excuses aux auteurs, oubliés par moi, des revues techniques, des thèses, des sites web et des documents consultés depuis des années pour le simple plaisir de le faire, alors que ce livre n'existait pas même à l'état de projet lointain. Ils ont leur part d'influence.

J'ai écrit ce livre avec, comme fond musical et poétique, les principaux troubadours occitans. Il serait injuste de ne pas les remercier également.

Alvira Cabrer, M., «Guerra e ideología en la España del siglo XIII : la conquista de Mallorca según la Crónica de Bernat Desclot», *En la España Medieval*, 1996.

Bernat y Roca, Margalida, *Feudalisme i infraestructura : de Madina Mayurqa a Ciutat de Mallorca*, BSAL, 1997.

Brenon, Anne, *Le Vrai Visage du catharisme*, Loubatières, 1988.

Costa i Roca, Jordi, *Xacbert de Barberà, lion de combat*, Trabucaire, 1989.

Langlois, Gaulthier, *Olivier de Termes, le cathare et le croisé*, Privat, 2001.

Leroy-Ladurie, Emmanuel, *Montaillou, village occitan*, Gallimard, « Folio Histoire », 2008.

Llibre dels feits del rei en Jacme, Biblioteca virtual Miguel de Cervantes, 2006.

Mas i Forners, Antoni, *Les Conquestes de Mayurka i d'Eivissa*, Institut d'estudis catalans, 2013.

Nelli, René, *Écritures cathares*, Éditions du Rocher, 1995.

Oldenbourg, Zoé, *Le Bûcher de Montségur*, Gallimard, 1959.

Paladilhe, Dominique, *Les Grandes Heures cathares*, Perrin, 1969.

Pérez, Plácid, *Les Cavalleries armades de Nunyo Sanç a Porreres*, Actes de les VI Jornades d'estudis locals, 2017.

Le Registre d'inquisition de Jacques Fournier, traduction et notes de Jean Duvernoy, Bibliothèque des introuvables, 2004.

Ribas, Alberto Raúl Esteban, « El llibre dels feits, los hechos militares », *Revista de historia militar*, 109, 2011.

Roquebert, Michel, *Citadelles du vertige*, Privat, 1991.

Roquebert, Michel, *L'Épopée cathare*, Perrin, « Tempus », 2006.

Rubrouck, Guillaume de, *Un voyage dans l'empire mongol*, XIIIe siècle, Les Éditions de l'Ebook malin, 2015.

Tudèle, Guillaume de, et Anonyme, *La Chanson de la croisade contre les albigeois*, XIIIe siècle.

Vaux-de-Cernay, Pierre des, *Hystoria Albigensis; Historia de factis et triumphis memorabilibus nobilis viri domini Simonis comitis de Monte Forti*, XIIIe siècle, traduction de François Guizot, J.-L.-J. Brière, 1824.

www.editions-privat.com

@editionsprivat1839

@editions_privat

Cet ouvrage a été réalisé par les Éditions Privat

Suivi éditorial : Laurent Palet
Création graphique de la couverture : pedroviejo.com
Maquette de la couverture : Emmanuel Atger
Maquette des pages intérieures : Cécile Regard
Photogravure : Ombre & Lumière (81)
Cet ouvrage a été achevé d'imprimer en octobre 2022
chez CPI-Firmin Didot, à Mesnil-sur-l'Estrée (27)
N° dimpression : 170290
Imprimé en France